Tradução
FRANCESCA CRICELLI

Cassandra em Mogadício

Igiaba Scego

Às tias

I have begun this letter five times and torn it up five times.*
JAMES BALDIN

Tudo isso, a Troia da minha infância, só existe agora em minha memória. Enquanto houver tempo, quero reconstruí-la, não esquecendo nenhuma pedra, nenhum ponto luminoso, nenhum riso ou grito. Por menor que seja esse tempo, que ele a conserve fielmente. Agora posso ver o que não é, como foi duro aprendê-lo.
CHRISTA WOLF, *CASSANDRA*

---

* "Comecei esta carta cinco vezes e rasguei-a cinco vezes."
[Salvo indicação em contrário, todas as notas de rodapé são notas da tradutora.]

Djíro
Doença

Amadíssima, como desenhar sua risada?
Eu a desenharia, se pudesse, no momento em que você explode numa alegria repentina. Aquela sua risada rouca, quase masculina, que com o passar dos segundos torna-se mais gentil e de ouro, incenso e mirra.

"Cumprimente sua *edo*", disse seu pai. *Edo*, eu, sua tia paterna. Estávamos juntas quando você o chamou pelo Messenger. Juntas quando você surgiu na tela como a Nossa Senhora. Juntas quando você, Soraya, nos sorriu.

Seu pai está em Roma de passagem. Alguns negócios para tratar, nos dar um oi, amigos para rever. Moh, seu *âbo*, tem o voo de volta para Nairóbi daqui a quinze dias. É bom tê-lo por perto como antigamente, quando ainda éramos pequenos, à espera de asas nas costas como os anjos. Ele também, como você, ri muito, querida sobrinha. Mas a risada dele é gorda, cheia, redonda, quase transbordante. Ficou igual à que tinha nos anos 80, quando era um jovenzinho na moda.

Quando Moh viajar, como sempre, meu coração se partirá, eu já sei. Nós, os desenraizados, precisamos nos acostumar a essas distâncias, às longas separações que são o pão de cada dia de toda família migrante. Mas a verdade é que nunca nos acostumamos a dizer adeus aos que amamos. Gostaríamos de tê-los sempre ao nosso lado. Para nos espelhar, em todos os momentos, em olhos tão parecidos com os nossos. Somos uma família, *uáhan nahay ois*,[1] e como todas as famílias somalis da diáspora,

---

1 Para as palavras em somali encontradas neste livro, preferiu-se não usar a grafia somali atual e exata, mas sim uma transliteração

estamos dispersos pelos cinco continentes. Quebrados pela guerra que nos atingiu, pelos infortúnios, por uma antiga ditadura, pela morte e pelo amor.

E cada separação nos destrói.

Nos dispersa.

Nos aniquila.

Seu *âbo* vive em Nairóbi com sua mãe e suas irmãs mais novas. Seu irmão Sueyb, como você, também está no Ocidente, estuda engenharia civil, ao contrário de nós duas ele tem uma cabeça matemática.

Seu pai, e você sabe bem, morria de vontade de voltar a viver na África. Era seu sonho desde que, aos catorze anos, colocou os pés nesse continente complicado que é a Europa. Uma Europa que, com os homens negros, e portanto também com ele, sempre foi feroz. *Narraris larran*. Às vezes até assassina. Seu pai agora é um empreendedor e comprou uma casa em Kileleshwa, bairro de classe média em Nairóbi e, no dia em que assinou o contrato de compra e venda do imóvel, usava a pulseira com a bandeira do Quênia da qual nunca se separa, por devoção e gratidão. No Quênia, o seu *âbo* encontrou um novo eu. Ou, como ele gosta de dizer, *a place to be*.

Eu estou aqui, em Roma. Sou uma mulher *made in Italy*. Única âncora numa família sempre em movimento. Fixa no lugar em que nasci e cresci. Rotineira como todos os romanos. Imersa nesse Ocidente com o qual eu mesma, de vez em quando, brigo.

Mas você, ao contrário, amada sobrinha, vagou por um mundo feito de trilhas e florestas. E agora está no coração

> que ajude na leitura para quem não é nativo, baseada especialmente na sonoridade da língua portuguesa.

do Quebec canadense, fala francês como uma personagem de Xavier Dolan, anulando as vogais nasaladas de Paris, quase rebelando-se contra elas. Volta a falar um francês padrão só com sua mãe, Naima.

Sua *roiô*, Naima, é de Djibuti, ex-Somália francesa, hoje um lugar de disputa internacional e bases militares, de fuzileiros navais estadunidenses encapuzados, soldados da legião estrangeira e bases oblongas da República Popular Chinesa, e seu francês parece ter saído diretamente de uma música de Charles Trenet. O francês de sua mãe é puro beirando o paroxismo, e seus diálogos se encontram no meio do caminho, num ponto impreciso daquela França distante, aquele *Hexagone* no qual você ainda não esteve nesta vida, mas que deseja assim como se deseja o amor.

Também Naima, sua *roiô*, tem uma voz rouca, feito uma amazona, mais grave do que a sua, mais vivida. É mãe de quatro filhos e matrona de numerosas constelações. Há na voz dela o trabalhoso sofrimento do parto e a esperança que cultiva quanto ao futuro de todos vocês. Nem sempre entendo quando ela fala em somali. Usa palavras que jamais ouvi. E depois há o sotaque, meu Deus: parece um tanque de guerra. Apesar da dureza do som, sempre gostei do ritmo que consegue dar às frases quando fala a língua da intimidade dela. Sua mãe dança. Nas pontas dos pés, como uma *étoile*. Sacudindo os seios grandes. E balançando a cabeça como uma garotinha cheia de vontades.

Com seu pai, seu *âbo*, ao contrário, você fala em inglês. Durante sua volta pelo mundo, a Inglaterra sempre foi uma parada importante. Talvez você tenha pensado em se mudar para o país de sua majestade, mas depois a vida, certamente, levou-a para outro canto. E a partir dessas permanências, não sei quantas, talvez uma só, acabou adquirindo um sotaque da alta sociedade britânica, quase como se tivesse saído do colégio Eton. Mas, como o do ator Benedict Cumberbatch, seu inglês também se enriqueceu estrada afora com notas de pura loucura, e é nesta loucura que todas as vezes se encontra com seu pai Moh. Ele tem aquela pronúncia perfeita, um sotaque estadunidense bem carregado, um pouco como Will Smith, adquirido com os filmes e com amigos que frequentou na juventude, um sotaque que cheira a corpos, luas, planetas, flertes e mal-entendidos. E é nesse inglês que vocês dois sempre dão gargalhadas adoidado.

Em seu fluxo, porém, e isto ocorre especialmente quando fala com seu *âbo*, emerge de forma inesperada o somali. Não é um somali da região de Banaadir o que falamos em família, não é tão pouco o somali do norte, mais fechado, duro, que sua mãe falava em Djibuti na juventude. Seu somali, Soraya, tem cheiro de casa, fraldas, primeiros passos, primeiro dentinho. Um somali quase recém-nascido, doce e macio como uma *Sachertorte* recheada de nuvens e açúcar. É um somali de criança, misturado de forma casual ao seu sotaque britânico da alta sociedade, desabrocha em sua boca de jovem adulta quando conversa pelo Messenger com seu pai. E todas as vezes ouço-o com espanto. Encanta-me ouvi-la falar, Soraya. E me faz sentir viva.

Eu falo e escrevo em italiano. Falo também somali, com as palavras que minha mãe me ensinou, sua *ayeyo*, uma mulher que durante a infância foi pastora nômade e que a vida inteira sentiu saudades daquela realidade rural lado a lado com seus animais, de seu cansaço. Com ela e com os antigos sicômoros que pontilhavam o panorama da mata, aprendi todo o somali que carrego comigo. Meu pai, *awowe* Ali para você, *âbo* Ali para mim, era falante nativo de *chimini*, a língua de Barawa, cidade natal dele que dá para o oceano Índico, ao sul de Mogadício. Aquele *chimini* que eu não sei falar nem sonhar. É a língua do meu arrependimento, da minha essência em suspensão.

Eu e você, juntas, falamos sobretudo em inglês, é claro. A língua franca entre nós e o mundo. Mas eu não sou perfeita nessa língua imperial que você domina como um herdeiro do colégio Eton. Tropeço, como uma boa italiana, herdeira de Totò e Peppino De Filippo,[2] em algum erro de gramática, em alguma dúvida sobre os tempos verbais a serem usados. *Present perfect, present progressive, past tense.* E depois nunca consigo ficar parada, de tão extasiada passo do inglês ao somali, do somali ao inglês e de vez em quando também ao italiano. Cada palavra reverbera na ponta da língua e ergue o voo numa direção diferente de todas as outras. Apesar de tudo, nos entendemos.

Afinal de contas, sou sempre sua *edo*, e você, a minha tão amada. Quase não são necessárias palavras.

I'm your edo *and you are my beloved.*
My dream.

Quando seu pai me passou o celular, Soraya, seu rosto já nadava dentro dele. Você cortou o cabelo como um furão e o tingiu de loiro. Não está maquiada. Está em casa. De pijama. Envolta em sua intimidade. E dá risada. E suspira. E boceja.

Passaria horas a ouvi-la.

Conta sobre si. Do quão pouco falta para se formar em educação física, do quanto gosta de viver no Quebec, você acha que talvez fique lá para sempre. "Não falta trabalho, *edo*", explica. "Tenho muitos amigos", me tranquiliza.

---

2 Atores italianos muito populares no século xx.

Tenho inveja das suas unhas pintadas feito lápis-lazúli. Unhas longas. Fortes. Como de vampira. Minhas unhas de escritora são sempre cortadas rentes, mal cortadas, sem fantasia, sem esmalte. Dedos que precisam tocar uma sinfonia feita de palavras e pontuação. Por outro lado, todo ofício tem seu sacrifício.

Sua ligação me pegou escrevendo na cozinha. Não estou num bom estado, com uma bolsa de água quente sobre o ventre para me aquecer, já que para economizar nunca ligo todos os aquecedores de casa. Só ligo o da sala, onde fica minha mãe, minha *roiô*, sua avó, sua *ayeyo*, como você sabe, desde setembro de 2020, após o começo da pandemia, ela mudou-se do norte de Roma para o leste da cidade para viver comigo. E depois, claro, vesti-me em camadas: blusões, cardigã, cachecol no pescoço.

Pareço um pouco um rabisco. Com certeza não reflito a imagem hollywoodiana de escritoras que criam suas obras numa bela casa que dá para uma baía diante do oceano, daquelas de tirar o fôlego, com um belo jovem na cama e um cigarro mantido plasticamente entre os dedos. Não sou Colette, não sou Joan Didion. Sou uma artista preocupada com os boletos no fim do mês, que escreve nos recortes do tempo, entre um trabalho precário e outro, tomada por crises econômicas e geopolíticas, sempre com a ansiedade de não conseguir dar conta.

Em casa, quando escrevo, visto um *dirah*, o vestido somali que parece um saco de batatas, confortável, que todas as mulheres do Chifre da África amam, e se não visto um *dirah*, então tenho algum outro tecido, sempre colorido, com o qual tento me defender das intempéries da minha tristeza. Nos pés, calço meias diferentes e, no fim do dia, quando termino minha sessão de trabalho, os óculos estão num estado piedoso, incrustados de pó e descuido. Realmente não é uma bela visão. Por isso fico ansiosa com as chamadas de vídeo: com frequência me pegam no momento errado.

Mas você é gentil, Soraya, adorável, e diz daquele jeito lindo que só você tem de mentir, com aquela voz doce, como um pequeno furão: "Não, *edo*, você não está mal. Não, *edo*, de verdade... está maravilhosa".

Eu me apego rapidamente ao seu elogio. Guardo-o no coração. Não que eu precise de bajulação, mas naquele "você está maravilhosa" leio todo o amor que você tem por mim. E que tenho por você.

"Quando é que você vem me visitar?", pergunto de novo, quase desesperada.

É um grito, o meu.

Venha para a Itália, levo-a para passear por todo canto. Roma, Florença, Veneza, Turim. Você vai se divertir comigo. *Uallárri*. Juro. E se digo *"uallárri"*, você precisa acreditar, meu amor. Aposto os melhores pedaços da minha península, troco-os pelo amor da minha sobrinha. Do qual uma tia, uma *edo*, precisa como o pão.

Passo a você sua *ayeyo*. Ela pega o celular com certa sisudez altiva, e depois inevitavelmente chega o momento de constrangimento entre vocês. Uma pequena brecha em sua voz que busca no próprio âmago um somali que para si não é nada mais que uma língua estrangeira. Percebo quanta vontade tem minha *roiô*, sua *ayeyo*, avó que já está beirando os oitenta anos, de contar sobre seu mundo, de transmiti-lo mais uma vez. Mas não sabe falar bem nenhuma das suas línguas. Não sabe o francês. E em inglês só sabe dizer: *"Hello, darling. I love you"*.

Você sussurra numa língua improvável, num equilíbrio entre um somali infantil e um inglês de festa de verão, e diz, deixando estourar um desejo que carrega por dentro há tanto tempo: "Gostaria de aprender italiano, vovó, para ficar mais próxima da senhora".

O italiano, a língua daqueles que colonizaram nossos antepassados tanto em Barawa como em Mogadício, uma língua que já foi inimiga, escravocrata, mas agora tornou--se, para uma geração que vai desde minha mãe até mim, a língua dos nossos afetos. A língua dos nossos segredos mais íntimos. A língua que nos completa, não obstante suas contradições.

A língua de Dante, Petrarca, Boccaccio, Elsa Morante e Dacia Maraini. A língua de Pap Khouma, Amir Issaa, Leila El Houssi, Takoua Ben Mohamed e Djarah Kan.

Língua singular no passado, e agora plural.

Língua mediterrânea, língua de encruzilhadas.

Minha *roiô* ouve (com certa felicidade, devo dizer) seu propósito de aprender italiano. Finalmente vislumbra um território comum entre vocês. Um futuro no qual não será necessário intérpretes nem dicionários. Ou que eu faça a ponte. E lhe sorri, Soraya. E lhe diz "*Bella ciao*", dando-lhe uma primeira aula de língua, e de vida, num italiano que resplandece feito um cometa. As palavras que acabam de sair da boca da *ayeyo* lhe parecem tão musicais, tão perfeitas, tão italianas. "*Bella ciao*", lhe responde. Já amando a língua italiana. Já sente no corpo como um vestido de seda valiosa.

Mas em seguida seu sorriso se apaga, de repente fica séria. Talvez tenha percebido que na musicalidade do italiano, na beleza que atordoa, há uma pequena nota que destoa, quase invisível.

Percebeu que nos sorrisos da minha mãe, sua avó, há algo como uma rachadura.

Ah, sim, minha Soraya. Uma rachadura.

O que você vê entre os dentes dela, por meio da tela do celular, é o *Djĩro*. O *Djĩro* que nos atravessou, minha sobrinha. E que não para, apesar do tempo decorrido, de nos machucar

Djíro. Eu também, como minha mãe, sorrio, falo, existo com aquela mesma leve incisão que incha minhas gengivas. É como se houvesse uma fissura entre nossos lábios, nossos caninos, nossa língua que se esconde ao olhar.

Aquela fenda nota-se, se você observar com atenção, também em outras partes de nosso corpo. Na dobra dos olhos. Nos ossos que se estilhaçam e se tornam escombros. Nas mãos que, de forma imperceptível, tremem a cada respiração.

Seu *âbo* também tem rachaduras por dentro, como nós. Mas sabe escondê-las melhor. No acúmulo de gargalhadas sonoras e piadas ácidas. Mas nele também, se você prestar atenção, há aquela pequena, quase invisível ruptura. E lá insinuou-se o *Djíro*.

Djíro em somali significa "doença", literalmente é isso, todo dicionário dará esse significado. Até o Google Tradutor.

Mas, para nós, *Djíro* é uma palavra mais vasta. Fala de nossas feridas, de nossas dores, de nosso estresse pós-traumático, pós-guerra.

Djíro é nosso coração partido. Nossa vida em equilíbrio precário entre o inferno e o presente.

Somos seres diaspóricos, suspensos na ventania, os desenraizados de uma ditadura de mais de vinte anos, uma das guerras mais devastadoras que houve no planeta Terra e de um imenso tráfico de armas que sepultou nossos ossos, e os de nossos ancestrais, sob um acúmulo de rifles kalashnikov que desembarcaram da Transnístria diretamente no porto de Mogadício. Para nos aniquilar.

Caxin cup, "lixão", é assim que os meios de comunicação chamam a Somália. Para o mundo, somos uma latrina. Pestilenta, engordurada, condenada ao tormento eterno. Olham-

-nos com piedade. Às vezes com nojo. Afastam-se de nós, da nossa doença, do *Djîro* que carregamos conosco.

Quashin qub. Ninguém mais se importa se estamos bem ou mal. Ninguém mais pergunta. Até porque ninguém dá trela para um lixão. Um lixão é mudo. E, mesmo que falasse, ninguém realmente quer escutá-lo. Ninguém quer lidar com quem fede à miséria e à doença. Além disso, há os mal-intencionados que nos manipulam para ganhar dinheiro, para mostrar que são bonzinhos. E foi assim que a Somália foi condenada sem advogado nem júri. Diante do mundo que realmente importa, somos considerados um Estado falido por excelência.

Estado falido... Sim, é assim que nos chamam. Infelizmente.

Há uma complacência nos apresentadores de televisão e nos analistas políticos quando dizem "Estado falido", rangendo os dentes. Todas as vezes que dizem estas palavras, "Somália, Estado falido", minha vontade é de gritar. Mas nenhum som sai de minha garganta. Nadica de nada.

Os outros, os que vivem nos mundos onde há uma paz aparente, diante de nossa queda, se veem como puros e inocentes. Mas ninguém é inocente. Num mundo interligado como o nosso, onde os recursos viajam sempre em mão única, do sul ao norte, achar que se é inocente é uma ilusão.

É o maior dos crimes.

Há mais de quarenta anos, o mundo, as multinacionais ocidentais, mas não apenas elas, despejam lixo tóxico no mesmo mar somali que, no passado, viu as proezas de nossos irmãos, de nossas irmãs. Poluem oceanos e depois lavam o sangue de suas mãos nas ondas do mar.

Por isso, a palavra *Djîro*, fatalmente, nos descreve, Soraya. Descreve nossas dores de cabeça frequentes, nossa ansiedade que nunca se dissipa, as dores perenes na cervical, o cérebro que se dissocia de si mesmo, os tumores que quase nos abateram, os olhos velados por uma escuridão opaca, os ouvidos que se recusam a ouvir, o coração que perde os batimentos, a garganta que se torna um deserto, os cabelos que caem como folhas diante de pias cheias de medo. *Djīro*. A maldita guerra que mora dentro de nós. E nos quebra.

Seria você meu antídoto contra o *Djīro*, meu amor? Contra a guerra que ainda me devasta?

Sou sua *edo*, querida Soraya. Uma tia, sua tia. Que som doce tem essa palavra, não é? Não havia percebido. Agora eu sei: é a palavra mais linda do mundo. Pelo menos para mim.

Nós, tias, somos, há muitos séculos, chamadas para desatar nós, desvendar o fio da meada de uma diáspora infinita. Puxando um a um os fios dessa existência errante. A minha, a sua, a nossa. Somos nômades contemporâneos. Fomos jogados para fora de nós mesmos por uma guerra incompreensível, como todas as guerras.

O nosso é um trabalho[3] oculto sobre o qual o mundo não fala e às vezes até esconde de propósito.

Você é pai e mãe mesmo sem sê-lo.

É uma amiga, mas não demais.

Uma irmã, mas nunca o suficiente.

Uma figura de autoridade, mas passo a passo.

O ombro no qual chorar, mas que não deve nunca substituir o da mamãe e do papai.

Pelo contrário, é também o ombro para a mamãe e o papai.

---

3 *Travaglio*, no original. O termo expressa algo laborioso, trabalhoso, e, em italiano, é também empregado para se referir ao trabalho de parto.

Você é quem inspira confiança. É a quem todos os segredos podem ser contados.

E é sempre ela, a tia, a quem se pergunta: "Então me conta, *edo*, sobre esse *Djíro*. Explica um pouco. Eu também irei adoecer? Como você? Como os outros? Já estou condenada? Sentenciada?"

Gostaria de lhe dizer: "Não, querida, nada irá acontecer contigo. Não irá adoecer. Não como a gente". Mas a verdade é que eu não sei. *Ma garanaiô*. Por isso é importante que eu lhe escreva tudo. Agora que posso.

Mas tia, *edo*, é também quem conta histórias. As mais bonitas. E as mais desconfortáveis.

E sou para você também aquela que traduz. Ancestral após ancestral. Vírgula após vírgula. Massacre após massacre. Viagem após viagem. Kalashnikov após kalashnikov.[4] Sou a *turtchuman*, a tradutora de uma história que ainda deve ser escrita e que não sei escrever. Talvez seja por isso, Soraya, que sentei-me diante do computador. Para traduzir. *Si lo turtchmo uirri tagaí*. Traduzir nossa loucura. Ou simplesmente o que diz sua avó, com a qual você ainda não compartilha uma verdadeira língua para se comunicar.

Ela passa do meu lado, leve como uma pena de pavão. Escrevo na cozinha, como você já sabe. Sua avó, sua *ayeyo*, está abrindo a geladeira à procura de uma maçã golden para roer. Vê-me transitar com o alfabeto latino e o teclado do Mac. Depois pergunta, e percebo com estranheza certa ansiedade em sua voz: "Mas é verdade que Soraya vai estudar italiano? Ah, se ela aprendesse de verdade... Quantas coisas eu lhe diria".

---

4   Referência aos rifles Kalashnikov, também conhecidos como rifles AK ou apenas AK.

É estranho: sua *ayeyo* confia mais na língua italiana, a língua dos ex-colonizadores, que em seu somali nativo. E eu retruco: "Soraya poderia também aprender o somali, *roiô*. Aprendê-lo direito. Em vez de confiar na língua de quem...".

Não me deixa terminar a frase. "É falante nativa do francês", ela responde seca e prática. "Para Soraya, aprender o italiano será como tomar um copo d'água, uma brincadeira, você vai ver como será rápido."

Em seu tom, sinto a pressão do tempo. Em especial quando diz "rápido". Tenho uma revelação. Eis o que é aquela ansiedade, sua voz trêmula. É o tempo que se esvai. Para ela. Mas também para mim.

Temos de ser rápidas se quisermos repassar a você nossos saberes. Se quisermos de verdade lhe explicar o *Djíro*, precisamos ser rápidas. Rápidas para lhe ensinar a se regenerar ou pelo menos a conviver com o monstro. Ainda há luz em nossas pupilas. Não podemos desperdiçá-la.

Uarran rabá innan qu xego marca rore... A primeira coisa que quero lhe dizer... é que não somos vítimas. Nos dias de hoje muitos almejam sê-lo. Há quem o reivindique como uma forma de identidade. Nós, por outro lado, não o fazemos. Nossa família, nunca. Não precisamos dessas medalhas.

Nunca fomos vítimas e não o seremos no futuro. Isso é algo que é importante dizer a você desde já, Soraya. O *Djíro* nos aniquilou, é claro. Aniquilados. Por vezes nos deixou exangues. Desunidos. Agredidos. Perdemo-nos. Mais de uma vez. Como mulheres, homens, família. Indivíduos, sociedade. Mas ainda estamos aqui, meu amor, juntos. E somos íntegros. *Alhamdulillahi!* Estamos aqui. Bendizendo a vida. Deixando-nos abraçar pelo desconhecido. Acreditando, todas as manhãs, num novo horizonte. E na loucura de um novo sol que raia. Diante de nós. Perpétuo. Amarelo. Feliz. Imenso. *Ad u uein*.

Por isso, todas as vezes em que o *Djĩro* volta a nos visitar, encontramos uma cura.

A *roiô* costura.

Eu escrevo.

Seu pai ri.

E você, minha tão amada?

Não somos vítimas. Somos apenas sobreviventes.

"*I know I'll stay alive*", cantava Gloria Gaynor, nossa irmã. Ela também com um *Djĩro* entre as coxas.

Porque o *Djĩro* existe. Está aqui. Escrito em nossa carne frágil. E nos atormenta. Esvazia-nos. Morde-nos.

Mas uma coisa sei com certeza, Soraya. Vamos sobreviver. Parece banal dizê-lo, parece uma frase saída de uma caixa de bombons, mas é isso. *Uallárri!*

Você vai ver, sobreviveremos.

Amando-nos.

Mar-rati
Testemunha

Quando a guerra civil eclodiu na Somália, não entendi de imediato. Tinha dezesseis anos, era noite de São Silvestre, passagem entre 1990 e 1991, e eu me preparava para ir a uma festa da turma da escola. Minha primeira festa de Réveillon.

O *Djĩro* me habitava desde meu nascimento, Soraya, mas foi naquela noite que conquistou meu corpo por inteiro.

A *roiô* estava em Mogadício. O *âbo* na sala de estar, em Roma, em frente à TV. Eu, ao contrário, estava no quarto, em Roma também, a poucos metros do *âbo*, procurando algo bacana para vestir enquanto cantarolava uma canção de Boy George.

Uma linha diagonal, obscena, rompia o rosto de meu pai, o rosto do meu *âbo*. Aquela linha lá, torturando-o, e ele imóvel, com a testa enrugada e as mãos tremendo. Seus olhos geralmente vivazes estavam afundados no crânio. Tinha um aspecto assustador. Ele já estava possuído pelo *Djĩro*, mas nesse momento eu não havia percebido.

Eu já estava perdida dentro de minha adolescência, dentro de uma música de Boy George, dentro de seu "Karma Chameleon". Uma menina diante do espelho, manejando uma escova de cabelo como uma espada. Eu não tinha tantas roupas no armário. Éramos uma família pobre e um tanto fracassada. E, em relação às roupas, quando não as recolhíamos em alguma barraquinha, confiávamos na generosidade da Cáritas Diocesana, que efetivamente ajudava pobres como nós. Quantos blusões encontrei naquela caixa mágica... e quantas saias psicodélicas! Minhas colegas de turma perguntavam com frequência: "Onde você encontrou um blusão tão macio?

Tão colorido? Tão bonito?", e eu mentia sobre a verdadeira origem de meus blusões super macios, inventava uma história atrás da outra. Talvez também tenha sido assim, mentindo, que me tornei uma escritora.

Naquela noite vestia um bem colorido, naturalmente da grife Cáritas Diocesana. Era um blusão cheio de arco-íris. E de futuro. Depois me maquiei, ou pelo menos fiz uma tentativa desajeitada, pois na verdade não sabia fazê-lo. Não tinha muita maquiagem à disposição. Na verdade, não tinha nenhuma. Só um batom bastante usado que espalhei um pouco por todos os lados: nos lábios, nas bochechas, nas pálpebras.

Enquanto isso, o *âbo* estava onde eu o havia deixado, na sala em frente à televisão, com uma vontade de entrar lá como a garotinha loira de *Poltergeist*. Na tela, notícias do telejornal. O âncora falava sobre a Somália. Eu estava vestida. Em pé. Na soleira da porta, entre o corredor e a sala. Meu pai com as mãos nas têmporas, os olhos cada vez mais afundados, cada vez mais possuídos pelo *Djĭro*. E o apresentador que dizia como numa melodia enlouquecida: "Somália, Somália, Somália". E dizia-o quase gritando. Era a primeira vez que ouvia na televisão o nome do meu país de origem, país em que nasceram meus pais. Geralmente a televisão não se preocupava conosco. Mais ou menos como agora. Agora tampouco se preocupa conosco. Não éramos um país importante como os EUA ou a União Soviética. Não havia nenhum Ronald Reagan, nenhuma Margaret Thatcher e nenhum Mikhail Gorbachev na Somália. Nunca éramos considerados notícia. Mas naquela noite, estranhamente, falavam de nós. Não sei se foi maior a surpresa ou o susto. Só sei que olhei para meu pai e lhe perguntei: "*Âbo*, está tudo bem?"

O telejornal da *Radiotelevisione italiana* dizia que havia muito derramamento de sangue e que em breve todos os cidadãos italianos seriam evacuados do país. Um arrepio subiu pelas minhas costas. "A *roiô* está lá...", disse assustada ao *âbo*. "Não há motivo para se preocupar", ele respondeu. Sua voz era doce e calma, e me apaziguou. E então a guerra que entrara na minha existência assim de supetão desapareceu do meu radar da mesma forma. Eu podia voltar a ser uma menina de dezesseis anos. Podia voltar a pensar na minha festa.

"Quem é que vai trazer você de volta para casa?", perguntou distraído meu pai, com os olhos sempre cravados na televisão, com os olhos sempre prisioneiros do *Djĩro*.

Eu disse o nome de uma colega de turma que morava em Palmarola, periferia ao noroeste da capital, um bairro encravado entre o rodoanel Grande Raccordo Anulare e a Via di Casal del Marmo: "R, aquela com os pais emigrantes do centro da Itália, cujo pai é cabo da polícia militar...", expliquei.

Sem afastar o olhar da tela, meu pai disse apenas: "Não chegue tarde".

Concordei. E saí de casa. Animada com minha primeira festa de Réveillon.

Passaram-se trinta e dois anos desde aquela noite, Soraya.

No carro, em direção ao Réveillon, com sua voz frágil e rebelde, Sinéad O'Connor sussurrava o *Djĩro* no ouvido de minha adolescência. Ainda me lembro.

All the flowers that you planted mama
in the backyard
all died when you went away...

O ano de 1990 foi um ano de abundância na Itália. Bastava ligar a televisão para percebê-lo. Chandelle Chantilly, o prazer você vê aqui. Ninguém pode dizer não ao chocolate Mon Chéri. Fantaxarope: uma garrafa, cinco jarros de fantasia. Kinder Surpresa concede três desejos de uma só vez. Big Frut, a bala do século. Uau, a única bolacha que ensina inglês. Pezão, o sorvetão com chocolate no dedão. Riesling Martini, o charme de uma combinação perfeita. E depois Dover, o copo de requeijão que enche o coração. Billy, o suco de laranja com gosto ácido que raspa o tempo todo a garganta. Urrà Saiwa, o biscoito wafer coberto com chocolate cuja propaganda se tornara um bordão entre nós superjovens. Twister Eldorado, que impunha o desafio de comer uma espiral de sorvete sem desintegrar a outra. E, de lambuja, uma One O One, a resposta italiana à Coca-Cola, bastava um gole para sonhar com férias em Ibiza.

Muito daquela abundância encontra-se ali, no meio do cômodo amarelo, sob o lustre de cristal fosforescente, na festa da turma que, hoje em dia, com quarenta e oito anos, persiste apenas como imagens desbotadas. Abundância estroboscópica, explosiva, brilhante. Montanhas de produtos na moda, minipizzas de queijo, azeitonas recheadas com tomate, cevada de hortelã com leite, Coca-Cola batizada com Sprite e batata frita com páprica. Desfilavam também ketchup, maionese, mostarda com grãos, molho para salada de urtiga e pimenta tabasco que fazia formigar a língua. Também queijos: lascas de parmesão *reggiano* como se chovesse, e *pecorino*, e *scamorza*, e gorgonzola, e ricota fresca de leite de ovelha e de vaca. E pãezinhos recheados. Emmental da Bavária. Muçarela de búfala de Salerno. Espetinhos. E um bom pão caseiro de Genzano. A comida olhava direto nos olhos de quem desejava consumi-la. Mas ninguém ousava ser o primeiro a se aproximar da mesa central da festa. O pudor imobilizava pernas e braços. Ninguém queria dar o primeiro passo. Seria uma grosseria. E, na espera, movíamos as coxas. Com alvoroço.

A festa fora organizada por M. Um rapaz que sempre falava o dialeto de Roma, que, como a maioria de nós, torcia para a Roma, time do qual possuía todas as flâmulas, e talvez fosse até um sócio-torcedor, sem perder um jogo do clube no Estádio Olímpico. Era um pouco grosso, vinha para a escola com uma mochila da Invicta um tanto remendada e tinha um rosto de querubim que era de tirar o fôlego.

M, de quem eu gostava um pouco porque parecia preto como eu. Com sua pele morena. Os olhos escuros. Os cabelos pretíssimos. Um mediterrâneo que se amalgamara com antigos piratas tunisianos, comerciantes líbios e matronas subsaarianas. M, que sempre me dava a ilusão de que minha cor não estava sozinha. Naquela época, mais que um amor, eu buscava um pouco de melanina para me fazer companhia como num espelho.

Ou simplesmente buscava uma diferença para colar à minha. Coração no coração. Para não me sentir a exceção de sempre. A única. A preta. A muçulmana. A cabeça crespa. *Madouga kaleia e qu nol adunca*. Eu perseguia dessa forma toda a diversidade.

Como quando no Natal eu abraçava P, uma garota judia. Eu desejava a ela um bom Natal. Ela me desejava um bom Natal. Dois sorrisos largos. E depois, vendo o quão ridícula era a situação (uma muçulmana e uma judia que se desejam uma boa festa cristã, católica), caíamos na risada. E o panetone com uvas passas e frutas cristalizadas que alguém nos oferecera, dizendo, é claro, Feliz Natal, saía jorrando de nossas bocas carnudas.

Contudo, M quase nunca falava comigo, só o mínimo necessário para as comunicações escolares. Não falou comigo nem durante a festa. E pensar que me maquiei quase exclusivamente para ele.

Hoje, porém, não conseguiria reconhecê-lo na multidão. A vida é uma coisa engraçada, Soraya... Os cabelos tão pretos devem estar coloridos de cinza, como os meus, aliás. Agora estou grisalha, sempre com o dilema de deixá-los assim ou tingi-los de novo. E os olhos escuros com certeza terão desvanecido. Imagino-o pai de alguns filhos. Um carro Lancia. Uma casa na periferia. Um divórcio e uma nova companheira. Imagino-o no estádio gritando: "Força, Roma!"

Eu o teria esquecido com certeza. Como esqueci muitas outras coisas da época da escola. Como apaguei quase todos os rostos. As coxas. As mochilas. O mau humor. A não ser pelo fato de que sua festa se tornou um divisor de águas em minha vida. E, portanto, inesquecível.

Porém, o que invade minha memória não é um amor adolescente que nunca desabrochou, mas sim o abismo profundo do *Djïro*, que deixo começar exatamente com a mesa decorada por sua mãe, ou talvez por sua tia, de minipizzas e demais iguarias. De toda aquela química que nos anos 90 engolíamos com uma melancolia alegre.

Ninguém dançava na festa de M. Ficávamos em pé e ponto. Nos colos, minipizzas com molho de tomate. Nas mãos, copos cheios. Nas bocas, risadas, migalhas, medo. Meus coetâneos ficavam imobilizados, embora a voz irresistível de Stevie Wonder ressoasse por toda parte, impulsionando-os a ganhar a pista com sua *Signed, Sealed, Delivered, I'm Yours*. Mas ninguém de fato ouvia Stevie Wonder. A cabeça perdia-se nos detalhes irrelevantes. A dobra do casaco que engorda ou os cabelos penteados para trás que fazem com que você pareça uma bruxa. Éramos superficiais. Mas também provisórios, com corpos adolescentes que mudavam da noite para o dia sem aviso prévio. Ninguém se sentia confiante. Naquela festa, em outros lugares, em qualquer lugar. E dançar parecia algo quase pornográfico para todos. Ninguém queria revelar o rosto de quando se solta sob o som da música. Todos queriam controlar e se controlar. Todos, exceto eu. A única dançando na pista com Stevie Wonder. Solitária. Num canto da grande sala. No meio das cadeiras, almofadas, dos frascos vazios. Dançando, minha timidez se esvaia. Não dançava para me divertir. Mas para existir. Para conhecer.

Também hoje, quando limpo o chão de casa, entre um pedaço e outro do piso, danço. Na dança, a angústia do futuro diminui. O *Djĩro* por um instante se dissipa.

Naquela noite, porém, minha dança na festa de M estava como que manca. Meus pés não faziam o movimento completo. Eu estava preocupada. Revia em câmera lenta o rosto de *âbo*, suas rugas, sua expressão tensa. Depois, tentava ver além da neblina, além daquela "Somália" dita de forma tão sonora pelo âncora na televisão. O que acontecia no país das minhas origens? Meu corpo era varado por arrepios. Sentia-me como Cassandra, filha de Príamo, quando viu o maldito cavalo de madeira diante do muro de sua cidade. O cavalo que carregava os aqueus que destruiriam Troia e sua família. Cassandra viu o desastre se aproximando. E eu também o vi enquanto balançava a cabeça com Stevie Wonder, que me ditava o ritmo das caixas de som.

"Sabe que sofri no ensino médio?", sussurro. Sofri. *Uan oiei.*

L ouviu-me num silêncio religioso. Poucos meses atrás, fazia muitos anos que não nos víamos. Desde o término do ensino médio. Ambas envelhecidas. Mais maduras. Mais melancólicas. Estávamos diante de alguns vasos de cerâmica. Alguns feitos por ela, dos quais se orgulha muito. Vasos oblongos. Sedosos. Verticais. Extravagantes. São matéria. Mãos que sovam. Criação.

Tento dar a cada vaso a devida atenção. Também um pouco de amor. Meus olhos se detêm, um pouco por educação, um pouco por interesse verdadeiro, em cada curva imperfeita da massa. Tenho desejo de roçar cada artefato com os dedos. Para sentir a consistência da ponta dos dedos que os forjaram. Mas não ouso. Não quero quebrá-los. Não sei o quanto, às vezes, posso ser desajeitada.

Vejo a paixão se acender nos olhos de L enquanto me fala de suas cerâmicas. L, uma das garotas mais lindas do liceu científico no qual estudei durante a adolescência. L, a mais popular da escola. L, que acabo de encontrar por acaso na Via della Lungara na Casa Internacional das Mulheres, um espaço de luta e feminismos pertinho do rio Tibre. E de ratazanas. E por onde passa o esgoto de Roma, que apodrece sob o esqueleto da cidade. Vim até aqui para promover uma conversa sobre o trajeto e tráfico de corpos da Nigéria para Itália, convidada por uma associação que defende mulheres vítimas de violência. L está bem embaixo do palco, onde acabo de entrevistar uma mulher da Cidade do Benim, corajosa, maciça, potente, que conseguiu libertar-se dos cafetões e dos feitiços, da escravidão de abrir as pernas para os clientes sempre variados, e que agora trabalha para impedir que outras mulheres como ela caiam nessa rede que quase a aniquilou. Uma luta difícil para salvar outras irmãs da prostituição.

Olho L. Será minha vista que está me pregando uma peça ou... É realmente ela? Sua presença me pega desprevenida.

"O que está fazendo aqui?" – pergunto-lhe à queima-roupa, sem rodeios.

L, com sua voz sempre gentil como antigamente, mostra-me uma espécie de anexo atrás do palco. Atrás de mim. Há uma exposição. Um pouco de movimento. Logo me diz das suas cerâmicas. E da pequena exposição que está fazendo com algumas companheiras de viagem que, como ela, encontraram a si mesmas dentro da matéria inanimada.

Ainda é muito bonita. Os cabelos castanhos são mais claros do que eu me lembrava. Algumas rugas desenham uns rabiscos ao redor de seus olhos claros. Os lábios estão mais finos. Mas naquela maturidade, é como se a beleza da juventude tivesse se transformado, elevando-se. L é ainda mais bonita do que na minha lembrança. As rugas, a vida vivida, da qual naturalmente nada sei, deram-lhe uma consciência do seu ponto de equilíbrio. Sabe-se lá se no final se tornou arquiteta, como desejava. Sua voz permaneceu a mesma do passado, notei-o de imediato. Delicada. Doce. Suspensa. Em alguns momentos, titubeante. Não sei o motivo, mas diante dela sinto-me tomada por alguma forma de frenesi.

Sinto uma urgência de contar-lhe, Soraya. De botar tudo para fora. Contar-lhe sobre mim, sobre o *Djiro*, sobre a guerra, sobre nossa existência afrodiaspórica. Falar da eu de trinta anos atrás. Quando eu, ela e outros corpos fomos obrigados a respirar o mesmo ar viciado por cinco horas em poucos metros quadrados, um dia depois do outro, durante cinco anos.

"Sabe que durante o colegial eu sofri? A guerra civil. A Somália. Minha mãe... Você sabe dessas coisas? Você nunca soube?"

Rapidamente conto sobre aqueles anos. Atiro-me quase como uma bola que quer ser apanhada. Sigo como para marcar um gol direto na outra metade do campo.

Encadeio episódios do passado. Raivosa. Rápida.

Ela me diz somente: "Eu não sabia. Sinto muito. De verdade".

Sua pequena voz escapa da sua boca ainda menor. Os olhos arregalados. Vejo sua cabeça fazendo uma viagem no tempo. Vejo sua mão tremer. Sente muito por não ter sabido. De verdade.

Ao vê-la, percebo o quão pouco, na época, eu falava de mim. Quão pouco todos na escola falavam de si mesmos. Uma geração que viveu no silêncio.

Ela não para de me olhar. Um pouco atônita por aquela confissão certamente fora do prazo. Certamente fora de lugar. Parece Maria Madalena diante de Jesus crucificado. Espantada.

Não falei com ninguém na festa, ainda que me esforçasse para sorrir e tentar parecer "normal". A palavra que mais me pesou nos anos 1990 foi de fato "normal", minha Soraya. Era preciso homologar-se. Afinal de contas, vínhamos dos paetês brilhantes dos anos 1980, das ombreiras exageradas que nos transformavam todas em montanhas macias de isopor. A regra dos anos 1990 era ter o corpo marcado por grifes como Valentino ou Versace, ou, na falta delas, um *prêt-à-porter* de segunda mão, ou descolado numa barraquinha nos bairros de Prati ou Marconi, que parecesse muito com os grandes estilistas *made in Italy*.

Nos anos 1990, também era preciso ter as medidas certas milímetro por milímetro, seios abundantes e o sorriso de Julia Roberts, que bem no verão do ano do qual nos despedíamos naquela festa, 1990, havia encantado o mundo interpretando Vivian Ward, a prostituta doce e sagaz de *Uma Linda Mulher*. Achávamos que para nós tudo seria fácil como fora para ela. Cada uma de nós esperava encontrar, quem sabe em seu próprio bolso, um Richard Gere grisalho pronto para nos transformar numa princesa.

Enfrentávamos o mundo nos vestindo com brio e enchendo o armário (quem podia fazê-lo, certamente não eu, que não tinha um tostão) de camisas quadriculadas de flanela, calças jeans rasgadas de cós alto, jaquetas jeans, blusões três números maiores, moletons coloridíssimos, minissaias xadrez tartã e blusas que na época se usavam por dentro das calças, ou para quem queria ser mais ousado, fazia-se um nó na barriga mostrando lascivamente o umbigo. O mundo dividia-se entre os que preferiam cores neutras, e portanto mantinham posição mais afastada, feita de nuances de marrom e verde escuro, e quem queria gritar ao mundo o vermelho, o laranja, o amarelo, a própria existência.

Eram anos em que todos, até os mais céticos, espelhavam-se na risada espalhafatosa de um Bill Clinton ao lado de Iéltsin bêbado e patético. Estávamos cheios de brio e maus modos nos anos 1990. Na cabeça, falsos ícones. E pensávamos que as feiuras do século xx estivessem para trás, realmente achávamos que o resto, a nossa vida, seria um passeio. Encontrar trabalho. Encontrar o amor. Encontrar uma estrela pronta para brilhar para nós dois no céu. Éramos românticos. E acreditávamos na paz no mundo até mais que em nós mesmos.

Afinal de contas, assistimos à queda do muro de Berlim e fizemos assembleias estudantis para festejar a queda. Brindamos, alguns com uma Fanta laranja, outros com uma cerveja Peroni. E diante de nós se descortinava o fim da Guerra Fria. Imagens indeléveis como aquela do Leste europeu se banhando nos óleos saturados do quarterão com queijo do McDonald's. Um mundo unipolar. Para nós, enfim, a história já havia acabado, estava arquivada. Por outro lado, o que mais poderia acontecer que já não houvesse acontecido? Assim como o cientista político Francis Fukuyama, estávamos convencidos de que a vida já não tinha surpresas para nós. E então, para nos distrair, nos jogávamos na programação da rádio local, que transmitia músicas que andavam no ritmo daqueles tempos. Refrões pop, balbucios, orgasmos. Madonna, Whitney Houston, Nick Kamen. Tudo tinha que ser leve e dançante. Notas sobre as quais aterrissar suavemente, mesmo em caso de queda. Ou de uma catástrofe.

Quando voltei para casa depois da festa, acompanhada por R e por seu pai, cabo da polícia, encontrei o *ãbo* sentado na sala, na mesma posição em que o havia deixado. A mesma linha diagonal quebrava seu rosto. Foi ali que vi, pela primeira vez, o desespero do refugiado. O desespero de quem vê ser arrancada, diante dos próprios olhos, sua terra, sua Somália, pela segunda vez na vida. Foi então que vi, pela primeira vez, a ferocidade do *Djiro* que se abatia sobre um corpo que já fora capturado. Tornava sua posição, que já era precária, algo definitivo.

Nos dias que seguiram, meu *âbo* tentou telefonar para a Somália. Gritava no receptor do telefone na tentativa vã de ser ouvido por alguém para além dos mundos. Mas o aparelho o boicotava com sonoridades frias e obscenas. Com clarões de guerra e TNT.

A Somália havia desaparecido de todos os radares, minha Soraya. Notícias fragmentadas. Caos. Barulho. Mas o *âbo* não queria entregar-se àquela evidência escandalosa. E passou toda a primeira semana da guerra a discar números de telefone. Da nossa casa. Dos vizinhos. Dos parentes. Dos conhecidos fugazes. De desconhecidos. De inimigos. "Não é possível que não conseguimos..." "Não é possível que..."

E cada vez mais nervoso, persistia com o telefone. Mas não havia nada que eu ou ele pudéssemos fazer. A cidade de Mogadício havia parado de falar. Entre a África e nós, era tudo silêncio.

Naquelas tardes, depois da escola, para não ouvir o eco cada vez mais histérico do *tutututu* telefônico, refugiava-me na cozinha. Entre as conchas e o *kanafow*. Entre os garfos e os *sahamo nadif*. Arrastava-me para não me afogar com o cheiro de canela e cardamomo que adentrava traiçoeiro pelas minhas narinas. Quem me fazia companhia, como para todas as adolescentes daquela época, era um *walkman* de segunda mão, cinza. Segurava-o com firmeza sobre o peito com os fones de ouvido bem presos. Foi lá, escondida entre os barulhos de uma cozinha onde sempre havia uma panela no fogo, porque com frequência, naquela nossa casa alugada e provisória, a água quente era escassa, que me visitou a voz de Lisa Stansfield, cantora nascida em Manchester que parecia ter saído de uma revista em quadrinhos elegantes de Vittorio Giardino. Tocava sempre sua "All Around The World" em alguma estação privada de rádio. E sua voz de platino confundia-se sempre com a espuma lavada dos pratos recém enxaguados. E com meu desespero sem nome.

Encolhida sobre o sofá, já estava farta do *Djïro*, eu, uma garota de dezesseis anos com pouco seio, esperava a morte. Naqueles primeiros dias de incerteza, de guerra, de susto, de confusão indizível, estava sempre num estado catatônico. Minha língua, no passado audaz, havia sido quebrada por trincheiras e metralhadoras. Quebrada pela História, essa com H maiúsculo, que nos anos 1990 havia enterrado todos. A História me devorava.

O *Djïro* sempre teve a capacidade de escavar na profundeza da matéria macia de nossos pulmões. Eu e o *âbo* nos sentíamos soldados de infantaria. Sozinhos e mal equipados. Sozinhos e juntos. Sapatos rotos e armas enferrujadas. A guerra que não conseguíamos pronunciar nos aprisiona dia após dia numa redoma de metal, cada vez mais preparada para destruir qualquer exuberância nossa.

Quanto mais o tempo passava, mais o vazio dela, da *roiô*, tornava-se palpável. A cada hora que passava. Um instante após o outro. A dolorosa presença de uma ausência. *Roiô qu auî?* Mamãe, onde você está?

De vez em quando, eu olhava para o banheiro no fundo do corredor. Lá, no lugar exato em que a *roiô* normalmente colocava os pés sobre a pia. Para lavá-los de todos os pecados, para asseá-los de toda impureza, durante o rito *wudu*, que todo muçulmano e toda muçulmana fazem antes das preces canônicas. Nunca contei aos meus companheiros de turma, todos cristãos, todos ateus, todos alguma coisa diferente de mim, que ela colocava os pés na pia. Que minha mãe os colocava. Eu o fazia. O *âbo* também. Teriam achado isso anti-higiênico. Forasteiro. Perigoso. Indecoroso. Primitivo. Nunca contei que lavávamos os pés não uma, mas cerca de cinco vezes ao dia. Porque são cinco as preces canônicas, e cinco são os pilares do Islã. E que nossos dedos sempre cheiravam a orvalho e prímulas prateadas.

Certa vez, antes da guerra, eu e a *roiô* estávamos numa estação de trem entre a Suíça e a Itália. A *roiô* fez a ablução para a reza num banheiro público. Eu vigiava a porta. Ela tentava não molhar as roupas da viagem. Não deu tempo de avisá-la que estava chegando uma senhora com uma mala de renda, que passou por cima de mim. Tinha um perfume de calêndula na pele e uma onda de cachos desbotados pelas tintas e pela raiva. Viu minha mãe num equilíbrio instável sobre uma perna, molhada pela água de Alá. Sacudiu a cabeça. Depois tirou um spray de uma de suas grandes bolsas e nos pulverizou com sabe-se lá o quê. Para ela, éramos parasitas. Escória. Matéria que precisava ser desinfetada. Lixo. Depois de nos pulverizar com sabe-se lá o quê, virou as costas e saiu. De longe, só ouvi que resmungava. Ainda agitava a cabeça. Dizia blasfêmias.

Conhece bell hooks, Soraya?

Em *Tudo sobre o amor*, livro que deixei gasto de tanto folheá-lo, lê-lo, sublinhá-lo, dobrá-lo, carregá-lo na bolsa, vivê-lo, absorvê-lo e amá-lo, bell hooks escreve: "Despertar para o amor só pode acontecer se nos desapegarmos da obsessão pelo poder e pela dominação".[5] Anoto a frase num *post-it* cor-de-rosa. Escrevo-a em letras de forma, bem grande. E depois a penduro na geladeira cinza Hyundai atrás de mim. Faço-o com certa sacralidade. Para mim, bell hooks é um ritual. E o amor é tudo.

Quando bell hooks morreu, retomei a leitura de seus livros. Quase como uma homenagem. Um instinto de sobrevivência. Uma prece. Tornou-se uma ancestral. Eterna e etérea. E nós que estamos vivas temos o dever de não esquecê-la e não deixar que seja esquecida.

Em todas as suas palavras, relidas pela segunda ou terceira vez, palavras tão lógicas e perfeitas, encontrei um grito. Seu para nós. Irmã, nossa intimidade é política. Irmã, nossa intimidade é revolução. Irmã, nossa intimidade é a vida que o *Djíro* nunca terá. Talvez de forma inconsciente, foi bell hooks quem me encorajou a lhe escrever, minha sobrinha. Somos mulheres. Sou uma mulher madura que se debruça sobre o lado escuro da lua. Mas você é uma jovem mulher que acabou de pisar na lua. Juntas, somos a Via Láctea.

E é para você, minha sobrinha amada, que há dias me coloco diante de sua *ayeyo*, minha *roiô*, para recolher seus suspiros. Ela costura segredos com linha e agulha, desdobrando sobre um dos seus *maros*, pelos quais é reconhecida por toda a família, tudo que não consegue dizer com a boca. Usa tecidos crus, comprados em alguma barraquinha de feira. Preenche-os com desenhos de arco-íris e os transforma em sonhos, em quadros de Miró, fazendo malabarismos na aspereza do tecido com uma agulha de aço para crochê e muita imaginação.

---

5   bell hooks, *Tudo sobre o amor: novas perspectivas*. Trad. de Stephanie Borges. São Paulo: Elefante. [N. E.]

As nossas casas, a minha e as de meus irmãos, estão cheias das suas criações. Círculos concêntricos que perseguem linhas retas. Que perseguem pirâmides. Que perseguem trapézios. Que perseguem triângulos. E depois, o laranja que pula no verde. Bordas rendadas de lã crua, amor que se soma ao amor, dando pontapés atrás de pontapés ao esquecimento, à tristeza, à covardia do silêncio. Lá, naqueles *maros*, naqueles tecidos baratos, ela transforma o *Djïro*, o que explode dentro de si, em tapeçarias esplendorosas.

"Nunca pensou em vender suas criações?", pergunto-lhe.

Ela sorri.

"Não sei refazer meus trabalhos sempre iguais", diz-me com pesar. "Todas são peças únicas. Além disso, quem você acha que os compraria, querida?"

"Eu, mamãe. Eu os compraria." No fim das contas, é com eles que há anos decoro minha casa. Os amigos invejam muito meus *maros* feitos por *roiô*. Em cada mudança que fiz, carreguei comigo seus tecidos. Suas estampas. E olhei-as por horas. Com atenção, com loucura, com respeito, com medo, em busca de um segredo escondido nas curvas de sua abstração.

A *roiô* começou a costurar após voltar da guerra. Antes disso, linha e agulha eram reservadas apenas para trabalhos com utilidade: barras a serem refeitas, botões a serem pregados, rasgos a serem remendados na costura entre as pernas das calças. Ela remendava rapidamente, uma arte que aprendera desde pequena com as freiras italianas de Mogadício, com a irmã Manuela. Era muito organizada em seus trabalhos de remendo. Depois, terminados os botões e os rasgos, as barras, recolocava tudo na gaveta e esquecia-se deles completamente, ia assistir à televisão.

Quando eu era pequena, às vezes, tricotava. Foi ela quem me ensinou o lado certo e o avesso. Mas acho que nunca terminou nenhum cachecol ou blusão. Entediava-se logo e deixava o trabalho pela metade. Mas em seguida, depois da guerra, e isso nela foi a mudança mais vistosa, agarrou-se não às agulhas de tricô, mas de crochê, como um náufrago que finalmente encontra um barquinho de salvação ou um pedaço de madeira flutuante que lhe permite sobreviver. Depois da guerra, sempre costurou. Todos os dias, sem se cansar. O olhar deitado sobre o *maro*, a mão precisa, atenta, anárquica. Cores que saíam dos dedos como numa dança de máscaras. Lá, naqueles círculos concêntricos, estava seu alfabeto.

Um alfabeto de mãe. *Alifbetanda roiô*. E quero chegar ao fundo da questão. Decifrar minha mãe. Seus *maros* são minha Pedra de Roseta, sinto-me como Champollion diante dos hieróglifos mudos, desejantes de serem revelados à modernidade. Revelados a você, minha Soraya. E a mim, que no passado os temia.

Esta tarde, depois de ter feito um chá de funcho para a *roiô*, incentivo-a a falar de si. Com certa insistência, preciso admitir. "Você é uma testemunha", digo a ela. "É uma *mar-rati*."

Encara-me um pouco perplexa, com um olhar oblíquo de interrogação. E escapa às minhas perguntas insidiosas como uma libélula. Veste uma armadura como um louva-deus para se defender da filha intrometida.

"Não tenho nenhuma história para lhe contar", responde-me, protegendo a si mesma. "Não me lembro de nada. Está perdendo tempo comigo. Deixe estar. *Ulárri ske daf.*"

Mas espero até que ela beba seu chá. Que o líquido quente a torne menos desconfiada. "É para Soraya", explico. E, ao ouvir seu nome, sua *ayeyo* cede. "Soraya não sabe nada da Somália, do *Djiro*. Mas a Somália a conhece. E espera por ela. E a ama. É Mogadício em pessoa que está guardando para ela, em alguma gaveta remota, um presente. Um *dirah*, um *dhili*, um punhado de grãos de mirra, um pomelo suculento, uma concha. Mas Soraya não conhece o caminho para Mogadício. Precisa tomá-la pela mão. Eu não sei fazê-lo."

"Nenhum caminho vai nos levar de volta para casa, filha", ela diz com uma dureza como nunca senti antes. "Os caminhos foram interrompidos. As casas desabaram sobre si mesmas. Tornamo-nos bichos. E Mogadício foi sepultada por seus próprios habitantes sob um acúmulo infinito de cadáveres." Depois se vira. E não me olha.

Então pego o celular. Rapidamente. Digito com fúria sobre as teclas evanescentes do meu samsung. E finalmente encontro a imagem que estou buscando. E mostro-a para a *roiô*.

Mostro-lhe fotos coloridas de uma linha de horizonte alegre, feita de prédios altos e cinzas. "Essa é Mogadício", digo-lhe. "Mogadício de hoje. Renascida dos seus ossos."

Ela toma o telefone em suas mãos. Balança a cabeça. "Eu sei, mas essa nova Mogadício, vestida de uma paz aparente que todos nós esperamos que possa se fortalecer cada vez mais, me é estranha, pertence aos outros, não a mim. A minha morreu em 1991. Insepulta. Sem funeral. Você me pede para contar. Mas como posso contar sobre Mogadício se a guerra destruiu tudo aquilo que eu conhecia? O *luq luq*, as ruas, as praças, as estátuas, as casas, as árvores, os animais..."

A *roiô* já não bebe mais o chá. Também parou de bordar o *maro* no qual estava trabalhando.

Tomo-a pela mão e, adotando o mesmo tom sério dela, digo: "Vamos voar sobre ela, sobre a Mogadício que você perdeu. Basta fechar os olhos, *roiô*. Atravessar o tempo. Como diz Domenico Modugno: '*Poi d'improvviso venivo dal vento rapito, e incominciavo a volare nel cielo infinito*'".[6]

---

6 "Então, de repente, fui levado pelo vento e comecei a voar no céu infinito."

Mas não foi Domenico Modugno quem a convenceu, ainda que sua voz, para a *roiô*, seja um elixir. Minha mãe ama Modugno, é seu cantor italiano preferido. Certa vez, traduziu para o somali uma música dele, "Amara terra mia", minha terra amarga, pois nela encontrara todo o sofrimento que sente uma emigrante como ela, que falta à própria terra há muitos anos e lembra-se daquele terrível momento da separação.

Addio, addio, amore
io vado via.
Amara terra mia,
Amara e bella.[7]

O que a convenceu a colocar-se diante de mim foi o filme que você fez em 2009, minha amada sobrinha. Todas as vezes que escrevo seu nome no Google, aparece Soraya Omar-Scego, atriz. Mas isso você já sabe.

Atriz. Sim, você foi. Ainda que de um filme só. A *roiô* nunca assistiu a ele. A questão emergiu por acaso depois da prece do *maghrib*. E então, à noite, logo após o jantar, conectei-me ao Amazon Prime, pois sabia que lá estava disponível *Flor do Deserto*. A trama do filme, dirigido por Sherry Hormann, é tomada de um dos livros bem-sucedidos da modelo somali, que se naturalizou austríaca, Waris Dirie, nascida em Galkayo. É autobiográfico e conta a maneira como tornou-se famosa, fala sobre as dificuldades superadas e do trauma que sofreu, a mutilação genital.

Na Somália, noventa e oito por cento das mulheres que hoje têm mais de cinquenta anos sofreram essa prática. O percentual diminui bastante em relação às mais jovens. Mas a chaga, infelizmente, ainda não foi debelada. Na Somália, como em outros lugares, ainda há quem corte o

---

7 Adeus, adeus, amor/ vou embora./ Minha terra amarga,/ Amarga e bela.

clitóris das mulheres, um corte cruel, e carrega com isso também uma grande parte dos pequenos e grandes lábios (e às vezes tudo). Em algumas zonas do mundo, cauteriza-se a ferida com uma resina ou costura-se com espinhos de acácia.

Muitas mulheres da minha família, entre elas a minha *roiô*, sua *ayeyo*, passaram por isso. Foram cortadas e costuradas. E tiveram um só orifício, quase invisível, para urinar, para expelir o sangue menstrual. Para relações sexuais, gravidez e menopausa, foram cortadas novamente. Vivendo toda a vida fértil e não fértil entre sofrimento, doença, mal-estar, medo e equívocos. Medo de amar, de colocar um filho no mundo, de sangrar a cada mês e não sangrar mais, pois a secura vaginal que normalmente ocorre no período da perimenopausa e da menopausa transforma a vagina numa pedra. A *roiô* ainda sente dentro de si a resina, o *mal mal*, é como a chama que usaram quando fizeram a infibulação, ainda adolescente. Transformando num mármore qualquer orifício de seu aparato genital. E como é possível aguentar aquele corpo sempre incompreendido?

Nós duas, Soraya, tivemos sorte. Ninguém ousou nos tocar. Protegidas pela consciência de nossos pais, que disseram "Não!" por nós a esse destino infame. Somos mulheres livres do patriarcado que devorou os clitóris das mulheres.

Ver seu filme com a *roiô* não foi fácil para mim, para ela, pela diferença que temos entre as coxas. Talvez por isso, ainda que a mamãe seja muito corajosa, não como eu, que diante de um filme me torno uma gelatina, nunca quis vê-la na tela. Porque na tela você sofre. E isso a aniquila.

No filme, você interpreta Waris Dirie, futura modelo, você é ela quando pequena. Na época, você tinha catorze anos. Suas bochechas ainda cheiravam a infância, ainda que a dobra de seus lábios já fosse a mesma da mulher que você se tornaria, a que você se tornou. Seus cabelos, mesmo pela exigência das filmagens, têm uma natureza de selva bagunçada, crespa, que segue seu próprio caminho, seguindo o vento e o voo das aves de rapina. Você aparece no começo, quase imediatamente após os nomes dos produtores que financiaram o projeto anglo-alemão. Está no meio das pedras, da terra revirada, das cabras. Mas erraram ao colocá-la num vestido. Você usa um *dirah* e um *gorgoorod*, um vestido comprido e largo, e uma anágua alaranjada, e a *roiô* assim que a vê dá um pulo na cadeira. "Nós no *badio* usávamos roupas mais confortáveis. Tínhamos que correr. Não era possível vestir tantos tecidos esvoaçantes que seguravam os movimentos. Cada tecido tinha de ser prático. No mato havia hienas, precisávamos estar sempre prontas para fugir."

Mas vejo a *roiô*, que, apesar daquela leve crítica aos figurinistas, emociona-se quando você segura em seus braços um cordeirinho. Seus olhos grandes furam a tela, amada sobrinha. E eu e ela nos espelhamos dentro daquela adolescente que já desapareceu no decorrer dos anos.

Aquele filme tornou-a uma eterna menina, podemos revê-la todas as vezes cristalizada no tempo. Carinha esperta. Mãos inquietas. Gestos dignos de uma Greta Garbo.

Nunca há fingimento em você, nem por um segundo. Você conseguiu entrar no sofrimento de Waris Dirie em meio aquele casamento arranjado que quiseram lhe impor, e você fez dos sentimentos dela os seus. Sua história. Nunca se perguntou sobre a verossimilhança, nunca se perguntou se a cena, o livro, o filme deveriam ter sido contados de outra forma. Você interpreta. E ao entrar numa vida que não é sua, você entrou, paradoxalmente, com um leve sopro de vento, na vida de sua avó, quando ela, assim como a futura modelo do filme, foi uma pastora nômade.

Essa união de vivências sempre me impressionou. É estranho estar ao lado de uma mulher pastora, nesta altura uma emigrante, que olha para sua neta, nascida em outro país, enquanto coloca-se em seu lugar ao atuar em um filme. Teatro no teatro. Espelho distorcido. Não sei o que é isso, mas me emociona. E seguro as lágrimas.

A *roiô* assiste ao filme inteiro. Ele captura sua atenção, ela gosta. Somente durante a cena da tentativa de violência sofrida por Waris Dirie, que você interpreta e na qual, por sorte, na vida real, Waris Dirie defendeu-se com uma pedra, ela me pediu para avançar. Sabe que é ficção, que o que ocorre na tela não é a verdade, mas vê um homem que roça você com más intenções... "Não aguento, filha. Por favor, pula isso."

Do seu filme, ela ouvira falar justamente sobre essa cena. Eis porque não quis assisti-lo por muitos anos. Ao terminar de vê-lo, porém, o filme ficou gravado nela.

Conto a ela de quando fui ver você com Zahra durante o festival de cinema de Veneza, seu tapete vermelho, seus sorrisos tímidos aos fotógrafos. E conto a ela sobre seu pai, nosso Moh, que estava empolgado demais quando algumas adolescentes pensaram que ele era um ator famoso, em vez de corrigir o erro e dizer a elas: "Não sou eu", "Não sou um ator", dava autógrafos fazendo com que você sentisse um pouco de vergonha. E depois conto a ela sobre Waris Dirie que, embora esteja há muitos anos fora da Somália, não perdeu o sotaque e ainda carrega o perfume de pasto e mato. Daqueles olhos que desfilaram para Valentino, Armani, Versace, Gucci, Prada, mas que na infância também foram treinados para avistar hienas e sua ferocidade ávida. Digo-lhe também sobre o quanto Waris é bonita e determinada a derrotar a prática da mutilação genital. "É uma pessoa legal", comento.

Histórias e mais histórias. Anedotas que como boa costureira de histórias vou distribuindo aos poucos. Ao terminar de falar, ela me perguntou: "Agora eu preciso contar para Soraya, não é?"

Já éramos refugiados quando a guerra civil explodiu na Somália, em 1991. Já cheios de problemas. Já uma família partida.

O *Âbo* e a *roiô* já haviam vivido o inferno. Já tinham o *Djíro,* que escorria feito sangue enlouquecido em suas veias. Contudo, conseguiram ressuscitar, mesmo que não completamente, conseguiram derrotar, pelo menos por um período, o *Djíro* desde que haviam perdido seu país, sua casa, o sentido e a juventude.

Fugiram de uma ditadura militar em 1970, a ditadura de Siad Barre, um homem que em sua juventude fora aluno da Scuola Allievi Sottufficiali Carabinieri de Florença, e que os somalis sempre chamaram de *Afweyn*, "Boca Grande", por sua ferocidade e voracidade. Com a desculpa do socialismo, introduzira no país a corrupção mais famélica, a violência mais feroz, um controle obsessivo sobre os corpos. Naturalmente, como todos os ditadores, Boca Grande queria apoderar-se de todos os recursos: era evidente que o socialismo imposto aos outros não se aplicava a ele nem aos seus chegados. Enquanto outros marchavam à frente de Marx e Engels sob o sol escaldante do meio-dia, adoecendo de coração e nostalgia, ele gozava do capitalismo mais desenfreado em sua mansão na praia, entre rios de álcool e queijo desembarcado recentemente da Itália.

Após a independência da Somália, no primeiro dia de julho de 1960, meu *âbo* fora ministro de diversos dicastérios, embaixador, prefeito de Mogadício, governador de Banaadir, chefe do Comitê Olímpico Somali e teve a honra de acompanhar a delegação somali às Olimpíadas de Roma em 1960, Olimpíadas lendárias, as primeiras das quais a Somália participou como país independente. Depois viajou. De norte a sul e de leste a oeste do globo. Ainda hoje, ao digitar o nome de meu *âbo* no Google, seu *awowe*, minha Soraya, aparece, no site da União Europeia, uma foto dele vestido de fraque quando fora embaixador em Bruxelas, quando ainda não era UE, mas sim CEE, Comunidade Econômica Europeia. Na fotografia, no site da União Europeia, meu pai é um jovem funcionário de olhos brilhantes, lábios carnudos como um ator pornô, traço que todos nós carregamos na família, a testa ampla e aquela elegância que talvez só Hussein, meu adorado irmão falecido de câncer muitos anos atrás, e Moh, seu *âbo*, herdaram.

Mas com Siad Barre tudo havia terminado, e meus pais tiveram de emigrar. Meu pai chegou em Roma primeiro. Depois minha mãe o seguiu. Sozinha. Sem filhos. O ditador, com quem havia tido uma audiência em Mogadício, antes de partir, a ameaçara: "Deixarei que viaje para ver seu maldito marido, mas não poderá levar nenhum filho seu consigo. A pena é o fuzilamento instantâneo de toda sua família".

O plano da minha mãe era ver como estava o *âbo* e depois voltar para estar com os filhos. Portanto, aceitou a chantagem do ditador. Agarrou seu passaporte para a expatriação, que fora antes sequestrado, e sem virar para trás saiu pelo portão principal da mansão presidencial, aonde havia ido para reclamar seus direitos como cidadã. No aeroporto, os guardas do regime a despiram. Queriam ver se carregava joias ou outros bens preciosos contrabandeados. Mas minha mãe não carregava nada. Tudo o que tinha, e não era muito, deixara para sua irmã, pedindo-lhe que cuidasse dos filhos que ainda precisavam ser criados. E depois, a promessa: "Logo volto para pegá-los, irmã. Conto consigo, *abayo*".

Mas, na verdade, nunca mais conseguiria pegar seus filhos encaracolados. Ficaram separados por mais de dez anos.

Eles na África com a tia, ela na Europa com o marido e a nova filha, eu. Quando os reencontrou, aqueles filhos abandonados a contragosto já haviam se tornado homens com vozes roucas e barbas pontiagudas. Com sonhos enormes no peito, melancolias esparsas, grandes objetivos e risadas sonoras.

Quando a *roiô* chegou em Roma no exílio, no final de 1970, ou talvez no começo de 1971, o *âbo* vivia com um sobrinho numa pequena casa, como solteiros. Minha mãe passou os primeiros dias lavando tudo com o *âbo*, porque "não podemos viver numa pocilga". Depois começaram a planejar um futuro juntos.

O âbo estava lá com poucas coisas que havia conseguido carregar consigo da Somália. Algumas roupas, alguns sonhos, alguns pares de sapato, gravatas. No passado, havia sido rico. Famoso. Mas em Roma, em 1970, havia caído na mais sombria indigência. O dinheiro havia sido confiscado pelo regime de Barre. Sem contar que sua honestidade não o havia preparado para aquele apocalipse que o atingia com quase cinquenta anos. Até aquele momento seus pensamentos haviam sido outros. Construir uma casa em Barawa ou Baraawe, como se diz corretamente em somali, o nome da sua cidade natal. Uma casa à beira da praia, onde poderia envelhecer em paz, com o doce marulhar das ondas acariciando seus ouvidos todos os dias. Já se via em Barawa, o meu *âbo*, numa casa branca, grelhando carne, bebendo água de coco, comendo bagas e mamão, curtindo os netos, abraçando os filhos e vendo-os ganhar o mundo. Seu projeto de vida era belíssimo e, no fundo, simples. Mas uma junta militar, justamente a de Siad Barre, carregando consigo manifestos de Lenin, Stalin, Marx e Engels, havia tomado o poder e roubado todos os seus sonhos.

Na sequência, após 1978, Lenin, Stalin, Marx e Engels seriam substituídos pela Coca-Cola e Pepsi-Cola, porque Siad Barre, como quem não quer nada, acabou mudando suas alianças geopolíticas, passando da esfera de influência da União Soviética para a dos EUA. Tudo isso devido a uma guerra por disputa de fronteira com a Etiópia, na época aliada à URSS.

Então, em vez de estar em Barawa, à beira-mar com o doce marulhar das ondas nos ouvidos, o *âbo* com a *roiô* viu-se catapultado numa pequena casa na Via Portonaccio, no leste de Roma, em exílio. Eram dois refugiados. Duas pessoas que haviam perdido seu mundo em menos do que um piscar de olhos. Distantes dos seus filhos. E do seu continente.

Uma parte do mundo usa-nos, já há muito tempo, como um insulto, Soraya. "Uma outra Somália", dizem os telejornais para destacar uma situação que já está desgastada. Ou dizem: "a somalização do conflito", como se fôssemos um esquema enlouquecido do jogo *War* e não um país com pessoas que, como qualquer outro, merece respeito.

Uma vez, quando estava perto da Piazza Bologna, num ônibus lotado de corpos e fedor de axila, vi uma pichação num muro adjacente a uma famosa doceria, escrita por uma mão neofascista: "Prodi somali". Tudo isso seguido por uma suástica, ou talvez uma cruz celta. Romano Prodi, Soraya, um homem político italiano, progressista, europeísta, cristão devoto, na época daquela pichação era Primeiro-Ministro da República e tinha muitos inimigos. Naturalmente a palavra "somali" era usada como uma ofensa, pelo menos era a intenção de quem o havia escrito. Um sinônimo de "lixo". Uma pichação racista e cruel.

Tremi dentro daquele ônibus, indignada com o uso que o mundo fazia do nosso sofrimento. Insultavam um político em vez de confrontá-lo. E o faziam servindo-se de nós como sinônimo de inferno, fome, degradação, *kasaro*. Eu queria gritar dentro daquele ônibus. Mas as palavras já haviam morrido dentro de mim. *Somalia ay maarra*. Somália não é um insulto. Contudo, eu não disse nada. Mordi minha língua e pronto.

Mas basta virar a esquina para nos vermos novamente ao lado de alguém com quem dividimos uma ligação consanguínea ou a mesma tessitura de cabelos ou talvez quem sabe o mesmo pâncreas, minha sobrinha. É suficiente ter em comum uma pitada de antepassados e isso já nos autoriza a desfazer-nos dentro de um abraço quente e poroso. No fundo, somos todos primas e primos de um homem ou de uma mulher somali que acabamos de conhecer. Não por acaso, na Somália, o próximo é também um *abayo*, irmã, ou um *abowe*, irmão. Sentimos que pertencemos uns aos outros. Que cada um de nós é a continuação dos outros. Talvez seja por isso que a guerra que durou mais de trinta anos e nos atingiu seja algo sem sentido. Difícil nosso cérebro aguentar, nossas mãos que tremem cada vez mais. Temos os mesmos ossos, os mesmos olhos, a mesma boca carnuda. Temos a mesma pele dos mártires. E então, por que todos esses fuzis por aí? Essa violência cega entre nós? Esses pescoços degolados? Por quê? *Sidê qu timid?*

Somos o nariz da África. Aquilo que faz com que o continente seja infinito ao alongar-se em direção à Índia. Para lá, na vertente do outro oceano, dirige seu olhar, já no lado atlântico – penso em países como Senegal e Gana – dividimos aquela dança promíscua com a água marinha que às vezes mata e às vezes ressuscita. Também o oceano Índico, como o Atlântico para um senegalês, faz, de fato, parte dos nossos corpos. Corre dentro de nós desde que a rainha Hatshepsut, soberana do Egito, da dinastia XVIII, mulher que se rebelou contra o poder masculino do seu povo tornando-se ela mesma o poder, decidiu banhar-se com o incenso da nossa terra, que na época ainda não se chamava Somália. Deu-nos curiosidade, desejo de flutuar sobre as ondas como os golfinhos. Vida. Houve em nós, num tempo passado, beleza. Muita. *Uallárri*!

Mas desde 1991 a beleza foi-se embora na fumaça. E para mim, embora pense sobre isso todos os dias, ainda permanece um mistério denso e odioso. Por que o povo somali quis se machucar tanto? Por quê?

Nossa família também é um mistério para mim, Soraya. Refiro-me à mais próxima, composta pelos pais, pelos avós, pelos antepassados, pelos irmãos, irmãs, tios, tias, primos, primas, sobrinhos, filhas e filhos.

Quantos somos? *Inte ban narraï*? Em número, quantos somos? Você sabe? Eu nunca soube. Nunca.

É a *roiô* quem sabe essa conta sobre nós. Eu me perco nos números. Só sei que somos numerosos como as gotas de suor de uma estrela. Infinitos como o pó. Somos como os elefantes de Aníbal Cartaginês, somos uma multidão. Há tempos eu perdi a conta dos membros efetivos desta nossa família. Somos diaspóricos e sem uma raiz. Prontos a voar no céu com as asas de Mercúrio nos pés.

Quantos somos? *Inte ban narraï*?

Nunca contei os meus familiares, que depois em parte também são os seus. Nunca os vi todos reunidos num cômodo. Às vezes confundo seus nomes.

Lembro que no casamento de uma querida prima que hoje já não está mais viva, em Verona, apresentaram dois filhos do irmão mais velho do meu pai, tio Abukar, um ao outro. Se não me engano foi a noiva quem os apresentou, entusiasmada, com algumas lágrimas que surgiam sob as pálpebras, os narizes segurando a água da saudade. Tenho uma vaga lembrança de olhos grandes mareados. De gotas de mar. De espirros envergonhados. "Esse, querida, é seu irmão." "Essa, querido, é sua irmã." "Troquem um sinal de paz." "Deem um aperto de mão." Tio Abukar tivera muitos filhos com diversas mulheres. Não me pergunte quantas, isso eu também nunca soube. Se apaixonava a cada novo luar e todas as vezes, nove meses mais tarde, nascia uma estrela com uma testa igual à sua e seu mesmo jeito sério. E os dois desconhecidos também eram estrelas, irmão e irmã, que após alguns momentos de perplexidade, olhando um para a outra, reconheceram nos respectivos olhos, os olhos de seu pai. Sua seriedade jocosa. E, ao reconhecerem-se, estabeleceram um pacto de amor, uma aliança. Eterna.

Recentemente estabeleci um pacto de amor com minha prima de segundo grau, Federica, filha de um primo que eu nunca conheci, pai que ela nunca mais viu, desde pequena. Nascemos com quatro dias de diferença, mas por mais de quarenta anos nunca nos colocaram em contato. Eu ignorava sua existência. *Uallárri*! *Maanan ogein*! Federica cresceu em Rimini, com uma mãe da região da Romanha que não a perdeu de vista por nem um momento. E ela, única negra numa família branca e cheia de amor, cresceu forte e teimosa.

Um dia, alguns anos atrás, ela encontrou numa gaveta uma lista de nomes relacionados a seu pai e um dos nomes era o do meu *âbo*. E foi assim que o nome do meu pai traçou uma linha entre ela e eu. Já não me lembro quanto tempo passou entre aquela descoberta na gaveta e o momento em que nos encontramos pessoalmente. Sozinhas. Num cômodo. Carne e ossos. Eu e ela. Juntas. Aconteceu. E foi lindo. Algo imenso. *Uah uein*!

O motor de tudo foi um livro. Um livro que escrevi e estava sendo exibido na vitrine de uma livraria no centro de Rimini, no qual meu sobrenome se destacava em branco sobre a capa azul. O mesmo sobrenome que Federica, na época uma prima ainda desconhecida, havia encontrado numa gaveta da casa materna. Foi assim que me procurou. Com paciência. E me encontrou. E nos abraçamos. E gostamos uma da outra de imediato, descobrindo em nós uma afinidade eletiva e não só uma relação consanguínea.

Olhando para ela, em especial a primeira vez, quando diante dela me emocionei, minhas pernas tremiam, vi a marca registrada da nossa família. Aquela testa avantajada, os cabelos enrolados que têm a tendência a se avolumarem e aqueles olhos um pouco fracos que precisam de um reforço, uns belos óculos com uma armação sólida porque, como as minhas, suas pupilas veem claro-escuros e as fronteiras do mundo só se revelam através de lentes grossas. Já éramos irmãs. Ela da Romanha, e eu de Roma.

Quantos somos? *Inte ban narraï*?

É uma pergunta difícil para nós. Federica também me perguntou durante nosso primeiro encontro, com aquela voz sonora vinda do renascimento. Não respondi. Mudei de assunto, envergonhada.

Como explicar, recém-conhecidas, que o *Djïro* nos esmigalhou? Que a guerra infame nos reduziu a sobras de carne?

Assim que a conheci, logo lhe disse: "Você precisa conhecer o primo O, Federica, é simpático e vocês são parecidos". Ainda não se conheceram. A *roiô* sempre chama minha atenção pois não me esforcei para juntar a trajetória dos dois. "Vou fazer isso", lhe disse. Ela me olha com ar cético. E mostrou-me com um gesto, tão brutal quanto típico, o seu relógio amarelo. "Não deve brincar com o tempo, minha menina." "Tem razão", lhe disse. Mas, no fim, permaneci imóvel.

O primo O é cidadão finlandês, tornou-se depois da guerra, quando como muitos de nós se viu obrigado a fugir de uma Mogadício em chamas que cheirava a estupro. Fugiu através do deserto, através de caminhos impenetráveis na Ásia e então passou por Moscou.

Disse-me: "Dormi nos famosos dormitórios da Universidade Russa da Amizade dos Povos, quase à sombra do Kremlin, onde se formavam os quadros africanos e asiáticos e onde a inteligência russa espiava com ferocidade cada movimento deles".

"E depois, primo?"

"Depois cheguei em Helsinki", diz todas as vezes com tristeza, quase a contragosto.

Ao alcançar nosso destino, sentimos o cansaço da jornada, o medo de não sobreviver ao fim. Afinal de contas, o *Djíro* quase o havia mordido. Em Mogadício, correra o risco de acabar com uma bala cravada na testa, imerso feito um rato num acúmulo de fezes humanas recém depostas.

Quando me vê sempre me pergunta: "Como é possível que isso possa ter acontecido bem conosco?"

Não sei.

Tínhamos um mar tão bonito, as praias de Lido... Aliás, Soraya, você sabe que mudaram o nome a partir do Lido de Veneza? Ah, de fato eram as praias mais lindas. Por que desperdiçamos tudo?

Quantos somos? *Inte ban narraí?*

Deveria responder-lhe a essa pergunta específica, minha sobrinha, sobre nossa família. Ou pelo menos tentar. Porém, em vez disso, perco-me nas biografias. Caio no abismo dos detalhes.

Mas se você me permitir, gostaria de continuar a falar sobre o primo O, antes de encontrar novamente o caminho principal dessa carta sem partidas e sem chegadas.

O primo O, antes que houvesse a guerra, nos anos 80, trabalhava como faz-tudo para uma empresa italiana na Líbia e todas as vezes, lembro muito bem disso, vinha para a Itália para aproveitar um pouco da *dolce vita*, como chamava suas férias, lembrando-se do filme de Fellini de que ele tanto gosta.

Certa noite, e essa história virou uma lenda em nossa família, brigou com um rapaz que tinha um ar sinistro e deprimido numa pensão da capital, no bairro Borgo. O motivo da briga era um elogio que ele fizera à garota que estava em sua companhia, ela também somali. Eram um grupo de amigos, sorridentes, felizes, estranhos, e estavam conversando de forma amável sobre a juventude, a deles, que brilhava. Depois, de uma hora para outra, chegou esse homem para quebrar todo aquele encantamento.

O primo O, que você conhece bem, Soraya, é um tipo temperamental e devido àquela irreverência queria sair na mão com aquele desconhecido sinistro e um tanto deprimido. Mas o rapaz não estava com vontade de brigar, não naquela noite, seus olhos olhavam para outro canto, estavam perdidos em alguma outra coisa, e então largou o primo O e sua raiva no hall de entrada da pensão. O primo viu-se sozinho. Insatisfeito. Com os punhos fechados para uma briga que nunca aconteceria.

"Desce, seu filho da puta", gritou, mas o estranho já estava no andar de cima, fechado em seu quarto, meditando, sonhando, dormindo, protegido das distrações.

O primo O viu de novo aquele senhor uns dias mais tarde, na tela de uma televisão, num bar. Era um homem de nacionalidade turca, dizia o âncora do jornal, um tal Mehmet Ali Ağca, e havia cometido um atentado contra a vida de João Paulo II. O papa polonês. Atirando para matá-lo.

O primo O conta essas duas histórias de forma obsessiva, Soraya: a de que ele decide deixar a Somália enquanto tenta proteger-se das balas entre as fezes e *barambaro*, baratas, e a outra na qual briga com um terrorista internacional que depois se rendeu e foi perdoado pelo papa. Sente-se duplamente um sobrevivente, o primo O. Salvo de uma guerra e de uma briga com um homem que poderia tê-lo eliminado como um percevejo.

E Federica se parece muito com ele. A linha de parentesco é visível. É visível mesmo quando comparo o rosto de Federica aos rostos dos outros primos. Com os primos AL e AH, que vivem em Seattle. Com Z, que vive em algum lugar no Canadá. Com M, cujas pegadas se perderam nos anos 80 e foi vista pela última vez no norte da Itália, mas nunca mais quis conversar com ninguém. "Porque vocês me oprimem." Pelo menos foi o que me disseram.

Quando vejo os olhos de Federica, sinto a mesma sensação. Vejo-me por inteira.

Meus irmãos e minhas irmãs, por sua vez, não sei como narrá-los a você, Soraya. O *âbo* casou-se duas vezes, a primeira com a tia Z. No passado, teríamos sido classificados como filhos da primeira e da segunda cama. Expressão um pouco antiga e um pouco desagradável. Expressão que reduz nossas mães à mera função biológica e reprodutiva.

Quanto a mim, gosto de pensar que somos todos e todas frutos dos sonhos deles. Que antes de termos saído das vaginas de nossas mães já havíamos habitado a luz de seus pensamentos. Para mim, por muito tempo, meus irmãos e minhas irmãs foram mera abstração. Nomes que eram sussurrados ao meu ouvido com amor e uma pitada de mistério. Nomes de que era preciso lembrar. Para contrastar o *Djíro*, o exílio, a dor. Para mim, era uma entidade única, macia como as nuvens que eu via sobre o céu da minha amadíssima Roma.

De vez em quando, via seus rostos em algumas fotografias desbotadas que o *âbo* guardava dentro da sua agenda. Eles, meus irmãos e minhas irmãs, compactos, quase num corpo único, sentados numa escadaria com penteados dos anos 70 e camisas vistosas. Numa das fotos, uma das minhas irmãs, acho que Amina, usava uma blusa listrada e parecia uma pequena abelha. Cabelos de seda, rosto sério. Em retrospectiva, todos tinham uma expressão séria.

O mais novo, seu *âbo*, Soraya, tinha uma espécie de bico e os ombros embutidos no corpo. Olhando aquela foto, sempre soube que eu era uma irmã alheia a todos eles. A irmã mais nova, nascida no estrangeiro, que falava somali recheando-o com o dialeto romano. Agora, *Alhamdulillahi*, eu o falo bem, mas permanece um leve sotaque de Primavalle, periferia histórica onde morei por muitos anos.

Quando eu e meus irmãos e minhas irmãs nos conhecemos, eles já eram crescidos. Sim, sim. Já eram adultos, já tinham uma bagagem de experiência nas costas, uma vida, em parte, já vivida. Um já lia Fanon, outra jogava tênis, outro criava pombos. Ouviam músicas que eu só conheci quando adulta, quando me aproximei da cultura musical da Somália, bandas que nos anos 70 misturavam a tradição do *dhaanto*, o reggae somali que nasceu muitas décadas antes do jamaicano (quando digo que o reggae de Bob Marley foi inventado por nós, todos dão risadas na minha cara, mas é verdade, *uallárri*) mesclado ao afrobeat de Fela Kuti. E a força que unia o oceano Índico à psicodelia nigeriana do Oceano Atlântico também era vista naquelas fotos dos meus irmãos e das minhas irmãs que eu ainda não tivera o prazer em conhecer pessoalmente.

Acho que foi Hussein o primeiro que conheci. O mais lindo. Que os outros não se ofendam, mas o nosso Hussein tinha uma beleza que às vezes era desconcertante. Modos gentis, um sorriso afável, generoso e uma floresta de cachos que fazia dele um eterno garoto. Ele me viu recém-nascida. O *âbo* e a minha *roiô*, que não era a sua *roiô* porque era filho da tia Z, disseram-me que ele gostava de me levar para passear no carrinho de bebê. E aquele homem tão fascinante com sua pequena irmã recém-chegada ao mundo era um imã para todos.

Era tão bonito que uma vez um diretor de cinema parou para olhá-lo pensando: "Ah sim, pode ser o homem certo". Ele estava passeando por Roma, viera até o *âbo* para entender como seguir sua vida. Para poder ir para outro canto. Como todos os jovens, desejava viajar, explorar. E durante aquela permanência romana, encontrava com frequência seus amigos na estação Termini. Na galeria *gommata*, emborrachada, da estação de trens, a que unia Via Giolitti com Via Marsala, onde agora há cafés, quiosques, sorveterias, nos anos 70 havia mesas. Sentava-se, observava-se as pessoas partirem, outras chegarem. Observavam-se os rituais de despedida e boas-vindas. Os beijos, os abraços, mas também as últimas blasfêmias e as fugas. Meu irmão ia para lá, tomava uma bebida alcoólica e conversava com os amigos sobre um futuro que já então lhe parecia estranho. A ditadura havia devorado muitos sonhos. Era preciso reinventar-se. Foi lá que Hussein foi contratado para um filme, uma série de Er Monnezza, com o cubano Tomas Milian. Meu irmão participou num desses filmes, Soraya, fazendo o papel de um turista americano que pegava as chaves na recepção do hotel.

Meu irmão Hussein, que muitos anos depois gostou muito de um macarrão com frutos do mar que eu cozinhei, com azeitonas e alho. Meu irmão Hussein nos deixou cedo demais. Tomado por um câncer que lhe extraiu qualquer respiração vital. Quando Hussein morreu, meu pai, que sempre aguentou de tudo, da morte dos seus irmãos ao exílio, aos tormentos, não conseguia deter o tremor das suas mãos. Tentou esconder aquela dor ensurdecedora. Para ser forte para nós. Mas aquela dor ensurdecedora continuou a atordoá-lo meses e anos após a morte de Hussein, paralisando seu maxilar. A respiração.

Sempre me perguntei como é possível suportar a morte de um filho. Não consigo imaginar. Mas conheço, pois vi a cena acontecer diante dos meus olhos, como num filme, o modo pelo qual um corpo reage à ausência. Acontece assim, Soraya: o corpo se paralisa e o *Djiro* morde. E no meio tempo, algo se perde para sempre.

Meu *âbo* perdera dois filhos. Hussein foi o segundo a deixá-lo. O primeiro fora o seu primogênito: Yussuf. Dele lembro-me somente dos cabelos.

Aconteceu durante uma das minhas viagens à Somália. Uma das primeiras. Quando eu ia com a *roiô* para Mogadício durante as férias de verão. Durante aquelas viagens, eu também aprendia a ser somali. Mamãe, que até hoje me chama de "a italiana", sua filha estrangeira, queria que eu acrescentasse à minha identidade romana a única que até hoje eu sinto como segura, aquela Somália que havia embalado suas aspirações. Para mim, a Itália e a Somália eram abstrações. Algo que não me era possível entender, especialmente quando era pequena. Já Roma, com seus capitéis coríntios, seus aquedutos e suas ruínas espalhadas por todo o perímetro, era para mim a outra pele a ser vestida. Nunca foi difícil me identificar com essa minha cidade e sua loucura. Roma era para mim algo fácil de entender, com seu sentido de eternidade e maravilha. A Itália, um pouco menos. Era mais longa, quase intangível.

Mas com um pouco de esforço eu conseguiria, com certeza, fazer com que se tornasse minha. Restava a Somália.

E então vieram aquelas viagens com minha mãe tão logo a ditadura retirou as acusações obscenas contra ela, já aquelas contra meu pai permaneceriam ainda por muito tempo. Eis que a *roiô* empurrava-me para dentro dos cheiros dos temperos, a areia de Jazeera, as esteiras sobre as quais as velhas ostentavam os noventa e nove nomes de Alá manipulando um terço que cheirava a gengibre. E depois aquele mundo animal que fedia, perfumava, balia sobre nós. Mogadício tinha um tráfego intenso. Motocas, muita gente andava de vespa, *hajiokamsin*, fuscas. Também dromedários, cabritos, babuínos. E ainda: "Beba esse chá com cardamomo." "Coma esse *sambusi* com peixe." "Venha conhecer sua parente." "Não fuja, filha, não seja boba. É só uma barata, força, você precisa ser mais corajosa. Que mal pode lhe fazer um *barambaro*? Força!" "Tente falar em somali, que você sabe, *Af somali qu radal*." Eu obedecia. Falava em somali, deixava que as cabrinhas com as quais eu brincava balissem na minha cara imaginando que fossem os robôs japoneses que eu via na televisão italiana. Também tentava resistir ao calor seco que eu mal suportava.

Depois me disseram: "Vem cá, Igiaba, venha conhecer esse homem. É seu irmão Yusuf, cumprimente-o".

Lembro-me dos cabelos do Yusuf, Soraya. Lisos, como uma boneca, lisos como espaguetes. Brilhantes. Não sei se apertei sua mão. Não sei nem se dissemos *"ciao"* ou *"subáh uanagsan"*. Yusuf, que trabalhou ao lado do meu pai. Que sempre vi nas fotos da época de ouro, do pós-independência, quando o nosso *âbo* era ministro, embaixador, um homem proeminente. E Yusuf sempre de paletó e gravata ao lado dele, sorrindo. Depois houve a ditadura, que atropelou tudo. Até mesmo as aspirações de uma classe de jovens que esperavam receber o cetro dos pais para continuar a obra de modernização do país. Eu não sabia nada disso quando o encontrei pela primeira vez. Só vi seus cabelos sedosos.

Ele faleceu pouco tempo depois. Jovem. O primeiro caco de vidro no coração do meu pai. Do pai dele. Do nosso *âbo*. Uma dor que o deixou corcunda. Aquele *Djîro* que nunca mais o abandonou.

Quando me perguntam quantos irmãos e irmãs eu tenho, me perco. Às vezes, digo que somos doze no total, incluindo Hussein e Yusuf, que nos deixaram antes do previsto. Às vezes, digo dez. Outras vezes, começo a contar vistosamente nos dedos das mãos. Falo com frequência das suas geografias. Ottawa, Washington, Nairóbi. Mas no fim, sempre acabo esquecendo alguém. Um estudou em Praga, outro dá aulas de inglês, outro voltou a viver na África. Quando os encontro, sinto que há gerações que nos dividem. Muitos já eram jovens adolescentes quando eu era só uma ideia. Vidas diferentes, as nossas. Separadas. Os conheci crescidos, homens e mulheres, já com planos em mente. Apesar da separação provocada pela ditadura, foi bonito seguir suas geografias e ver nas pálpebras dos seus olhos algo de mim, do *âbo* e daquele avô Omar a quem muitos se parecem feito gêmeos.

Foi fácil, Soraya, amá-los loucamente.

Há uma foto. Há a cúpula de São Pedro. Há as pombas. Os peregrinos. A praça. Há a beleza. Depois há um garoto, com uns vinte anos. Cabelos enrolados, afro, grossos, bastos. É alto. É magro. Não sabe que vinte anos depois irá engordar. Na foto, veste um casaco marrom. O sol atinge-o com violência. Aperta o olho doente. Sim, tem um olho muito doente. Aquele olho é o seu tormento desde que, na fúria de uma brincadeira, foi atingido por uma pedra voadora. Aquele olho gira em torno do sol como um girassol. Aos vinte anos, já é bem torto. Ao lado daquele garoto está uma garotinha de sete anos. Veste um casaco marrom e tem problemas posturais. Está de pé como se estivesse grávida. Com a barriga saliente. Nos seus olhos se vê um sorriso, mas também o medo. São um irmão mais velho e uma irmã mais nova.

A garotinha tem cabelos compridos. Morde os lábios. Ambos olham para longe da lente da câmera fotográfica. O garoto porque não consegue. Em todas as fotos, depois do acidente, depois de que aquela pedra quase o cegou, há algo de torto em seu olhar. Mas a garotinha não olha porque tem vergonha. É uma foto turística. Feita por um fotógrafo ambulante. Um fotógrafo que tem uma máquina tão grande quanto uma mala. A garotinha não quer tirar aquela foto. Mas o irmão mais velho insiste. Quer ser turista. Pelo menos por um instante. Ele, que é um imigrante. Enquanto ela, a garotinha, ainda não sabe o que é. Não é uma imigrante. Naquele país onde estão naquele momento, onde fica a Piazza di San Pietro, foi onde ela nasceu. É nativa. Nascida em Roma e em sua pele preta. Mas a sociedade que ferve ao seu redor ainda não lhe deu um nome. É uma garotinha invisível, de nacionalidade incerta. Não é uma imigrante. Porém, aos olhos de quem a vê, também não é italiana. Porém, pelo menos aquela garotinha sabe que é uma irmã mais nova. Aprendeu-o faz pouco tempo.

Aquele irmão mais velho foi um dos primeiros a entrar em sua vida. Aterrissou no aeroporto Leonardo da Vinci num voo da Somali Airlines sem casaco nem blusão. "Foi o *âbo*", dirá anos mais tarde, revisitando de novo aquela cena, "quem tirou seu próprio casaco e me deu!" E foi com aquele casaco paterno que a irmã mais nova o conheceu.

De início, rolou logo uma antipatia. Ele a via como uma mimada. Agarrada à saia da mãe, a queridinha do papai. Tinha um pouco de inveja daquela garotinha de tranças e cara fechada que tivera o privilégio de viver com os pais, com os mesmos pais, enquanto ele havia passado grande parte da sua infância e da adolescência sem nunca os ver. Culpa do destino, de Siad Barre, das leis que os havia afastado durante um exílio sombrio, distante. E ao contrário aquela pestinha os tinha só para si. Talvez o irmão mais velho odiasse a irmã mais nova. Ela também o odiava. Era um invasor. Desde que entrou em casa, o *âbo* e a *roiô* só tinham olhos para ele. Mimavam-no de forma exagerada. Derretiam-se de amores. Eram uma gelatina. E a irmã mais nova não gostou nada daquilo.

Então, no princípio, o irmão mais velho e a irmã mais nova não conversavam muito. Ela estava concentrada em suas histórias em quadrinhos. Ele concentrava-se nas coordenadas de uma cidade desconhecida que queria, enquanto imigrante, conquistar. Talvez tenha sido a *roiô* ou o *âbo*, ou o destino ou acaso, mas o fato é que o irmão mais velho e a irmã mais nova foram juntos visitar a basílica de São Pedro. Nenhum dos dois havia estado lá. Uma basílica grandiosa. Inspirava certo temor. Tudo era imenso, no fundo era tudo inacessível. E até mesmo diante da *Pietà* de Michelangelo havia a sensação de serem pequenos demais diante de tamanha beleza.

Depois, o irmão mais velho teve a ideia de visitar a cripta com os túmulos dos papas. A irmã mais nova não queria. Mas ele insistia e ela era tão pequena que teve que obedecer a contragosto. Algo aconteceu na cripta. A garotinha começou a tremer. Sentia-se circundada por fantasmas, vampiros e zumbis. O som do silêncio iluminava seu medo. E começou a buscar refúgio na mão do irmão mais velho. Foi naquele momento que o irmão mais velho percebeu que era de fato o irmão mais velho daquela garotinha que tremia. E pela primeira vez sentiu que a amava de verdade. Entendeu que precisava protegê-la. Porque é isso que fazem os irmãos mais velhos. A garotinha pensou a mesma coisa. Naquela mão de irmão mais velho, percebeu o medo de não ser suficiente. E entendeu que precisava protegê-lo. Aquele irmão mais velho tinha os olhos iguais aos de sua mãe. Foi assim que começou a amá-lo.

A foto consagrou o começo de sua amizade.

Foi assim que começou com seu tio Abdul. Depois daquela fotografia, nos tornamos um o esteio do outro. Irmãos, amigos, num certo sentido telepáticos.

Se escrevo, também é graças a ele. Muito. Todas as semanas, ele comprava uma revista em quadrinhos para mim. *Topolino, Mickey Mouse*, na maioria das vezes. Ou, para variar, *Alan Ford,* que eu adorava com aquele protagonista um pouco espião, um pouco bandido e não muito inteligente, mas que era a cara do Peter O'Toole, um ator que a *roiô* amava demais. E depois Abdul começou, inicialmente com um pouco de hesitação, a abrir para mim seu livro secreto e importantíssimo de provérbios.

Começara a colecionar provérbios naquele ínterim em que a Somália mudava de cor, passava da democracia à ditadura de Siad Barre. Estudava na escola italiana. Também crescera lendo Dante e decorando os nomes dos afluentes do rio Pó. Como quase todos os irmãos e as irmãs. Fora uma freira católica, muitas das professoras nas escolas italianas de Mogadício eram freiras, que lhe ensinara os primeiros provérbios. Aquelas frases com um ritmo, uma história, uma duração, um gracejo, uma moral, havia algo doce, elas conseguiam acalmar as rajadas em seu coração inquieto.

Afinal de contas, era um garotinho e depois um moço que havia visto seus pais partirem e não voltarem mais. Fugidos da ditadura, encurralados num exílio em que ninguém podia chegar até eles. Todas as vezes que chegava em casa um desconhecido alto com a testa larga, ele achava que era seu pai. Há tempos esquecera do rosto do *âbo* e da *roiô*. Todas as manhãs, ia até a sala onde estavam penduradas suas fotografias para relembrá-los.

E depois havia um *bullying* constante e permanente do qual precisava defender-se. Daqueles que ousavam definir seus pais como traidores ou os que simplesmente queriam começar uma briga. Aprendera a não abaixar a cabeça, a ranger os dentes. Até que em seguida seus amigos, admirando sua coragem, o apelidaram de "bárbaro", em italiano. "Porque você tem a mesma força do Átila". Mas quem o conhece, sabe que Abdul esconde uma alma de marzipã.

Sempre precisou de cor, de vida, de caminhos estrelados. Tentou encontrar isso nas pombas que criou por um período, antes que duas doninhas devorassem todos os animais que ele havia alimentado com tanto esmero. Depois, quando já havia passado para a escola somali ao estilo soviético, aquela do primeiro Siad Barre, que fingia amar Marx, começou a jogar pingue-pongue com muito sucesso. Estava em jogo uma viagem para Pequim. Era ele quem mais merecia, mas foi excluído por questões de clã. "Seu pai é um traidor do socialismo", alguém disse. "É contrário ao regime", continuou a voz. "É um *tunni*". Na Somália socialista de Siad Barre, em teoria, era proibido nomear os clãs. Mas meu irmão foi excluído do pingue-pongue porque alguém odiava sua estirpe, seus antepassados, seu clã e o nosso *âbo*.

Desde então, Abdul abandonou a raquete. Pendurou-a. Cuspiu nela. E começou a colecionar provérbios como quem coleciona flores.

Quando abriu seu livro para mim, com sua linda letra cursiva, clara, redonda, eu que escrevo com borrões sempre o invejei, aquilo deu-me um mundo. O seu. Mas também o meu.

Junto à *roiô* e ao *âbo* e, naturalmente Jane Austen e Malcom X, Abdul foi a pessoa que mais contribuiu para essa loucura de escrever que carrego comigo. Deu-me a arma que defende-me contra o *Djiro* e seu abismo.

Meu irmão é louco pelo futebol. Não fala de outra coisa. E as pessoas entendem isso imediatamente. Todas as vezes que o apresento a alguém aqui na Itália, como acontece também com seu primo Mohamed, a primeira coisa que lhe perguntam é: "Qual é o seu time do coração?" Acham que é o Barcelona ou o Real Madrid, o Chelsea ou o Manchester United. Ele sorri. Depois, desconcerta todos dizendo: "*Juventus calcio*".

Todos os somalis são torcedores da Juventus. Veja, nisso, eu não sou somali, Soraya. Em todas as outras coisas sim. Mas não nisso. Nunca. Quando você vier, vou levá-la ao estádio para ver a *Maggica*. É assim, com um "g" a mais, que em Roma chamamos o time da capital. Um time colorido pelo sangue das batidas do nosso coração.

Entre meus irmãos e minhas irmãs, sempre incluí também Zahra e A. São filhos da mamãe Halima, a irmã de minha mãe que criou os filhos de *âbo* e *roiô* quando os dois tiveram que buscar um refúgio na Itália para fugir da saliva venenosa de Siad Barre e daquela Boca Grande que queria devorá-los. Mamãe Halima foi que nos permitiu ser uma família. E sobre isso eu não vou falar em detalhes. Porque ela está em todas as coisas. Está em cada milímetro de nós.

Tecnicamente, Zahra e A são meus primos. Mas sempre os chamei *abayo* e *abowe*, irmã e irmão. É o que foram para os meus irmãos. Depois, quando nos conhecemos, também o foram para mim. O primo A eu conheci logo. Acho que tinha uns três anos. Queria tornar-se médico e matricular-se na Universidade La Sapienza. Porém, observando a situação precária em que se encontravam meus pais, pegou o rumo dos EUA. Hoje é o mais estadunidense dos meus parentes, a verdadeira imagem de um *self-made man*, das possibilidades que aquele país lhe deu, começando como garçom e taxista na Chocolate City, Washington DC, do lado da Casa Branca. Seus filhos formaram-se nas universidades mais prestigiosas. De Harvard a Berkeley.

Quando jovem, o primo A desenhava. Tinha uma mão de ouro. De um grande artista. Tenho em casa uma de suas criações. Dois dromedários fazendo amor ao pôr-do-sol. Um beijo. Um entendimento. O quadro mais lindo que já vi.

Zahra é um esteio. Poderia dizer muitas coisas sobre ela. Sobre sua juba leonina, sobre a boca formosa. Mas acho que basta essa palavra para entender sua essência: esteio. O esteio da nossa existência. No fundo, da mesma forma que a mamãe Halima, sem Zahra nenhum de nós agora seria o que é.

Quando a conheci, em 1982, eu, que antes vivia imersa num ambiente solitário, sozinha com meu pai e minha mãe numa pensão pobre e pequena, depois num ambiente prevalentemente masculino quando chegaram meus irmãos no começo de 1981, pensei que ela fosse uma das fadas da história de Cinderela. Gostava de espelhar-me naquela garota que já estava se transformando numa mulher.

São catorze anos de diferença entre nós. O mesmo signo. Ela nascida dia 14 de março e, eu, no dia 20, ambas sob a regência do signo de Peixes. O mesmo amor pelo esporte. Ambas amávamos o futebol. Ambas enlouquecíamos pelo atletismo. Ah, Soraya, que torcida sem freios fizemos no decorrer dos anos pelo ucraniano Serguei Bubka quando sua vara se contorcia no céu, por Fiona May, a primeira mulher negra que vimos com a camiseta da seleção italiana, por Javier Sotomayor, que parecia voar feito uma libélula quando saltava seus números nas Olimpíadas. Enlouquecemos pelas unhas infinitas de Florence Griffith. E quando lhe contei que vira a jamaicana Merlene Ottey, que sempre terminava em segundo lugar em todas as competições e que tinha uma garra contagiante, passando ao lado do portão do meu colégio para ir treinar num campo lá perto, Zahra gritou de alegria comigo.

Mas naquele 1982 éramos ambas tímidas. Eu, na minha família, exceto minha mãe, nunca vira outra mulher na qual pudesse espelhar-me. E ela queria comportar-se como uma adulta. Em casa, mantinha os ombros eretos, tinha um aspecto de realeza, um pouco refreada, o que fazia com que parecesse distante. Porém, fora de casa, me enchia de sorvetes e de Kinder Ovo destes que vinham com uma surpresa dentro, comprava-me aquelas bonecas em miniatura vestidas com roupas de tom pastel que viviam numa caixinha de fósforo, fofoletes. Amava receber de presente aquelas caixinhas. Porque de vez em quando eu encontrava um bonequinho negro. E dizia para todos: "Vejam só que lindo o meu netinho, o meu sobrinho".

Quando pequena, eu me via mais como avó do que como mãe. Mais como tia do que como mãe.

Como se no fundo eu já intuísse que a maternidade, pelo menos quando vivida como uma gravidez, um trabalho de parto, um parto, não seria algo para mim.

Gosto da palavra "*nipote*", sobrinho ou neto em italiano[8].

---

8 Em italiano, "*nipote*" pode significar tanto "sobrinho(a)" como "neto(a)".

Como se, já naquela época, no fundo, eu sonhasse estar onde estou agora.

No mundo inesperado das tias.

Mas vamos voltar a Zahra, que já naquela primeira aparição foi um esteio.

Foi com ela que aprendi o significado da palavra "mulher". E que aquela palavra também me incluía. Com os meus cabelos, meus dentes, minha vagina, minha fantasia e minha luta que desde então, quando eu era um pingo de gente, já era uma questão de sobrevivência. Porque desde então já estava obrigada a me esquivar das intenções e palavras horríveis de um patriarcado que lhe diz que seu corpo está errado. Só por respirar ao meu lado, por levar-me por aí, enchendo meu paladar de raspadinha de amora, Zahra me ensinava que a estrada que eu deveria percorrer era uma subida, mas também era um caminho lindíssimo.

Ela foi mais do que uma irmã para mim. E quando chegou o momento da sua partida, pois precisava voltar para a empresa italiana para a qual ela trabalhava na Somália, a TLP, escondi seu passaporte. Não queria vê-la ir embora. Não queria que voasse para longe, naquela Mogadício que em 1982 eu não conheceria, que teria conhecido no ano seguinte. Então, escondi o documento de viagem. Todos me pediram para desenterrá-lo. Não sei bem o que me convenceu. Talvez somente o medo que ela gastasse um dinheiro que não tinha para pagar outra passagem. Ou talvez tenha sido a reação àquela frase: "Se não lhe entregar o passaporte, vai colocá-la numa situação de risco e ela irá se tornar uma clandestina". Eu não sabia muito bem de que forma eu poderia torná-la clandestina. Não estávamos num navio no qual as pessoas se escondiam nos porões. Mas foi aquela palavra, "clandestina", tão violenta e amedrontadora, que me convenceu a exumar o passaporte de Zahra.

Depois, chorei. Enquanto ela evaporava pela porta da casa em direção a uma Somália que eu ainda não conhecia.

Para mim, para nós, a palavra "família" sempre foi complicada. E acredito que também seja assim para você, Soraya. Estratificações de gerações, geografias, vivências, casualidades. A pele tão escura do tio "Ader" Abucar. A ironia desorientadora da tia Bibi. A prima Jamila, que canta em voz alta "E la luna bussò" com o marido Giorgio, um garoto de Verona que ela conheceu por correspondência nos anos 70. Apti Lamane e sua farmácia em Mogadício que parecia um museu cheio de ampolas. E Apti Gurey, o irmão caçula de minha mãe, que em Mogadício me levava para tomar Coca-Cola em garrafa de vidro num bar no térreo do nosso prédio onde as pessoas arrotavam sem parar, pois o arroto era um sinal de apreciação. Aziza e seus cabelos de ouro.

Família. Tenho imagens, momentos, átimos de luz compartilhados em conjunto. Nunca tive a continuidade de uma relação com nenhum deles, talvez somente na vida adulta. Nos achávamos em alguma fronteira, às vezes mais emocional do que física. Um trabalho, a decisão fatal de um outro lugar ainda mais distante, uma gravidez, um casamento, um funeral, o desejo de existir uns pelos outros. Era em algum desses momentos arrancados ao destino que nos era concedido amar-nos. No resto do tempo, recorríamos ao telefone.

Percebeu isso, Soraya? Nunca estamos sem telefone. Desde que inventaram esses celulares, estes aplicativos, a distância entre nós diminuiu. Temos a ilusão de nos tocarmos. E amar. Através de uma tela opaca. Uma voz abafada.

Nesse momento, você está ao telefone. Está falando com o seu *âbo*. Estão ambos num outro cômodo. Eu estou na cama. Ouço sua risada ressoar pela parede. Como se você estivesse aqui. Como se pudesse me levantar da cama e finalmente vê-la, abraçá-la.

Mas você está distante. E eu escrevo-lhe. Sobre mim, sobre sua avó, sobre o *Djíro*, sobre nós. Sobre uma família esfacelada pela diáspora.

Harrago em somali significa "elegância". *Ua raragona roiô*. "Tenho direito à minha elegância." Essa frase foi dita pelo seu *âbo* para a sua *ayeyo*, minha *roiô*, uma jovem mulher com três filhos, satisfeita com sua vida. Uma mulher que ignorava que em pouco tempo cairia sobre sua cabeça a pedra do exílio.

Mãe e filho, Moh tinha mais ou menos quatro anos, caminhavam de mãos dadas, entrelaçando os dedos. Com devoção. Os anos 60 estavam chegando ao fim. E eles estavam no centro de Mogadício, na Via Roma, e minha *roiô* queria comprar um sorvete para seu pai.

Ele vestia uma camisa bege e bermudas um pouco mais escuras, um chapeuzinho para proteger do sol a cabeça cheia de cachos. A *roiô* parecia estar vestida com uma roupa de organza, mas na verdade era algodão, enrolada como faziam as matronas da Roma antiga. Aquele vestido todo colorido se chamava *guntino*, e vê-la com ele era como ver uma azaleia florida. Hoje em dia, nenhuma jovem usa esse modelo, porque os malditos fundamentalistas que aprisionaram a Somália consideram-no um vestido pecaminoso, um tabu, e por isso foi proibido. Que desgraça. Que desperdício. Nos anos 60, ao contrário, minha mãe e suas amigas, suas parentes, todas usavam-no, com xales para cobrir os ombros e às vezes também a cabeça.

Não sei quando aconteceu, se foi perto do sorveteiro ou em meio à multidão, que seu pai pronunciou seu agudo: *"ua raragona roiô"*. Sua batalha pessoal para ser um garotinho bonito e elegante.

Moh passara os primeiros anos de sua vida adoentado, muito doente, era visto com piedade pelos parentes e amigos da família. Diante da sua doença, as pessoas rezavam a sura dos homens, que também servia para exorcizar o demônio. Numa sociedade somali que ainda não tinha o costume de abraçar a deficiência, que não estava preparada, seu pai era chamado de "estranho", "cabeçudo", *"freak"*.

No meio tempo, as doenças que ele já tinha somavam-se a outras em seu corpo, num giro perverso de células debilitadas e vírus ferozes. E eles, a *roiô* e o *âbo*, se afligiam atrás daquele filho que aparentemente tinha de tudo e de fato não tinha nada. Depois, da mesma forma como começaram, todas aquelas doenças também sumiram do radar. E foi então que meu irmão, seu *âbo*, tornou-se um garotinho com muita fome de viver. Com fome de beleza e de cor. E assim se explica seu amor pelas roupas bonitas, pelo porte, os cabelos encaracolados e rebeldes na nuca, as mãos sempre cuidadas, nunca ressecadas.

O direito à elegância, para ele, não era nada além de um direito à vida. Era o que lhe faltara naqueles primeiros anos de vida.

Portanto, quando ele disse aquela frase *"ua raragona"* pedindo belas cores e belas roupas, sua *roiô*, minha *roiô*, entendeu imediatamente que ele reivindicava o espaço que lhe faltara. Sentia-se o garotinho mais lindo do mundo. Ao lado de sua mãe, com seu conjuntinho bege. E foi assim que ele começou a desfilar naquela rua de nome italiano como se fosse um manequim. Ondulava ao vento e mostrava aos transeuntes aquela pequena camisa que o deixava tão orgulhoso.

Seu pai sempre gostou de *harrago*, elegância.

É um doce narciso ao qual tudo é perdoado.

Quando eu era pequena, minha maior diversão, com certeza a mais esperada, era vê-lo arrumar-se para sair. Na época seu pai tinha muitas namoradas, Soraya. Para cada uma, ele tinha um nome diferente, para corresponder às ardentes expectativas delas. Algumas chamavam-no Luís, porque "um tipo sul-americano sempre tem sucesso". Para quem se deixava seduzir pelos estereótipos dos príncipes orientais ao estilo das *Mil e uma noites* ou era muito preguiçosa para decorar um nome estrangeiro comprido, mas ainda assim sonhava com uma dança, um beijo de arrepiar com um negro, um preto, tornava-se então Ali.

Com as preguiçosas, meu irmão não ia muito a fundo. Só uma dança rápida na pista, uma dança não se nega a ninguém. O que ele negava, o que protegia, era seu nome. "Mohamed", dizia, "só vou dizer para quem me amar de verdade".

Eu concordava. Parecia-me o mais sensato.

Por muitos anos, Soraya, seu *âbo* foi a minha Barbie.

Eu quase não tinha brinquedos. Poucos. Velhos. Foi então que peguei o hábito de olhar seu pai se arrumando para sair. Eu o ajudava a escolher a combinação de camisa com calças, encontrar a gravata certa, o blazer perfeito. Depois, eu o observava se movendo em frente ao espelho. Ele imitava a dança na pista, um jovem John Travolta, não queria que sua febre do sábado à noite estragasse suas camisas. "Nunca se sabe, de repente, por acaso encontro alguém importante".

Naquela época, ele sonhava em fazer cinema. Estava à procura de diretores. De testes. Queria sempre estar perfeito. E assim, assobiando alguma música de Lionel Richie, ele movia-se diante do espelho. Também experimentando os sorrisos. As piscadelas. As paqueradas. Os movimentos secretos de um perfeito jovem dos anos 80. E eu ficava encantada. Tanto por ele quanto pelas histórias que ele me contava, uma epopeia inventada por ele que se tornava especial para mim a cada capítulo, um dia atrás do outro. E foi assim que meu irmão, seu *âbo*, ele que nem ama tanto assim os livros, ensinou-me o sentido profundo de uma trama literária. O entrelaçamento secreto do alfabeto.

Neste exato momento, eu ainda ouço a risada do seu *âbo*. E a sua no fundo. Ignoro sobre o que vocês estão falando, mas aquela risada contagiosa aquece minha alma.

Seu pai ria até no hospital, enquanto esperava a radioterapia. Uma risada para diluir o medo do câncer que havia se infiltrado entre o nariz e o cérebro, e da máquina, uma máscara de ferro que ele precisava vestir (logo ele, que é claustrofóbico) para combater aquele mal. Ria. Entretia os outros, doentes como ele. Com certo molejo, como se, depois de tantos anos, Lionel Richie ainda lhe sussurrasse alguma melodia no ouvido e o fizesse dançar.

Eu ficava sentada com ele na sala de espera do hospital. Também à espera. Com a sensação de não ser adequada. De não saber como é que se acompanha uma pessoa doente de câncer. No coração, o medo de fazer tudo errado.

Quando seu pai adoeceu, Soraya, durante a primeira quimioterapia, eu sangrei por três dias. Não era meu ciclo menstrual. Não era uma irregularidade hormonal. Depois eu me informei. Naquela época, não era nem o começo do atrofiamento dos ovários de que sofro atualmente. Ainda era muito cedo para isso, era só o medo de perder sua risada. De ficar sozinha no mundo sem som.

Rir. Viver. Essa é a muralha que seu *âbo* erigiu contra o *Djĭro*.

Uma ditadura desgarrou-o de sua mãe e de seu pai. Entre eles, desertos, montanhas, rios, abismos. Um mar.

O Mediterrâneo. Uma terra estrangeira. Os pacotes de presente da *roiô*. Que chegavam a cada três meses. Camisas macias como seda. Ele pegava uma do seu tamanho. Procurava um espelho. E depois começava a se movimentar com um molejo.

"Mamãe, a mamãe que partiu me ama?" – perguntava à mãe Halima, minha tia, ela quem o criou e que todos chamam mamãe.

Depois, conseguiram tomá-lo de volta, aquele filho pequeno deixado na linha do Equador. Lembro que entrou em casa. E chorou.

"Senhora", no começo falava assim com nossa mãe, com a *roiô*, "quando podemos telefonar para minha mãe?" Sentia falta da mãe que o criara, da mãe Halima.

Corriam lágrimas sobre aquele rosto de criança, embora ele já tivesse catorze anos, e uma gota manchou sua camisa bege. Enquanto chorava, eu o observava. Lembro que pensei que a camisa era linda. Parecia de seda. Depois lhe disse: "Sua camisa é linda. Adorei".

Talvez eu já o sentisse como irmão, já o amava. Quem sabe.

Mamãe traduziu minhas palavras para ele, pois tinham saído em italiano.

Lembro-me de uma dobra em sua boca, uma dobra que não era natural em todo aquele choro, parecia um sorriso. Nos dias seguintes, tornou-se uma risada. Sem a qual eu não posso viver. Todas as vezes que o ouço falar ao telefone, como agora, há poucos passos de mim, sussurro um *alhamdulillahi*. É bom ainda ouvir aquela risada. Tão forte e sonora.

Sabe que até Federico Fellini e Lina Wertmüller ficaram impactados com sua risada? Talvez você não os conheça. Mas certamente encontrará seus filmes em alguma plataforma de streaming. Netflix. Amazon Prime. Talvez Mubi. Dois diretores que seria quase uma redução chamá-los de famosos. Foram luzes. E depois escuridão na sala. E depois amor. E morte. E luxúria. E vida. E cinema. Foram tudo sem pretenderem ser coisa alguma. Tinham um fogo dentro de si. E quando vislumbraram com o olhar experiente Moh, seu pai, sentado com seu amigo Eugenio num lugar ao ar livre em Roma, no começo dos anos 80, olharam-no com interesse, com aquela cobiça que só os grandes diretores têm. De olhar, de imaginar, de costurar uma existência, uma outra existência, feita de celuloide.

O que viram em meu irmão? O que viram em seu pai, Soraya? Acho que o *Djíro*. E um garoto que não se deixava dobrar.

Durou um momento, o tempo de uma risada, estrondosa, exuberante. Depois, os olhos de Moh e os de Federico e Lina se cruzaram. Poderia ter ido até eles. Poderia ter se tornado famoso. E ao invés disso, ele deu de ombros. E foi na direção oposta. Foi seu amigo Eugenio quem que disse que estava louco por tratar os monstros sagrados daquela maneira. "Você não queria fazer cinema, idiota? É assim que você trata o Fellini?" Estava perplexo. Mas seu pai estava surdo para qualquer chamado. Já estava sentado, bebericando seu suco. De súbito, sentiu-se esvaziado. Às vezes, sentia uma forte saudade da Somália. E esse era um daqueles momentos. Era como uma pontada. Intensa. "Volta lá até aqueles dois", ordenava o amigo italiano. Mas ele, seu *âbo*, não se movia.

Eram esses momentos em que o *Djíro* tomava conta. Mas por pouco. O tempo para recuperar as energias. E ir de novo como um gladiador no centro da arena.

Entende agora? "Família" é uma palavra complicada para nós. Muito complicada. Uma palavra esmigalhada. Contrastada pela geografia. Sustentada só pelo amor que sentimos. Amor que nos anos 80, nos anos 90, corria sobre os fios cansados de um telefone a fichas, enquanto agora dança no wi-fi que nos permite olharmos nos olhos mesmo separados por continentes. Dando-nos a ilusão de que estamos em contato. Pele na pele.

Eeb
Vergonha

Quando nasci, a *roiô* disse ao *âbo* que retornara uma antepassada. Uma filha que chegava de um passado ancestral para protegê-los. E preciso admitir, Soraya, que levei ao pé da letra aquela explicação materna, tentei tanto quanto me foi possível, dentro dos limites da minha carne humana, ser o escudo deles contra um mundo que queria quebrá-los. Genitora de quem me colocou no mundo.

Quase não tenho fotos de mim recém-nascida. Talvez apenas uma. Mal se reconhecia meu rosto. Vestia uma roupinha vermelha. Um beicinho mau humorado. Mas a lente estava distante demais para me retratar por inteira. Aquela única foto, que depois também se perdeu como tantas das nossas lembranças mais queridas no inferno da guerra civil de 1991, estava dentro de um daqueles álbuns de família divididos por décadas nos quais havíamos juntado toda nossa história. Eu vislumbrava meus cabelos bem pretos, naquela época, expandindo-se sobre minha cabeça como geleia. Um preto reluzente e ofuscante de amoras silvestres esmagadas.

Desde que nasci, há um punhado de contos em tom bíblico que de vez em quando, a *roiô* precisa repetir para mim, como se para ambas fosse a primeira vez. Fui eu o seu trabalho de parto mais difícil. Sozinha. Na pequena sala comum do hospital policlínico Umberto I. Dilatação vaginal inimaginável. Ao redor, jovens residentes que diziam a ela para se acalmar. "Um pouco de moderação, senhora. Moderação". E ainda mais: "Não é a primeira a parir no mundo, a senhora sabe disso?" A *roiô*, tentando se defender como podia daquela arrogância masculina, simplesmente dizia: "Já pari, eu sei quando uma criança está para sair".

Ah, quanta dor, falta de compreensão, medo, patriarcado, racismo sofrido pela minha *roiô*.

"Vou morrer aqui?", perguntava-se a cada contração. E ao redor estavam sempre os residentes que marchavam pelos corredores brilhantes como patrões. Naturalmente, minha mãe foi para eles um objeto de grande curiosidade. Era previsível. A única mulher negra numa sala cheia de pessoas que olhavam para sua vagina cortada. E apontavam o dedo em direção ao clitoris ausente. "Levem-me para outro lugar", ela gritava. Não sabia que existia a palavra "privacidade", senão a teria usado. Mas foi então que os gritos invadiram a cena, gritos daquele trabalho de parto que o tempo todo ela tentava conter. A *roiô* é assim, ela não gosta de se descontrolar em público, mas, naquele momento, as contrações eram fortes demais para serem ignoradas.

Lá estava eu, pronta para entrar na história, com a cabecinha pronta para emergir com furor daquele líquido quente, daquele ventre confortável, como um míssil lançado sem querer em direção a um mundo sobre o qual eu não sabia nada.

Não sei se chorei. A *roiô* nunca me disse isso. Ou quem sabe sim?

Sei outras coisas sobre meu nascimento. Que para eu sair puxaram com muita força uma das minhas pernas e quase a fraturaram. Que queriam me colocar numa incubadora, mas a *roiô* não deixou. Que eu parecia um pedaço de carvão. "Eu a havia intoxicado", disse-me a *roiô*. Havia tomado muitos remédios durante a gravidez, "com contraindicações monstruosas", por isso eu tinha aquela aparência de uma bisteca passada do ponto. Ou talvez fora sua depressão a dar-me aquela cor plúmbea que não era o tom de preto sadio das crianças africanas, mas uma cor de resina queimada.

E depois sei que nem a *roiô* nem o *âbo* tinham um enxoval para mim. Só um tecido de lã. Pesado. Bordado. E foi naquele tecido de lã que a *roiô* me enrolou para me levar para fora do hospital. Éramos um presépio.

Meu nascimento não foi um evento feliz. Mas eu nunca perguntei isso aos meus pais. Há coisas que não se perguntam para a *roiô* em si. E nem ao *âbo*. São intuídas. Pelos suspiros. Pelo não dito. Muitas vezes me perguntei sem dramas se eu havia sido desejada. Buscada, como se buscam certas obsessões. Acho que não.

Naquela situação, sei por certo que fui um acidente. Um passo em falso. Uma fatalidade. A *roiô* diz com frequência que eu fui sua sorte. Os ouvidos que ouviram suas histórias. Os abraços que sublimaram outros abraços, os que não podia dar aos filhos abandonados contra sua vontade. Além disso, o *âbo* sempre foi feliz de ter-me ao seu redor. Foi ele quem me ensinou o alfabeto. Ensinou-me o século xx. Fez de mim aquela que aperta as teclas e se faz chamar escritora. Mas quando eu ainda era um embrião que nadava no ventre da *roiô*, imagino ter causado confusão naquelas vidas que já viviam num caos furioso.

Sabe-se lá que cara eles tinham quando a *roiô* percebeu que me carregava no ventre e o *âbo* ouviu da boca dela aquela boa-nova. Imagino que tinham um rosto um pouco tenso. Um pouco abalado. "Como vamos alimentar essa recém-nascida? Não temos dinheiro." Imagino que da boca deles tenha saído uma frase desse tipo. E depois um *inshallah*, tudo vai dar certo, vamos rezar por ela, pelo futuro. Mas então houve um entendimento entre nós três, num determinado momento, ainda que eu não saiba bem quando, afinal uma criança é alguém que se conhece aos poucos, com sua personalidade em formação. Líamos os pensamentos uns dos outros. Sem muitas palavras. Entre nós, sempre foi amor. Aquele que cura. Um *dauo*.

Talvez também tenha sido por esse motivo que minha mãe pensou que, por um lado, eu fosse sua filha e, por outro, fosse uma antepassada de séculos atrás.

Nos seus contos, a *roiô* não segue o tempo cronológico. A narração toma diversos rumos. Minha mãe abre parênteses. Que depois se esquece de fechar. Move-se dentro de um círculo no qual o tempo parece ter sido anulado. Às vezes parece que se afoga em seu conto. E sou a escriba, ainda que de vez em quando me torne a coadjuvante. Ou até mesmo a protagonista. Tudo isso me envergonha. Me detém. Quando ela me conta sobre meu nascimento, sinto como se estivesse entrando novamente naquele útero quente. Onde ela me pega pela mão. E quase se desculpa por ter me catapultado para este mundo cheio de teias de aranha.

Contei tudo isso para a *roiô* anos mais tarde, acho que uns dez anos depois, que eu fui a uma festa de Réveillon quando ela desapareceu, tragada pela guerra civil. Quando ela se esquivava das balas e dos cadáveres. "Eu não sabia", me justifiquei. "Não imaginava", gaguejei. "Que..."

Para minha surpresa, ela apenas perguntou: "Foi uma festa bonita, querida?" E depois: "Como você estava vestida?" Não lhe disse que na época eu espalhava o batom pelo rosto como um palhaço. Apenas respondi: "Acho que estava bem-vestida. Usava uma daquelas blusas da Cáritas, de quando éramos pobres e sem saída".

Quando disse "Cáritas", acho que a *roiô* comprimiu bem os olhos, quase com raiva. Às vezes, lembro-me daquela miséria passada, da qual já havíamos saído, algo que a atordoava quase tanto quanto a guerra. E dez anos após aqueles fatos, Soraya, a miséria ainda era uma lembrança viva em todos nós. Queimava a carne. Ainda o faz.

Naturalmente, eu nunca lhe falei sobre M.

M, que eu nem conseguia olhar no rosto no dia da festa, pois havia sonhado com ele a noite toda.

No dia seguinte à festa, eu ainda não havia entendido que tinha estourado a guerra. Juro, Soraya. *Uallárri*. Porque, no meio tempo, o meu coração também havia estourado. M, com seu rosto bronzeado, enchia minhas pupilas. As coxas. As mãos. As unhas. Os seios.

Alguns dias depois, aproximou-se de mim. Veio até minha carteira. Colocou uma mão em meu ombro e pediu-me a tarefa para copiar. A conversa mais longa que tive com ele. A mais intensa. Sua voz que pronunciava meu nome. "Igiaba, deixa eu copiar a tarefa, vai."

Eu tremia. Entregava a tarefa como o padre entrega a hóstia. Provavelmente era algum exercício de química, um daqueles bem complicados que a professora G adorava nos passar. Exercícios construídos para nos fazer fracassar. Adorava o nosso fracasso. Provocava-lhe orgasmos. M pegou a tarefa. Copiou rapidamente. Tudo. De A a Z. E depois, ao devolver o caderno, nunca mais me olhou. Nunca mais falou comigo.

Sabe-se lá que fim levou aquele garoto. Deveria perguntá-lo a L. Tenho seu telefone, poderia dar um toque. Um reencontro. Uma pizza. Uma porção de sushi. Para relembrar os velhos tempos.

Mas não vou ligar. Não temos "velhos tempos" a serem lembrados. Não temos lembranças em comum. L e M viviam o tempo da paz. Eu, o tempo da guerra, ainda que no dia seguinte à festa eu ainda não soubesse disso. Não, tenho certeza que não vou telefonar para L. Não haverá nenhum reencontro. Nenhuma pizza. Nada de uramaki. Não haverá um nós. Nenhuma lembrança em comum. Só um zero infinito. E o vazio.

Tenho em mente a imagem de M como era naquela época, não tenho a menor ideia de como ele esteja agora. Poucas pessoas passando pelos corredores da escola. A juventude chegava aos poucos. Ele devagar, com passos mudos, caminhava em direção ao banheiro, ao pátio, ao quiosque que vendia sanduíche de salmão, ia até os garotos mais velhos para conversar sobre futebol ou sabe-se lá sobre o quê. Eu, atrás. Seguia-o. De longe. Com os olhos. Com os pés. Em êxtase. Presa no meu medo. Na minha excitação infantil. Depois, de repente, entra uma garota na história. Cabelos castanhos avermelhados, acho. Surgida do nada. Não era bonita como L, mas mesmo assim ele se virou na direção dela. Lembro-me de que ela sorriu. Era raro que o fizesse. Depois ouvi o estalo de um beijo. Entre eles. A saliva.

Não vi o beijo, porque fechei os olhos angustiada.

Voltei rapidamente para a sala de aula, fechei-me de novo por trás de uma carteira, esquivando-me da dor, enfiando-me em alguma tarefa, com muita vontade de chorar, sentindo-me desesperada, esperando ser salva pela campainha do começo da aula. Naquele momento, eu estava triste. Ou pelo menos era essa a minha sensação.

Imagina, Soraya, naquele momento eu ainda não estava ciente, mas aquela foi a última lembrança normal da minha adolescência. Algo, no fundo, semelhante à biografia de muitas outras pessoas. Um garoto do qual você gosta que nem percebe sua existência e está apaixonado por outra garota, mais bonita, mais longilínea, mais magra do que você.

Então, daquele momento em diante, nada mais foi. E nunca mais tive algo "normal". Nunca mais tive algo para mim. A guerra pegou tudo para si. Até o M e o amor que eu acreditava sentir por ele.

Oficialmente, o começo do conflito somali é marcado pelos combates de Mogadício em janeiro de 1991. "Mas eu vi a primeira guerra quando tinha uns quatro ou talvez três ou cinco anos", disse-me a *roiô*. "Estava na mata, protegida pela caravana, com o rebanho assustado e as mulheres gritando como se estivessem possuídas."

"Quatro anos?", eu quase grito.

Foi como se a minha mão desmoronasse. Eu ignorava o fato de que o inferno havia aprisionado a *roiô* quando ela era assim tão pequena. Que o *Djíro* começara há tanto tempo assim.

Minha mãe não sabe contar direito os anos. É filha do mato, uma pastora nômade que se mudou para a cidade e, portanto, tornou-se sedentária só lá pelos doze anos. Minha mãe não sabe realmente quando nasceu. No final dos anos 30? No começo dos anos 40? É provável que tenha sido nesse interregno, quando a Itália estava perdendo suas colônias paralelamente à Segunda Guerra Mundial e suas possessões passavam às mãos dos britânicos, que estavam vencendo o conflito. Mas a *roiô* nunca soube o ano exato.

Sabe que nasceu. Sabe que lhe cortaram o cordão umbilical. Sabe que seus pais se separaram pouco tempo depois. Sua mãe se enfurecera, com razão, pelo segundo casamento do vovô Jama. E abandonou a caravana. A propósito, a vovó chamava-se Ambara. E foi para longe, levando consigo parte dos animais.

"Cresci com a *ayo*, a madrasta. Mas papai não confiava na segunda esposa e então supervisionava meu crescimento, controlava para que eu tivesse boa comida, me mimava, gostava de mim."

Daqueles primeiros anos, a *roiô* lembra-se da vida com os cordeirinhos. Ficava num cantinho do *aqal*, era assim que chamavam as casas nômades na mata. Um filhote humano com filhotes do rebanho. Rolava na terra vermelha, ria, morria de rir, seguia outras crianças no meio dos arreios vermelho-fogo dos dromedários, cortava a cauda dos escorpiões, atordoava os passarinhos. Quando minha mãe exagerava, meu avô Jama, que nunca vi nem em fotos, chamava sua atenção. Dizia que há de se respeitar todas as criaturas de Alá e nunca as matar. Ensinava à filha a paz em tempo de guerra.

Esta noite, num canal aberto da televisão, passa uma versão da história de Cinderela que nunca vi: *Para Sempre Cinderela*. É uma versão ambientada no Renascimento. No lugar das fadas há Leonardo da Vinci. O príncipe é o herdeiro do trono da França. E a Cinderela se chama Danielle De Barbarac e é interpretada por uma loira, a doce e fofinha Drew Barrymore. Uma Cinderela feminista, durona, intelectual. Minha mãe está encantada com a reverberação colorida na tela. Sua atenção está toda concentrada em Anjelica Huston, que interpreta a madrasta de Danielle.

"Quero ver esse filme. Sei algumas coisas sobre madrastas, sobre *ayo*", resmunga séria. Toda vez que diz a palavra *ayo*, a *roiô* cospe veneno. Sinto nela a falta de amor materno, de carinho, de atenção, de conselhos, de conversas ao lado do fogo. "A *ayo* era malvada com você?", pergunto a ela. "Cruel feito a madrasta da Cinderela?"

Balança a cabeça. "Não, 'malvada' não é a palavra certa", diz. "Minha *ayo* era inútil. Era isso. Uma mulher que o *âbo* carregou consigo vindo da cidade e quase nos quebrou."

Não sei quando eu e a *roiô* voltamos a falar da guerra. Talvez no almoço. Um dia depois de assistir à Cinderela.

Cozinhei robalo e trigo sarraceno. Um pouco de vagem. Abacate. Limão. Salada de fruta. A *roiô* começa a falar. Levanto-me à procura do celular para poder gravá-la. Tenho medo de perder suas palavras. Mas não o encontro. Não está por perto. Então, pego um bloco de notas para registrar cada vírgula. Mas ela se detém. Acalma a minha fúria. "Preste atenção", ordena. "*Degheso*. Não é necessário que anote tudo. Use a memória. Use o coração."

"Preciso escrever, *roiô*." É o que penso, mas não digo.

Deixo o bloco de notas. Ouço-a. Começo a comer outra vez. Ela fala. O abacate aparece entre seus lábios carnudos.

Minha memória é escorregadia. Frágil. Não é como a sua, que se lembra de cada evento. Gostaria de confessar isso a ela. Nisso, eu e minha *roiô* somos bem diferentes. Ela anota tudo nas dobras do cérebro. Eu, em cadernos de folha quadriculada que rasgo como fazia quando era uma garotinha. Letras de forma, pois minha caligrafia cursiva se perdeu com o hábito contemporâneo de usar as teclas do computador para compor. Sem meus papéis rasgados, sem minha caneta esferográfica, sinto-me nua.

Mas sigo comendo. E, em silêncio, ouço a *roiô*. E tento não esquecer daquilo que está me dizendo. O tom. O volume de sua voz. O tremor.

"E então, mãe... a guerra?"

Entre eles, no acampamento nômade, diz a *roiô*, havia quem realmente lutara na guerra. Anos antes. Nos anos 30. E ainda a carregava consigo como uma ferida purulenta.

Eram tios e primos longínquos da minha mãe. Gente do mesmo *qabil*, de seu clã. Engolidos por uma guerra prolongada e estrangeira, uma guerra distante dos animais e da caravana. Num outro país, para além da fronteira, num país chamado Etiópia, junto a um grupo de estrangeiros, de *gaal*, de pele cor de oliva, mediterrânea. Os italianos.

Reconhecia-se quem havia participado da guerra dos estrangeiros pelo andar torto. Todos haviam voltado para casa com alguma ferida: alguns no quadril, outros no fêmur, no pé, na pelvis. Também se reconhecia pelo olhar imóvel, apagado, como de galinha.

Era gente recrutada à força pelas tropas coloniais italianas. Sim, Soraya, naquela época havia o colonialismo, a subjugação forçada, e o sul da Somália, onde nasceram nossos antepassados, pertencia oficialmente à Itália. Que entre os anos de 1909 e 1928 havia roubado aos somalis porções de território cada vez mais extensas.

E então os tios e primos de minha mãe, junto a muitos outros, acabaram participando da guerra dos italianos, dos donos do país, que em 1935 haviam invadido por desejo do seu chefe de estado, Benito Mussolini, o país vizinho, a livre e resistente Etiópia.

A maior parte deles foi integrada ao corpo dos batalhões irregulares dos *dubat*, os soldados vestidos com uma túnica branca como os peregrinos do *hajj* que se dirigem à Meca. Aqueles que até hoje, nos sites de neofascistas italianos nostálgicos, são definidos como os "atiradores negros". E que de fato foram usados como carne negra, carne preta, bucha de canhão. Carne negra, carne preta, facilmente substituída por outros súditos coloniais, quase indefinidamente, sempre que houvesse necessidade.

E eis os parentes de minha mãe. Arma nas mãos e adaga entre as dobras da túnica. Matar um inimigo que não era o seu, por dinheiro, por fama, mas também por desejo de brigar. Mercenários da história, contra a própria vontade, por um equívoco. Já crescida, a *roiô* perguntou para um tio: "O que vocês foram fazer na Etiópia? Por que invadiram o país em nome de terceiros?" A resposta foi, sem dourar a pílula: "Fomos matá-los como formigas e pegamos para nós todas as suas mulheres".

Depois dessa resposta, sua avó nunca mais perguntou nada, Soraya. Era uma realidade que ela não conseguia suportar. Uma realidade ambígua e cruel. Na qual quem é submisso, colonizado, é transformado, pelo colonizador, num carrasco feroz tanto quanto ele. E depois, havia uma regra, a adotada por todos os colonialismos, por todos os supremacistas coloniais brancos: colocar um irmão negro contra outro irmão negro. Enquanto guerrearem entre si, não nos atacarão. Esse era o mantra.

A *roiô* nasceu quando já fazia algum tempo que os tios e primos distantes haviam voltado da guerra dos italianos. Embora pequena, ela via nos olhos deles quem participara da guerra.

Via em especial em suas mãos.

Mãos que não conseguiam ficar paradas.

Mãos que não conseguiam se aquietar cuidando dos animais.

Precisavam de outra guerra.

De mais sangue.

De mais estupros.

Mãos ansiosas. Trêmulas. Hiperativas.

Mãos que queriam descarregar de imediato aquela energia de morte que as devorava por dentro.

E foi assim que a guerra chegou à mata, naquele *badio* de arbustos, espinheiros, acácias e dromedários nobres que carregavam nas costas as humildes casas dos nômades.

"Naquela altura, havia ao nosso redor muita gente acostumada à violência", ela explica. "E você sabe que não é uma expressão, violência chama violência. É uma equação matemática."

A *roiô* é muito lúcida quando fala da sua infância na mata, o *badio*, como dizemos em somali.

Sente saudades do ambiente rural. Daquele ambiente em que o homem não é estranho à natureza, mas faz parte da sua engrenagem. Porém, ela não esconde a dureza daquela existência errante. A fúria de quando se luta por recursos.

"No fundo, no *badio*, é possível entender como funciona a guerra", ela diz. "Vive-se em detalhe uma fotografia maior. As guerras são sempre contra os vizinhos. É a geografia que governa as guerras. Porque é sempre uma questão de fronteira, ainda que imaginárias. Linhas que dilaceram também a pele dos indivíduos. As guerras servem para coletar recursos. Sejam elas pequenas ou grandes. São roubos às custas daqueles que você considera inimigos. As guerras são sempre sujas, são feias, são inúteis. *Wasaq!* Mas quem as faz as encobre de significados que elas não possuem. As guerras nunca têm um final feliz. Para ninguém. E assim, minha filha, também eram as guerras na nossa mata. Uma nulidade de guerra. Gente que brigava por culpa de fronteiras que sequer existiam, por poços de água, por uma falsa supremacia e por animais a serem saqueados para aumentar as próprias cabeças."

A guerra é violência, morte, gangrena.

Septicemia, pó, pus.

São dentes que explodem em sua boca, lábios massacrados pelos estilhaços, feridas de armas brancas bem no centro do abdômen.

E também crânios perfurados, fêmures despedaçados, costelas rachadas.

E intestinos extirpados, uniformes encharcados de pavor, olhos explodidos no pântano.

A guerra é se cagar de medo, é a saliva que escorre pela boca, a urina que não é possível segurar, a menstruação que explode no útero, o esperma que seca nos testículos.

A guerra é trincheira com seus barulhos infernais.

O paraíso do último instante.
O purgatório com seus falsos heróis.
A guerra é minha mãe correndo, cabelos ao vento, o véu islâmico perdido na rua, é pisar nos cadáveres daqueles que, no passado, foram seus vizinhos.

A primeira pessoa que a *roiô* viu morrer na guerra foi uma criança, um filho do seu tio paterno. A mãe segurava-o amarrado nas costas. Tinha pouco mais de um ano. Estavam fugindo. As mulheres, as crianças, os animais. A guerra estava chegando, um confronto por rivalidades imaginárias. E por um pouco d'água da chuva nos poços. Um *qabil* contra o outro. Um clã contra outro.

As crianças tinham sido avisadas para irem embora e seguirem suas mães. Depois, de repente, um inimigo insinuou-se diante do grupo. Solitário. Com medo. Com uma lança. Estava parado lá sozinho. Sem ninguém para ajudá-lo. E, ao seu redor, mulheres, crianças, cordeiros, dromedários. As mulheres carregavam armas para se defenderem. Varas. Uma carregava uma espingarda. Eram ameaçadoras. Mamíferos defendendo a própria prole.

A *roiô* não se lembra se o homem tinha barba. "Lembro-me de que, como todos nós, estava vestido com couro".

Desde que os italianos foram embora, não se encontrava bens essenciais na Somália. Era o que ocorria com as populações em posição subalterna nas transições entre um patrão e outro. O pouco que se tinha lhes era subtraído. Portanto, nada de polenta, nada de tecidos, nem grãos. Só aqueles couros difíceis de vestir que criavam chagas no próprio couro.

O homem matou a criança. De uma forma banal. Espetando-a.

A *roiô* não se lembra se viu ou não aquele delito cumprir-se sob seus olhos. Às vezes, acha que não. Já não entende se o que sabe sobre o episódio lhe foi transmitido oralmente e depois, por estranhos mecanismos da mente, convenceu-se de ter sido testemunha.

Essa é a imagem. Um homem que espeta uma criança com sua lança de guerreiro. Rasga a carne. A mãe foge, não entende que a criança, a sua criança, morreu. Ou talvez saiba e não queira se render às evidências. Seu corpo de mãe está coberto pelo sangue do filho. Foge com as outras mulheres e com as outras crianças. Ajuda a colocar a salvo os animais. É como se estivesse em transe. Como se quisesse ignorar o homem, a lança, o sangue, o medo. A criança está o tempo todo com ela, amarrada às suas costas. Morta. E talvez ela já tenha enlouquecido. O *Djíro* já despedaçou seu cérebro. Mas ela não quer parar. Não pode parar. Precisa correr. Não pode permitir que alguém tome o cadáver da criança. Precisa dar um sepultamento digno aquele pequeno corpo que carregou no ventre por nove meses. E que amou.

A *roiô* não se lembra se viu aquele priminho morto.

Mamãe Halima, minha tia materna, que criou meus irmãos durante o exílio da *roiô*, tem certeza de que viu a tia com o filho morto.

"Escapávamos. Assustados. E o garotinho estava com a cabeça pendurada. Movia-se como aquelas marionetes que conheci mais tarde, já crescida, na cidade."

No começo, quando eu era pequena, tomei conhecimento dessa história como uma fábula. Juro, Soraya. *Uallárri!* Por muito tempo, eu não acreditei que fosse um episódio real. A história de uma criança amarrada nas costas me parecia uma daquelas fábulas truculentas dos irmãos Grimm ou de Hans Christian Andersen.

Minha tia contou-me aquela história milhares de vezes. Eu achava que fosse inventada. Sim, inventada. Como quando as pombas arrancaram os olhos das meias-irmãs da Gata Borralheira. Além disso, as fábulas do passado são cheias de detalhes macabros, portanto, quando lhe contam algo aterrorizante, como criança, você pensa: "Ah, tá bom, isso é uma fábula, não pode ser verdade".

Demorei muito tempo para entender que as histórias da minha tia sobre a guerra, aquelas cenas às quais elas assistiram durante a infância, eram reais. Sua difícil realidade da época. Atropeladas pelo *Djíro*.

Daquela guerra vivida durante a infância, a *roiô* não se lembra de muita coisa. Apenas do medo. "Isso não se esquece", ela diz. "Também não se esquece da humilhação que sobrevive por muito tempo nos sentimentos da família. Nutrimo-nos de vingança e pensamentos ruins. Essa guerra nos empobreceu."

Mamãe conta-me de uma guerra da qual não se lembra. E, quando ela fala, ouço o vovô Jama falando no lugar dela: "Naquela guerra perdemos quase metade dos nossos animais".

Quando ela me conta da vida na mata, não consigo imaginá-la direito. Nasci em Roma, no Ocidente, numa cidade feita de muros e de pedras. Sou uma afro-euro-politana. Ocidental como você. E, para entender as origens da minha mãe, preciso sempre fechar meus olhos. Comprimi-los. E depois deixar-me inundar de amarelo. Todo o corpo na sua inteireza. E ver, através dessa cegueira temporária, a terra árida da savana onde a *roiô* passou sua infância. Onde chove pouco. Com rajadas violentas.

Preciso visualizar a seca, a sede, os animais a serem cuidados, as longas travessias em busca de poços artesianos para dar de beber a si e aos animais.

Preciso visualizar a fome. Tenaz. Que desgasta.

Preciso visualizar a pele seca. Os cabelos feito espinhos subindo pelo crânio.

Preciso visualizar a risada da hiena quando quer atacar um acampamento.

Então, preciso me colocar no lugar de quem é sempre obrigada a se defender. Dos inimigos. Das tempestades. Do sol escaldante. Dos animais ferozes. Das epidemias contínuas. De vidas distantes que não são suas.

Não sei por que minha mãe tem saudades de um tempo tão duro assim.

Você consegue imaginar o porquê, minha querida sobrinha?

Talvez por que tenha saudades dos seus pais? Talvez por que se sentisse útil?

Vá saber.

"A maior guerra ocorreu na época dos ingleses", diz a *roiô*.

O tempo dos italianos, o tempo dos ingleses. E o nosso tempo?

A *roiô* gostaria de me dizer que o gastamos à toa. Que, depois do colonialismo histórico, como somalis, tivemos a oportunidade de construir uma nação, mas desperdiçamos tudo que tínhamos e perdemos nosso momento.

Porém, em vez disso, não me diz nada. Prefere o silêncio ao pesar. Sabe que não concordo muito com sua desilusão.

O silêncio da *roiô* me permite não começar uma discussão com ela.

Em outras ocasiões, discutimos. Coloquei sobre a mesa o mapa da África com suas fronteiras entrecortadas à machete pelos colonizadores brancos que, mesmo depois do fim do seu domínio, nunca nos deixaram em paz. E então alonguei-me em amplas explicações, dizendo: "No mundo após a queda do Muro de Berlim, um país tão estratégico e cheio de recursos ocultos como a Somália talvez estivesse condenado. Talvez sempre tenhamos atraído a cobiça de muitos".

Mas desta vez não lhe digo nada. Não discutimos. Escuto-a.

E ela volta à guerra de sua infância, ao tempo dos ingleses: "Não só os inimigos nos saqueavam, mas também os soldados somalis pagos pelos ingleses estavam sempre nos chantageando. Os inimigos, numa guerra, multiplicam-se. E não dão trégua".

Ao voltarem para casa, os tios e os primos da *roiô*, que em 1935 haviam lutado com os fascistas italianos para invadir a vizinha Etiópia, estavam carregados de violência. *Âbo* também sempre contou essa história, que encontrou muitos como eles quando era inspetor-chefe no Sultanato de Majeerteen, no começo da sua carreira política. E batiam com galhos robustos de acácia em suas esposas. Só pelo deleite de ver escorrer um pouco de sangue.

Sabe, Soraya, o *Djïro* manifesta-se também dessa maneira. Quando se vê o sangue correr, mesmo uma só vez, é inevitável tornar-se um vampiro.

"Às crianças, nos davam uma ordem atrás da outra", diz a *roiô*, escavando no fundo de sua memória. "Com aqueles rostos ferozes e zombeteiros e tudo mais."

Depois, acrescenta: "Para eles, éramos infantaria a ser posicionada em um campo de batalha imaginário. *Uallárri*. Nos viam dessa forma. Acreditavam nessa ilusão que lhes era proporcionada por seus olhos doentios. Não viam o presente que dançava ao seu redor. Viviam enclausurados no passado. Não viam os animais, os dromedários, as famílias, os escorpiões, as acácias. Não nos viam, a nós, crianças, que pulávamos ao redor deles como pequenos elfos. Para eles, o *badio* era só um imenso campo de batalha sem limites e nossos rostos de criança substituíram os rostos dos camaradas mortos ou dos oficiais prepotentes. Estavam completamente dissociados da nossa vida rural daquela época. Alheios ao tempo rítmico da seca e da temporada das chuvas. E, devido àquele desnorteamento, nós crianças não parávamos de fazer chacota deles. Os adultos, ao contrário, diziam: 'Ah, esses aí estão possuídos pelo *ginn*'. E continuavam a bater neles com um terço para arrancar-lhes os diabinhos maldosos de suas cabeças, de seus peitos e de suas vidas. '*Bismillahi rahmani rahimi*'." 'Saia, diabo, saia', era o que gritavam contra eles. E, todas as vezes, aqueles parentes, a essa altura enlouquecidos, eram golpeados nos ombros e nas costas com o terço tensionado feito chicote, sentiam-se atravessados por ânsias de vômito que jorravam com prepotência das suas bocas secas. Como se a guerra vivida (e eu não podia entender isso naquela época, mas, depois de Mogadício, depois de 1991, conseguia entendê-lo muito bem!) se desencaixasse deles em pedacinhos. Pequenos, invisíveis, infinitos. Seguindo o caminho do vômito".

Degalca uarru delaí dja' eilca.
A guerra mata o amor.
Anega degalca ban mategaia.
Eu vomito a guerra.
Até zerar em mim todo sonho.
Até zerar em mim todo o eu.
Como aqueles parentes da minha mãe, perdidos na bruma de sua infelicidade.
E no *Djíro* que não lhes dava trégua.

Quando eclodiu a primeira Guerra do Golfo, no Iraque, eu vomitei. No banheiro. Sozinha. Tudo o que estava na minha barriga. Tudo aquilo que o *Djíro* me mandava fazer.

Aquela guerra do mês de janeiro de 1991, poucas semanas depois do início da guerra somali, para mim, ainda hoje, depois de tantos anos, tem a mesma cor verde do meu vômito.

Era a primeira vez que na televisão via-se um bombardeamento daquela dimensão. E nós éramos espectadores passivos e amedrontados.

Verde para todos os lados. Não só no meu banheiro. Rasgando o céu tétrico de Baghdad, como nos antigos *video games* dos anos 80, colorindo-o com rastros luminosos de mísseis centauros que corriam direto ao alvo.

A primeira guerra do Golfo estava em gestação em agosto de 1990. Um momento antes das tensões do Golfo Pérsico, a *roiô* partira para a Somália e Diego Armando Maradona perdera a copa do mundo no Estádio Olímpico contra a Alemanha de Rudi Völler. No dia 2 de agosto, Saddam Hussein, pai e patrão do Iraque, havia invadido seu vizinho Kuwait em retaliação à extração de petróleo de poços próximos à sua fronteira.

Nos meses seguintes, aconteceu de tudo: movimentação de tropas, veículos de combate, jornalistas de capacete espalhados pela fronteira, caos organizado, diplomatas trabalhando pesado. E então a espera extenuante pela deflagração que logo teria estilhaçado a ilusão de paz que todos nós cultivamos após a queda do Muro de Berlim em 1989.

Deflagração que chegou pontualmente no dia 15 de janeiro de 1991, ou seja, o último prazo dado pela ONU ao antigo amigo do Ocidente, Saddam Hussein (abastecido por anos a fio com armas etc., e depois transmutado em inimigo público número um), para a retirada das tropas do Kuwait.

Daquele momento em diante, foi guerra. Os EUA na dianteira, seguidos por seus aliados, provocaram sobre Bagdá e sobre todo o Iraque uma chuva de fogo e raios que nos pregou às telas de televisão durante os dias que se seguiram.

Não me lembro se foi naquela primeira noite dos bombardeios ou em alguma das noites seguintes. Só sei que me tranquei no banheiro para vomitar.

O *âbo* o tempo todo em frente à televisão, da mesma forma como quando noticiaram a guerra na Somália. Sempre com a testa enrugada, aquela linha diagonal, com o *Djíro* sempre atordoando-o e o *husgunti* vermelho-esverdeado que usava em casa como um pijama.

Eu, ao contrário, trancada no banheiro, debruçada diante do vaso com dois dedos enfiados na garganta, e o jantar, um risoto e um pouco de *kalankal* com cebolas, que coloria com um arco-íris imundo a cerâmica da privada. Até o último grão. Eu chorava. Suava.

Tinha tanto medo daquela chuva de fogo verde que rasgava Bagdá e preenchia minhas pupilas. Porém, de forma egoísta, não conseguia pensar nos iraquianos e no sofrimento deles.

Ah, minha Soraya, o quanto eu me senti uma bosta em relação a eles. Sentia-me feia, suja e egoísta. No entanto, minha dor, minha guerra, carregava demais meu peito, e eu não podia pensar neles. Para mim, aquele era o mês da guerra na Somália. Não conseguia pensar em mais nada. Não conseguia pensar em Bagdá, ainda que Bagdá estivesse sofrendo. E eu imaginava que Bagdá não estivesse pensando em Mogadício. A guerra nos deixa terrivelmente egoístas. Naqueles dias, eu só conseguia ver a guerra que tragara minha mãe. E que estava tragando também a mim num vórtice de angústia.

De fato, depois da festa de Réveillon, alguns dias mais tarde, eu também percebi que o que estava acontecendo na minha Somália não só era grave, mas gravíssimo. Até hoje, com mais de quarenta e oito anos, sinto todo o peso de uma culpa que continua a rasgar-me. O peso de uma filha que, como se nada estivesse acontecendo, havia ido a uma festa de Réveillon enquanto sua mãe adorada fugia dos disparos de metralhadoras que assobiavam de forma obscena sobre sua cabeça.

Não tenho culpa, eu sei. Só tinha dezesseis anos. Mas tenho uma sensação de vazio que talvez eu abandone apenas na hora da morte. Não acho que será possível antes disso.

Naqueles dias, depois da festa de Réveillon, entendi que nada estava indo na direção certa para nós. Que não era possível nem telefonar para a mamãe. Não havia como me comunicar com o país de minhas origens. O telefone tocava sem resposta. Não era possível saber nada através do consulado italiano. A Farnesina, o Ministério das Relações Exteriores, não tinha notícias. Nem os parentes tinham notícias. Era como se minha mãe tivesse sido engolida pelas areias movediças e devorada pelos gafanhotos.

O *âbo* não me contava nada daquilo que ele próprio ficava sabendo. Tentava me poupar. Zeloso. Atento. Não me contou nada sobre as metralhadoras, os estupros, os saques e os monumentos destruídos.

Apenas duas semanas haviam se passado, mas Mogadício já estava morta. Estava irreconhecível. Crivada de projéteis de morteiros e desespero.

A Somália inteira era somente sangue, somente barro, somente merda. Escapava-se em busca de uma proteção, qualquer uma. Corria-se. Não havia tempo para avisar os parentes distantes. Nós, parentes no Ocidente. Era necessário pensar em si. Era necessário fugir, ir para longe das metralhadoras, longe dos mal-intencionados.

Era como se o país houvesse enlouquecido.

O *âbo* já sabia.

O *âbo* já sabia que não veria mais o país em que nasceu. Sabia que morreria num exílio perpétuo, como de fato aconteceu, em terra estrangeira. Sabia que a nação que ele ajudara a construir quando era jovem estava em processo de autodestruição.

Sabia... Mas como Cassandra, ele também não queria acreditar em si mesmo.

Eu, de minha parte, só então começava a intuir, por meio das visões ofuscadas de meu pai, a dimensão da história que se abatia sobre nós.

Todas as manhãs eu acordava cedo e perguntava ao *âbo*: "E a *roiô*?"

Ele balançava a cabeça, lentamente, com tristeza.

"Ninguém a viu."

Na manhã seguinte, a mesma cena.

"*Âbo*... e a *roiô*?"

E de novo na manhã seguinte.

"*Âbo*, sabe algo sobre a *roiô*?"

E ele sempre me dizia que ninguém sabia de nada. Que tínhamos de ser pacientes. Acreditar em Alá. Rezar para Alá. Dava-me pequenos tapinhas de encorajamento nos ombros. Estava lá para me acolher, dizendo que tudo daria certo. E eu rezava. Porque era a única coisa que me dava conforto naquela neblina.

Para fugir ao terror, refugiava-me na biblioteca municipal do bairro. Era o meu lugar do coração e do intelecto aos dezesseis anos. Frequentava a biblioteca que ficava na Via Assarotti, em Monte Mario. Precisava percorrer um pedaço de estrada que ia desde a pequena colina onde morávamos até a Trionfale, depois descia correndo pela pequena descida. E então reencontrava o carinho das bibliotecárias, seus sorrisos luminosos e a madeira de mogno das prateleiras cheias de livros até o topo. Foi a *roiô* que, anos atrás, fez minha carteirinha na biblioteca. "Porque você gosta tanto dos livros e aqui eles são gratuitos." Além disso, a mamãe queria que eu lesse muito. "Tudo aquilo que eu não pude ler", era o que me dizia todas as vezes.

Lá, naquelas primeiras semanas de guerra, não fiz outra coisa além de folhear livros como uma louca. Estava à procura de respostas que ninguém conseguia me dar. Folhear livros ensandecida e desesperadamente era o único jeito que eu tinha, naquele momento, de sedar a angústia, de apaziguar as ventanias que me rasgavam a carne.

Eu estava lá, no meio daquelas prateleiras de mogno. Todos os livros no meu colo falavam de guerra. Eu estava à procura dela.

Mamãe, *roiô*, onde você foi parar? O que está acontecendo? Você está viva? Está morta?

Eu tinha dezesseis anos. E folheava os livros da biblioteca à procura de uma resposta. À procura da minha mãe. Buscava-a entre as prateleiras da biblioteca. Estendia as mãos e procurava a minha *roiô*. Estava a muitos quilômetros dela, em Roma, na Via Assarotti, noutro continente. E queria ajudá-la, queria ajudar a minha mãe.

Que estava em Mogadício, correndo no âmago da devastação de uma cidade que estava morrendo, no âmago de algo terrível que era difícil até de imaginar.

Ah, Allá, clemente e misericordioso, proteja-a. Eu não posso, não posso, não sei nem se ela está viva ou morta.

Numa manhã, uma daquelas estranhas manhãs das primeiras semanas da guerra, perguntei a meu pai: e se a *roiô* de fato estivesse morta?

"É nisso que você está pensando?", perguntou-me, um tanto surpreso.

Mas não respondi.

Não disse que sim, nem disse que não. Não disse nada.

Eu não tinha uma resposta.

Naquelas primeiras semanas de guerra, semanas que antecederam a Guerra do Golfo, havia só um fio que me ligava à minha mãe. Era a televisão italiana. Os âncoras dos jornais, ainda que cada dia menos, falavam dos confrontos de Mogadício, de Siad Barre, da sua vingança de fogo e dos italianos que a Farnesina estava evacuando.

"Ela também vai estar num daqueles aviões?", perguntava ao *âbo*.

Esperávamos que sim. Eu e ele, juntos, rezando para Alá.
Mas ninguém nos havia telefonado da Farnesina.
Eu esperava. O *âbo* esperava.
Mas a Farnesina continuava em silêncio.
Mamãe não estava em nenhum daqueles aviões. Não estava entre as pessoas evacuadas.
Ninguém a tinha visto.
Não sabiam nem qual era a cara dela.
Depois, de repente, veio a Guerra do Iraque.
O verde do céu de Bagdá.
E a Somália foi esquecida.
Pelos âncoras da televisão, pela Farnesina, pela opinião pública internacional.
O fio que me unia à minha mãe se rompeu. Agora, só eu e o *âbo,* só os somalis que tinham algum parente na pátria de origem, pensávamos na Somália.
Tornara-se uma terra esquecida. Uma notícia a ser silenciada. Já não éramos interessantes. Não mais.
Por isso, comecei a vomitar. Para ter o que fazer durante a espera. Aquela espera pela minha mãe estava me destruindo.

Recentemente, a *roiô* me contou isso, Soraya: "Tentei pegar um dos aviões colocados à disposição pela Farnesina. Fui até o aeroporto. Sacudi meu passaporte cor de vinho, bonito, liso, todo europeu, depois encontrei um funcionário, um italiano, e lhe disse: 'Sou uma compatriota, italiana como o senhor. Minha irmã não, ela é cidadã somali. Mas não posso ir embora sem minha irmã. Entende?' Ele gentilmente me explicou que o avião era só e exclusivamente para italianos. Essas eram as regras. 'Sinto muito, mas sua irmã não pode vir conosco.' 'Então', respondi com calma porque no fundo consigo entender as regras, 'eu também não vou'. Mas o funcionário me disse: 'Espere, senhora'. E de uma sacola retirou azeite e um pouco de farinha. 'Vai precisar.' Depois, resmungou mais algumas palavras. Acho que deve ter sido um 'boa sorte' e um 'sinto muito'. Não respondi. Peguei o azeite com furor e larguei a farinha. É muito difícil carregar os dois desviando das balas".

Naquelas primeiras semanas da guerra, perdi meu corpo, Soraya. Ele escorregou de mim como uma camisa de seda de grife. Naquelas primeiras semanas, o *Djíro* tomou conta de mim por inteira.

Meus pés perderam a sensibilidade. A boca tornou-se árida. Os cabelos, um emaranhado de nós. A pele, descamando em vários pontos. Os olhos, inchados de forma improvável de tantas lágrimas. As bochechas, cavadas. As unhas, amareladas. O rosto, cansado.

Passava boa parte do meu tempo no banheiro com os dois dedos enfiados na garganta. Com um sorriso zombeteiro sujo de alcatrão nos lados. Ajoelhava-me diante do vaso sanitário, como os cristãos se ajoelham na igreja diante de um crucifixo, e então começava meu ritual sagrado. Meu *Djíro* perpétuo.

O objetivo era arrancar de mim o máximo possível. Todo o almoço, o café da manhã, os lanches. Os pensamentos ruins, os *suppli*, as minipizzas e as armas. Entre os restos de *plumcake* de damasco e bolachas recheadas de uva passa, entre os *beris skukaris*, o arroz somali temperado com tudo, e o *sor iyo maraq*, a polenta com molho de tomate, havia também balas e armas. As mais modernas, as mais letais.

Eu vomitava lançadores de granadas, revólveres, metralhadoras. E fuzis de precisão, espingardas, carabinas, fuzil antitanque, fuzil de assalto, fuzis kalashnikov, granadas de mão, bombas térmicas. Ocasionalmente, eu vomitava uma adaga. Às vezes, até mesmo uma lança ou uma espada.

Então, depois de ter vomitado tudo, até a última bala perfurante, contorcia-me de tanta dor. O esforço para tirar de mim aquela guerra tinha sido enorme. Eu sangrava. Ou ao menos na minha fantasia achava que estava sangrando. E tossia, tossia muito, até quase sufocar. Cada bala, cada kalashnikov que atravessava meu esôfago, me dilacerava. Sentia-me inchada e sozinha.

Era lá no banheiro, no Monte Mario, ajoelhada em frente ao vaso sanitário, que eu tentava, com aquele gesto absurdo, libertar-me das armas que envenenavam minha existência. Eu tinha medo delas. Medo de que pudessem matar minha mãe. Ou todas as outras pessoas que eu amava e que naquela guerra não conseguiam encontrar nenhum buraco para se salvarem. Ficava lá, encolhida, desesperada, tentando controlar o que era incontrolável. Vomitar era a única forma que eu tinha de exorcizar aquela guerra que aprisionava a *roiô*.

Agora já não vomito mais. Sou uma mulher adulta cujo cólon irritável sofre com a loucura daquela época. Com frequência sinto-me inchada, dilacerada, e nem os probióticos conseguem acalmar o *Djïro* que vive em mim.

Mas com dezesseis anos eu não imaginava as consequências de longo prazo daquilo que, para mim, tornara-se uma necessidade. Vomitando, eu me iludia de que conseguiria fugir de tudo que dançava ao meu redor. O vômito vinha do desejo de colocar ordem numa vida que estava tomando rumos imprevistos, a da adolescente que eu era quando aquela guerra se desencadeou.

Ninguém jamais imagina ver-se em primeira pessoa no meio de uma guerra. Jamais imagina que isso possa acontecer exatamente consigo. E eu jamais teria imaginado que minha mãe desapareceria por dois anos numa das guerras civis mais devastadoras do planeta. Eu não estava preparada para essa possibilidade. De fato, ninguém consegue se preparar para isso.

Por isso, quando a guerra me revirou, eu simplesmente tentei encontrar uma válvula de escape daquele horror. Infelizmente, busquei-a no lugar errado. No banheiro de casa. Diante de uma privada trincada.

Como os tios e os primos de minha mãe, enlouquecidos pelas trincheiras e pelo som ensurdecedor das espingardas, eu também tentava me libertar da guerra.

Há uma música que a *roiô* e eu amamos muito. Cantada por Maryam Mursal, voz histórica da música somali. "Somali udiida ceb (Somalia Don't Shame Yourself)", uma canção *wadani*, um filão que seria redutivo chamar de patriótico. *Wadani* é uma palavra cheia de amor, o amor que se sente pelo próprio país. Às vezes, é um amor não correspondido, como no nosso caso.

A música começa assim:

Somali u diida ceeb.
Evitem que os somalis passem vergonha.
Naftiina u diida cay.
Evitem para vocês mesmos que lhes ultrajem.

A vergonha é a guerra. O ultraje é a guerra. Mas quando é que essa vergonha e esse ultraje começaram a nos revirar?

O dia era 6 de julho de 1990. Mamãe estava em casa comigo. Vivemos numa travessa da Via Trionfale. Numa pequena colina. Numa casa cheia de correntes de ar. É difícil pagar o aluguel.

O dono da casa, um playboy que se achava o Julio Iglesias, com cabelos grisalhos que descem macios sobre os ombros, já ameaçou o despejo. Mas depois fez vista grossa. É sempre assim. No final das contas, é um cavalheiro à sua maneira. Um pouco garotão, um pouco *tombeur de femmes*. Um pirata e um senhor, como diria o próprio Julio Iglesias.

E nós, Soraya, acumulamos dívidas. Que depois milagrosamente conseguimos quitar, quando algum negócio do *âbo* dava certo, pois, desde que não é mais um político de carreira, começou a trabalhar no ramo de importação e exportação com sorte variável.

Eu e a *roiô* assistimos à televisão. Está passando um filme antigo com aquele ator francês que tem a língua levemente presa: Charles Boyer. Ele já havia morrido quando assistimos ao filme em nossa televisãozinha na cozinha. Matou-se por amor em 1978. Não conseguiu suportar a morte da mulher amada e decidiu acompanhá-la na grande viagem.

Mas na nossa telinha Charles Boyer ainda está vivo. Ainda é bonito. Está seduzindo uma mulher que ri e deixa as gengivas à mostra. Uma atriz de comédias brilhantes, Irene Dunne, grande apoiadora do presidente republicano Eisenhower e grande apoiadora do Partido Republicano.

Um casal que na realidade jamais teria se formado. Contudo, naquele filme de 1939, *Duas Vidas*, são um casal perfeito. Na vida real, ele é um imigrante e ela, uma republicana. No filme, ele é uma espécie de herdeiro e ela, uma cantora de bar. Ambos já em relacionamentos anteriores. Mas quem se importa? Apaixonaram-se durante um cruzeiro que os leva da velha Europa até Nova York.

Trocam mil promessas, beijam-se numa cena em que o diretor Leo McCarey só mostra suas pernas, seus quadris, a aproximação de suas roupas. O beijo mais romântico da história do cinema apesar de não se ver boca alguma, tudo é apenas um aceno, tudo é só um sussurro. Eu e a *roiô* estamos completamente tomadas por aquele casal improvável que nos parece o mais lindo do mundo.

Já conhecemos aquela história. O diretor fez uma nova versão do mesmo filme em 1957, *Tarde Demais para Esquecer*, com o maravilhoso Cary Grant. Eu e a *roiô* já conhecemos a trama graças ao filme com Cary Grant. Sabemos que os apaixonados marcam um encontro no Empire State Building, pois precisam deixar seus parceiros antes de se casarem. Ele irá ao seu encontro, ela será atropelada por um carro. Sabemos que, por orgulho, ela não lhe dirá nada. Sabemos que o final, quando ele entende que ela não foi ao encontro porque o destino a obrigou a viver numa cadeira de rodas, acaba conosco.

Conhecemos a história. Nos mínimos detalhes. Mas vê-la outra vez na telinha numa noite de verão, a mesma história, os mesmos detalhes, o mesmo xale dado a ela pela avó dele, encanta-nos. Ficamos lá, diante da tela, esperando as cenas, as falas, os gestos.

Eu e a *roiô* nos abraçamos com força. Comovidas com aquele amor maravilhoso que se dissipa feito um novelo celestial diante dos nossos olhos. Eu e minha mãe, desavisadas de que para nós, no horizonte, preparava-se um outro filme. Um filme de terror.

E então o rugido estrondoso.

Se estivéssemos atentas, Soraya, teríamos percebido os sinais daquela guerra civil somali que estava chegando.

Naquele 6 de julho de 1990, enquanto em Roma eu e a *roiô* estávamos tomadas pela língua levemente presa de Charles Boyer, em Mogadício, um grupo de adolescentes passava pela primeira degustação da guerra. Era um jogo de futebol. E centenas de jovens animados foram àquela partida, uma das primeiras do campeonato somali, *aierarra gobalada*, no qual jogavam os dois times regionais da Federação Nacional de Futebol. As pessoas ainda se lembram do tiroteio daquele 6 de julho. Entrevistei muitos somalis sobre isso e todos lembram-se daqueles primeiros tiros malditos. Um rastro de cinzas que se espalhou sobre as cartas, sobre as agendas, nos pensamentos e nas músicas. Ficaram tatuados nos corações de muitas pessoas, talvez porque tenham sido os primeiros. Ainda não havia se instaurado o hábito que em 1991 já aniquilara qualquer pensamento de paz. As pessoas ainda se assustavam e se espantavam com os tiros. Ainda que alguns pensem que aqueles primeiros golpes fossem fogos de artifício, luzes de festa.

Na verdade, muitos perceberam que o barulho que chegava do estádio Koni,[9] nome claramente derivado do italiano, eram sinistros. Houve uma grande correria naquela direção. Em especial, por parte das mulheres que perguntavam para qualquer um o que era que estava acontecendo. "Viram meu filho, meu marido, meu irmão, meu namorado? Os viram, sim ou não?" Em breve, se depararam com uma torrente humana que vinha da direção contrária. Era gente muito assustada, havia uma longa fileira de garotos, alguns ensanguentados. Alguns, mesmo gaguejando, conseguiram contar que Siad Barre, que estava presente naquele jogo, fora vaiado. "E depois os *gulwode godud*, seus famosos guardas de boina vermelha, atiraram. Atiraram em nossos rostos." Os garotos estavam assustados e corriam. Mas as mães, as esposas, as

---

9 CONI em italiano é a sigla do *Comitato Olimpico Nazionale Italiano* (Comitê Olímpico Nacional Italiano). Muitos estádios ou estruturas para a prática esportiva na Itália, onde os atletas fazem sua preparação, têm esse nome.

irmãs, as namoradas estavam desesperadas. "Não vão", diziam os garotos às mulheres. "Atiraram na gente do portão. Com metralhadoras. Precisamos correr para longe daqui. A guerra começou."

Na verdade, ainda não havia começado. Mas era um sinal. Naquele dia, morreram muitos jovens. O número não foi divulgado. Não foi feito nenhum funeral na cidade. O regime decidira que nenhum corpo seria devolvido à família. Nenhum corpo de nenhum dos jovens.

No dia seguinte, na rádio que era controlada pelo regime, não foi dada nenhuma notícia sobre o ocorrido.

Mas Mogadício inteira já estava sabendo.

O aumento da criminalidade chegou ao ápice naquele verão de 1990. Ninguém ainda sabia que tudo estava prestes a desmoronar, ainda que Cassandra, pois em todo lugar sempre há uma Cassandra, houvesse avisado ao povo somali sobre a tragédia iminente. "Vocês não viram os bombardeios aéreos em Hargeisa? Vocês acham que aqui em Mogadício será diferente? Que Siad Barre será bonzinho com vocês?" Mas ninguém quis acreditar na Cassandra. O que ela dizia era demasiado assustador, demasiado fatídico. "Mogadício nunca morrerá, mulher. Viverá para sempre", respondia-lhe o povo. Iludindo-se.

Enquanto isso, na cidade, as noites tornaram-se repentinamente silenciosas, num silêncio quebrado apenas pelas rajadas breves e intensas das metralhadoras. Ninguém mais corre o risco de sair de casa. As belas noites estreladas da cidade de pérola eram apenas uma lembrança, maculada pelo medo e pela angústia. Maculada pelos estupros e pelos gritos.

A brutalidade difundida por Mogadício, como em outros lugares, era só o prelúdio de uma guerra atroz. E, naquele maldito verão, as cidades somalis foram tomadas pelos homicídios. Enquanto eu, na Itália, assistia aos jogos da copa do mundo e cantarolava no último volume a música "Notti magiche", noites mágicas, o sucesso de Edoardo Bennato e Gianna Nannini, a Somália iniciava sua lenta submersão em direção ao nada. Infelizmente, em Mogadício, a magia, em especial à noite, havia acabado há muito tempo.

A maldade dos guardas de Siad Barre disseminava cadáveres de jovens de lábios de orvalho aos quais haviam cortado a jugular e as esperanças. A violência tornava-se cada dia mais difusa. Mais cotidiana. Nem os residentes estrangeiros conseguiam escapar. Anterior ao acontecimento do estádio Koni, quase uma semana antes, em 28 de junho, um técnico da Lufthansa, Richer Bernd, fora assassinado sem piedade. Sua companheira teve de enfrentar um estupro brutal. E isso havia levado muitos consulados a avisarem a seus cidadãos que a Somália já não era uma terra generosa e sorridente, uma terra pacífica repleta de mangas, bananas e garoupa grelhada. Que tudo se deteriorava rapidamente. Que não era mais aconselhável fazer longos passeios na praia do Lido, que era necessário evitar lugares barulhentos, não sair nunca de noite como antigamente e nunca usar nenhuma joia ostensiva, nem mesmo de dia. Se não for necessário estar na Somália por questões urgentes, o conselho era fazer as malas e ir embora para sempre. Num futuro as coisas vão piorar.

Façam as malas. Vão embora enquanto há tempo.

Minha mãe foi para Mogadício bem quando as coisas, naquele ponto já estava claro, estavam ficando muito ruins. Para a cidade, o país, as pessoas, os animais. A *roiô* colocou duas peças de roupa na mala e desembarcou na casa da irmã. Era a única pessoa otimista num país em que todos, de repente, haviam se tornado pessimistas. Ela acreditava que a Somália tinha um futuro.

Ainda me lembro das ligações antes que ela desaparecesse, tragada pela guerra. Dizia: "Vai ser lindo aqui, você vai ver. Vamos reconstruir uma vida livre de boletos e racismo por aqui. Seremos felizes, livres como as cotovias ao vento".

Mamãe acreditava nisso.

Não pensava que Mogadício e a Somália inteira pudessem traí-la.

Contudo, ela foi traída. Pelo país. E pela história.

Agora, a *roiô* está cuidando das plantas. Está lá na sacada, um pouco inclinada, regando, plantando, podando. Sorri. Fizemos uma pausa desse conto-mosaico que estamos construindo para você, Soraya.

A mãe de 2022 é mais velha do que a de 1990. Mas é mais serena. Como lhe disse, vivemos juntas desde setembro de 2020. Uma decisão tomada em família. Num ano pandêmico. Após uma internação hospitalar em que a *roiô* teve pneumonia bilateral, mas não covid. Passou meses no hospital. Antibióticos. Corticoide. Insuficiência cardíaca. Não foi fácil. Mas agora, lá está ela, na pequena varanda. Diante das suas plantas, minhas também.

Mudamos para uma casa maior por causa dela, uma casa alugada, porque continuo na precariedade, mas uma casa na qual conseguimos viver em duas de maneira confortável. Fiz alguns sacrifícios. E quando minha mãe tentou protestar: "Mas você não quer se casar? Você realmente quer a sua velha por perto?", eu respondi brincando: "Vou me casar com você, mamãe! E depois, o casamento é uma instituição que não me provoca entusiasmo, você sabe".

A *roiô* lança um olhar malicioso para mim. Eu sorrio. Sabemos ambas que o amor é um segredo que eu mantenho distante até dela. O amor com seus pequenos êxtases e suas quedas repentinas é algo que não contarei nem a você, minha sobrinha. Nós, mulheres somalis, gostamos de ter nossos segredos.

    E então ela se resignou tendo uma filha romântica que ficou para titia, à beira da perimenopausa, que tem aversão às convenções sociais e aos contratos do tipo "até que a morte nos separe". No fundo, há tempos já perdeu a esperança de fazer um *xax sar* para mim, ou seja, aquela cerimônia em que as mulheres da comunidade lhe dão lenços de presente, ou seja, os *shaas*, para celebrar sua entrada no mundo das matronas, mães e mulheres de família. Uma cerimônia com gosto de patriarcado, mas que sempre me deixou sem ar por sua beleza, pelo calor, pela luz. Uma festa totalmente feminina em que se canta, se dança e se escrevem poemas para a noiva. Celebra-se a música que as mulheres carregam no ventre. E é também uma festa olfativa. De cheiros esotéricos que provocam estranhamento e nos levam a outra dimensão. E que, em épocas antigas, mas também hoje, faziam com que fosse menos difícil para as mulheres nadarem em meio aos equívocos de um casamento.

    Mas agora mamãe está lá, entre as plantas. A babosa, o cacto, a oliveira, um girassol que está nascendo, a gérbera, os tomatinhos-cereja, a lavanda.

    Na sala, esqueceu a televisão ligada. No fundo, ouve-se os gritos da guerra.

    Uma guerra em que os EUA invadiram o Iraque.

    Uma guerra em que a Rússia invadiu a Ucrânia.

    Em que Alepo está em chamas.

    Em que Mossul está despedaçada.

    Em que Saná, capital do Iêmen, foi arrasada pela sua vizinha, a Arábia Saudita.

    Em que o Congo é terra de ninguém.

E na qual o Afeganistão é esmagado por uma burca.

As guerras se sobrepõem a outras guerras. É uma cadeia industrial de conflitos.

Guerras com estruturas do século XX, em que algumas nações invadem outras.

Ou guerras civis, também do século XX, em que nos tornamos inimigos de nós mesmos.

Nas telas, as imagens de cidades mártires. Imagens que me dilaceram. E que me fazem lembrar de Mogadício.

Corro até minha mãe, abraço-a. Aperto-a. Ela se surpreende.

Quando vejo as imagens da guerra, de qualquer guerra, Síria, Iêmen, Afeganistão, Ucrânia, Congo, na minha cabeça Mogadício explode. Sua devastação. Sua aniquilação. E sinto o mesmo medo que sentia aos dezesseis anos.

A guerra nunca passa. É um verme que se alimenta de nosso intestino.

Sinto cólicas. É o *Djiro*. Ai...

Saná, Cabul, Dresden, Alepo, Mogadício.

Roiô...

O que quero perguntar a ela está aqui, raspando minha garganta. Há anos. Há décadas.

Roiô...

"Mamãe... Nunca lhe perguntei. Mas... por que você foi em direção à guerra enquanto todos estavam correndo de lá? Por que você se colocou naquela enrascada?"

Finalmente consegui dizer essas palavras, Soraya.

Sussurrando. Abraçando-a com força.

Para que ela não evaporasse.

Af roiô
Língua materna

A guerra não tem uma língua materna.
Não pode tê-la.
Muito menos um alfabeto.
A guerra é só ruído, Soraya.
Confusão.
Pode até ser o silêncio, um silêncio que grita sem som.
Oscilando em direção à apneia.
Como um pêndulo cheio de pó.
E de esquecimento.

Nos primeiros dias da guerra, naquele maldito e inesquecível 1991, o aeroporto internacional de Mogadício foi invadido por estrangeiros e pessoas próximas ao regime que já percebiam sua queda. O cheiro de enxofre e de lingotes de ouro arrancados ao povo invadia o ar saturado de pó e desassossego. Os dias passavam. E, no aeroporto, a pressão aumentava. A classe média aterrorizada queria deixar o país. Corpos amontoados na fronteira.

Ninguém mais acreditava que a situação melhoraria. Havia apenas um pensamento na cabeça: embarcar em um Boeing 747 e salvar a própria pele. A Rádio Mogadício, a estação nacional que no passado veiculava música de primeira, continuava a pedir calma. "Fiquem tranquilos." "*Isdegia.*" "Voltem para suas casas." "Tudo está sob controle." Mas ninguém mais acreditava naquelas mentiras transmitidas via rádio. Palavras abafadas pelas bombas que explodiam no céu e faziam os bairros de Bondhere e Wardhigley tremerem. Nas casas, de raiva, os aparelhos de rádio eram rebentados com pedras duras que pareciam caroços de abacate. Porque quando alguém atira em você, as mentiras tornam-se insuportáveis.

A cidade que o cantor somali Ahmed Naaji definia como "uma pérola" a essa altura era feita de alcatrão e de sangue. Dividida em pequenos enclaves dominados por guerrilheiros jovens, maltrapilhos, ferozes, ingênuos, levados para lá pelos chefes da guerrilha cujo único objetivo era destronar Siad Barre, o ditador de boca grande. Aqueles guerrilheiros não conheciam a cidade, vinham do norte, ou do oeste, daquela mata amarela, pobre e seca, e queriam se vingar, na pele de Mogadício, de todas as humilhações que haviam sofrido num passado recente. Aquela puta, como a chamavam. Nas suas veias, corria vingança. Queriam ser ressarcidos por todos os pastos que tinham perdido. Pelas cabeças de animais que lhes haviam saqueado. Pelas lágrimas de suas mulheres atingidas pelos chutes de espingardas carregadas sobre suas vaginas e seios.

Eram nômades que não conheciam a cidade, nômades que haviam se tornado maldosos pela fome e pela facilidade de ter nas mãos um M16 ou um AK-47. Armas que carregavam a tiracolo como talismãs e que vinham quase todas da Transnístria ou de alguma república soviética em decadência. Para não dormirem, mastigavam o *qat*, uma droga que tira o sono, então, para aqueles homens, alguns ainda garotinhos, o caminho tornava-se mais elétrico, rápido, faminto. Ao chegarem à cidade, naquela Mogadício que só haviam visto em sonho ou talvez nos seus pesadelos mais obscenos, o desejo de violá-la quase os sufocava. *Arsasho!* Vingança!

Alguns de seus familiares haviam sido assassinados por ordens dos coronéis multi-condecorados que, naquele regime moribundo, faziam o que lhes dava na telha. Assassinados e depois feitos em pedacinhos pelos soldados de baixo escalão para que não pudessem ter um sepultamento digno. É por isso que aqueles guerreiros nômades tinham sede de vingança. Muita sede. Sede de bens materiais. De vaginas virgens a serem dilaceradas. De *khambro*, da aguardente que corria nas veias sujas e clandestinas da metrópole. Eram a própria fúria. Mas carentes de armamento. No começo, antes de abraçarem os kalashnikov da Transnístria, só estavam armados com velhas carabinas e uns punhais artesanais. Porém, dentro de si, carregavam o fogo da guerra. E, graças a isso, conseguiram armar-se até os dentes, rapidamente, arrancando armamentos dos seus rivais.

As forças do governo, até aquele momento consideradas o melhor exército da África, temiam aqueles nômades, não porque tivessem algum tipo de treinamento militar, mas porque não conheciam a guerra moderna. E, ao não conhecê-la, não a temiam. *Absí la an*. E aqueles soldados do regime sabiam muito bem que o sangue pode subir à cabeça como uma bebida destilada que se bebe rápido demais. Por isso, logo também começaram a saquear. Quase como uma reação contra o desconhecido que estava à sua espera. A ideia de muitos deles era acumular alguns bens e fugir, ir para o exterior, com os bolsos cheios e as cuecas lotadas. Além do mais, tinham recebido ordens dos notáveis do regime de não deixar nenhuma migalha intacta na cidade. Tudo tinha de ser destruído. Tudo! Se eles não pudessem aproveitar, então ninguém mais o faria.

Foi assim que, em pouco tempo, a cidade tornou-se escombros. Com grupos do regime de um lado e uma guerrilha que acabava como grupo armado num outro lugar qualquer. Mogadício estava no caos. Ninguém sabia em quem confiar. Os chefes da revolta contra Siad Barre que, nos meses que antecederam o colapso, haviam participado de encontros secretos em mesas de reconciliação nacional, a essa altura já haviam perdido o controle de seus homens. E, em vez de tentar dar um passo atrás, fazer suas tropas raciocinarem, tentar acalmar os ânimos exaltados, eles também pegaram nas armas. E começaram, individualmente, sem consultar-se, a dividir entre si o território com base nos clãs, famílias, enfim, de forma amoral.

Naqueles primeiros dias, a cidade oscilava entre o medo e a esperança. Ninguém estava resignado ao apocalipse.

Naquele caos, Soraya, havia quem ainda tentava, de algum jeito, levar uma vida normal. Feita de rotina, de gestos que eram os mesmos há muitos anos. Mas era só uma ilusão. De normal, independente do que realmente signifique essa palavra, não havia mais nada na Somália.

A *roiô* disse-me que, naqueles dias, ia à procura de comida no mercado clandestino para ela e para sua irmã. E que só encontrou um pouco de arroz e feijão com cara de miséria. E que, naqueles primeiros dias de guerra, Mogadício inteira peidava *duso, duso, duso*, porque não havia mais nada no mercado, só aquele maldito feijão vermelho que inchava o intestino como um odre. Os peidos de Mogadício eram fedorentos, pesados da guerra e da surpresa de ainda estarem vivos.

O ar da cidade era denso, quase compacto. E no céu, havia os ameaçadores MIG-17, de fabricação soviética, que pareciam à primeira vista pássaros agourentos para os cidadãos de Mogadício. *Gor gor* maléficos que circundavam ávidos sobre suas cabeças. Todos sabiam o que o Boca Grande havia feito em Hargeisa em 1988. Sabiam que aquela cidade fora transformada em terra arrasada da mesma forma que Dresden, com aqueles aviões que lhe foram dados pelo ucraniano Brežnev na época do seu secretariado-geral para defender-se dos vizinhos incômodos. Aviões maculados, trazendo nas asas a bandeira somali com sua estrela branca de cinco pontas.

Cheguei a ver um daqueles aviões quando participei da feira do livro de Hargeisa oito anos atrás. Fui convidada como escritora. E aceitei porque não queria dar o braço a torcer para seu tio Abdul, que continuava dizendo: "Você nunca vai aceitar porque tem medo demais da África". Na verdade, nunca tive medo da África. Da Somália, sim. Tenho muito medo da Somália. E ainda que Hargeisa seja a capital da autoproclamada República da Somalilândia, portanto, formalmente um território estrangeiro, eu a considerava habitada pelo povo somali. Enfim, uma espécie de Somália na qual eu podia espelhar as minhas ansiedades e as minhas expectativas de vidro.

Decidir colocar os pés no Chifre da África, de novo, numa geografia próxima ao meu coração, mas à qual nunca mais havia voltado desde os meus onze anos, não foi uma decisão fácil de se tomar. Eu hesitava. Entre o não e o sim. Entre o vou e o não vou. Meu sentimento era mais do que legítimo, mas Abdul começava a caçoar de mim. O chato de sempre. Me chamava de "ocidental", "medrosa", *"fullei"*, *"iurub"*. Dizia isso tudo num tom de brincadeira, rindo, daquele jeito dele. Mas lembro-me que fiquei impactada com a palavra *iurub*, "europeia". Claro, era isso que eu era. Mas sentia-me também ligada à África. Uma africana europeia, uma europeia africana, entre os dois mundos que se odiavam, entre os escombros do passado e um futuro maculado pelos mortos do Mediterrâneo.

Foi minha identidade quem escolheu por mim. E foi assim que eu respondi aos organizadores do festival que iria. Que conversaria com os garotos e as garotas de Hargeisa. Respondi que seria uma honra para mim. Porque realmente era. *Uan qu fara' sanarrai marticadka*. Fico feliz com o vosso convite.

Peguei dois aviões para chegar a Hargeisa. O primeiro levou-me de Roma a Addis Abeba. Ao aterrissarmos, a Ethiopian Airlines levou-me junto aos demais passageiros até o hotel para comer e descansar. E quem sabe, talvez sonhar. Eu não descansei. Aproveitei para passear pela capital etíope, que na época estava toda em obras. Quando fazia alguma compra, as vendedoras agradeciam em mandarim: *"Xie xie"*. Obrigada. Levaram-me outra vez para o aeroporto com os demais passageiros. Cada um tinha a sua conexão. Eu ia para Hargeisa. Uma cidade estrangeira que parecia com outra, Mogadício, que estava tatuada no meu coração.

Mas ao chegar entendi que não havia nada de Mogadício em Hargeisa. Exceto as cabras balindo nas encruzilhadas e os letreiros coloridos das lojas, desenhados à mão, ainda sob a influência do estilo dos pôsteres soviéticos da época em que o regime do Boca Grande imitava Moscou. De fato, em ambas as cidades, muitos haviam aprendido a desenhar graças aos russos, os quais impuseram a Siad Barre que fosse dada uma educação socialista a seu povo confuso. Que durante o parêntese soviético tornou-se ainda mais confuso. Foi então que muitos ilustradores ficaram presos naquele estilo propagandístico de outra época, pois nunca conseguiram ter outras experiências artísticas.

Hargeisa era bonita, poluída, populosa. As árvores exibiam sacolas de plástico em vez de flores e as mulheres sob o véu completo usavam pingentes de ouro bruto de um amarelo que ofuscava.

Avistei-o quase de imediato, durante minha primeira saída do hotel. O Mikoyan-Gurevich MIG-17 dominava a assim chamada Piazza della Libertà, onde as pessoas, principalmente os homens, ficavam sentados bebendo chá quente bem adocicado. Aquele jato fora abatido pelos somalilandeses durante os bombardeamentos indiscriminados do regime de Siad Barre. Só algum tempo depois, com a chegada de alguma calma, de certa distância temporal, foi erigido naquele local para relembrar os cidadãos que haviam sido corajosos. *Partigiani*. Abateram o avião inimigo. Detive-me observando os grafites desenhados, eles também, num estilo vagamente soviético, sobre o pedestal que sustentava o avião. Eram quase fotografias dos bombardeios sofridos. Dos corpos dilacerados. Despedaçados. Ensanguentados. Também da força de quem resistiu. As cores fortes de uma história que se tornara icônica.

Portanto, naquele janeiro de 1991, Mogadício sabia que, três anos antes, Hargeisa havia sido assassinada num bombardeamento. E temia ter o mesmo fim.

Os aviões, porém, não atingiram a capital, limitaram-se ao sul do Sudão. Distantes daquele céu plúmbeo. Deixando para trás uma fumaça densa e uma longa onda de ameaça.

A *roiô* nunca me contou muito bem sobre aqueles dias de guerra. Nenhuma palavra sobre aquele maldito janeiro. Minha mãe não sabe contar sobre a guerra. Não quer contar. É como se, diante daquelas lembranças, tivesse perdido sua língua-mãe.

Ela me conta do depois. Sempre do depois. De fevereiro. Março. Quando tudo já estava em ruínas e ela se acostumara aos confrontos e aos gritos, como, no fundo, todos os moradores de Mogadício. Acostumada a ouvir os tiros. Tiros quase próximos ao rosto.

É como se a guerra a tivesse deixado cega. Perambulava entre os escombros sem reter mais nenhuma lembrança visual. Na sua mente, havia apenas um grande ruído. Um vazio preenchido pela estridência do rangido das balas que arranharam a mão ao recolhê-las desajeitadamente na areia.

Na minha cabeça, eu sonhava em protegê-la, Soraya querida. Ser um escudo para a minha *roiô* em 1991. Queria confortá-la e dizer-lhe: "Mamãe, você não está sozinha".

Mas estávamos separadas. Ela na Somália e eu perdida na minha ânsia de vômito. Numa Roma que não sabia nada de nós.

Durante os primeiros meses de guerra, a *roiô* até adoeceu. Um resfriado que lhe provocou febres altas. Tremedeira.

Não foi a única. Nas trincheiras improvisadas, entre os sacos de areia e a alvenaria das casas em ruína, alastraram-se o sarampo, a varicela e a escarlatina. Naquele primeiro período, muitas crianças em fuga com suas famílias em direção à fronteira com o Quênia, ou simplesmente em direção a um enclave onde o próprio clã estava no comando, contraíram meningite. Mortos, inválidos, evaporados num sopro mortífero. Alguns foram abatidos pela rubéola. Ou pela malária que também não dava trégua. Havia pouca comida. No comércio paralelo, o preço da farinha era astronômico e não havia carne alguma. Muitos se alimentavam da carne de animais selvagens. Como ocorreu com os parisienses após a guerra com a Prússia, quando a cidade esfomeada se alimentou de avestruzes, zebras e até elefantes do zoológico de Bois de Boulogne. Diz-se que, naqueles primeiros meses de guerra, houve até quem comeu quase todos os dias carne de gato. Fora da cidade, os mais sortudos encontraram alguns *dik-diks* e jogaram-se sobre eles com punhais, e então com os dentes, dentes que se cravavam no pescoço daqueles pequenos animais indefesos.

Falei do meu amigo Davide Orecchio na carta que estou lhe escrevendo, Soraya. E do *Djiro*. Ele é um colega. Um dos bons. Um daqueles que ainda crê na literatura, na pontuação, na escavação histórica que cada um é chamado a fazer sobre si mesmo. Falei por alto para ele de você, do quanto você é linda. Sim, acho que disse isso, ou talvez só tenha pensado em dizê-lo, mas com certeza lhe falei da *roiô*, da guerra civil, da memória e do *Novecento*, do século XX.

"Sinto-me inadequada diante dessa história", disse a ele. Gostaria também de ter dito outras coisas. Do quando me senti sozinha diante das palavras da minha mãe. De como falar daquele período me devasta. Porque, enquanto eu conservo na minha mente imagens de uma garota italiana dos anos 1990, com gente que se vestia com as marcas Superga, Converse e Fornarina, com sua pata de elefante, minha mãe tem outras imagens de si. Os chinelos furados nos pés que sangravam com frequência, pois as pedras afiadas de uma cidade em destroços e os cartuchos das balas espalhados por todo o lado feriam a planta do pé.

Davide olha-me com interesse, com os olhos pequenos e meditativos, para além da montanha, estilo John Lennon.

"Quantos e quais arquivos você consultou para fazer esse trabalho?"

Estávamos numa reunião com a secretaria municipal de cultura de Roma, ambos chamados para integrar o comitê científico de um dos eventos culturais do verão romano, o Festival das Literaturas no Palatino. Estávamos sentados próximos, na ponta da mesa. Com o olhar vidrado na direção dos organizadores. Falávamos entre nós nos momentos em que a reunião permitia algum respiro, trinta segundos para respirar, e aquela pergunta sobre arquivos chegou exatamente durante uma pausa dessas. E me deixou sem ar. Sentia-me sufocar. Sério que o Davide tinha dito "arquivos"? Como poderia lhe responder? Como explicar? Apertei a saia que vestia na altura dos joelhos. Nervosa. Como se só um tecido grosso pudesse me devolver o sentido tátil da realidade que, com a pergunta de Davide, eu estava perdendo.

"Já não existem mais na Somália", disse num sopro. "A guerra destruiu tudo", acrescentei rápido, rápido demais.

Arquivos nacionais, arquivos familiares. Os álbuns da nossa família. Do meu pai quando foi prefeito, do casamento dos meus pais, da formatura dos meus irmãos, da minha cara de recém-nascida.

TUDO.

Engolido. Perdido. Vendido.

"As gangues armadas mijaram em tudo, meu amigo."

Percebi que Davide olhava-me um pouco perplexo.

"Sério? Nenhum arquivo?"

"É, você entendeu bem, nenhum. Não temos memória."

E depois, esvaziada daquela constatação, voltei a encarar o conselheiro cultural do município de Roma, seus cabelos grisalhos, o colarinho, os olhos vivazes, enquanto explicava num tom alegre como seria o festival do verão. Escondi-me no silêncio de uma falsa concentração e comecei a fazer anotações. De forma mecânica. Escrevendo palavras vazias num bloco de notas vazio.

Nosso arquivo é a *roiô*. E qualquer um que tenha visto a Somália antes da destruição.

É assim, sobrinha amada.

Seu *âbo* é um arquivo.

Tio Abdul é um arquivo.

Zahra é um arquivo.

Mamãe Halima é um arquivo.

E naturalmente também o *âbo*. Meu doce *âbo*, de quem sinto cada dia mais a falta.

E eu também, num certo sentido, sou um arquivo. Porque me lembro.

De Mogadício, a daquela época, não desta moderna de agora, reconstruída sem nenhum plano diretor com a ansiedade de despontar nas alturas, como as cidades do *midwest* estadunidense, permanecem uma série de imagens privadas e públicas. Da sua arquitetura. Do amor que tínhamos por ela.

As fotos de Mogadício estão por todas as partes. Em páginas da internet, nos livros, nos álbuns de família que se salvaram da destruição porque alguém decidiu fugir carregando um punhado de fotografias. Ela está lá. Com suas cores pasteis e aquele branco que ofuscava.

Mas sua imagem fugia-me constantemente. É como se meus olhos não conseguissem encará-la na memória. Se fecho os olhos, ela aparece-me de novo por inteira. Mas, ao voltar a abri-los, perco-a.

Mogadício escorre em mim como o colírio do meio-dia, o que contém 20 mg de cloridrato de dorzolamida e que o médico me prescreveu faz pouco tempo. Colírio que toda vez arde na minha pupila e me faz perder o equilíbrio. Não suporto esse remédio, Soraya. Mas é necessário. Como todos os outros que me prescreveu para um *Djíro* que tenho há mais de quinze anos.

E então, para resistir ao desgaste dos tecidos, submeto-me todos os dias a este rito de destruição e reconstituição de mim. Porque, se por um lado a medicina me conserta, por outro me aniquila.

Assim como a lembrança de Mogadício. Conserta-me e aniquila-me. Por um lado, é tão doce encontrá-la de novo como era, inteira, na minha cabeça, em fotografias antigas, nas palavras de quem nunca a esqueceu, no trinado agudo da voz de Hibo Nuura. No entanto, ao mesmo tempo, sua ausência ainda me devasta. E revejo-a como quando me despedi da última vez, sem contornos nem fronteiras. E então, dentro de uma nuvem, aquela cidade que já fora amada evapora, escorrendo para outro lugar inacessível.

A essa altura, Mogadício morreu. Está no paraíso (ou talvez devesse dizer no inferno) das cidades perdidas. Vejo-a sentada ao lado de uma Troia ensanguentada, enquanto Cassandra, filha de Hécuba e Príamo, observa suas cicatrizes. E suas lágrimas tornam-se poeira.

E se fosse eu aquela Cassandra, Soraya?

Uma Cassandra que vê o *Djïro* sobrepujar os continentes.

Não mais a filha de Hécuba e Príamo, mas a de Chandigia e Ali.

Uma Cassandra em Mogadício.

Busco uma catedral católica, a que no passado despontava no centro do *skyline* de Mogadício. Procuro-a com as mãos, iludindo-me de ainda poder tocá-la, como naquela época. Como quando eu era uma criança. Procuro suas torres. Sua cor de terra. Seus arcos. Foi construída como cópia exata da catedral de Cefalù, na Sicília, em estilo românico normando. Foi construída por um dos organizadores da Marcha sobre Roma,[10] Cesare Maria Luigi De Vecchi, conde de Val Cismon, enviado por Mussolini à Somália como punição.

Aquela catedral erguida como um desacato aos somalis, à sua religião, às suas tradições, à sua arquitetura, com o passar do tempo, com o fim do colonialismo histórico, tornou-se outra coisa para a população local. Um lugar familiar, foi isso o que se tornou. No fundo, fazia parte de nós. Havíamo-nos acostumado à sua torre maciça e

---

10 A Marcha sobre Roma (*Marcia su Roma*) foi uma vasta manifestação fascista com características de golpe de estado ocorrida dia 28 de outubro de 1922 na capital da Itália, com o afluxo de dezenas de milhares de militantes fascistas que reivindicavam o governo da Itália. Mussolini estava preparado para fugir caso o rei Vítor Emanuel III declarasse a lei marcial, fato que não ocorreu e levou à ascensão do Partido Nacional Fascista ao poder e o fim da democracia liberal.

ao desafio contínuo que a estrutura movia em direção ao céu. De fato, tornara-se parte da bagagem visual de cada morador de Mogadício.

    Depois, morreu. No dia de Reis. Em 1991, como tudo. Estuprada pela chuva de metralha. Pelas incursões. A guerra fez dela pó. Desde então, sua imagem, a concretude da sua matéria, tornou-se subitamente, para todos que já haviam amado Mogadício, algo não apenas querido, mas também indispensável como o ar. E desde então senti um amor incomensurável por aquela igreja nascida dos pressupostos errados, coloniais. A essa altura, ela só vive em nossos corações. Na lembrança. Nós que, quando ela ainda estava viva, não soubemos fazer parte de sua família.

Gostaria de ir para Cefalù, sabia, Soraya? Viria comigo? Gostaria de ver a catedral de Cefalù. E refletir-me naquilo que foi. Sentir a ilusão por um instante de que Mogadício não tenha de fato morrido quando eu tinha dezesseis anos.

    Não amo comer carne de frango.
    Na casa de *roiô* em Mogadício tínhamos algumas galinhas e um galo bem bravo. Ele tinha muito ciúmes das suas fêmeas. Bicava qualquer um que chegasse perto da cerca. Quando fui a Mogadício pela primeira vez, com nove anos, aquele galo destruiu minhas pernas de tanto bicar. Ele me assustava. Tinha uma crista vermelha. Brilhante. Infinita. Eu, uma garotinha nascida no Ocidente, europeia de carne africana, era o alvo preferido daquele *dik,* como se diz "galo" em somali. Ele me procurava. Me aterrorizava. Eu corria em torno da casa, machucava-me nos espinhos. Perdia meu chinelo verde entre os arbustos e os mamoeiros.
    A casa de Mogadício era para mim uma casa grande. Possuía muitos cômodos. E um jardim que me parecia

uma floresta. Árvores. Era uma vivenda. Mas em mau estado. Precisava de reformas. Mas era grande, enorme. Com uma cor branca rosada que lhe dava um ar íntimo. Eu adorava o fogão a lenha e o banheiro externo.

Todos os dias, durante minhas estadias somalis, aquele galo me obrigava a percorrer por inteiro a circunferência da casa. A mesma casa que a *roiô* teve de abandonar no início da guerra. Não era seguro ficar lá. Ela ficava bem ao lado da casa do ditador. E de uma base da guerrilha. Ela e mamãe Halima tiveram de ir embora. O galo as seguiu. Quase depauperado. Não era mais o mesmo galo que me perseguia como um louco. Aquele havia morrido há muito tempo. Era seu herdeiro. A mesma crista arrogante. Quando minha mãe e minha tia fugiram, a *roiô* viu aquele galo que as seguia, além das galinhas. Por um tempo, os animais seguiram o mesmo passo. Depois, começaram a desacelerar. Acabados. Havia fome nos olhos deles. A *roiô* havia esquecido de alimentá-los e àquela altura já não havia mais tempo. Jogou na areia um pedaço de pão para eles, depois de esmigalhá-lo direitinho nas mãos, para que ficasse mais comestível. As aves, naturalmente, se jogaram. As galinhas mais ferozes do que o galo. Mais numerosas. E assim o galo foi deixado de lado, para trás. A *roiô* olhou a cena com o rabo do olho. Não podia fazer nada por aquele *dik*, mas sua imagem solitária foi algo que ela levou no coração.

A guerra é uma catástrofe para todos, Soraya. Homens e animais.

A *roiô* rezou para que um pouco daquelas migalhas do pão sobrasse para ele também. Claro, era um animal teimoso, prepotente. Mas ninguém merece morrer de fome numa guerra. Nem ele.

No final de fevereiro, ela viu um galo parecido, com a crista vermelha, ao lado da carcaça de um burro. A *roiô* ainda tem certeza, não obstante a passagem dos anos, que era ele. *Uallárri!* O burro tinha as vísceras explodidas e o sangue represado na lateral da boca. O calor havia descamado sua pele e a carne vermelha fora atacada pelas *korwesaal* que se enfiaram até nas órbitas oculares. *Korwesaal* é um tipo de formiga do tamanho de uma unha humana. Galos e galinhas são gulosos.

A *roiô* viu então aquele *dik* de crista vermelha curvo sobre o cadáver do burro que, àquela altura, já havia explodido devido ao calor e ao abandono. Viu que o galo bicava um dos olhos. A *roiô* não sabe se ele andava à procura de formigas ou se já havia se acostumado a devorar carcaças.

"Ah, a que a guerra nos reduziu", ela disse com seus botões.

Depois, deu as costas a ele e nunca mais se viram.

Essa é uma das poucas imagens que tenho da guerra vivida por minha mãe. Um galo e uma carcaça de um burro morto. O resto ficou apenas na memória sonora.

O primeiro som da guerra que minha mãe, sua *ayeyo*, conservou foi o rechinar da sua própria barriga. Aquelas cólicas que às vezes pareciam um violino desafinado. Depois, o grito das mulheres, que naqueles dias eram violentadas até mesmo dentro das mesquitas, sem qualquer respeito.

Outro som que a *roiô* conservou foi o crepitar do fogo. O fogo que havia destruído os arquivos nacionais e anulado a memória do país. Também o ruído dos postes de iluminação caindo. O farfalhar das roupas das mulheres, que deixavam a cidade sem roupas íntimas. Os chiados de um rádio que, apesar de tudo, ainda conseguia captar os sinais da BBC em língua somali. E ainda, os foguetes, as granadas, o terremoto da artilharia. O barulho de uma janela quebrada. A explosão do vidro. O silêncio frio dos dedos da minha *roiô* em um gatilho. Aquela Beretta semiautomática que alguém lhe havia entregado para defender-se dos mal-intencionados e que ela nunca chegou a usar. Mas que um dia tentou tocar.

Em 26 de janeiro, Siad Barre fugiu. E depois? Depois os *darood*, os *hawiye*, os demais clãs, as batalhas em campo aberto.

A *roiô* sentia seus próprios dentes baterem com força uns contra os outros. Ao longe, como o vento siroco, o rastejar de um tanque que entrou na cidade para atirar nas pessoas que saíam em busca de água potável. O coração perdeu seus batimentos. E o crepitar de um sorriso radiante que num sonho recaia sobre o rosto. Porque só nos sonhos você se afastava por um momento daquele presente de guerra e de todo aquele sangue.

A *roiô* está com o celular do seu pai nas mãos. Na tela, seus olhos que nos cumprimentam com alegria. Seu *âbo* ficará conosco por mais um mês, sabe? A trabalho. Ficamos exultantes quando ele nos contou. Ambas comovidas.

A mão da minha mãe treme um pouco tentando agarrar o telefone. Sorri. Emociona-se todas as vezes em que fala com você. Parece um pequeno antílope embriagado de amor. Envia-lhe suas *du'a*, suas bênçãos do coração.

"Que Alá lhe proteja, minha neta", ela diz com sua voz masculina, quase tanto quanto a sua. "Não vejo a hora de você desatar esse emaranhado de nós nas minhas vértebras", revela com alegria, referindo-se à carreira que você irá seguir. Já está imaginando-a num consultório de fisioterapia todo seu. Impregnado da sua essência. Com seu belo diploma pendurado na parede numa moldura verde.

Você não entende as frases que saem da boca da sua avó. Ela usou muitas palavras obscuras dessa vez. Um somali intransponível. Que cheira a pastoreio.

Então, intuindo suas dificuldades, a *roiô* lhe diz em somali, mimando um pouco o gesto com a mão que está livre, só a palavra "massagem". Essa você conhece bem. E por fim você concorda. Feliz.

"*Ha ayeyo*", responde. "Sim, vovó. Ficarei feliz em lhe fazer uma massagem."

Vejo que a *roiô* tenta espiar sua casa atrás de você, dobra-se em direção ao celular para tentar captar todos os detalhes. Olha as cadeiras, a mesa, o quadro que está ao fundo, as cores dos móveis.

"A pequena tem bom gosto", ela comenta comigo, num somali bem hermético que você não entende.

Você continua ali, nadando na tela como um peixinho de aquário. Nos sorri um pouco encabulada. Já não tem mais palavras. Seu somali acabou.

A *roiô* também já não sabe o que lhe dizer. E então chama seu pai em voz alta. "Vem pegar sua filha", diz-lhe num tom autoritário que ela gosta de usar conosco de vez em quando. Disse mesmo a palavra "pegar", em somali *qaado*. E entrega o celular ao seu *âbo* com a mesma delicadeza com que se passam os recém-nascidos de um colo para outro. Quando se trata de amar, a *roiô* tem gestos maternos embutidos na sua pele.

Como quando você era pequena e ela fazia trancinhas em você, se lembra? Ela inundava-a de miçangas coloridas. E você balançava a cabeça, se achando um pouco. A forma dos seus olhos parecia a elipse da Piazza Navona, que para mim é a praça mais linda de Roma, e em todas as vezes você nos enchia de alegria.

Mas agora sua voz está distante, Soraya. O celular onde habitava seu rosto a essa altura está longe. Ouvimos suas risadas com seu pai. Sabe-se lá o que ele está lhe contando. Uma piada? Um esquete no TikTok? Eu e a *roiô* já estamos de fora. O celular com seu rosto está transitando por outros cômodos. Sobrou apenas um rastro de luz e um som, quase um doce beliscro nas cordas de um violão tocado ao longe.

Quantas coisas que sua *ayeyo* gostaria de lhe contar. Olhando seu rosto. Sem tradução. Sem intérpretes intermediando. Só vocês duas num cômodo, com palavras em comum que se conhecem e se abraçam. Mas esse tempo ainda não chegou.

É por isso que ela me pergunta: "O que Soraya está esperando para aprender italiano?"

A guerra não tem uma língua materna.
Nós, sim. Uma língua parida por um útero de paz.
Aquela paz, palavra maravilhosa, que ainda nos é difícil encontrar.

Ilou
Esquecimento

Em 1991, naquele janeiro que nos marcou, eu e o *âbo* estávamos rodeados pelo silêncio dela.

Roiô, onde é que você se meteu? *Raguê tchogta*?

Enquanto isso, na escola, eu já não cabia mais na minha carteira. Minha barriga havia se tornado um rolo de carne e frustração. Eu comia mal, vomitava. E então, comia cada vez mais. E sempre mal. Eu misturara rosquinhas de chocolate com ovos cozidos vários dias antes. Macarrão mole demais com açúcar caramelizado. Carne queimada com café fervendo. E então, outra vez mais açúcar. Açúcar. Açúcar. Muito açúcar. Até morrer. E colheradas de mel. De Nutella. De geleia. De maionese. De mostarda de Dijon. Depois, eu regava tudo com Coca-Cola. Sempre muita Coca-Cola. E tinha um refluxo gástrico que me arrebentava o peito, Soraya. Cortava-o pela metade. Eu explodia dentro de mim. De tristeza. E de minha imensa confusão. Com minha voz desafinada, eu cantava Pino Daniele, meu napolitano preferido, além de Massimo Troisi.

Ma so che sbaglierò
me sento 'a guerra, il resto non lo so.[11]

Na escola, eu sempre tinha o nariz afundado em algum livro. E não olhava mais ninguém nos olhos. Os livros, qualquer livro, Agatha Christie, Italo Calvino, Louisa May Alcott, me levavam para longe de mim. Dos outros. Da es-

---

11 "Eu sei que estou errando/ sinto a guerra dentro de mim, o resto eu não sei."

cola. E em especial dos kalashnikovs que ressoavam em minha cabeça de forma obscena. Os livros me levavam também para longe do M, a quem eu já nem olhava mais daquele jeito que alguém olha para o garoto de quem gosta. Meus olhos, mesmo vendo-o, iam além dele. Meus olhos estavam vazios, sem ódio nem amor.

M tinha começado a se vestir com camisas: brancas, bege, azul-ultramar. Isso sim eu notei, além do fato de que ele de vez em quando beijava uma garota nova, quase todas com rabo de cavalo comprido feito um corcel e mais amarelo do que o sol. Isso eu também percebia, e como percebia. Ele as beijava nos corredores na hora do recreio. Beijos tímidos, sem língua, mas com as mãos ansiosas correndo em direção às cinturas. Mesmo vendo seus gestos, ditados pelo furor dos hormônios e da patetice da juventude, já não me interessava saber se ainda havia um lugar para mim nos pensamentos dele, por menor que fosse, até mesmo apenas para me pedir uma tarefa para copiar.

M, que a essa altura eu já nem achava mais bonito, apesar de sua melanina brilhar sempre mais entre os astros.

M, que eu já não amava mais, porque, quando a guerra nos atropela com seu jogo de metralhadoras e sangue, já não sabemos mais amar. E nem mesmo odiar um amor não correspondido.

Nos livros de história que eu usava na escola, as guerras aparentemente começavam e terminavam. Havia datas, travessão, números: 1853-1856, 1914-1918, 1939-1945.

Na verdade, só descobri na vida adulta que as datas são sempre uma mentira. E que nada realmente termina. Que a linha da guerra corre e dilacera as carnes de mais de uma geração. A guerra jorra sangue sobre os calendários. E invade datas não previstas.

"Mas quando é que vai terminar essa guerra infame, *âbo*? Quando é que eles vão parar de atirar uns nos outros?"

Pergunto-lhe isso todos os dias.

O vazio da *roiô* nos sufoca. Na capital que foi de Lúcio Sétimo Severo e Caracala, só o silêncio dava voz ao nosso desespero.

Eu conversava com a morte todos os dias. Leve-me, por favor. Não a ela. Mas a mim. Estou aqui, estou pronta, para quando você quiser. Posso ser atropelada por um carro ou cair de um prédio ou, se preferir, posso pegar uma faca e cortar logo a jugular. Leve-me, morte.

A morte não me respondia. Ela estava me esnobando.

Então, eu continuava a procurá-la desesperada. Pela minha *roiô*. Procurava-a nas dobras da toalha da sala de jantar. Na voz de Jovanotti, que cantava na rádio: "*guarda mamma come mi diverto*", olha, mamãe, como estou me divertindo. Nas linhas de *Intimità* e *Confidenze*, duas revistas femininas que, no passado, a *roiô* trazia das casas onde trabalhava. Revistas que depois eu lia sozinha, cheias de histórias loucas de amor e dicas de como cozinhar uma boa carne assada para "sua cara-metade", com batatas crocantes ao ponto.

Meu pai, por sua vez, tentava não deixar transparecer a sua angústia. Porém, estava assustado com o que acontecia com a terra que ele havia ajudado a construir quando era um jovem político cheio de garra, antes do exílio. Sim, o *âbo* estava assustado. Em alguns momentos, havia nele uma incredulidade que desenhava pequenas linhas diagonais em sua testa.

Naqueles primeiros dois anos de guerra, vi-o adotar um comportamento pragmático. Se eu, de minha parte, estava virada do avesso, ele se mantinha sólido diante de qualquer catástrofe anunciada ou presumida. Diante de qualquer aceleramento do coração. "Temos de enfrentar o monstro", é o que ele dizia sempre. Mas a guerra era pior que um monstro. Não era um Minotauro que podemos atordoar ou uma Medusa a quem podemos enganar. A guerra era como o mofo, espalhava-se por todos os cantos, até mesmo nos rincões mais recônditos. Pelos pulmões. Pelo pâncreas. Pela virilha. Entre os pelos da axila. Mas ele resistia àquele desconforto. E nos dois anos em que a mamãe era tragada pelo fogo da metralhadora, ele conseguiu me brindar com um pouco de otimismo e um punhado de sorrisos rangendo os dentes. Aquilo para mim era como uma coberta com a qual eu podia me aquecer nos dias mais frios e solitários.

"Está viva. *Ua nosharrai*. Sua esposa está viva, Ali. *Uallárri!* Ou pelo menos é o que acredito, espero. Antes de partir, vi uma mulher entre os barracões de zinco. E juro pelas cabras de minha avó que ela se parecia muito com a sua esposa. Mas não falei com ela. Estávamos distantes. Ela emagreceu, como todos nessa maldita guerra, mas não estava pele e osso, esquálida. Pareceu-me bem ágil. Parecia estar em forma. Se a irmã dela também estava lá? Ah, isso eu já não saberia dizer. Mas ela estava intacta. Disso eu tenho certeza. Totalmente intacta. Não é algo que se pode dizer a respeito de qualquer um hoje na Somália. A guerra quebrou nossos fêmures, reduziu nossas clavículas a pó, partiu nossas costelas. Mas acredite, Ali, ela estava viva antes de eu sair do país. Não pode ser outra mulher. Tenho certeza de que aquela mulher sentada lá perto do fogo e dos barracões de zinco era a sua esposa. Ela tinha os mesmos gestos mecânicos e ansiosos da sua mulher. Éramos amigos antigamente. Você se lembra disso? Ah, bons tempos! Antes do exílio, nós três e minha amada esposa, que infelizmente já nos deixou, passamos bons bocados. Depois, nosso mundo acabou. Desabou. E agora, até a própria Somália acabou. Eu não deveria falar assim, você não acha? Nesse tom derrotista! Porém, Ali, temos que encarar a realidade. Infelizmente, não somos mais crianças. A Somália, aquela pela qual lutamos, já não existe mais. Foi virada de ponta cabeça. Por quem? Eu gostaria de responder que pelo destino, mas fomos nós, ou melhor, nós com nossos filhos e netos, com armamentos estrangeiros que choveram sobre nós, vindo do leste e do oeste. Você já ouviu falar da Transnístria?"

"E se aquela nossa Somália já não existe mais", perguntava-se meu cérebro de garota que ouvira por alto toda a conversa entre o *âbo* e o amigo dele, "onde fica agora a nação dos somalis? E a mamãe, onde é que ela está?"

Depois veio aquela ligação. Numa tarde de 1992.
Eu estava sozinha em casa, Soraya. O *âbo* havia saído. Estava procurando dinheiro, um jeito de nos manter. Pagar os boletos. O aluguel. Para sobreviver. Comprar comida.
Eu estava estudando. Preparando a lição de matemática do dia seguinte.
O toque rasgou a casa em mil fragmentos de escuridão.
Atendi o telefone com a voz entediada de quem estava para comunicar "vocês não são pessoas bem-vindas" e "resolvam o quanto antes para desocupar a linha". Ouvi um coaxo. Uma estridência antiga. E então uma voz. Era a voz dela. Mas não a reconheci imediatamente. Não porque fosse diferente da voz de sempre. Simplesmente porque eu não esperava ouvi-la. Sua presença imprevista por telefone na tarde de um dia de semana enquanto eu estudava matemática era inaudita. Quase não consegui falar.
Ela me disse: "Estou viva".
Tinha uma voz firme, com suas inflexões masculinas de quando falávamos em somali. Uma voz áspera,

diferente da voz doce e lamuriosa que saia da sua boca quando ela se expressava em italiano. Ela disse também: "Como está o papai? E você? Não se preocupem comigo. Estou dando conta". Depois ouvi de novo um coaxo.

Queria dizer-lhe o quanto eu gostava dela, que sentia sua falta, que estava morta de preocupação. "Como faço para tirá-la daí, minha *roiô*?" Porém, não consegui dizer nada. Apenas isso: "Tchau, mamãe". Eu parecia o eco melancólico e distorcido da música do Jovanotti que me atordoava. E que eu detestava. Mas não era culpa do Jovanotti se eu morria de ódio daquela música que carregava uma alegria um tanto postiça. O que me deixava nervosa era aquele refrão que perfurava meus tímpanos, que reduzia meu estômago a farrapos. Eu também gostaria de ter dito "*ciao, mamma*" com a mesma naturalidade. No entanto, minha mãe não estava lá. Não sabia qual era seu paradeiro. Não sabia se ainda estava em Mogadício.

"De onde você está ligando, *roiô*?"

Como resposta ouvi um beijo.

Nem ela conseguiu dizer: "Te amo, minha filha". Só disse, pela centésima vez (o telefonema todo foi composto só por aquela frase): "Estou viva".

Depois, inevitavelmente, a linha caiu. E Roma e Mogadício afastaram-se novamente.

Fiquei por muito tempo com o telefone na mão. Ainda incrédula com o que acabara de acontecer.

Quando o *âbo* voltou, eu só disse isso: "A mamãe ligou hoje".

Ele assentiu e não me perguntou mais nada.

Aquele dia, depois da ligação, a *roiô* desviou de uma bala. "Roçou a minha têmpora", ela nos contou anos depois. Rindo. "Foi por pouco."

Por pouco.

A possível morte, no dia daquela ligação, ainda provoca risadas.

Acostumara-se a substituir o choro pela risada. Quando fala da guerra e ri, parece uma personagem daqueles filmes de terror condenados a um sorriso eterno. O rosto da *roiô*, tão gracioso, transforma-se sempre numa máscara, num rosto que me é desconhecido. Em alguma personagem obscura de Stephen King.

Hoje, a *roiô* me perguntou, visivelmente preocupada: "Soraya encontrou uma escola de italiano em Montreal?" Não vê a hora de você começar o curso. Ela gostaria de ter em comum com você um punhado de palavras úteis, alguns sons, alguma pontuação e música para os ouvidos. O suficiente.

"Diga-lhe", exorta-me, "que o italiano é a língua dos anjos".

Balanço a cabeça. "Mas não é verdade, *roiô*. Os anjos não possuem uma língua. E mesmo que possuíssem, ela seria o árabe. Somos muçulmanos. Os anjos, aqueles que todos os seres vivos têm ao seu lado e às suas costas, que anotam tudo sobre suas ações, com certeza falam o árabe clássico, *luqat al fush*".

Ela ri. "Talvez você tenha razão", responde. "Então, diga à minha netinha indisciplinada e tão doce que o italiano é a língua dos sonhos. Aliás, diga-lhe que o italiano é a língua do maior sonho de sua avó. Reencontrar-nos eu e ela, em breve, e conversarmos. Juntas. Olhando-nos nos olhos. Sem intermediários. Com a força dos nossos suspiros. Deve dizer-lhe que eu estou esperando por ela. Que há anos quero conversar com ela. E superar o esquecimento."

Por enquanto, vocês têm a mim. Sou tradutora, escrivã, ponte. Sou sua voz, sou a escrita que vocês não sabem que têm.

E entre nós há esta carta que eu lhe escrevo, minha sobrinha.

Ainda não entendi se sou eu quem lhe escreve ou se é ela quem está me usando para chegar até você. É uma carta que prossegue aos trambolhões. Sem um destino.

Quando a mamãe estava desaparecida, tragada pela guerra, tentei escrever uma carta para ela também. Eu entregaria aquela carta a alguém que estivesse voltando à Somália. Fechada num envelope lacrado. Com lacre de cera e cuspe. Com uma pitada de amor e outra de loucura.

Queria ter-lhe escrito o quanto sentia sua falta, o quanto eu temia por ela. Depois, teria lhe contado sobre a minha rotina escolar. Sobre a P, a minha professora de italiano, que entrava na sala de aula com os cabelos tingidos de fogo e com óculos que pareciam a porta do inferno. E que esperava de nós dedicação, plena confiança e desejo de aprender. Eu adorava as aulas dela. Eram difíceis, como as fotocópias que nos dava e só com vinte e um anos descobri que se tratava de livros da faculdade. Textos de Alberto Asor Rosa, entre tantos outros. Mas, por serem difíceis, enchiam-me de paixão. Nas outras matérias, eu fazia o meu dever. Estudava, tirava boas notas, fazia tarefas, sublinhava os livros, folheava uma, duas, dez vezes. Sem muita grandes preocupações. Mas eu me matava de estudar com a professora P.

Sentia-me fascinada por seu estilo tão *sessantottino*.[12] Aquelas palavras lentas, estudadas, aquele seu jeito um pouco livresco de estalar cada detalhe, seu desejo ensandecido de fazer com que nos tornássemos melhores, in-

---

12 O termo "*sessantottino*" se refere ao Movimento de 1968, que ocorreu também na Itália. Esse período de intensa mobilização social e política é conhecido como "*Autunno Caldo*" ou "Outono Quente", e foi marcado por protestos estudantis, greves trabalhistas e demandas por mudanças sociais profundas. Até hoje, o termo é utilizado para designar as pessoas influenciadas por esse movimento contracultural.

tangíveis. Era obcecada com o exame de conclusão do ensino médio. Queria que tivéssemos a capacidade de enfrentar as perguntas mais insidiosas. Sobre o suicídio de Werther, sobre Dante e Tomás de Aquino, sobre Marx e a mais-valia. "Vocês precisam saber tudo." E a gente estudava. Um pouco porque, no fundo, a literatura acende uma luz por dentro, ao menos pelo que me diz respeito. E um pouco porque a professora P queria que tirássemos a melhor nota possível no exame de conclusão, aquela prova final imaginada por todos como um empecilho.

Ela era inflexível nas provas orais, às vezes quase cruel. Porém, nos dois anos em que a *roiô* evaporou da face da terra, consegui reencontrar minha essência naquela obsessão de professora exigente. Aquela essência que, em casa, na solidão de uma privada trincada e de uma guerra infinita, corria o risco de desaparecer numa nuvem de mal-entendidos. Suas perguntas insidiosas, com pegadinhas, seu jeito de nos motivar a dar o melhor de nós me ajudaram a não enlouquecer. Eu perseguia Dante, Virgílio, Elizabeth Bennet, Napoleão, David Copperfield, a doce Julieta e seu Romeu. E todas as vezes eu me reencontrava intacta, ou quase.

Ela ia além das fronteiras da sua matéria, o italiano. Nos empurrava rumo à aventura. Graças a ela, eu descobri a literatura sul-americana, que hoje amo tanto. Com sua doçura tirânica, ela nos obrigava a superar os confins de um currículo escolar que nos restringia à Europa. E sempre nos falava de livros diversos, de todas as geografias. Lembro-me ainda do momento em que ela colocou nas minhas mãos *Cem anos de solidão*, de Gabriel García Márquez. Minha vida mudou naquele momento. Foi naquele instante que eu me apaixonei pelas palavras.

Agora que penso a respeito, Soraya, a professora P foi como uma mãe no momento de ausência da minha mãe. E ela me salvou. Sua obsessão abraçou a minha. E me ninou.

Foi nessa época que comecei a escrever como faço agora. Antes da guerra, jogar meus pensamentos nas páginas de um caderno quadriculado não era um hábito, naquela época a escrita era, para mim, algo de mercenário, somente útil. Algo com o que eu não me importava. Eu a carregava comigo nos cadernos escolares e nos formulários da Questura que a *roiô* me pedia para preencher. Eu gostava de ler. Mickey Mouse, Jane Austen, Malcom X, Ellery Queen. Mas pegar a caneta e compor letras em páginas arrancadas dos cadernos que custavam poucas liras era quase ficção científica para mim. Escrever sem cansar, páginas e páginas que eu arrancava convulsivamente até que decidi comprar um caderno preto. Para mim, foi realmente uma novidade absoluta.

Com frequência, eu só escrevia a palavra "mãe", *roiô*. Traçava-a sempre nas bordas da página arrancada. Tinha medo de esquecer o rosto dela. De não me lembrar mais da forma dos seus olhos. De esquecer que havíamos nos amado.

Aos poucos, a escrita se tornava a minha respiração.

Mas nem sempre foi assim. Não sou uma daquelas pessoas que afirmam: "Sempre sonhei em escrever". Isso nunca me passou pela cabeça. Foi uma urgência. Quase um instinto de sobrevivência. Um antídoto contra a morte.

Na verdade, eram todos pensamentos desordenados ou apenas listas de palavras sem nenhum nexo com as que estavam ao seu lado. Era o meu jeito para não esquecer do que estava acontecendo comigo. Eu não confiava mais na minha cabeça, que apagava tudo com um gesto imprudente. Apagava massacres, escândalos, músicas, amores, a mim mesma.

Você precisa saber que, no começo dos anos 1990, eu precisava lidar não apenas com os escombros de uma mãe desaparecida, de um pai enlutado, de um país esgarçado por uma guerra insensata. Mas também com os escombros da Itália que caiam sobre mim sem dó nem piedade. Escombros dos quais eu tentava me esquivar com o esquecimento, que não é nada além de uma forma de covardia. A mais difusa.

Naquele período, de fato, a Itália estava abalada por aquilo que Chico Buarque definiu como "tenebrosas transações" na bela canção dedicada ao Brasil, "Vai passar". Sim, era bem assim, a Itália também estava presa em tenebrosas transações. Muito tenebrosas. Sombrias.

Mas eu quase não tenho memória do que aconteceu naqueles dois anos sem a *roiô*. Como se no meu cérebro houvesse uma parte lesada, na qual nunca entraram as notícias, apenas escorriam para o lado de fora. Sem deixar vestígios.

Percebo isso todos os anos, quando são relembradas as vítimas dos massacres da máfia naquele ano de 1992. O ex-prefeito de Palermo, Salvo Lima. O juiz Giovanni Falcone, a promotora Francesca Morvillo, o juiz Paolo Borsellino, os agentes que faziam a escolta deles. Sei que aqui na Itália o assassinato dessas pessoas provocou dor, indignação e raiva, que foram organizadas manifestações por todos os lados contra a barbárie daqueles atentados covardes. Meus coetâneos também participaram dessas manifestações. Multidões de garotas e garotos de Milão a Palermo, de Agrigento a Turim, de Roma a Catanzaro. Juventude que se fechou num abraço e num grito. Muitos da minha geração escolheram seus destinos naquele momento. Havia uma consciência cívica que não queria se rebaixar. Mas aquela consciência cheia de coragem convivia com o pavor de que tudo pudesse ruir num triz.

O país estava abalado, ferido, magoado. Pelo menos foi o que me contaram. Porque eu não me lembro de nada daquela época. Quase nem percebi que ao meu redor a Itália tremia. Que a Itália sofria. Não percebi os escândalos políticos, como tampouco percebi o que significava a morte de magistrados tão importantes. Naquele momento, eu me achava esvaziada. Era pouco receptiva. Lesada. Não entendia direito as notícias do jornal. Uma parte de mim já não vivia mais. Estava morta. E, como os mortos, eu não entendia a vida ao meu redor.

Só mais adiante, quando a *roiô* já estava novamente entre nós, eu pude voltar àqueles anos, àquelas tenebrosas transações vividas pela Itália após a queda do Muro de Berlim. Uma Itália fragilizada, carente, amedrontada. Voltei àqueles anos assistindo a documentários, lendo livros, questionando as pessoas, as mais diversas, um "Por favor, conte-me o que aconteceu". Havia em mim uma necessidade desesperada de preencher um vazio da memória que me manteve em cativeiro por dois anos.

Aquele vazio também era uma defesa do meu cérebro, Soraya. Já que a Somália estava afundando, eu queria acreditar que pelo menos a Itália, a minha Itália, não iria desabar. Então, eu evitava saber o que estava acontecendo. Evitava viver mais uma perda.

Tive que reconstruir *a posteriori* tudo o que sei sobre aqueles anos. Colocar cada pecinha do quebra-cabeça em seu lugar. Com paciência.

Hoje, todas as vezes que vejo os rostos de Salvo Lima, Giovanni Falcone, Francesca Morvillo e Paolo Borsellino em algum jornal, livro de história ou tela, murmuro sempre um pedido de desculpas. Peço desculpas por tê-los esquecido. *Rali iga arrada*. A dor sabe ser muito covarde. De verdade, peço desculpas.

A *roiô* também experimentou o esquecimento. Assim que chegou na Itália, em seu exílio, como todos os migrantes, vestiu-se de nostalgia.

Tropeçava nos paralelepípedos de Roma. E invejava um pouco o *âbo* ao vê-lo avançar tão seguro de si. "Mas como ele consegue?", perguntava-se perplexa, cada vez mais invejosa. O *âbo*, notando o desconcerto dela, contava-lhe as histórias de uma juventude vivida antes de encontrá-la, quando foi enviado para estudar na Cidade Eterna. Eram os anos 50 e ele tinha aprendido muito e ignorado muito, como aquela personagem do romance do autor sudanês Tayeb Salih, *Tempo de migrar para o norte*.[13] Um romance que releio sempre com devoção.

O *âbo* conheceu Roma quando a cidade estava em seu melhor momento, reluzente de *dolce vita* e *paillettes*. Quando no Café de Paris, na Via Veneto, os paparazzis corriam atrás das estrelas de Hollywood desembarcadas para almoçar no Tevere. Naquela época, não era raro encontrar Audrey Hepburn ou Ava Gardner pelas ruas. Ou desconhecidas prontas para pular para dentro da telona com sorrisos sedutores e peitos fartos. Roma sentia-se nova, revitalizada, democrática e cristã. E escondia sua putrescência sob metros de seda e organza. Ah, o perfume de Roma nos anos 50. Fedor de Chanel e rato. Dançava-se sobre a arquitetura de amores instáveis transmitidos em Cinemascope com estrelas carregadas de brilhantina Linetti. Claro, de noite havia sempre em circulação algum nostálgico do fascismo que queria dar porrada naqueles estudantes somalis que eram pretos demais para o seu gosto, mas eles sabiam se defender com o grito "Acabou o tempo do chicote", mostrando do que eram capazes.

Portanto, o passo seguro do *âbo* vinha da experiência de ter vivivo naquela Roma feita de luz. E aquela luz o

---

13 Publicado no Brasil pela Editora Planeta em 2004 e reeditado pela TAG Livros em 2018, com tradução de Safa A. C. Jubran.

sustentava também nos tempos escuros do exílio, nos anos 70, quando já havia perdido a política.

Lentamente, a *roiô* tentou construir com ele uma Roma que também fosse dela. No começo, foram as lojinhas de alimento, depois as salas das casas em que ela trabalhava de vez em quando, limpando, no final, a estação de Termini.

Foi Termini que ensinou a *roiô* como tornar-se romana.

Na estação Termini, ninguém é estrangeiro. Nunca. Porque todos, no fundo, estão ali de passagem. Os párias e os senhores.

E lá era onde a *roiô* ia para ouvir falar a língua somali (os exilados fugindo de Siad Barre e do seu falso comunismo aumentavam a cada dia) e especialmente para enviar algumas roupas, alguns presentes, aos filhos abandonados contra a sua vontade.

Os passos da minha mãe eram pequenos, incertos, decompostos. Passos que roçavam a história.

Ao seu redor, a estação mostrava-lhe suas joias.

A *roiô* sentia-se fascinada pela Muralha Serviana do século VI a.C. Uma muralha arcaica e austera que, com sua cor marrom bem polida, fazia-lhe lembrar da mata da sua infância.

A Roma daqueles anos, é o que sempre me diz a *roiô*, tinha um cheiro de carne queimada. "Eram os anos da guerra civil italiana." É assim que minha mãe sempre chamou os anos de chumbo, nos quais saquearam e devastaram a península. Todos os dias atiravam no joelho de alguém, todos os dias alguém era assassinado. A cidade ressoava com os gritos das manifestações e com os gritos mudos dos cadáveres.

A *roiô* ainda treme quando fala daqueles anos.

"Aldo Moro foi sequestrado perto da pensão onde morávamos."

Via Fani, do lado da Via Igea.

O carro dos sequestradores de Aldo Moro atravessou a Via della Camilluccia, com certeza também o bairro Balduina, onde vivíamos.

"Eu poderia ter encontrado o carro", sempre dizia isso consternada. "E se eu realmente o tivesse encontrado? Se tivesse ficado cara a cara com o terror?"

A sensação de ter errado tudo atordoava-a constantemente. Tinha deixado um país nas mãos de um ditador para cair em outro dentro de uma guerra civil que nem era sua. Como teria sobrevivido? Com uma filha pequena?

A *roiô* e o *âbo* tinham planos de deixar a Itália. Seu sonho era ir pelo menos para Nairóbi. Voltar a serem beijados pelo sol da África. Todas as noites falavam de Nairóbi. Mas Nairóbi acabara escapando-lhes das mãos. Como manteiga.

Enquanto isso, na televisão, falava-se o tempo todo de Aldo Moro. Todas as noites uma novidade, uma inferência, uma perturbação.

O céu parecia sombrio até mesmo quando não estava sombrio. Como a alma dos italianos, que não sabiam o que estava acontecendo com seu *bel paese*.

Aldo Moro foi sequestrado no dia 16 de março de 1978, em Roma, pelas Brigadas Vermelhas; seu corpo, sem vida, foi encontrado no dia 9 de maio na Via Caetani, no centro da capital, após cinquenta e cinco dias de cativeiro.

"Daqueles cinquenta e cinco dias, filha, não me lembro de mais nada."

Aldo Moro morreu.

Está deitado como uma criança adormecida no porta-malas de um Renault 4 vermelho.

Ao redor, fotógrafos, jornalistas, polícia.

Uma imagem que todo italiano, não importa de qual geração, tem gravada nas suas retinas. Quando aquela imagem aparece nos filmes de arquivo, a *roiô* desvia o olhar.

É aí que me dou conta de que sua avó viveu duas guerras civis, Soraya.

Uma, na Itália nos anos 70, recém-imigrada.

E outra, em 1991, quando assistiu à morte do seu país natal.

Uma amiga minha, via e-mail, ao saber que estou escrevendo essa carta para você, porque lhe falei muito disso, me diz que somos uma família-Cassandra. Que cada um de nós teve a visão de uma parte da catástrofe, mas que fizemos de tudo para não acreditar em nossos próprios olhos, nas intuições que choviam sobre nós vindas de todos os lados. Como se a realidade, brutal demais, nos tivesse tornado cegos subitamente.

"Releia *As troianas*, de Eurípides", ela me escreveu.

E então tomei entre as mãos aquela tragédia grega e a abri ao acaso. No meio da página, estava a própria Cassandra, filha de Hécuba e Príamo. A mulher a quem Apolo, rejeitado, cuspiu no rosto a maldição de não ser acreditada. Está diante de sua mãe e de suas irmãs, que se tornaram servas dos gregos, nessa altura somente vaginas a serem violentadas. "Abram alas!", ela diz. "Eu carrego a chama, eu celebro, inundo de luz, vejam, com essa minha lâmpada o templo."

Como Cassandra, nós também carregamos a chama, minha amada sobrinha. Carregá-la é o nosso fardo.

Eis porque a *roiô*, diante daquela imagem de Aldo Moro que lhe faz pressentir outras mortes, desvia o olhar e se basta. Em silêncio.

Buug
Livro

Encontrei na internet uma foto que gostaria de lhe enviar por WhatsApp, Soraya. Uma mãe e um filho. O filho vestindo um blazer. A mãe com um véu na cabeça. E, ainda que na foto vemos somente em parte uma de suas mãos, onde apoia com doçura o queixo, intuímos suas mãos cheias de calos. É uma mulher que trabalhou a terra, uma mulher que se libertou de um peso. Ela usa uma jaqueta antiquada para se defender da tristeza e dos regatos frios do senhor inverno. Quantos filhos teve aquela mulher? Um está sentado à sua frente. Sério. A boca entreaberta. As mãos paradas seguram páginas dispersas, um livro ou talvez um caderno. Palavras e tinta entre os dedos. Uma cabeça com um tufo loiro em preto e branco que pensa, cria, sonha. Está lendo. Pela testa ampla, intuímos que está lendo alguns versos, não tem a postura ereta e arrogante da prosa. Não esconde mentiras. Seu esqueleto esconde a realidade genuína que oferece à sua mãe. Esconde uma leve melancolia. Nas horas de trabalho de parto, aquela mulher não imaginava que iria parir uma criatura feita de ritmo e poesia.

A mãe não sabe ler. O filho sabe escrever. A mãe, campesina, casou-se com um sonhador. E ao olhar as pálpebras arqueadas do filho, percebe que o fruto do seu ventre se nutre de imagens que estão além das imagens. Escuta seus versos. Incentiva-o a crer em seu talento. Não entende tudo o que ele diz, mas escuta-o. Absorta. Atenta. E ele lê para ela. Juntos, vivem um momento eterno em que um signo se torna som.

Trata-se da foto do poeta russo Serguei Alexandrovitch Iessienin com Tatiana Fiodorovna, sua mãe. Mas vejo nela a minha *roiô* e eu, na sala, enquanto balbucio minha prosa. E ela, como Tatiana Fiodorovna, ouve-me. Ama-me. E, como Tatiana Fiodorovna, pergunta-se de onde lhe saiu essa filha assim tão estranha, casada com a literatura e com as palavras.

Sou a filha escritora de uma mulher cujo alfabeto foi roubado.

A *roiô* não sabe escrever. Só sabe assinar seu nome, sempre rabiscando de forma confusa ao pé de cada documento que a burocracia lhe impôs durante sua vida. Desde pequena, fui sua guia, quase uma escrivã pessoal, que lhe indicava o ponto exato, normalmente linhas pontilhadas, no qual depor sua assinatura. Preenchia todos os documentos com pequenos e discretos X e com o dedo dizia-lhe: "Aqui, mamãe". Ou: "Não embaixo da linha, mamãe, assina aqui em cima".

Os padrões vigentes neste país, como também em outros, definiriam a *roiô* como uma adulta analfabeta.

Não gosto dessa palavra, Soraya. E acredito que você também não gostaria dela. Detesto-a. É incompleta. Apaga a identidade da mulher que amamos.

A palavra "analfabeta" não casa com a figura complexa e multifacetada da minha mãe. A minha *roiô*, a sua *ayeyo*, conhece o alfabeto. Só que não pôde aprofundar esse conhecimento. E deve ser dito que houve momentos em que o alfabeto também a recusou. A *roiô* sabe ler algumas palavras, no seu tempo, no seu ritmo, respirando fundo e abrindo bem os olhos. Consegue unir as sílabas, às vezes consegue até terminar uma frase inteira ou até mesmo, se se esforçar, uma página inteira. Depende do dia, do humor dela. De como estão combinadas as consoantes. Depende também do grau de frustração diante da página escrita. Lê textos breves, apenas algumas linhas. Nunca leu um romance ou um ensaio em sua vida. Tampouco um manual. Ela pega nas mãos revistas, colhe alguma palavra, o sentido geral. Portanto, para a minha *roiô*, nada de Homero. Nada de Toni Morrison. Nada de Liev Tolstói. Nada de James Baldwin. E nada da minha amadíssima Jane Austen. Não, a *roiô* nunca leu nada que tivesse mais de uma página.

Isso não significa que seja uma pessoa desprovida de saberes. Ela apenas tem outro tipo de conhecimento do mundo. Conhece as ervas que curam, sabe ordenhar as cabras e sabe como sussurrar canções de ninar para os dromedários. Sabe ler no céu o clima que está por vir. Sente o cheiro da chuva. Sabe acender uma fogueira. E costurar roupas. Sabe combinar as palavras em versos poéticos que dilaceram a alma.

Não sou eu a poeta aqui em casa, minha sobrinha. Eu sou uma artesã, meu terreno é o cotidiano da prosa. Minha *roiô*, ao contrário, persegue as alturas da rima. Não por acaso, um dos apelidos que lhe dei é Dante Alighieri. Porque, assim como o sumo poeta, ela tem um sentido profundo do verso. Sabe colher o momento exato em que uma palavra comum, até a mais rudimentar, torna-se sublime.

Então, não entendo como uma mulher como ela, com uma sabedoria assim tão antiga, nômade, à qual acrescentou depois a experiência na cidade, de uma Mogadício nos seus anos de ouro, possa ser definida como ignorante. No fundo, estamos todos atravessados por saberes e por ignorâncias. Por coisas que sabemos e coisas que não sabemos, que talvez aprenderemos ou que nunca aprenderemos. Por exemplo, você sabe ordenhar uma cabra? Eu não. Quem sabe um dia a *roiô* vá nos ensinar.

A *roiô* nunca leu nem os livros que eu, sua filha instruída, publiquei ao longo dos anos. Até gostaria de lê-los, mas não consegue. É engraçada quando pega em suas mãos alguma coisa que escrevi, tanto um artigo de jornal, um ensaio, um folhetim à moda antiga, uma invectiva ou um monólogo teatral. Olha a capa, avalia o objeto com desconfiança, o entretém um pouco entre as mãos e depois, finalmente, abre, quase como se fosse um jogo entre apaixonados. Abre-o numa página ao acaso. E então muda de expressão. Torna-se séria, circunspecta, atenta. Concentra-se comprimindo os olhos, abaixando as orelhas, ajustando as hastes dos óculos, afundando o nariz nas páginas. Depois, lê algumas palavras, as primeiras que seus olhos colhem. Lê devagar. Muito devagar, se são palavras difíceis. Então, ela cheira o livro, cheira-o profundamente, quase como se fosse a relva ou uma flor. E não esquece nunca de benzê-lo, desejando-lhe que faça um bom caminho pelo mundo. "Que Alá possa mostrar a esta criatura de papel o esplendor dos justos", ela diz.

Depois da benção, normalmente, não segura mais nas mãos o pequeno volume escrito pela filha, mas se por acaso ele deixar a prateleira, ela o recolhe, ou, se ela estiver tirando o pó, repete a mesma sequência: abre-o por acaso, cheira-o, abençoa-o. *Amin.* "Que Alá possa iluminar a sua vida, querido livro."

Em geral, os livros que escrevo são usados por ela como objetos de decoração de casa. Especialmente se tiverem uma bela capa. Isso deixa-a alegre. Sobretudo quando os exibe às amigas e aos parentes. É preciso admitir que me sinto muito lisonjeada quando observo algum sinal de orgulho em seu rosto, e todas as vezes que ouço-a dizer aquela frase que nunca falta ("Esse belo livro foi escrito por minha filha, vocês tem noção disso? Foi escrito inteiramente por ela. Da primeira à última página."), ou outras coisas semelhantes, derreto-me em lágrimas por serem tão simples e ao mesmo tempo totalizantes essas palavras que saem da sua boca carnuda. Os outros, quem quer que sejam, acolhem a notícia com um "Oh!" e um "Ah!", um "Parabéns, que lindo". Depois, o discurso passa inevitavelmente para o próximo assunto. E minha escrita volta a ser apenas a decoração doméstica.

Confesso-lhe, Soraya, que fico um pouco chateada que a pessoa mais importante no mundo para mim, junto com o meu *âbo* (*Alahu u Narraristo*, descanse em paz), não possa ter acesso ao meu trabalho. Mesmo sendo difícil admitir isso para mim mesma, e talvez aqui com você seja a primeira vez que verbalizo isso, esse pensamento provoca-me uma dor. Uma dor imensa. Sinto muitíssimo pelo fato de que minha mãe não consiga ler. E em especial que não consiga me ler. Sinto muitíssimo pelo fato de que muitas mulheres, muito mais mulheres do que homens, tenham sido privadas de um código tão difundido como o alfabeto. É injusto.

Porém, na verdade, como eu já lhe disse, a minha *roiô* conhece o alfabeto. A relação dela com ele é instável e vacilante, mas se conhecem há bastante tempo. A palavra "analfabeta", que deriva do grego e literalmente significa "sem alfabeto", não combina bem com a identidade da *roiô*. A questão é bem mais complexa. Bem mais sinuosa. Em alguns momentos, bem mais amarga.

Minha mãe conhece o alfabeto, foi o que me disse, conseguiu aprender o alfabeto latino, mas depois lhe foi negada a instrução. Isso ocorre com muitas mulheres. Mulheres demais. Tecnicamente, numa estatística, ela ficaria entre as pessoas de baixa escolaridade. As pessoas que perderam as poucas habilidades de leitura e escrita por falta de uso, treinamento e oportunidade.

Para a *roiô*, até mesmo uma atividade simples como se sentar numa cadeira e segurar uma caneta é algo difícil. Todas as suas tentativas de reencontrar aquele fio perdido há décadas com o alfabeto terminaram em fracasso. Toda vez, desistiu por cansaço. Toda vez, sentia-se exausta. De fato, tudo se torna um obstáculo quando se perde um alfabeto. Não é fácil recomeçar do ponto em que foi interrompido. Gasta-se muita energia encarando uma página cheia de palavras. A coordenação visual, mas também os músculos do pulso segurando uma caneta, gestos que para muitas pessoas são triviais e quase óbvios, para a sua avó sempre foram como correr uma maratona. Ela transpira, aperta, a mão treme.

Tem momentos em que minha *roiô* lamenta por esse alfabeto que se deixou roubar pelo destino. Às vezes, ela bate os punhos na mesa.

Recentemente, ocorreu-me de vê-la brava.

Estávamos juntas em frente à televisão enquanto a tela mostrava imagens da retirada dos estadunidenses do Afeganistão no ano de 2021 e a chegada dos talibãs em várias cidades do país. As meninas de Cabul se destacavam na tela com seus cadernos, suas mochilas, seus lápis, seu desejo de não perder a instrução e a vida que, naquelas décadas de relativa calma, haviam obtido com muito sacrifício. Aquelas garotas de outra latitude explodiram em seu coração. E vi a *roiô* tremendo de rancor. Levantou-se mais de uma vez e aproximou-se da televisão. Mais de uma vez, com um gesto tão maravilhoso quanto inútil, tentou apoiar aquelas garotas cansadas e famintas de outro continente com suas mãos pequenas que acariciavam o vidro da tela. Via-a enquanto tentava estender a elas o seu braço, para que pudesse teletransportá-las para a pista onde os aviões de barriga avantajada partiam rumo a uma salvação qualquer.

Sentia muita pena daquelas garotas jovens e empreendedoras agora mergulhadas como cagalhões na sarjeta lindeira do aeroporto internacional Hamid Karzai.

"Elas deviam estar numa sala de aula, diante de uma professora ou de um professor", disse-me com a voz perturbada, furiosa. "Diante de uma lousa, com um giz na mão, uma caneta, uma possibilidade. Poxa vida, elas precisam estar numa classe com uma professora ou um professor que lhes abra uma janela para o mundo."

"Em vez disso, *roiô*", eu sussurro, "são como cagalhões numa sarjeta".

Cagalhões destinados a se tornarem poças de sangue. Sim, de sangue e massa encefálica.

Quando o noticiário mostrou as pessoas amontoadas no aeroporto de Cabul, vi a raiva da *roiô* transformar-se primeiro em fúria, depois em lágrimas.

Por vários dias, ela seguiu caminhando nervosa dentro de casa, na rua, nas terras da sua fantasia, em busca de algo que conseguisse acalmar a ventania do seu coração ferido. Estava brava pelo destino triste reservado àquelas garotas de Cabul, mas também estava brava por si mesma. Espelhava-se naquelas jovens com olhos de corça, garotas com cadernos e canetas nas mãos, e perguntava-se por que ainda é proibido a tantas pessoas, mais às mulheres do que aos homens, sonhar.

Eu a vi mexer na estante de livros. Um gesto incomum para ela. Só faz isso quando precisa deixar as estantes bonitas com os tecidos que borda. Então, vi que ela pegou um livro azul. Um dos meus. Um livro que escrevi para jovens na puberdade. Vi depois quando ela colocou os óculos e a observei enquanto lia em voz alta uma sílaba atrás da outra, lentamente, com constância.

Geralmente, se a *roiô* abre um livro para tentar lê-lo novamente, trata-se do Sagrado Alcorão. Aquele também é um alfabeto que ela conhece, mas que tem ainda mais dificuldade de decodificar do que os caracteres latinos. Minha mãe não distingue os sinais gráficos do árabe, a vocalização, as *damma*, as *ta marbutah*, e às vezes, observando as letras arejadas do alfabeto árabe, *ra, shin, ta, alif*, confunde esses sons. Mas ela tenta. Basta a proximidade com a palavra de Alá para deixá-la feliz. O Alcorão é a palavra, mas é também revelação, é o sagrado entre nós. E toda a vez em que abre o Alcorão e tenta lê-lo, toda vez que tem dificuldades com cada letra, com cada signo, ela sente fazer parte de uma *umma*, uma comunidade de mais de um bilhão de fiéis, uma coletividade que faz com que o indivíduo se torne parte de um destino comum.

Porém, vê-la com um dos meus livros nas mãos foi para mim uma coisa inédita. Linda. Fiquei com falta de ar. "Aí está a minha *roiô*!", eu gritava feliz. Sílaba após sílaba. Palavra após palavra. Uma frase. E depois a próxima no dia seguinte. "Quem sabe", disse-me com sua voz rouca, "vou chegar a ler de uma só vez uma página, duas ou três". Estava esperançosa.

Depois me confessou, porém, que depois de ler, ela esquece aquele pouco que conseguiu ler. E isso atira-a num abismo escuro. Sente-se burra quando lê.

Então, eu disse a ela: "Você não é burra, mamãe, de forma alguma! Nem pense numa coisa dessas".

Mas ela continuou a sua confissão. Aquele pensamento a humilha.

"Não consigo seguir uma trama indo adiante uma sílaba após a outra. Mas quero tentar", diz, com aquela voz que é um oásis. E essa coragem é algo que a transforma. Varre o desespero. Observo-a. Ela tem uma feição satisfeita. Às vezes marota.

É evidente, portanto, que "analfabeta" não é a palavra certa para minha mãe. Para a sua avó, Soraya.

Era por volta de 1979. Eu devia ter quatro ou talvez cinco anos quando percebi que minha mãe não sabia ler.

Meus pais já haviam passado por muitas mudanças na cidade de Roma. Nunca morávamos em casas de verdade. Eram sempre cômodos improvisados, muitas vezes estreitos e sufocantes, arranjados por amigos de amigos, ou pensões com um ar não demasiado decadente, não demasiado inadequado a uma família que não quer desistir, por nada no mundo, da sua antiga respeitabilidade.

Dessas primeiras casas onde moramos tenho uma lembrança vaga, confusa, opaca. Só sei, porque me foi contado em seguida, que meus pais tocaram todos os pontos cardeais daquela Roma tentacular e magnética. Era como se, naquela busca obrigatória por um teto, eles não quisessem, no fundo, se resignar à condição de exilados políticos na Itália, e andassem em círculos, como ratos de laboratório, para afastar a inevitabilidade de uma permanência que ainda não desejavam considerar estável, para afastar o momento das escolhas imponderáveis. Ou seja, o momento de afundar as próprias raízes numa terra estrangeira.

Quando chegou o cômodo na Balduina, no topo do Monte Mario, já estavam cansados de dar voltas. E foi por pouco tempo que nos detivemos naquela pensão que não satisfazia seus desejos nem o padrão habitacional que esperavam, mas que custava pouco, e naquele momento de grande incerteza aquele preço era o único critério que conseguiam levar em consideração. Terem se tornado pobres era de repente uma fonte de grande humilhação para quem tinha tido uma vida bem diferente.

O que os deixava magoados mais do que tudo era se verem num país que não os reconhecia. Será possível que nos esqueceram?

No fundo, a *roiô* e o *âbo* estavam como aquele Gashan do romance *Il latte è buon*, do escritor somali Garane Garane, hoje professor na Universidade da Carolina do Sul, depois de intensos estudos completados na bela Florença. Guardo com ciúmes um exemplar daquele livro, minha sobrinha, um dos primeiros romances pós-coloniais escritos em língua italiana, hoje impossível de ser encontrado. Quando você aprender italiano (não vejo a hora!), eu lhe emprestarei.

No começo do romance, Gashan vive na Somália, onde estuda numa escola italiana. E ama a Itália mais do que a si mesmo. Ama até aquilo que não deveria amar, como, por exemplo, Mussolini e o fascismo. Gashan sonha, alimenta-se, veste-se como um italiano. Mas a sua Itália não corresponde à realidade. É uma Itália esculpida, na qual as pessoas pronunciam bem cada palavra, vestem-se de cores pasteis, são educadas, comem bem, são refinadas. E ele tenta, tanto quanto lhe é possível, espelhar esse ideal italiano a que tanto almeja. E começa a se comportar de forma exaltada, refinada, uma espécie de Gabriele D'Annunzio. Então, finalmente, chega a sua oportunidade de ir a Roma. Mas as coisas começam a dar errado já no aeroporto. Ninguém o reconhece. É tratado como um estrangeiro. Como um estranho. E ele não consegue entender. Estudou italiano na escola. Sabe declamar de cor poemas de Pascoli, de Leopardi e até de Petrarca, e viu também uma quantidade de filmes que poderia até interpretar de olhos fechados, roubando alguma fala de Mario Monicelli e Dino Risi. Conhece as montanhas da Itália sem nunca tê-las visto, os rios sem nunca tê-los atravessado, suas ruas sem nunca ter caminhado por elas. Sabe que a Itália tem o perfume de bétula, zimbro, rosa e tulipa. Sabe que a Itália é verde, branca e vermelha como a sua bandeira. E que na Itália há toda a beleza do mundo. Além disso, é o *bel paese* que ele ama com obstinação.

Caminhando pelas ruas de Roma, sente-se a cada momento mais sozinho, quase abandonado, certamente mal-

-tratado. Ninguém o ama. Ninguém sabe que tempos atrás a Itália colonizou a Somália. E sabem menos ainda o que se seguiu, ou seja, que por mais dez anos, a Itália foi encarregada pelas Nações Unidas da tarefa de ensinar a democracia à Somália. E que para a Somália aquela investidura traduziu-se em mais uma tragédia, mais um *kasaro*, sob os antigos colonizadores que nunca se arrependeram dos seus atos.

A Itália do pós-guerra queria esquecer. Esquecer que havia sido fascista, esquecer de ter sido canalha, esquecer de ter perdido a guerra, esquecer de ter sido aliada da pessoa errada, esquecer de ter acreditado numa mentira, num fascismo de papel-machê. Se queria-se criar um país, uma república italiana, era preciso, essa era a ordem que chegara ao coração do país, esquecer o passado. Incluindo os somalis.

Então, a única coisa que resta a Gashan, ao entender que sua Itália ideal nunca existiu, é ir até a Via dei Fori Imperiali, onde os vestígios daquele fascismo, daquele colonialismo imposto a pessoas como ele, estavam presentes, estavam vivos. Incômodos. E, naquele lugar, colocar-se a conversar com a única presença disposta pelo menos a ouvi-lo: a estátua de Júlio César. E encontrar, assim, um conforto na conversa com um objeto, de fato, inanimado. O único em meio àquela supressão que parece não ter esquecido.

De maneira um pouco parecida com o que ocorreu com Gashan, meus pais também atravessaram uma obsessão pela Itália. A Itália era onipresente na vida deles. Conheciam a língua, a cultura, as canções de amor de Adriano Celentano e Don Backy. Eram loucos por Silvana Mangano. E a *roiô* sabia fazer umas lasanhas que segundo ela eram "as melhores de Mogadício". Por sua vez, na Itália, ninguém sabia sequer localizar num mapa aquela Somália colonizada duas vezes.

Anos mais tarde, quando começaram a interagir com meus professores durante as reuniões escolares, toda a vez ouviam: "Mas como vocês falam bem italiano. Aprenderam rápido". E toda vez não conseguiam explicar a longa história percorrida entre a Somália e a Itália. Não conseguiam explicar que o italiano era uma língua conhecida desde que eram pequenos, pois fora imposta pelo colonialismo. Era muito longo e complicado explicar isso. Eles sequer tentavam.

Para eles, o não reconhecimento por parte deste país foi como um tapa na cara. Que sensação horrível quando se deram conta de que, para a Itália, eles eram iguais aos outros. Não somalis, ou seja, pessoas com as quais a Itália havia estabelecido, para o bem ou para (muito) mal, uma relação. Mas estranhos a serem olhados de forma suspeita.

Tudo isso os surpreendeu muito. E magoou.

O cômodo daquela pensão não era feio, a bem da verdade. Mas também não era bonito. Era um cômodo. Provisório e hostil. Quatro paredes e ponto. Quatro paredes cinzas. Quatro paredes finas que negavam qualquer tipo de privacidade.

Lembro-me dele como pequeno. Entulhado das nossas malas, que a mamãe nunca desfazia, sempre pensando na próxima mudança ou quem sabe num retorno, tão ansiado, à Somália. Também entulhado de papelada. No meio, quase como se fosse um enorme paquiderme sorridente num oásis, havia uma televisão barriguda, daqueles aparelhos antigos de tubo catódico. E, ao seu redor, uma espécie de sofá em frangalhos que o papai havia colocado diante da televisão para não perder um minuto sequer do telejornal nacional. De forma aleatória, havia o resto: umas cadeiras de plástico de jardim, uma mesinha de praia, uma boca elétrica para cozinhar. Em algum outro lado, havia também um pequeno banheiro, com uma banheira minúscula e um vaso sanitário que disputava nossas atenções junto à pia. Se penso novamente naquela banheira, quase um mictório de tão pequena, pergunto-me tantos anos mais tarde como era possível que o *âbo*, tão alto, coubesse lá dentro.

Também havia um pátio pequeno e uma área com poucos metros quadrados onde meus pais empilhavam alguns pacotes. Um ano mais tarde, aquele pequeno pátio terminou mal, minha Soraya. Eu era uma garotinha curiosa e um pouco descuidada. E como muitas crianças curiosas e um pouco descuidadas, eu literalmente brincava com o fogo. Amava segurar isqueiros em minhas mãos e vê-los brilhar. Para uma criança, os isqueiros são monstruosos chamarizes de beleza, tão fosforescentes e com aquela linha que se eleva em direção ao céu, pelos quais eu me sentia atraída, eu diria, de forma escancarada. Roubava-os da bolsa da *roiô* e dos bolsos do *âbo*, que na época eram dois fumantes inveterados, o *âbo* fumava Rothmans de caixa branca e azul e a *roiô* o que lhe caísse nas mãos, de Marlboro a Camel, pois só num cigarro conseguiam afundar o desconcerto de terem sido expulsos da própria normalidade, distantes do próprio Equador.

Uma vez que eu tinha os isqueiros nas minhas mãos, eles de repente ganhavam vida própria. Como eu gostava de atear fogo em pequenos pedaços de papel, adorava vê-los incinerados na palma da minha mão. Nunca havia acontecido nada. Tudo se transformava em cinzas. Minhas mãos se enchiam de poeira. *Et voilà*, tudo voava, em uma galáxia invisível habitada por *ginn* e demônios. Então, eu fechava a cortina. Circulando, pessoal, o espetáculo acabou.

Porém, certo dia, fui até aquele pequeno pátio e botei fogo nas bordas daqueles pacotes que meus pais haviam empilhado de forma tão cuidadosa, encaixando milimetricamente aquela geometria. Sabe-se lá o que havia dentro deles, eu nunca soube, nunca me disseram. Mas o fogo, em vez de apagar como acontecia com os pequenos pedaços de papel que eu transformava em pó preto, começou a tornar-se luz. E dentro da luz havia uma luz ainda mais forte, que contagiava tudo ao seu redor. Em poucos instantes, vi chamas altas como o Empire State Building espalhando-se ao meu redor. E então, a *roiô* em meio às chamas, me dizendo para ir até o porteiro pedir ajuda. Ouvia-a gritar em somali. "*Uáuurei!* Socorro!" E depois, olhando pra mim: "*Daxo*, minha menina, vai logo, desce lá, peça...". Em vez disso, eu ficava no limiar, paralisada. Vacilava, pois não queria deixar minha *roiô* no fogo, não queria deixá-la lá para morrer sozinha. Porque, com aquelas chamas tão altas, eu dizia para mim mesma, com certeza ela seria queimada feito Joana d'Arc na fogueira ou como o pobre Giordano Bruno. Eu tremia. Sentia-me uma idiota e uma assassina.

Naturalmente, o fogo foi contido com rapidez. Chegaram o diretor da pensão e depois os bombeiros. E a *roiô* no meio deles, suada, com o peito ofegante.

Desde então, o fogo me provoca pavor, até mesmo quando acendo um incenso, antes de jogá-lo, quando já se consumiu, molho-o com água, afogo-o, deixando-o num estado em que não possa causar qualquer dano.

Naquele cômodo da Via Balduina, Soraya, naquela pensão esquálida que, para não sucumbir, eu chamava de "casa", lembro-me de que, em meio ao caos das malas que nunca eram desfeitas, só vi o *âbo* com um livro nas mãos. Nunca a *roiô*. Ela sequer se aproximava dos poucos livros que havia naquele cômodo. Era quase como se ela tivesse medo.

Era o *âbo* quem lia. Especialmente histórias de detetive. Mais especificamente, as histórias de John Dickson Carr (que, em seus livros mais tardios, era conhecido também pelo pseudônimo Carter Dickson), conhecido pelos "crimes de quarto fechado", ou seja, homicídios que ocorriam em cômodos cuidadosamente trancados por dentro, onde apenas a pobre vítima assassinada era encontrada. Nesses romances, não era tão importante descobrir o assassino, mas sim entender como ele havia penetrado naquele cômodo.

O *âbo* era fascinado pela obstinação ilusionista de Dickson Carr e por suas personagens inesquecíveis de histórias clássicas de detetive, como Henri Bencolin, "diabólico" chefe da polícia do Sena, o canastrão Gideon Fell, detetive e médico de profissão, e também aquele sir Henry Merrivale, também médico, chefe da contraespionagem, inspirado em ninguém menos do que a figura de Winston Churchill.

Dickson Carr foi um homem que, romance após romance, colocava em xeque a si mesmo e seu mecanismo matemático, sujeitando-o a variações que deviam provocar no leitor vertigem e mal-estar. Mas o *âbo* gostava daquela vertigem. Fazia com que se sentisse vivo. Era como se resolver o enigma do quarto fechado, inconscientemente, lhe permitisse voar, ao menos na sua fantasia, para longe daquele presente estreito e tão carregado de infelicidade.

A *roiô*, por sua vez, estava com frequência no canto mais remoto do cômodo, diante de um gravador Panasonic que meus pais conseguiram comprar usado perto da Piazza Vittorio. Segurava-o feito uma arma, aproximava-o aos seus lábios e depois sussurrava lá dentro por pelo menos uma hora. Só no final daquele murmúrio infinito ela me chamava. "*Kale*, vem, filha." E agitava o gravador diante de mim. "Manda um oi para os parentes distantes. *Af somali qu radal*, fala em somali. Esforce-se. Diga oi, minha filha, rápido que a fita está acabando." E pontualmente a fita fazia *clic*, terminava quando eu estava só na metade daquelas saudações infinitas. "Não se preocupe", dizia-me então a *roiô*. "Vai brincar, vai."

Mas não havia outro lugar ao qual eu pudesse ir, estávamos nós três confinados em poucos metros quadrados, a nos espiarmos curiosos. E então eu a via revirar a fita nas mãos como um diamante, da mesma forma com que, anos mais tarde, reviraria os meus livros. Na maior parte das vezes, colocava-a de volta no gravador para ver se a gravação estava boa. Para ter certeza de que tudo tinha corrido bem. Depois, levantava-se, enfiava a fita num envelope, aproximava-se do *âbo* e lhe pedia, sussurrando como se pedisse esmola, para escrever o endereço para quem devia ser enviada. E lhe oferecia, relutante, o envelope com a fita dentro. Ela, que não sabia escrever, fazia cartas sonoras, quase audiolivros sobre o seu presente de então. Mas depois não sabia como enviá-las.

O *âbo* então pegava o envelope e eu via a *roiô* ainda mais relutante antes de lhe dar uma caneta para escrever o endereço da casa de sua irmã na Somália, lá onde teve de deixar seus filhos, meus irmãos, entre os quais havia o seu *âbo*. Meu pai demorava um segundo para escrever o endereço que ela lhe pedira. Um segundo e meio. Alguns traços e *voilá*. "Aqui está, Chadigia."

Então, em um piscar de olhos, eu pude ler, nos olhos da *roiô*, tanto a súplica quanto aquele sentimento de mortificação que ela sentia sempre que precisava da ajuda de alguém. O exílio da sua avó, Soraya, foi duplo: exilada da Somália e do alfabeto.

Outra cena. Via Genova, Roma, uma travessa das mais conhecidas da Via Nazionale. Eu e a *roiô*. Há muitos anos. Em algum momento dos anos 80. Tenho sete anos. Talvez oito. E a mesma carinha que você tinha quando era criança.

Via Genova, hoje, é uma rua silenciosa. Na época em que eu a frequentava com a *roiô*, nos anos 80, era cheia de vida. Corpos de homens e mulheres trançados como fios de seda uns nos outros. Um fedor e uma babel de vozes. Suor e melancolia. Porque na Via Genova havia a *Questura* central de Roma, e todos os estrangeiros que queriam pedir ou renovar o visto tinham que ir até lá, geralmente antes do dia raiar, antecipando os raios do sol, colocando-se na fila, com paciência e estoicismo, para esperar que os funcionários dessem andamento aos casos.

A *roiô* me levava com ela naquela delegacia. No começo, era o *âbo* quem a acompanhava, ou os meus irmãos. Depois, de repente, fui eu. Só eu. A sala estava sempre lotada, corpos sobre corpos, cheirava a fritura e canela, olhos cansados, joelhos que sofriam todas aquelas horas em pé, à espera. Eu bocejava ao lado da *roiô*. Ela me dava uns beliscões para me manter acordada. Eu ficava chateada por perder um dia de aula, mas então a *roiô* me corrompia dizendo: "Depois eu compro um sorvete gostoso pra você". E se não era um sorvete, então era um pedaço de pizza, um chocolate quente, uma vitamina de frutas, um *croissant* com creme, uma carolina de pistache. E assim começava a tornar-me exigente. "Quem sabe se eu me portar bem ela me compra até duas carolinas de pistache", eu pensava.

Nas minhas primeiras vezes naquela sala, onde o ar faltava devido à proximidade de tanta carne humana trancafiada num espaço tão diminuto, era ela quem me indicava a papelada a preencher. Mas depois, quanto mais eu crescia, menos precisava das suas indicações. Logo, eu conseguia me virar sozinha. A caneta, uma bic de cor preta que custava pouco, a *roiô* tinha sempre uma na bolsa. E ficava atenta para que ninguém a roubasse, colocava-a em minhas mãos quase como se fosse a espada do Lancelot. Uma investidura. Ela era o papa e eu a sua escrivã. *Bismillahi arrahmani arrahimi.*

No Louvre, mais exatamente na ala Sully, há uma estátua que me lembra de mim na Via Genova naquela época. É conhecida pelo título *Escriba vermelho* ou *Escriba sentado.*

Um dia iremos juntas a Paris, Soraya. Iremos ao Louvre e irei mostrá-la. *Inshallah.*

É uma escultura pequena, um dos exemplares mais importantes de arte egípcia do Antigo Reino. Sempre me impressionou sua verossimilhança. O homem, o escriba desconhecido, está sentado com as pernas cruzadas, está vestido com uma pequena saia de linho e tem diante de si um papiro parcialmente enrolado. Está um pouco acima do peso, com os mamilos que pendem para baixo. O rosto é magnético. Os lábios macios dobrados num leve sorriso, a pele compacta e então aqueles olhos feitos de magnesita branca jaspeada de vermelho que não lhe deixam escapar.

Quando vi aquele escriba pela primeira vez, fiquei impressionada especialmente com seu gestual. Aquela mão direita com o polegar e o indicador juntos. O êxtase antes da escrita. O pincelzinho que se perdeu no tempo, sabe-se lá onde, tragado pela areia que se agita sobre as margens do Nilo. Apesar de o instrumento haver desaparecido, o gestual da escrita ainda permanece lá. No espaço vazio, entre o polegar e o indicador.

E aquela posição sempre foi a minha desde a infância. Inconsciente.

Minha posição na Via Genova, enquanto a carne humana se incendiava pela raiva ou por simples desespero. Colocava-me assim com as pernas cruzadas, eu também acima do peso como o *Escriba vermelho* (quando era pequena, eu tomava muita Coca-Cola), em uma das tantas cadeiras desconfortáveis daquela delegacia central de Roma, com meias brancas bem à vista, a testa franzida, as orelhas dobradas, o nariz para baixo, preenchendo os formulários que serviam para que a *roiô* obtivesse sua autorização de residência.

Não entendia todas as coisas que pediam naqueles formulários, mas tinha aprendido a reconhecê-las na forma escrita. Preenchia de forma mecânica. Sem pensar demais no significado. Era um italiano duro, burocrático e hostil. Um italiano muito diferente daquele que eu estudava na escola. Não havia a doçura das poesias de Pascoli ou a língua cadenciada de De Amicis. Não era o italiano usado conosco pela professora Silvana Tramontozzi, de quem ainda me lembro, se fechar os olhos, a onda branca de cabelos cor de creme e o perfume de rosa canina. Também não era o italiano divertido das histórias em quadrinho, nem da televisão, do programa *SuperGulp!* Do Nick Carter que, com suas investigações mágicas, encurralava Stanislao Moulinksy, o antagonista da série, e descobria sempre os disfarces ousados. Também não era o italiano desportivo dos jornalistas do programa *Tutto il calcio minuto per minuto*, aquele italiano animado, sempre afobado, rochoso como a voz de Sandro Ciotti, sempre pronto para alegrar-se por um gooooooool.

O italiano dos formulários da *roiô* era um italiano feio. Demasiado feio. Um italiano malvado. Que mostrava os dentes. Um italiano que queria morder, destruir, humilhar. Um italiano que encurralava e dizia: "Você, estrangeiro, não vale nada".

Eu, naturalmente, brigava com aquela burocracia dos formulários. Uma burocracia que reduzia qualquer ser humano a um número, a um dado, a um nada.

Eu também poderia ter desmoronado em meio àquele alfabeto assassino. Por outro lado, eu só tinha mais ou menos sete anos. Mas sentia que, ao entregar-me a bic assim, de forma tão cerimoniosa, minha *roiô* fazia de mim uma resistente. Alguém que não se dobraria diante das primeiras dificuldades da língua. Não por acaso, desde que o mundo é mundo, o escriba está treinado para enfrentar todo tipo de obstáculo linguístico. Até o mais traiçoeiro e imundo. Mas acima de tudo, dando-me aquela bic preta, minha *roiô* transformava-me numa ramificação dela. Tornara-me oficialmente seu braço direito.

Ois
Família

Procurei para você, na internet, um curso de italiano em Montreal, Soraya. Se for o caso, poderá se inscrever. Até amanhã, se quiser. Você precisa se aproximar da sua avó. Olhei vários sites na rede, até mesmo porque, com a pandemia, apareceram muitos cursos à distância com horários que você pode escolher, até no domingo. Os cursos são ensinados por falantes nativos do sul e do norte que deram uma lavada no próprio sotaque espúrio nas águas do rio Arno, o rio de Florença, o rio da *bella favella*, a bela língua, para dar certa uniformidade àquela língua italiana que é objeto de ensino.

Quero fazer uma lista de escolas e enviá-la em breve, minha querida sobrinha. Procurei as mais sóbrias. Compatíveis com a realidade do italiano e da Itália atuais. Porque você precisa saber, bem, sim, a primeira coisa que você precisa saber, se de fato enfrentar o estudo desta língua maravilhosa, é que para você que tem a Somália na pele, o italiano não poderá ser uma língua inocente. Há uma história entre vocês duas. Uma história predatória. Uma relação colonial.

Todas as páginas de cursos de italiano que encontrei online contam suas *top reasons*, cinco ou dez ou até vinte motivações para estudar a língua de Dante Alighieri. É uma língua que cria uma atmosfera, dizem em muitos casos. É a língua da arte e da ópera. De "*Ah, bravo Figaro! Bravo, bravissimo. Bravo! La la la la la la la la!*"[14] ou de "*Non più andrai, farfallone amoroso, notte e giorno d'intorno girando,*

---

14 *Largo al factotum*, ária da ópera bufa *O barbeiro de Sevilha*, de Gioachino Rossini, estreada em 1816 no Teatro Argentina, de Roma.

delle belle turbando il riposo".[15] Permite, dizem outros, expressar emoções com certa musicalidade. E também há a praça, o café, o *gelato*, sorvete: os diversos tipos desses alimentos que muitas vezes têm nome italiano. E o italiano faz você se sentir bem, ah como faz você se sentir culto, bonito, único, extravagante. Você se sente como uma rainha, um rei, uma mulher ou um homem renascentista. O italiano é um *way of life*, um estilo de vida, confortável, elegante e efervescente. Sinônimo de uma boa existência. De roupas sempre em sintonia com o tempo. Também é a língua adequada para se fazer amor. Mas também compras. É melodia. É sonho. É a doce língua. A *dolce vita*. O *made in Italy*. Romântica o bastante. Também sabe ser pragmática. Sem exagerar, entenda-se.

Mas nenhuma dessas motivações é a certa para você. Você sabe disso, não é?

É um antepassado, seu bisavô, a principal motivação, a motivação antiga que a leva a querer estudar o italiano, minha sobrinha.

Você precisa saber que o *âbo* do meu *âbo*, o *âbo* do seu *awowe*, era um patriarca do pulso de aço. Mas quando trabalhava, colocava-se de braços cruzados e se transformava em voz. Baixa. Absoluta.

Chamava-se Omar e tinha bigodes fartos típicos dos homens do Levante. Para mim, por muito tempo, sua existência foi uma obsessão. Tudo o que escrevi, breve ou longo, está repleto dele. Da sua forma instável de transitar dentro das fronteiras de um país obrigado a ser colônia.

---

15 *Non più andrai* é uma ária para baixo da ópera *As bodas de Fígaro* (1786), de Wolfgang Amadeus Mozart. O libreto italiano, escrito por Lorenzo Da Ponte, é baseado na peça *As Bodas de Fígaro* (1784), de Pierre Beaumarchais.

Homem doce e terrível ao mesmo tempo. Ou pelo menos foi assim que contaram para mim a sua história. Nas poucas fotos que tenho dele, sempre me chamou a atenção a sua pele clara, de lua, legado dos antigos ancestrais omanenses e portugueses. E seus olhos de ferro. De quem não quer dobrar-se.

Além do rosto, com a testa exageradamente ampla, estou unida a meu avô, mesmo nunca o tendo conhecido, pela língua italiana. Aquela mesma língua que você agora quer aprender, Soraya, para se comunicar com a sua avó, para sobrepujar o *Djïro*, com um curso online ou, se encontrar, um curso presencial, em Montreal, em alguma escola com cadeiras de veludo. O italiano nos une. Ultrapassa o tempo. E as contradições.

Tentei contar sobre o meu avô, seu bisavô, a pessoas mais velhas, a escolas inteiras, a grupos feministas. E também ao vento, ao céu, às gaivotas famintas de Roma em busca de algum saquinho de lixo para rasgar.

O *awowe* era um intérprete. Nos anos 30 do século passado, era um dos intérpretes oficiais de um general italiano que se chamava Rodolfo Graziani. Um general que você, Soraya, não tem a menor ideia de quem tenha sido.

Rodolfo é um nome gentil, que cheira a papoulas e a rosas. Um nome inadequado para um general carniceiro, um criminoso de guerra que deportou os líbios para os campos de concentração e bombardeou com iperita, o gás mostarda proibido pela Convenção de Genebra, o povo etíope durante a invasão do país, por muito tempo cogitada, desejada, acalentada por Benito Mussolini, chefe do fascismo e infelizmente da Itália por vinte anos. Ele não faz jus ao nome Rodolfo. Graziani foi um assassino, um torturador. E o *awowe*, seu bisavô, era uma de suas vozes somalis. Alguém que traduzia suas abominações.

Com o tempo, descobri que Graziani não foi o único para quem o meu avô trabalhou. Foi intérprete também de jovens da realeza e de funcionários de Estado. Mas toda vez me perguntava qual era o italiano que ele era chamado a traduzir.

Eu amo o italiano, e quando você o aprender, porque tenho certeza que um dia você o fará, pela sua avó amada, mas também por mim, para ler meus livros na língua original, você também irá amá-lo. É a língua da minha intimidade. É melodia. E ainda é especialmente uma salvação no perpétuo naufrágio da vida. Nos momentos de desânimo e extrema raiva, sei que esta língua, com seu ritmo musical, estará ao meu lado. E me dará os instrumentos certos para não sucumbir, para não me machucar. E este italiano que escrevo é o meu existir. É o meu.

Mas é também nesse belíssimo italiano que se esconde o *Djíro*: a língua tirânica que o *awowe* foi obrigado a traduzir.

O italiano que era usado nas colônias não tinha a beleza de uma página de Natalia Ginzburg ou de Italo Svevo, o italiano que era usado nas colônias não resplandecia nítido como uma frase de Italo Svevo. E não tinha tampouco roçado a doçura e a devoção de Jhumpa Lahiri, escritora estadunidense de origem bengali que, antes de escrever em italiano, suou muito, aprendeu-o muito bem, preenchendo sua vida com livros de gramática, cadernos, tentativas de escrita, aulas particulares, palavras agarradas das bocas dos transeuntes. Uma língua de amor, essa de Jhumpa Lahiri. O italiano das colônias, por sua vez, era algo completamente diferente. Era um italiano simplificado, um *pidgin* que servia somente para dar ordens, fazer-se obedecer. Um italiano que era a língua da chibata e das correntes, um italiano dominante que dizimava qualquer sentimento.

Foi esse italiano feito de alcatrão e de sangue que o seu bisavô teve que antes aprender para depois traduzir. Sua boca enchia-se de vermes, todas as vezes. E de esterco. Ao pronunciar aquelas palavras que eram como um fel.

Por muito tempo, procurei alguma gravação da voz daquele general Rodolfo Graziani que o vovô Omar foi obrigado a traduzir. Pedi até para um amigo que se chama Luca Martera, escritor e pesquisador, e que é um verdadeiro rastreador de arquivos audiovisuais, para que encontrasse para mim uma gravação daquela voz.

Sempre imaginei a dificuldade do meu avô em tentar achar uma brecha no dialeto do norte do Lácio falado por Graziani. Naquelas vogais fechadas, naquelas consoantes às vezes anasaladas demais que evaporavam como um borrifo na brisa marinha. Perguntava-me se, na primeira vez que teve de traduzir Graziani, o *awowe* o entendeu e qual foi a sua reação.

Num livro que escrevi para jovens, tentei imaginar o vovô traduzindo a violência colonial. As guerras e as hierarquias. O sangue e a massa encefálica esparramada. O terror a ser difundido e a simples propaganda política. Imaginei o peso no estômago. A cabeça que se estilhaçava. A língua que se secava. A rouquidão invadindo a traqueia. Os pulmões sendo sugados. E então eu imaginei o vovô fugindo. Em direção ao mar. Em busca de um pouco de ar. "Não consigo respirar", grita o vovô, como gritou George Floyd em Minneapolis em maio de 2020. O vovô corre. Para que passe o nervosismo. O medo. Corre para buscar um pouco de ar e voltar a ser humano.

Traduzir era um trauma para o *awowe*? Todas as vezes que uso o italiano para escrever, pergunto-me isso. Seu italiano estava encharcado de *Djíro*. Mas e o meu?

Escrevo para encontrar uma resposta. Uma resposta que ainda não lhe sei dar, Soraya.

Em nosso italiano, há o *Djíro*. Mas a motivação que a levará a estudá-lo será curar essa bela língua, pouco consciente de si. Uma língua que esqueceu o que fizeram com ela.

Você irá usá-la e curá-la. Por outro lado, entendi que eu também escrevo para curá-la. Para curar-me.

Também o italiano da sua *ayeyo*, da minha *roiô*, está encharcado de colônia. A história dela com a língua italiana começa na porta de sua casa. Naquela porta de madeira havia algo escrito. Um alfabeto. Uma língua estrangeira. Uma ferida.

A porta é verde. Ou marrom rançoso. A cor está desbotada demais para recordar.

É uma porta, um *bab*, do passado. Mas vive no nosso presente. No meu e no seu.

São os anos 50. Não me pergunte o ano exato. Não sei, nunca soube. No mapa do tempo, estamos no começo de uma década cheia de tribulações e novidades, uma década que se abre com uma guerra que hoje todos já esqueceram, a da Coreia, que fazia temer uma nova catástrofe mundial. Inclusive nuclear. Um apocalipse sem volta. E que produz uma fronteira da qual não será mais possível voltar atrás.

"Atravessei mil vezes aquela porta", diz a *roiô*, dobrando-se como se um cão tivesse acabado de morder seu ventre. "Aquela porta", ela me diz, "fica (quem sabe se ainda existe ou se a guerra engoliu até essa lembrança) no bairro de Shangani, em Mogadício. Já a levei lá, filha. Foi na nossa primeira viagem juntas para o Equador. Lembra? *Mah rasusata*? O cheiro de oceano que rugia detrás dos edifícios de mármore do bairro beliscava suas narinas. E você espirrava. Fazendo as gaivotas rirem".

Por anos, não sei por quantos no total, a *roiô* atravessou aquela porta. A porta em Shangani, a primeira porta de sua vida. Correndo, com as sacolas do mercado, esgueirando-se como um *yanyur*, atravessando a soleira da porta com atenção, pulando, dançando, voando como uma garça e lutando com os *ginn* que nunca a deixavam entrar. Ah, que travessos! *Najis!* Aquela porta era seu destino. Seu *kul xai maktoub*, todas as coisas estão escritas por Alá. Seu eu expandia-se além do limiar. E inflava-se. Voava. Estourava. Existia.

É uma porta velha. Uma porta de uma casa velha. A casa de um bairro muito velho. Porque Shangani é um bairro que nasceu antes de qualquer temporalidade. De uma cidade, porém, muito jovem, Mogadício, que os portugueses, no século XVI, tentaram bombardear por inveja. Uma cidade elástica. Galante. Faminta. Inconsciente.

A *roiô* está lá, diante daquela porta. É só uma garotinha de cabelos compridos *malaas* que caem exuberantes sobre os ombros e que deixam intuir a mulher que ela se tornará. A *roiô* já é órfã de pai, já está distante do seu ambiente, das suas cores, das irmãs, dos irmãos, dos dromedários que até aquele momento haviam sido sua família. Está distante de si mesma.

E a memória da mulher idosa que está diante de mim, na sacadinha, com o cheiro do manjericão que atiça nossas narinas, colhe aquela garotinha dos anos 50 no começo de sua vida nova. Uma cidade está à sua espera. Muros, alcatrão, asfalto, areia e filmes de cinema a esperam. Mas a garotinha ainda não consegue colher as fronteiras daquela existência que começa diante de uma porta em frangalhos. Por isso, ela vacila. Por isso, seu peito enche--se de ar em excesso que ela não consegue expelir.

Mamãe, que naquela época ainda não era mãe de ninguém, hesita. Ela não sabe se deve ultrapassar de imediato a consistência densa da madeira daquela porta que se apresenta diante dela como um gigante, ou se deve esperar que o medo evapore do seu coração até à última gota.

Antes daquela porta, a *roiô* nunca havia visto portas de madeira ou de qualquer outro material. Na mata, onde vivera até então, as portas inexistiam. Ou melhor, inexistiam naquela geometria com um aspecto inquebrável, naquela *aqal* onde morava, a *aqal* que era transportada de poço em poço nas costas dos dromedários. Não, não havia portas de madeira no *badio*, sua mata. Zero portas. Nem retangulares, nem altas, nem quadradas. Para delimitar a fronteira entre dois espaços, só havia um pedaço de tecido. Um pano que marcava a diferença entre o dentro e o fora. Um tecido, um *maro* tão delicado como os sonhos de uma garota. Tecido que se desfazia com muita facilidade entre as mãos.

Aquela porta em Mogadício foi a primeira porta consistente que a minha *roiô*, sua *ayeyo*, viu. A primeira da sua vida. Ao ver aquela porta, ela sentiu um tremor que atravessou seus cílios. A mesma hesitação da Alice de Lewis Carroll. A porta poderia sugá-la para dentro da sua realidade. Poderia engoli-la e decidir nunca mais cuspi-la fora. Fazer ela viver a vida inteira dentro do seu limiar da cor de suco de limão recém espremido.

A *roiô* está ali, e pergunta-se se valerá a pena correr aquele risco. E atravessar aquela geometria.

Diante daquela porta, a *roiô* sonha. Com o quê? Com a paz. *Nabadda*.

Em seus poucos anos passados no planeta Terra, ela já assistiu a três grandes guerras. Três clãs. Por fronteiras imaginárias. E não imagina que, no limiar da velhice, verá mais uma, devastadora. É só uma criança. Não consegue imaginar-se mais longa, mais plena.

A *roiô* só sabe que está cansada de guerra. Gostaria que as guerras acabassem. Todas. De uma vez por todas.

Diante daquela porta, debaixo do sol de uma manhã que quara a tarde, há uma garota, quase uma moça.

"Sou eu aquela moça, aquela *gabar*", diz a *roiô* desde o presente com uma voz estridente, mas por fim livre da mordida do cão imaginário que na sombra devorava suas entranhas. Com um dedo, ela indica um ponto no horizonte, dando concretude ao passado que está relatando.

A moça diante da porta, minha mãe, sua avó, tem mais ou menos uns onze anos naquele momento. Ao menos é assim que a *roiô* repete obsessivamente, pois está sempre lutando com a cronologia e a aritmética. Como eu lhe disse, Soraya, quando se trata de indicar a sua idade, os números são só uma convenção. Ninguém sabe dizer a hora, o dia, o ano, o minuto, o segundo, o momento do seu nascimento. Nem mesmo ela. Veio ao mundo num tempo de chuva, estação de abundância e lagos extemporâneos. Em que um camelo podia encontrar-se num pasto ao lado de um gnu, de uma zebra, de uma girafa e até mesmo de um elefante. Estamos num momento entre o final dos anos 30 e o começo dos anos 40. Porém, olhando para a pele da *roiô*, ainda firme, inclino-me para a segunda hipótese. Minha mãe é idosa, mas, entre as bochechas e as pálpebras, tem algum atrevimento, algo juvenil. Às vezes até descarado.

Minha *roiô* menina está suada. E observa com olhos úmidos e cansados a porta de madeira. Com um véu de maravilhamento.

Minha *roiô*, talvez com onze anos, sua *ayeyo* talvez com onze anos, tem os pés empoeirados pela areia da grande cidade. Daquela Mogadício na qual chegou há alguns minutos. Não está acostumada com o siroco da cidade que se insinua entre os dedos, obsceno, também carregando em seu turbilhão pelos, alcatrão, excrementos, papel.

Está acompanhada por uma jovem senhora enorme, duas vezes mais alta do que ela. A *roiô* é pequenina. Os tornozelos ossudos aparecem por fora das sandálias de couro de cabra. Os cabelos estão presos num coque. Leves como uma pluma, apesar de imundos.

Ao ver aquela porta pela primeira vez, ainda não sabe nada de Mogadício, a capital em que desembarcou após uma viagem de ônibus que saiu do *badio*. Deixou a mata para sempre. Diante daquela porta, ainda não sabe disso. Ilude-se de que logo voltará para perto dos seus amados dromedários. Voltar para sua antiga vida. Com sua mãe, sua irmã, seus irmãos, o pasto.

Naquele momento, a *roiô* ainda não sabe que os seres humanos inventaram os alfabetos para se comunicar entre si sem usar a voz. Não sabe que basta fazer alguns signos numa tábua de madeira, num pergaminho de linho ou num papel rígido para esvaziar todo o conteúdo do coração. Não sabe que o silêncio pode, de toda forma, ser habitado por palavras que preenchem a cabeça de perfumes, fedores, rostos, ruas, céu e sons. Nunca viu nada disso no *badio* onde vivera até aquele momento. Tudo por lá era veiculado através da boca e do que a boca cuspia para fora. Palavras, xingamentos, maldições, ordens. Até mesmo a palavra de Alá, a minha *roiô* garotinha não sabe que é uma palavra escrita. Ela só ouviu ser sussurrada na *salat*, na prece, que diziam os adultos. Ou quando alguém possuído pelos *ginn* precisava ser liberado com golpes de terço, que como um chicote batia-se sobre as costas nuas. A *roiô* criança não sabe que o Alcorão é sagrado entre nós. Não sabe que o Alcorão pode ser lido. E transcrito sobre madeira ou pergaminho ou em cadernos maltrapilhos ocidentais com quadrados retos que ficam em pé feito soldados.

A *roiô* criança puxa o *dirah* da sua acompanhante. Quer saber o que são aqueles estranhos signos em vermelho que ela vê na porta. Puxa com força a roupa daquela mulher. A *roiô* do presente não consegue lembrar-se quem era, talvez uma espécie de tia, talvez uma prima mais velha. De tanto puxar sua roupa, revela os ombros bem esculpidos. Então, sem dizer uma palavra, a *roiô* criança, ou talvez eu devesse dizer moça na flor da idade, mostra os signos na porta. Roça-os com o indicador direito. Consternada. Curiosa. Atraída. "É um vestígio de algum *dadkalaeto*?", pergunta-se. É uma daquelas criaturas com as orelhas grandes que, nos contos tradicionais do *badio*, da mata, faziam desaparecer as crianças para depois comê-las? Ou pior, desapareciam com os animais?

Minha *roiô* moça na flor da idade diante daquela porta de madeira está doente.
 É o que diz hoje minha *roiô* mulher idosa à sua filha que está escrevendo uma carta à sobrinha. A você, Soraya.
 Diz: "Eu estava doente. *Uan djiranã*".
 O *Djiro* havia aparecido em sua vida quando o pai dela morrera após levar um coice de um animal. Um camelo? Um bode? Não sei, Soraya. É uma questão que preciso perguntar de novo para a *roiô*. Uma questão dolorosa da sua infância que tive que arrancar dela, arrancar com força da sua língua hesitante.
 A morte do pai dela é sempre um fato presente para ela. Uma dor.
 Ela falou dele somente quando voltou da guerra. Junto aos bens materiais que tínhamos perdido, as fotos de família, os móveis de tempos melhores, os quadros de quando ela fora primeira-dama, os discos de Gianni Morandi e Sam Cooke, nossos vestidos saqueados pelas milícias armadas, não queria que perdêssemos também as lembranças dos antepassados. Então, pegou o costume de contar cada vez mais histórias. Para tatuá-las em algum lugar em nós. Na cabeça, no coração, no pâncreas. Por toda a parte.

"A guerra não pode nos arrancar também a vida que já passou", dizia nos primeiros tempos depois de voltar, ainda ouvindo o barulho de metralhadoras em seus ouvidos, fazendo com que tremesse a qualquer som de buzina ou se jogasse no chão ao ouvir o barulho de fogos de artifício. "As histórias precisam permanecer conosco. Estou sendo clara?"

O pai dela, o *awowe* Jama, que imagino não sei por que com o rosto liso, de menina, poucos pelos e muito cabelo, *malaas*, como os da *roiô*, morreu quase sem aviso prévio. Jovem. Bem quando o coice de um animal, numa manhã de sol, não o preocupara muito. Claro, foi um coice forte, bem forte. Mas já havia ocorrido no passado que os animais fizessem confusão e dessem coices, cuspissem, xingamentos, *habaar*, lágrimas. Estava acostumado à intemperança da fauna. Portanto, não deu muita importância ao assunto do coice. Coisa rotineira, pensou. E não alterou seus planos de viagem. Despediu-se de todos com rapidez, sacudindo a dor residual que aquele golpe lhe deixara com um gesto seguro da mão direita. Cumprimentou rapidamente também a *roiô*, que, como todo mundo, retribuiu distraída com as tarefas de uma caravana em movimento. Foi um piscar de olhos até vê-lo desaparecer de seu campo de visão. Ninguém imaginava que ele estava desaparecendo para sempre.

Naquele dia, o *awowe* Jama, meu avô, seu bisavô, tinha muita estrada para percorrer e um ônibus para pegar rumo à capital. Vendia mercadoria da caravana em Óbia ou nos mercados desengonçados de Mogadício. Vendia *otka*, carne seca. Vendia *subag*, o que agora na Itália encontra-se nas lojas de ervas que estão na moda com o nome de *ghee*. Às vezes, para vender os produtos do seu suor coletivo, ele ia até mais ao sul. Mamãe Halima nos contou recentemente que o vovô, de vez em quando, comercializava até vacas, como os vaqueiros dos filmes de Howard Hawks. Uma notícia que nos deixou um pouco surpresas, até mesmo a mamãe. Vacas? O vovô Jama? Sério? Parecia inacreditável. Paradoxal. Os nômades da Somália nunca tiveram muita simpatia pelas vacas. Seu mundo girava ao redor das ovelhas, das cabras e dos dromedários. Mas o vovô tinha um espírito empreendedor e queria que os frutos da caravana permitissem que sua prole vivesse com tranquilidade. E muitas vezes lançava-se em novos comércios, em caminhos não percorridos pelo seu *qabil*.

Porém, aquele coice inesperado que o atingiu na vigília de uma viagem lançou todos no *Djíro*, repentinamente. Todos só perceberam quando já era tarde demais. O vovô Jama começou a agonizar em silêncio, no ônibus. Ele não imaginava que era o anjo da morte anunciando o fim de sua vida terrena. Por muitas horas, não sofreu muito com isso, apesar dos primeiros sinais visíveis da chegada da passagem. E então, a poucos quilômetros da cidade de Mogadício, aconteceu o colapso. Desmaiou. Entrou em coma. Quando chegou nos confins da grande cidade, já estava morrendo. Durou mais algumas horas. Teve uma hemorragia interna que o inundou de sangue e de dor. E rapidamente arrancou-lhe o sopro da vida.

No *badio,* a notícia da morte, após ter viajado de boca em boca, chegou quando o vovô já havia sido enterrado, acompanhado pelos rituais islâmicos e por algum choro exíguo. E afogou a mata árida e o acampamento num estado de completa prostração.

A família da minha mãe, o *ois*, o núcleo mais íntimo, começou a pensar no que fazer. O tio Ahmed, o filho mais velho do *awowe* Jama, o que a *roiô* descreve até hoje como um raio de sol de tão lindo, tinha de carregar sobre seus ombros todas as responsabilidades deixadas pelo pai. Ele, que como os outros homens estava destinado a seguir os dromedários nos pastos que ficavam a dias de estrada do acampamento, foi então obrigado a mudar rapidamente seus planos. Outra pessoa teria de cuidar dos dromedários, o primogênito agora tinha uma família para cuidar. Uma família que no *badio* é a única força de trabalho à disposição. Mas o que fazer com os dromedários? Deixá-los aos cuidados de quem? A escolha recaiu sobre uma mulher, um fato incomum quando se trata de um trabalho tão pesado, cansativo, dificultoso. Mas Ahmed não tinha outra escolha. Seu irmão Kalif era pequeno demais para assumir esse papel, o esqueleto ainda não estava completamente formado. Por outro lado, estava cercado por irmãs da idade certa entre as quais escolher, ainda que fossem todas muito magras. E ele escolheu a *roiô*. Que ainda era uma criança. Mas musculosa. Tinha pernas bem torneadas e ombros maduros. Disse-lhe: "Você vai dar conta, será o orgulho do nosso pai. Sabe o quanto ele se importava com você. É hora de mostrar à caravana inteira o seu valor. Para provar que você é digna desses ossos emprestados dos ancestrais".

A *roiô* respondeu: "Sim, irmão. Eu vou dar conta".

E naquele mesmo dia tornou-se pastora de dromedários. Ela, uma criança com ossos curtos.

Então, antes daquela porta, daquele *bab*, para a *roiô* houve dromedários. Antes de encontrar-se no tempo do alfabeto, sua avó encontrou-se no tempo dos nobres *geel*. A palavra *geel* significa "dromedário" em somali. Os nobres dromedários. Que têm só uma corcova, o *khurus*, a qual deixam resplandecer sob o sol escaldante do Equador. E que para minha mãe foram uma família.

FAMÍLIA. É bem essa a palavra escrita na porta de madeira em Mogadício. Aquela que mamãe deve atravessar. Uma palavra numa língua estrangeira que a *roiô* ainda não conhece: o italiano. A língua dos que colonizaram a Somália e que agora, depois de terem perdido a Segunda Guerra Mundial, colocado o fascismo para correr, mijado sobre o cadáver de Benito Mussolini, perdido as colônias, construído uma república, volta para a Somália. E que é mais uma vez a língua oficial do país do Chifre da África. Língua oficial novamente. Para o descontentamento dos jovens somalis. E a excitação assediadora dos executivos italianos.

Nos anos 50 do século passado, os italianos voltaram a Mogadício. Os italianos, Soraya, os antigos colonizadores do sul da Somália. Um estrago. Tudo isso porque as Nações Unidas, da qual a Itália fará parte somente em 1955, decretaram que a Somália, com seus sonhos, com seus jovens, não era suficiente. Que só os brancos poderiam transportar os negros, os pretos, para a democracia. Transportar a Somália para o mundo dos parlamentos, governos, votos de confiança, partidos, alianças políticas.

Os jovens somalis, os da Liga da Juventude Somali, a SYL, os homens que foram os primeiros a sonhar com a independência do país, estavam bravos com o caminho que seguiam os eventos.

"Por que vocês têm de nos mergulhar de volta naquele colonialismo do qual o destino nos libertou?"

"Por que nos trazem de volta para casa os italianos, aqueles que nos humilharam?"

Estavam perplexos, desapontados, furiosos, tristes.

Mas o mundo branco, aquele que ainda pretendia presidir o futuro, e de fato com suas organizações internacionais e suas ONGS um pouco o fazia, havia dito aos jovens somalis para abaixarem o topete e aceitarem o inevitável.

"Vocês, com sua sabedoria tribal, bárbara, ainda não são o suficiente."

Os somalis, especialmente os que faziam parte da Liga da Juventude Somali, não gostaram daquilo. Eles se sentiam mais do que suficientes. Sabiam que poderiam governar seu país. Sabiam que eram capazes. Sabiam que podiam ter sonhos do tamanho das estrelas. E toda aquela interferência externa que eles viam como uma cortina de fumaça. "Se aceitarmos, esse acordo nos corromperá." "Destruirá nossa integridade." "Nos quebrará e nos fará cometer erros". "Perderemos a nós mesmos."

Entretanto, não tinham outra escolha. Se quisessem se tornar uma nação independente, precisavam submeter-se às obrigações ditadas pelas Nações Unidas. E, portanto, à administração fiduciária da Itália, que de 1950 a 1960 levaria os somalis rumo à democracia. Sob o jugo de um mundo branco que ainda queria dar ordens ao mundo negro.

Mas estava tudo errado. A democracia pode ser ensinada por quem lhe colonizou, humilhou, saqueou? E que democracia? A deles? A sua? Uma nova a ser inventada? E depois, seriam ouvidos? Ou a história terminaria com a linha da cor usual desenhada entre nós e eles? Nós negros e eles brancos? Mas os italianos são brancos?

Aquela palavra que, com sua tinta vermelha, dominava o limiar que minha mãe logo iria atravessar era, na verdade, uma palavra-talismã. Devia proteger a casa, as pessoas da casa, especialmente as mulheres, das surpresas ruins. De ataques repentinos. Aquela palavra em caracteres latinos veio de uma língua hostil, o italiano, uma língua que, no passado, no tempo do *gumaysiga*, da colonização, queria ditar a lei aos somalis, dar ordens, conquistar, estuprar, enforcar, subjugar. Língua de regras e ferocidade. Língua de vaginas violadas e escolaridade negada.

No entanto, tornou-se outra coisa no momento em que alguém, um homem ou uma mulher somali, usou-a para marcar um feitiço na porta. A magia multiplicou-se então em muitos outros portões da vizinhança. Da língua inimiga, o italiano tornou-se língua aliada. Uma irmã. Um escudo. Uma amiga. A palavra "família" serviu, de fato, para afastar das casas os soldados italianos, marinheiros e não só eles, que chegavam para guarnecer o território naquele parêntese de tempo em que a Itália administrou a Somália para as Nações Unidas.

Os marinheiros, e não só eles, iam todas as noites a Shangani, onde estava a antiga casa que teria ninado os anos da adolescência de minha mãe, e procuravam prostitutas locais com quem passar a noite. E então escrevia-se a palavra "família" nas portas das casas para que não entrassem soldados ébrios. Um pouco como na Bíblia, na qual toda família israelita para salvar seus primogênitos havia espargido um pouco de sangue de cordeiro nos batentes das portas. A palavra "família" servia para que não precipitassem homens descontrolados no coração da madrugada dentro da própria intimidade, do banheiro, da cama, da vagina.

Os italianos tinham baba em suas bocas e olhos injetados de desejo. Estavam ébrios de expectativas exóticas. E queriam satisfazê-las rapidamente. Sonhavam com Shangani desde o navio a vapor. Eram jovens que tinham ouvido as histórias de tios, pais e primos que haviam estado na colônia com Benito Mussolini na época daquele império de papel-machê dos anos 30. E embora a Somália já não fosse formalmente uma colônia, nada tinha mudado para aqueles jovens soldados. "As mulheres somalis, a terra somali, estarão à nossa disposição como estiveram no passado." Era o pós-guerra, a Itália era uma república, Mussolini havia morrido, havia sido pendurado no Piazzale Loreto, o país havia se libertado, mas os italianos em Shangani não haviam perdido o velho vício: queriam colonizar vaginas com a força do dinheiro e do poder.

Porém, diante da palavra "família" nas portas de Shangani, a maioria deles ficou paralisada. E seus passos, intoxicados pelo calor e pelo álcool consumido depois do serviço ou nas folgas curtas que recebiam de vez em quando, seguiam adiante. Para outras casas. Outras portas. Casas sem nenhuma escrita. Sem um alfabeto escrito com tinta vermelha. Sem palavras-talismã para proteger a população local das más intenções. E ali, no limiar de outras casas, encontravam garotas com lanternas nas mãos que ofereciam a si mesmas por cinco xelins. Eram garotas pobres. Haviam fugido das periferias do país. Fugiam do *badio*. Estavam famintas. Por convenção, podemos chamá-las de prostitutas ou *shermutte*, em somali. Mas eram só moças, *gabdo*. Às vezes um pouco mais velhas do que a minha mãe. Com menos sorte. Vendidas. Pernas abertas. E lágrimas nos grandes olhos, como poços d'água.

Famiglia. A primeira palavra italiana que a minha mãe aprendeu. Ainda que no início fosse só um som. As letras do alfabeto chegariam mais tarde. Impetuosas. Como o vento do leste.

**Degal
Guerra**

Mas vamos deixar a *roiô* no limiar daquela porta, Soraya. E vamos olhar por um momento o que ela está carregando nos seus ombros. Uma trouxa de trapos e experiências.

Não se esqueça disso, *hasuuso*: sua avó, naquele momento, é uma pastora que foi mandada para o exílio. Seu primeiro exílio.

Vamos dar um passo atrás, vamos para os meses que antecederam a porta com a escrita FAMIGLIA. Voltemos ao *badio*. Seu bisavô já havia falecido há alguns anos. E no horizonte havia mais uma tragédia com seu quinhão de lágrimas e *Djíro*. Os equilíbrios de casa mudaram de novo. Novas turbulências abatiam a caravana. Ocorreram outras guerras entre os clãs. *Qabil* contra *qabil*. Outros tiros. Outras dores.

Ela, a *roiô*, estava com os dromedários distante de casa, junto a outros pastores, cada um cuidando dos seus animais. Era pesado o trabalho que minha mãe, sua avó, fazia quando criança, numa infância repleta de incumbências. Os dromedários tinham de ser protegidos das bestas ferozes, das hienas, mas também dos invasores. Sob qualquer suspeita de perigo, tinham de chicotear, com toda a ternura possível, aquelas costas móveis, fazê-los assustar, fazê-los trotar. Para não os perder, a *roiô* corria entre eles, como depois vi a Natalie Wood fazer entre os carros de corrida clandestina no filme *Juventude transviada*, ou, com mais conforto, segurava-se na cauda de um deles e voava atrás de seus animais como uma pipa. Tinha de estar sempre atenta para encontrar capim fresco para eles. Água. Tinha de limpá-los. Acariciá-los. E quando estavam agitados, com sede, cantava músicas de ninar, *hua hua*, que tinha ouvido dos velhos. Muitas vezes, ela inventava as melodias. E a cada dromedário dava um nome de sonho. Dhamel com a pele de óleo, Dahayer a esbelta, Khurus kurhon dono da bela corcova. E assim sucessivamente. Os reconhecia. Nenhum dromedário era igual a outro. Um tinha uma orelha torta, outro o pelo crespo, outro tinha a corcova mais alta, outro os olhos pequenos. Eram uma família.

E a *roiô* não confiava nos outros pastores, tios e primos que no começo a ridicularizavam. Não estavam acostumados a ter no acampamento uma mulher criança. Mas ela era diligente e seus animais eram os mais bonitos. No final, viram-se obrigados a respeitá-la. E nos momentos de perigo, ter aqueles homens ao seu redor também era uma comodidade. Sabiam como lidar com as hienas e os saqueadores. Claro, às vezes eram egoístas. Muitas vezes, até os que pertenciam ao mesmo *qabil*, com os mesmos ossos dos seus antepassados, não ordenhavam os seus animais, mas os dela. Os secavam. "E eu não sabia como protegê-las daquele abuso", conta-me.

Ela e seus dromedários, porém, eram uma família. E, como uma família, lutavam juntos por cada respiração.

Os dromedários estavam dispersos, pastando placidamente ou talvez sonhando, quando a silhueta longilínea de Ahmed, irmão da *roiô*, surgiu no horizonte.

"Vim me despedir, irmã, vou para a guerra."

A *roiô* não perguntou ao seu irmão: "Qual guerra?" Havia sempre alguma guerra em algum lugar. O tempo dos ingleses terminara, mas havia recomeçado o tempo dos italianos. E as armas, que no tempo dos ingleses tinham caído como chuva tóxica no *badio,* haviam contribuído para exacerbar as inimizades. Para qualquer palavrão, qualquer discussão, pegava-se uma espingarda e atirava-se no outro *qabil.* Sem um verdadeiro motivo. Ahmed tinha o rosto inundado por uma luz que cegou as retinas da *roiô*. Que talvez o tenha abraçado.

Não sei lhe dizer se no *badio* as pessoas se abraçavam, Soraya. Ou se só apertavam as mãos. Ou se beijavam-se no rosto. Ou se tocavam uma testa com a outra, como fazem as populações do Ártico. Não sei como faziam para dizer adeus a uma irmã criança e a um irmão no começo de sua maravilhosa juventude.

A *roiô* sempre diz que sentiu um arrepio. Não gostava da palavra "guerra", em somali *degal*. Disse somente: "*Sô noco adoô nabad ah*". Ou seja, "Volte são e salvo, meu irmão, volte, meu adorado".

"*Sô noco adoô nabad ahi*" é também uma canção dos anos 70 cantada por Hibo Nuura, uma das cantoras somalis mais importantes, ex-integrante da banda Waaberi que depois teve uma grande carreira solo. Uma voz, a sua, que oscilava entre o soul, Bollywood, música árabe e funk. Nossa Fairuz. E como a libanesa Fairuz, cantarolava como um rouxinol agitando seus braços nas ondas do oceano Índico. Ela, um esplêndido *bul bul*. Eu e a *roiô* ouvimos aquela canção milhares de vezes juntas.

Tem um belo vídeo na internet, Soraya, vou lhe enviar o link. Hibo está vestida de branco. Cachos ao vento. Vaporosos. Uma diva. De garota socialista dos anos 70 ao capitalismo dos anos 80. Hibo e seu parceiro musical Balcan passeiam ao redor dos microfones. Fazem parte de um espetáculo teatral, uma *ruvaiad*, uma espécie de musical. Interpretam um casal. Ele está partindo para a Líbia, ela fica em casa a esperá-lo. A canção retrata um momento dos anos 80 na Somália. As primeiras rachaduras. A primeira miséria. O deslocamento masculino. Ir à Líbia trabalhar nas refinarias italianas, encontrar um trabalho na ENI ou na Impregilo graças à língua italiana aprendida na escola. Trabalhar como cozinheiros, escrivães e *biantoni*. Ah, essa palavra, *biantoni*, não existe em italiano, ainda que soe italiana. Muitas palavras somalis também nascem do italiano. Às vezes, são escritas como se houvesse uma alteração ortográfica, pronúncias tortas de palavras verdadeiras. *Biantoni* é uma espécie de faz-tudo, alguém que lava o chão, mas que também corre de um lado para o outro, numa casa, num escritório, neste caso numa refinaria, para fazer um trabalho penoso. Qualquer trabalho penoso.

A *roiô* disse-me que não lhe devo ensinar os nossos erros ortográficos do italiano. "Do contrário, quando ela for aprender a língua verdadeira, irá se confundir." Mas eu, pelo contrário, acho que deveria começar exatamente por esses erros ortográficos. Os erros ortográficos são nosso léxico familiar. O italiano mastigado pelos nossos antepassados e pelos nossos pais. Se para nos conhecer melhor você quer estudar a língua de Dante e de Loredana Bertè, aviso que terá que sujá-la. Sim, sujá-la muito. E depois recriá-la em sua boca. Em fragmentos. Só assim poderá nos encontrar nela por inteiro.

Mas voltemos a Hibo Nuura. A deixamos vagando entre os microfones com Balcan partindo para a Líbia. A Líbia sempre foi um país especial. Um país cuja exploração, rebelião, escravidão, medo, petróleo, armas e apocalipse sempre foram seus mestres. Um país com o destino de ser atravessado, além de habitado. Um país onde os estratos de colonialismo tornaram sua geografia irregular e muitas vezes perigosa. Primeiro, foi o celeiro do império, na época dos romanos, de Leptis Magna, da dinastia severa, depois a terra do petróleo de Muammar Gaddafi. E foi lá onde grande parte da juventude somali, inclusive muitos tios seus, acabou indo trabalhar.

Também o tio Hassan, irmão mais novo do meu *âbo*, do seu *awowe*, falecido naquele país imenso num acidente no deserto. O corpo nunca foi localizado.

E aquela música fala desse êxodo pendular. De quando os somalis deixaram seu país para trabalhar. A guerra civil ainda não havia estourado. Os trocos ganhos na Líbia serviam para alimentar a família na Somália, para construir um teto, para se casar, para abrir uma lojinha. Mas até mesmo naquele êxodo havia um medo sutil. "E se eu não o encontrasse nunca mais, meu amor?" No fundo, acontecia. Havia acontecido com o meu tio. Era bonito, jovem, tinha cabelos encaracolados, parecia um coetâneo dos meus irmãos mais velhos, um rosto atrevido, as mulheres enlouqueciam por ele, uma risada plena (ah, aquela sua risada, a única lembrança que tenho dele), ossos bem formados, uma elegância inata, olhos profundos. Ele não voltou são e salvo. *Ma so niko assagã nabad kabo.* Ele não voltou. Ninguém mais ouviu sua risada hedonista.

Nem o tio Ahmed, irmão da mamãe, voltou daquela guerra entre clãs.

Ouvimos Hibo Nuura também por isso. No coração da *roiô*, ficou o terror de não rever mais quem ela ama. "Esse terror me fez adoecer, filha. *Ua buka, uallárri!* Eis porque, ainda que vocês estejam crescidos e de cabelos grisalhos, pergunto-lhes se estão bem, se ainda respiram." E a canção de Hibo Nuura parece alimentar a mesma angústia. No fundo, é por esse motivo que se ouve as canções.

Quando Hibo Nuura, com sua voz que estoura com o soul e o Bollywood juntos, grita seu "Volte são e salvo" ao amado, *Sô noko ado nabad ah,* eu e a *roiô* nos unimos ao coro. Cantando, gritando, chorando.

O irmão da *roiô*, Ahmed, raio de sol, foi ferido naquela guerra entre os *qabil*, os clãs. Ficou ferido e foi preso numa gaiola de prisão. Com uma perna que estava entrando em gangrena. A *roiô* não sabia o que era uma prisão. Ainda não. No *badio*, as prisões não existiam.

Ninguém, nem homem nem mulher, era colocado numa gaiola. Não sei bem de que forma resolviam as questões, os delitos. Talvez não houvesse. Estavam ocupados demais com os animais e com a guerra. Realmente eu não sei. Mas sei que Ahmed, o irmão da *roiô*, aquele tio que nunca conheci, acabou morrendo numa prisão onde fora trancafiado, ferido, sem nenhum cuidado. Imagino as dores atrozes. Os gritos. O desespero sombrio. Tinha vinte e um anos. Um garoto de quem foi retirado o porvir.

Nosso *Djiro*, Soraya, nutre-se também da morte dele. Um homem arrancado da sua própria terra. Do próprio sangue. Por uma guerra declarada por uma mordida de terra estéril.

Fecho os olhos. Rezo por aquele tio que se tornou, cedo demais, um antepassado.

De vez em quando, a *roiô* rabisca em páginas avulsas o nome daquele seu irmão perdido, o primogênito de seu pai e sua mãe. Não consegue seguir as linhas paralelas da pauta dos cadernos. Sai pelos lados. Ocupa espaço. Escreve na diagonal. Num alfabeto indecifrável como os caracteres cuneiformes dos sumérios. Depois, rasga as páginas. Frustrada. E joga a caneta num canto da casa. Longe do seu corpo. Zangada.

A primeira descoberta foi a porta maltrapilha de Shangani. Depois, a minha *roiô*, com onze anos, descobriu o piso. Ladrilhos colocados um ao lado do outro. Escorregadios. Bonitos. Foi a primeira vez que a *roiô* viu ladrilhos. A primeira vez que viu uma janela com tábuas de madeira. A primeira vez que viu um fogão a carvão para preparar os alimentos.

Em poucos dias, naquela casa, experimenta diversas coisas pela primeira vez. Sua cabeça roda. Confusa. Sente-se como uma cebola triturada. Desfiada. Como se o corpo já não lhe pertencesse mais.

E depois, a primeira saída.

"Uma mulher, uma parente", diz *roiô*, "caminha ao meu lado".

Ela continua tendo onze anos. "*Talvez* eu tivesse onze anos", me corrige, "nunca entendi direito as minhas idades".

Eu sorrio.

A *roiô* olha-me para saber quantos anos ela tem. Olha para mim para que eu confirme. "Filha, quantos anos você acha que eu devo ter agora? E naquela época quantos eu tinha? Vamos, força... Fazemos um cálculo?" E assim nos colocamos a examinar as rugas, o estado da pele, do bumbum. Conheço bem o corpo da minha mãe. Todas as vezes que sente uma dor, massageio-a por inteira, com as pontas dos dedos, como fazem os fisioterapeutas. "E, então, o que vamos contar a Soraya? Quantos anos tenho agora? Quantos anos eu tinha quando cheguei na cidade, em Mogadício, pela primeira vez?"

"Vamos dizer-lhe onze", respondo. E então ela se tranquiliza. Ela também tem um número grudado em si como os outros. Alívio.

Então segue o conto. "Sigo as ordens daquela parente", retoma, "e nos encontramos pelas ruas ventosas de Mogadício". Uma quase moça agarrada à saia de uma mulher que era o dobro dela. "Daquela parente, não me lembro mais nem das pálpebras", acrescenta. "Agarro-me à sua saia. Aperto suas roupas. Mogadício não é como o *badio*, há muita gente, demais. Me atropela. Tenho medo de ser esmagada. Não estou acostumada àquela multidão. Então, agarro-me à saia daquela mulher. O mais forte possível. 'Disse-lhe para ficar ao meu lado, não para me sufocar', diz ela com certo incômodo. Me faz correr como se fosse um inseto. Uma mosca moribunda que no seu último suspiro de vida decide ficar colada ao seu suor. Afasta-me com a mão, num gesto violento. Mas eu agarro-me nela, desesperada. Tenho medo de acabar como as formigas que ficam enfileiradas feito soldados e depois são esmagadas pela sandália desatenta de um ser humano."

Parece que vejo a *roiô*, enquanto ela atravessa tremendo os *luq luq*, os becos da antiga Mogadício, de Shangani até Hamar Weyne, onde fica o mercado. Ruas intrincadas que jorram prédios, vestígios da grande destruição de 1991 que nos arrancou para sempre. E eis que *roiô* olha para as torres dos portugueses, as arcadas omanenses, as casas coloniais do fascismo italiano com suas formas lineares, retangulares, um pouco fora de sintonia com os arcos de épocas anteriores. Mogadício é uma matriosca. Minha mãe criança, porém, ainda não sabe o que é uma matriosca. Não conhece o mundo e suas tradições, ainda não. E, naquela primeira travessia da cidade, Mogadício parece-lhe somente mágica. Em alguns momentos, parece-lhe o inferno. Por isso, está agarrada à saia daquela mulher robusta, altíssima, maciça. Uma prima, talvez, ou talvez uma espécie de tia. Quem sabe. A *roiô* gruda-se à pele dela para não se perder. E a cada metro que percorre é afastada por aquela parente com um incômodo crescente. Faz um xô com a mão. "Seja autônoma", diz-lhe. Mas a *roiô* tem medo. De ser tragada.

E aquele medo aumenta quando ela vê o primeiro branco da sua vida. Confunde-o com um fantasma. Alguém que voltou do reino dos mortos para pegá-la e levá-la para o frio eterno, como Hades fez com Perséfone. "Não seja boba", diz-lhe a parente. Mas minha mãe, apontando para branco que passeava do outro lado da rua, grita: "É um *cristian kolle!* Um *cristian kolle!*", um cristão de colarinho, é como ela chama aquele branco. Acabou de ver um marinheiro.

Em resumo, o primeiro branco encontrado na vida da minha *roiô* era um oficial da marinha italiana, que ao vê-la tão assustada tentou esboçar uma espécie de sorriso que teve como único efeito o de fazer com que ela gritasse ainda mais alto. Sua parente ficou muito brava. E deu-lhe um bofetão no rosto. Leve, mas humilhante.

Nunca soube muito daquele começo da minha mãe em Mogadício. Só algumas notícias fragmentárias, contraditórias. Às vezes, versões diferentes da mesma história. Por exemplo, o bofetão da parente não aparece sempre. Em algumas versões, a *roiô* confessa que o marinheiro tentou dar cinco xelins àquela mulher para um pouco de companhia. Em outras versões, ao contrário, estava distante demais tanto para fazer propostas indecentes quanto para sorrir. A única coisa certa é o susto que a *roiô* carregava em seu coração. Sentia-se refém nos tentáculos de um polvo. Rendida ao destino. Sozinha, não obstante a multidão urbana que corria ao lado dela. Mas não havia apenas o susto. Havia também muita curiosidade. E a agitação de tornar-se uma nova pessoa.

Protagonista daquela fase da vida da minha mãe é sua irmã Faduma. Eu a chamava de *habaryer* Faduma. *Habaryer* significa "tia materna", mas literalmente pode ser traduzido como "pequena mãe". A propósito, esse é o título de um livro muito bonito sobre irmandade. É de Cristina Ali Farah, uma autora ítalo-somali. Quero dar esse livro a você, Soraya.

Na verdade, quando eu a encontrei nos anos 80, a *habaryer* não era pequena de forma alguma. E como eu, não se tornou mãe. Era um mulherão que ocupava um certo espaço, olhos enormes que às vezes saíam da órbita, boca carnuda, voz imponente, uma doçura que inundava cada vez que ela acariciava, mas também uma aspereza da qual ela nunca conseguiu se livrar. Como eu disse, ela nunca teve filhos. Porém, ao contrário de mim, ela tentou tê-los. Casou-se várias vezes. A família diz que a causa de seus abortos espontâneos foi a infibulação. Eles a cortaram demais e mal.

Da *habaryer* Faduma, lembro-me em especial a grande voz que, às vezes, tornava-se estridente, aguda, cortante. Lembro-me dos muitos furos na orelha. O lóbulo inteiro era percorrido por um caminho com protuberâncias semelhantes às tocas de alguns herbívoros. Sempre imaginei aquelas orelhas cobertas de ouro. E depois lembro-me de quando fazia os *hus*, as celebrações para recordar os antepassados, a *habaryer* Faduma pedia que colocassem de lado para ela o *buurur*, a parte traseira e gorda da ovelha de cabeça preta, que era enterrada num canto do jardim da casa de Mogadício, uma extensão ilimitada da terra nua. Depois, era salpicado com espinhos, carvão, cinza, fogo e deixado lá por horas. Só mais tarde ela o consumia. Hoje, eu teria de impedi-la, aquilo era um concentrado que podia entupir as veias ou o espírito, mas nos anos 80, sabíamos pouco sobre a saúde do corpo. E ela comia seu *buurur* com gosto, com prazer. Era boa de garfo.

Mas ela também era uma mulher que sabia o significado da palavra "privação". Em sua juventude, teve de encarar a fome, a tragédia de não ter nada. Nunca esquecia de agradecer a Alá por tudo aquilo que encontrava na vida. Ela era muito caridosa. Muito apegada à palavra do Alcorão. Quando a visitávamos em Bur Karole, estava sempre sentada num tapete, com um rosário na mão e o olhar luminoso dos mártires. Era uma obstetra renomada. Ainda que nunca tivesse parido uma criança viva do próprio útero, sabia o que é o parto: uma mistura de sangue, líquido amniótico, amor e medo.

A *habaryer* Faduma era essencialmente uma mulher livre. Que precisou cuidar de si mesma e, por algum tempo, também da irmã mais nova, minha mãe. Numa cidade, na capital, em que anos antes chegara sozinha vindo do *badio*. Nos anos 50, ela e sua avó viveram juntas, Soraya. E mesmo sabendo-o, parece-me difícil visualizar essa convivência. Duas mulheres diferentes, ambas com personalidades fortes. A *roiô* admite ter dado muito trabalho à irmã, que era ao mesmo tempo mãe e pai, mas confessa também que, às vezes, sentia um incômodo por aquele cuidado exagerado que descambava numa forma de controle. Agora, à distância do tempo, a *roiô* sabe que Faduma queria protegê-la dos perigos daquele lugar, dos homens estrangeiros que se jogavam sobre as moças somalis sem aviso prévio e de uma cidade que podia levar qualquer um, literalmente, ao desespero mais sombrio. Mogadício era linda, mas não era preciso muito para alguém cair dentro de um dos seus numerosos barrancos escondidos.

"Minha irmã me protegia", sussurrou-me a *roiô*. "Apesar de sua tenra idade, tentou ser uma mãe para mim. Às vezes intransigente. Mas uma mãe. Eu só me pergunto se eu", e enquanto ela diz isso, olha de esguelha para mim, sentindo um pouco de vergonha das palavras que estão saindo de sua boca, "se, para ela, eu fui mais filha ou irmã. Não sei. Mas uma coisa é certa: éramos duas garotas solitárias numa grande cidade. E tínhamos que nos virar sozinhas. Mãe distante, irmãs também, um irmão que havia morrido na prisão, outros que estavam crescendo, um pai que tinha sido arrancado de nós cedo demais. Um mundo, o *badio*, feito de cabras e dromedários, que tínhamos deixado para trás. Parecíamos duas mulheres idosas que já haviam vivido por séculos. Porém, se pensar bem, filha, éramos duas meninas. Ambas".

Foi para a *habaryer* Faduma que a *roiô* pediu autorização para ir à escola. Autorização que lhe foi dada após mil tormentos. E preces. E tranquilizações. E choros.

"Tive que pular num pé só para convencê-la", contou-me. "Faduma era cética. Às vezes até preocupada. 'Espero que não mudem a sua cabeça lá dentro', ela me disse."

Foi só recentemente que descobri que a *roiô* frequentou a escola, Soraya. E, por muito tempo, não acreditava que isso fosse verdade. Em meu primeiro livro impresso e publicado, *La nomade che amava Alfred Hitchcock*, minha primeira tentativa desajeitada de entrar, através da escrita, na vida familiar, no mistério da árvore genealógica, escrevi que minha mãe nunca havia ido à escola. Nunca havia sentado numa carteira. Nunca pegara numa caneta. Fui categórica naquele meu primeiro livro, escrito sem a consciência de ser uma escritora, decretei preto no branco: "Minha mãe não sabe ler nem escrever. As palavras não a conhecem". Ponto. Foi assim que encontrei uma saída. Sem dar muitas explicações ao mundo e a mim mesma.

Acho que escrevi que, assim que chegou à cidade, ela começou a fazer algum trabalho. Bordado? Mas não me perguntei onde ela aprendera a costurar, já que bordar lençóis não era contemplado na vida de uma nômade que vivia na mata, que se vestia com tecidos mais simples e se deitava numa esteira, certamente não numa cama.

Por não a ver ler, acreditava, de fato, que ela e o alfabeto eram desconhecidos um do outro. Que nunca haviam sido apresentados um ao outro. Estrangeiros.

Da sua infância, ela me contou algo quando eu era pequena. Porém, tirando as hienas maldosas e a busca por água de poço em poço (essas também cenas difíceis de visualizar, como se fossem fábulas), da minha mãe e da sua infância eu sempre soube pouco.

Começou a me falar de mulher para mulher somente após a guerra civil, depois da grande destruição de 1991.

Foi na sua volta daquele inferno, com o *Djíro* que dançava dentro dela, com os golpes de metralhadora que ainda sibilavam rente às suas orelhas, que começou a revelar-se inteira diante da sua filha ocidental e literata. O trauma de ter perdido o país natal dela, o país de minhas origens, nos aproximava no luto. E a *roiô* queria, inconscientemente, porque nesse sentido ela nunca teve um projeto real, relatar-me sua vida. Porque já não se tratava de uma história familiar e ponto. Era algo que ia além disso. Seu passado fazia parte de um arquivo nacional, de uma nação que, com a guerra, tinha perdido a própria memória.

No fundo, foi a *roiô* quem percebeu, antes dos outros, que eu rabiscava pensamentos em cadernos quadriculados de capa florida, e que aquele meu rabiscar me fazia perfeita. Eu era mais adequada para ouvi-la, absorvê-la, transcrevê-la, transmiti-la. Se agora estou escrevendo essa carta para você, Soraya, essa carta esquizofrênica cheia de suspiros e saltos temporais, talvez seja devido a esse pacto entre nós, entre a *roiô* e eu.

Ainda que eu tenha lhe dito o contrário, não fui eu quem disse: "Mamãe, você é uma testemunha, uma *mar-rati*".

A realidade, agora, parece-me diferente. Foi a *roiô*, no fundo, mesmo hesitante, mesmo endurecendo os ombros, quem me escolheu como escriba.

Pergunto-me se realmente foi assim. Eu era e ainda sou sua mão direita, como já lhe expliquei. Mas também o suporte da sua memória. Uma biografia titubeante. E inconsciente.

A miopia não me ajuda nessa tarefa a que me propus. Sem os óculos, toda visão é envolta numa nuvem cinza, já que meu grau é muito alto. E mesmo quando uso meus óculos, sinto que luto com imagens de uma história, de uma Somália que não consigo agarrar. E escrevo sempre com dificuldade. Canso-me demais. Focalizo mal. Mas comprimo os olhos e não desisto.

Diante de mim, tudo torna-se neblina. Mas talvez seja na neblina que se esconda a verdade.

Sawir
Fotografia

Quando a *roiô* era pequena, era muito curiosa. Aliás, é curiosa até hoje. E no começo da década de 1950 pipocaram salas de aula no país. A administração fiduciária italiana, cuja missão era trazer a ex-colônia a uma suposta democracia dos ditos brancos, havia com esse objetivo enchido Mogadício (e não apenas) de escolas, manuais de escrita, canetas, lousas. Havia formado profissionais locais para ensinar gramática italiana e leitura aos jovens somalis. E muitos cargos de professores do ensino fundamental 1 foram dados a professores do fundamental 11 e ensino médio ou a freiras que improvisaram como professoras na linha do Equador. Para muitos jovens, ir à escola tornara-se habitual. E, feito gafanhotos alegres, invadiam com sua alegria todos os prédios brancos que ostentavam na fachada uma dupla inscrição: *madrasa* em árabe, "*scuola*", escola em italiano.

Foi aquela escrita dupla, aquele alfabeto duplo, que atraiu a *roiô*. Ela queria fazer parte da multidão vestida de branco que todos os dias cruzava o limiar de uma *madrasa*. Segurando uma caneta e um caderno.

Mas para a *roiô* a escola não chegou de imediato.

Houve o começo a ser enfrentado, canalizado, os segredos da cidade de Xamar, como os somalis chamam Mogadício. Naqueles primeiros meses, ela passou também pela infibulação. Tudo aconteceu muito rápido. Foi uma *kurkurei* quem decidiu seu destino. No léxico familiar que é meu e da *roiô*, uma *kurkurei* é uma mulher casada que, de vez em quando, engordava a "mesada" deixada pelo marido com serviços sexuais bem pagos pelos militares italianos. Uma mulher considerada muito íntegra pela comunidade, mas que, por necessidade, vendia sua vagina aos ex-colonizadores nos horários mais insuspeitos.

Aquela mulher, aquela *kurkurei*, cujo nome a *roiô* nunca revelou, talvez por medo de manchar sua reputação, por medo de ser a causa de uma revelação póstuma da falta de virtude da senhora, era uma conhecida de minha tia. É provável que ela tenha feito algum parto daquela mulher. Não sei bem qual era exatamente a relação entre as duas. O fato é que quando a *habaryer* Faduma estava ausente, a *roiô* ficava na casa daquela senhora. Sempre no bairro Shangani. A poucos passos do mar e do seu cheiro de atum. A *kurkurei* percebeu que a *roiô* ainda estava inteira lá embaixo. *Eeb!* Vergonha! "Precisamos cortá-la. Está muito velha para ficar assim, entende?" Depois, de uma hora para outra, organizou tudo. "Antes que comece a perder sangue e que corra pelas suas pernas, pelo amor de deus." A *roiô* ainda não tinha ficado menstruada. Era uma criança.

Para praticar a infibulação, foi chamada uma mulher bem idosa. "Dela, só me lembro dos olhos," disse-me a *roiô*. "Eram opacos. Ela enxergava pouco." Mamãe me descreveu aqueles olhos muitas vezes. E todas as vezes emerge a palavra "opaco". Às vezes, os descreveu como sem luz. Ou "era como olhar dentro de um vidro sujo". Cheguei à conclusão de que a mulher que fora chamada para praticar a sua infibulação talvez tivesse catarata em ambos os olhos e isso velava a realidade.

Nos anos de 1950, a catarata era uma doença fatal. Levava à escuridão. Levava a um mundo com contornos opacos. Claro, também realizavam a cirurgia naquele tempo. Porém, num país pobre como a Somália, era impossível encontrar uma solução para a catarata. Nos anos de 1950, era uma cirurgia complicada até mesmo no Ocidente e completamente impossível na Somália.

É um fato que aquela *ajuza*, aquela velha comadre, mesmo não vendo os contornos, praticou a infibulação. E mal-feita.

Quando a *kurkurei*, que só queria se passar por boazinha com a tia Faduma, percebeu que a *mamman* tinha cortado pouco minha mãe, que o clitóris ainda estava inteiro, chamou sua atenção. E minha mãe passou por um novo corte.

No filme em que você interpreta Waris Dirie, não é uma cena que você interpreta, Soraya, mas se veem duas mulheres suadas, com as rugas marcadas, e uma garotinha de quatro anos que consegue dar o sentido de urgência e de medo que ocorre com as meninas quando entendem que serão feridas, feridas bem feio.

Minha mãe teve que passar por aquele limiar da dor duas vezes.

"No segundo corte", contou-me, "como não enxergava direito, a *ajuza* me cortou como um salame. Foi doloroso. Eu gritava. A *kurkurei* segurava meus ombros. Apertava com força. E alguém, não sei quem, tentava manter minhas coxas abertas. Lembro-me somente da dor imensa. Não tinha mais lágrimas para chorar. Só um sibilar seco que saia rouco da minha boca exausta".

Depois, ela foi levada para um quarto cheio de tralha. No começo, estava amarrada. Uma coxa com a outra. Pois a ferida precisava cicatrizar. Para a urina, arrumaram um buraco no chão feito sob um ladrilho, ou talvez não houvesse ladrilho e o chão era só de terra batida, às vezes nas casas somalis há essa possibilidade, o fato é que a *roiô* me disse a palavra *dulel*, "buraco".

"Eu mijava naquele buraco. Mas ninguém me ajudava. Eu me arrastava de costas no chão em direção ao buraco, depois tentava posicionar sobre ele a vagina, a bunda, bem direto no buraco, e depois mijava sujando minhas coxas.

De vez em quando, a *kurku rei* dava o ar da graça e vinha me limpar. Depois, enquanto eu estava naquele cômodo, infibulada, ela encontrava seu amante italiano. O que pagava suas contas, os vestidos, os brincos em forma de flor que ela usava e exibia. O marido não estava. Não sei onde estava. Mas, com frequência, ouvia a voz de outro homem. Sua voz plena. Forte. E aquela língua estrangeira que, naquela altura, já havia passado alguns meses da minha chegada em Mogadício, já não me era completamente estranha. Eu aprendera a dizer palavras importantes. Palavras talismãs. A palavra mais útil que eu tinha aprendido era 'não'. Quando na rua algum marinheiro, quando eu ia ao mercado, exibia na minha frente cinco xelins, um marinheiro em busca de serviços sexuais, eu dizia: 'Não, eu não'. Depois aprendi a dizer também: 'Eu não. Eu diferente. Eu rezo para Alá. Muito'. E o marinheiro ou quem estivesse no lugar dele afastava-se à procura de garotas mais disponíveis. Que não falassem de Alá. No bairro Shangani, era importante aprender a dizer 'não' na língua dos patrões. Eu ainda não sabia, mas já vivia no tempo da decolonização. Da resistência aos brancos."

Minha prima Zahra, que vive em Casalotti, a essa altura uma romana de adoção, contou-me sobre um episódio que reconecto ao "não" da *roiô*.

Era uma época diferente, posterior. Siad Barre estava no poder. No auge. No ápice. A cidade de Mogadício era atravessada por uma marcialidade socialista. Estava enxameada de russos, cubanos, chineses, norte-coreanos. Os jovens nas escolas cantavam hinos socialistas e todos os dias estavam empenhados numa atividade para glorificar a nação. Nominalmente, Siad Barre seguia aquele modelo político, mas sua verdadeira referência era Benito Mussolini. Como Mussolini também tentou fazer com os italianos, ele queria transformar os somalis num povo marcial. E infelizmente, num certo sentido, conseguiu. O *Djíro* do fascismo penetrou nos ossos dos somalis. E a guerra tornou-se parte da cartilagem do país.

Zahra, na época uma adolescente sorridente e já obstinada como agora, de uniforme da escola, camisa branca e calças bege, conversava com as amigas sobre o futuro, o amor, sobre as mulheres que elas iriam se tornar. Na época, os italianos estavam sempre presentes, mas, naquela primeira metade da década de 1970, já não eram mais os patrões. Os somalis preferiam falar russo em vez de italiano. "Ainda que", me diz Zahra com sua voz cristalina, "todas e todos havíamos sido escolarizados na língua de Dante, Boccaccio e Gianni Morandi".

Quando víamos italianos na rua, normalmente eram operários da Impregilo que estavam arrumando algum prédio. A serviço da empresa e, transversalmente, do regime de Barre. "Sentíamo-nos na obrigação", diz Zahara com certo orgulho, "de mostrar a eles todo nosso desprezo. Então gritávamos para eles, com vozes estridentes, altíssimas: 'Branco imundo'. E depois corríamos. Eles ficavam em silêncio. Em outras épocas, teriam nos perseguido, punido. Porém, naquele momento socialista da Somália, os italianos não podiam fazer nada contra nós. Nem olhar nos nossos olhos, desafiando-nos. Havia Marx a nos proteger. Engels. Até mesmo Stalin com seus bigodes era um cavaleiro da távola redonda com a espada desembainhada a nos defender. 'Branco imundo', aumentávamos a dose. E os operários da Impregilo, mesmo rangendo os dentes, abaixavam o olhar".

Zahra e suas amigas não amavam o regime. Siad Barre havia despedaçado muitas famílias. Reduzido em fragmentos os laços com os antepassados. Mas o regime, com todas suas contradições, seus malfeitos, naquele primeiro período da década de 1970, era uma cópia em pequena escala da União Soviética. E eles eram os *afrikanskie továrischi,* os companheiros da África Negra, a serem lisonjeados a todo custo. Aquele foi um período feliz para a geração da minha prima Zahra, é o que ela me diz com uma luminosa luz verde nos olhos. "Em especial para nós garotas. Sentíamo-nos destemidas. Podíamos enfrentar qualquer coisa. Havia uma seiva que corria em nossos corpos, uma seiva benéfica. Sentíamo-nos cheias de energia. E todas as vezes que víamos um italiano com uma mulher somali, sempre mulheres pobres, sem formação, deixávamos de lado os estrangeiros e afastávamos a garota dos seus desejos exóticos. 'Não vai pegá-la', gritávamos. 'Você não vai pegá-la, seu branco imundo.' E uma vez que a garota estava a salvo, explicávamos que, na Somália soviética, nenhuma garota negra tinha que abrir as coxas para o ex-colonizador. 'Marx a protege, garota. Comporte-se bem.'"

Para a *roiô,* a escola chegou após um ano e meio de permanência na cidade. Depois de um ano de novos lutos. Sua irmã mais nova, Maryam, havia morrido. Ceifada por uma epidemia que, por pouco, não foi fatal também para mamãe Halima, que tornou-se pele e osso, *maalil,* mais pra lá do que pra cá. Perguntei várias vezes à minha mãe que epidemia foi aquela que cercou a mata. Mas ela não sabe dizer. Descreve-me uma gripe. Uma febre alta. Entranhas que não resistem. Emagrecimento. Era cólera? "Pode ser", responde-me. "Mas me parecia mais uma gripe fortíssima, uma daquelas que deixam a gente debilitada e sem ar."

Talvez fosse o final da gripe espanhola, a que começou nas trincheiras da Primeira Guerra Mundial e se alastrou pelo mundo inteiro.

Nos relatos da *roiô* há, com frequência, além da guerra, a epidemia. O *Djíro* torna-se doença do corpo. Torna-se vômito. Febre. Tremores. Diarreia. Caroços. Como se a dureza do viver tivesse de desaguar naqueles repousos forçados e, no fundo, inesperados.

Portanto, para a *roiô*, a escola representou um renascimento após a infibulação, *gudnisho* é como chamam os somalis, e depois a morte da irmã, cujo rosto desapareceu com mil outros detalhes da sua vida de então, tornando-se como um rabisco indecifrável.

A *roiô* finalmente conseguia caminhar melhor. A ferida na vagina havia cicatrizado. E tinha aprendido a urinar devagar, não derramando em um jato único o conteúdo de sua bexiga. Ela notara que, ao controlar a urina, fazendo-a cair gota a gota, não se sentia mais tão mal. Infelizmente, ela não tinha mais um órgão capaz de conter grandes quantidades. Sua vagina era como uma pequena sala de espera. Tinha de preenchê-la aos poucos, não de uma só vez, tinha que evitar qualquer tipo de obstrução como evitava uma praga.

Foi com aquele novo corpo que ela se jogou na escola, no começo como algo que via de longe. Primeiro, os uniformes dos alunos, seus olhos sorridentes, depois seus cadernos debaixo do braço, a testa para o alto como quem olha para o futuro. "Eu vou e você não", caçoavam dela outras garotas do bairro Shangani. Depois, tornou-se um desejo. Irrefreável. A *roiô* queria fazer parte daquela multidão.

Na verdade, ela não sabia direito o que era uma escola. No entanto, começara a intuir que era algo relacionado à língua dos estrangeiros. Dos italianos. Depois de um ano de permanência em Mogadício, isso ela tinha aprendido. Por legítima defesa, mas também porque era inevitável. O italiano estava por todas as partes. Havia adentrado nas questões cotidianas, nas gírias dos jovens e até mesmo nas compras do supermercado. Além disso, no bairro Shangani, muitas vizinhas de casa eram *kurkurei* ou *shermutte*. Vendiam seus corpos para os ex-colonizadores. Algumas para completar a renda, outras porque não tinham renda nenhuma. Às vezes, a *habaryer* Faduma sentia piedade daquelas jovens, às vezes eram quase crianças, haviam caído naquele abismo, e cozinhava para elas alguma refeição quente. E tentava retirá-las daquela vida. Enquanto comiam ávidas a comida da minha tia, justificavam-se misturando o somali com muitas palavras italianas que minha mãe começou a captar quase de imediato. Por isso, brincando, me diz sempre que suas primeiras professoras de italiano, às que a introduziram à língua de Dante, foram as prostitutas do bairro que minha tia ajudava preparando uma refeição quente e uma sura do Alcorão.

Além disso, havia a escola. A *roiô* voltara decepcionada da escola local da Liga da Juventude Somali. Que ela frequentava de vez em quando. Ensinavam-lhe o alfabeto inventado por uma espécie de *wadas*, uma pessoa religiosa, do norte, um alfabeto chamado *osmania*. Que, olhando com os olhos de agora, deve muito ao alfabeto amárico. A *roiô* não tem lembrança alguma daquele alfabeto. E eu sei que ela abandonou aquela escola porque "o professor me puniu". Ela conversava em voz alta e o professor, para lhe dar uma lição, colocou-a num canto da classe com uma cadeira suspensa em cima da sua cabeça.

"Detestei aquele professor. E aquela escola. Eu queria ir à escola dos italianos", conta-me a *roiô*.

Depois, um dia, enquanto arrastava consigo uma sacola de compras bem pesada, viu a irmã Manuela. Era cândida, pequena, com as unhas excepcionalmente compridas. "Eu escola. Querer escola," disse a *roiô* num italiano sem gramática. E a freira: "Venha amanhã". Faltavam poucas semanas para o final das aulas.

"Mas não esperei que ela me convidasse uma segunda vez. No dia seguinte, eu era a primeira em frente ao portão da *madras*, a escola fundamental italiana da administração fiduciária da Somália."

Como lhe contei, Soraya, a *habaryer* Faduma não queria que a *roiô* frequentasse a escola. "Não quero que se torne uma *nijas*, uma impura", disse-lhe com o tom mais ameaçador que encontrou em seu peito. Um grito de pai e mãe. Tinha medo da língua italiana. Afinal de contas, só tinha ouvido ser falada pelas prostitutas do bairro Shangani, por mulheres exploradas de forma maldosa por um poder desigual. Para ela, o italiano era a corrupção. "Não quero que minha irmã se torne como aquelas mulheres sozinhas obrigadas a...", ela mordia a língua.

"Mas eu prometi a ela que seria séria", explica-me minha mãe. "Jurei que seria uma boa muçulmana."

"Minhas amigas vão", gritou enfim a *roiô*. "O bairro inteiro vai", gritou novamente. "Deixe-me ir", ela implorou.

"Eu tinha até a intenção de ir para a escola às escondidas. Desobedecendo."

Mas, estranhamente, tia Faduma, que era sempre muito severa e tinha razão para isso, porque no fundo era só uma moça sobre quem havia recaído a responsabilidade de uma criança que estava por entrar na adolescência, no final, ela disse que sim. Tinha visto uma luz em minha mãe. E amava-a. Não queria que aquela luz se apagasse.

"Ela me disse sim. Foi um sim sofrido. Que eu arranquei dela com a força das minhas mãozinhas. Mas foi um sim. E não importa como me foi dado. Importa somente que foi um sim e que até mesmo os muros do bairro Shangani conseguiram ouvir."

A história escolar da minha mãe é enrolada.

Tento explicá-la a você como entendi, Soraya. Mas não tenho certeza de que entendi completamente. A sequência de eventos me escapa. É evanescente.

Naquela sua primeira tentativa, ela foi reprovada. "Naquelas primeiras poucas semanas, não aprendi nada. Todos e todas estavam mais adiantados do que eu. Já haviam incorporado o alfabeto nos pulmões e faziam explodir as letras em pequenos jorros de respiração. Eu ia em marcha lenta atrás deles. Respirando mal. Lutando com as consoantes daquela língua que eu só ouvira pela boca das prostitutas. Eles estavam na escola há um ano. E eu, há apenas quinze dias. Não havia como comparar nossos percursos. Eles eram craques. Eu, lenta como uma tartaruga."

Depois, o relato da *roiô* sobre a escola torna-se mais constante. Ainda que não completamente.

"Quantos anos você frequentou a escola?", lhe pergunto.

Ela sempre responde oferecendo versões distintas sobre a sua vivência. Às vezes, me diz que estudou por dois anos. Outras vezes, fala da sua presença na escola por alguns meses. Depois, quando lhe pergunto o que estava estudando, a memória da *roiô* fica ainda mais enrolada. Estudava língua, gramática, como juntar as letras. Faziam muitos exercícios de ditado. "E eu os fazia muito bem." Sinto um orgulho autêntico na voz da minha mãe, como se estivesse revivendo aquele momento no presente. "No final da escola..." E aí eu tentei não a interromper, Soraya, mas minhas dúvidas aumentavam. Qual final? Final do primeiro ano? Final do segundo ano? A *roiô* nunca me ofereceu uma resposta sobre a sequência cronológica dos seus estudos. Usa uma cronologia genérica. Depois, num tom animado, ela diz: "A freira [Qual freira, *roiô*? A própria irmã Manuela ou alguma outra?] mostrou meu boletim para a escola inteira, dizendo: 'O boletim da Chadigia é de ouro'".

A *roiô* me contou diversas vezes esse episódio da freira que anda pelos corredores com seu boletim nas mãos. Todas as vezes, ela conta com um orgulho crescente. Uma freira pequenina, o boletim de ouro, ela com um sorriso reluzente e satisfeito como um gato.

Mas depois eu a intimo com minhas perguntas, havia tanta coisa faltando naquele relato. Pergunto-lhe novamente, insisto: "Quantos anos você frequentou a escola? O que estudou? O ensino fundamental? Completo? Ou só os primeiros anos?"[16]

Minha mãe diz que fez os primeiros cinco anos do fundamental. Mas também me diz que as séries por lá não eram iguais às séries escolares da escola que fiz na Itália. Que eles tinham um programa acelerado. Com menos disciplinas. Tudo bastante concentrado nos estudos da língua e poucas outras coisas além disso. Ela também aprendeu o alfabeto árabe, pois tinha aulas de religião islâmica, as freiras também lhe ensinaram a bordar e a fazer ginástica. "Nos faziam voar como libélulas. Eu gostava de agitar os braços pro céu. Era divertido. De vez em quando, eu me distraía. Em vez de olhar para a lousa, meu pensamento fugia para os dromedários do passado, pensava em Dhamel e nos demais, sentia muita saudade."

Depois, ela me conta mais uma vez da freira e do boletim de ouro. E faz uma mímica do gesto da freira. Palma aberta. O boletim que paira leve sobre ela. Que brilha feito ouro. Pelas notas boas. E pelo futuro. "E todos olhavam meu boletim de ouro. Todos de boca aberta."

"Então você sabia ler?", pergunto-lhe. Minha mãe percebe em minha voz uma nota de ceticismo. Eu não

---

16 Na Itália, o ensino fundamental está dividido em duas fases: a *scuola elementare*, com duração de cinco anos (entre as idades de 6 e 11 anos) e a *scuola media*, que vai dos 11 aos 14 anos.

paro de fazer perguntas. Quase nem a olho nos olhos. "E sabia escrever, suponho..." De novo aquele tom cético que deixa minha mãe indisposta, faz com que se feche hermeticamente, traz à tona entre nós a antiga desconfiança.

"Sim, eu sabia escrever. Por isso anos mais tarde me contrataram para trabalhar como telefonista. Sabia escrever. Melhor do que todas elas."

É aí, então, que eu a pressiono, pois já não consigo me segurar: "Se você sabia ler e escrever e fazer contas, você me diz onde é que foi parar o alfabeto, *roiô*? Por que ele a abandonou? Onde está agora o alfabeto que você aprendeu na escola?"

Enquanto conversamos, a *roiô* está ocupada bordando um dos seus *maro*. Segue as curvas concêntricas de um tecido que comprou numa banca da feira. Ela está desenhando espirais que parecem violetas do pensamento, pequenas gerberas floridas. Naquelas espirais, esconde-se o passado dela. Naqueles bordados, há o ensinamento das freiras italianas, da pequena irmã Manuela, que talvez tenha saído pelos corredores com o boletim da minha mãe em sua pequena palma da mão, delicada e branca.

"Você quer saber do alfabeto..." Por um momento, ela afasta o olhar do *maro* que está bordando e coloca delicadamente sobre a mesa a agulha de ferro de crochê, comprada numa lojinha chinesa aqui perto de casa. "O alfabeto evaporou. Carregado pelo *Djiro*. Pela dor. As letras se derreteram dentro de mim. E agora eu convivo com suas sombras opacas. Não desapareceram por completo. Reconheço-as. Mas são como fantasmas. Caíram num esquecimento impossível de alcançar."

Ela volta a pegar a agulha nas mãos. E recomeça a bordar. Olho as espirais e vejo nelas a sua escolarização emaranhada.

Imagino a minha *roiô* como o garotinho daquele documentário de propaganda política cujo título era *Somalia d'oggi*, "A Somália de hoje", de 1955, dirigido por Adriano Zancanella. Um documentário que encontrei há alguns anos, por acaso, no arquivo Luce,[17] enquanto procurava outro documentário. Tropecei nele. E vi Mogadício, aquela que acolheu a *roiô* ao deixar a mata. Uma Mogadício completamente intacta. Gente trabalhadeira. Céu azul. Mar agitado. Edifícios brancos. Sol escaldante. Avenidas arborizadas. E depois aquela voz em *off*, um falante marcial que, mesmo tratando-se do pós- guerra, permanece o mesmo. Sim, é a mesma pessoa que deu voz aos cinejornais de Benito Mussolini.

Naquelas imagens, é repetido sempre o mesmo conceito: "Nós, italianos bons, nós, sempre *brava gente*, voltamos à Somália para ajudá-los". E eis então que um oficial de uma escola técnica profissionalizante ensina aos jovens somalis como construir um barco. O documentário é propaganda política. Para o uso e o consumo dos italianos.

Somos *brava gente*, gente do bem. Fomos mesmo durante o fascismo. Não precisamos nos autoflagelar. Mas olhar adiante.

Claro que era uma mentira. Os italianos durante o fascismo, mas também antes dele, não eram *brava gente* com os africanos. E, apesar das imagens edificantes do documentário de Zancanella, não eram *brava gente* nem durante a administração fiduciária da Somália. Eram os que inun-

---

17 O Arquivo Histórico do Instituto Luce é um dos mais completos do mundo e representa a memória audiovisual do século xx na Itália e na região do Mediterrâneo. Contém vasto patrimônio, composto por fundos cinematográficos, fotográficos e documentais. Começando pela produção direta de imagens fixas e em movimento de 1924 (ano de sua fundação) a 1962, até coleções particulares e fundos audiovisuais adquiridos no decorrer do tempo.

davam o bairro Shangani com seus desejos exóticos, Enrico Emanuelli relata bem em seu *Settimana nera*, romance ambientado em Mogadício. Inundavam Shangani com sua grana, com a qual queriam comprar tudo.

Não obstante, aquele documentário, independentemente da carga de propaganda política nele embutida, comove-me todas as vezes que o assisto. Mogadício está intacta, está bonita, está viva. Ainda não foi destruída pelo fogo fulminante, pela crueldade, pela avidez. Não é o acúmulo de escombros de 1991, mas também não é a cidade de hoje, construída sem um plano regulatório, sufocada por prédios altos que, se um dia viesse um tsunami e atingisse a costa, carregaria todos aqueles pavimentos consigo. No documentário, Mogadício é a cidade da minha mãe e do meu pai. Um jardim. Um pedaço de paraíso. O Éden.

Naquele documentário, há um garotinho curioso, ainda vestido com as roupas da mata, que espia os futuros colegas de turma por uma janela. Ao lado da lousa há um professor somali, bermuda, camisa bege, um tipo de vareta nas mãos. O professor vê o garotinho e agarra-o pela nuca. Faz com que ele se sente numa carteira no meio da sala e apresenta-o com uma "doce violência", é o que diz uma voz em *off*, ao jogo do silabário. Daquele documentário, me impressiona o rosto do garotinho que chegou da mata. Os olhos são vivazes, reluzentes, irônicos. Parecem-me os olhos de minha mãe.

E, em alguns momentos, também me parecem os seus olhos, Soraya. Que sonham.

A *roiô* está sentada na sacadinha para tomar um pouco de ar. O clima ao nosso redor está se tornando tórrido. Deveríamos pensar num recesso. Meu irmão Abdulcadir lhe propôs férias no norte, entre os fiordes, onde há sempre chuva e as temperaturas nunca chegam perto dos trinta graus. "Força, vamos lá, *roiô*. Vamos nos divertir. Vamos comer geleia de framboesa amarela com pão de centeio." Mas a mamãe não gosta de pegar avião. Até agora, recusou os fiordes. Porém, em Roma, o calor está se tornando insuportável. E assim, o norte torna-se uma tentação. O jornal nos diz que logo poderemos passar dos quarenta graus. Em casa, não temos um ar-condicionado fixo. Temos apenas uma geringonça móvel que refresca o cômodo. Nos momentos de muito calor, o ligamos. Mas nem ela nem eu amamos o ar frio. Ele nos provoca alergia e resfriados de verão. Então, suamos de febre, de calor, de desespero.

"O clima não era assim quando cheguei na Itália. Roma tinha um vento suave que acariciava o rosto. Nunca sofri com esse calor horrível. O mundo está despencando no fogo."

Há meses que conversamos. Percebo que lhe pergunto todos os dias as mesmas coisas. Revivemos os mesmos episódios. Várias vezes. Fiz ela enlouquecer com a história da escola. Um interrogatório cerrado, asfixiante. Sinto-me como Poirot, o investigador inventado naqueles romances que eu tanto amei da Agatha Christie. Daqueles livros, daquelas histórias, aprendi o significado íntimo do classicismo, do colonialismo, do racismo. Muitas personagens de Agatha Christie são detestáveis. Com suas hierarquias, suas ideias preconcebidas a respeito do mundo. Mas Hercule Poirot, o pequeno belga de bigodes bem cuidados e cheios de pomada, sempre me pareceu simpático. Claro, é um pouco esnobe, um pouco vaidoso, mas no fim das contas é como minha mãe, como meu pai. Um refugiado. Sim, exatamente como o *âbo* e a *roiô*. Uma pessoa que perdeu tudo, que trabalhava numa delegacia em Bruxelas e depois foi afetado pela guerra mundial, a primeira. Agatha Christie não nos conta muito sobre a sua dor. Talvez ela não a perceba. Ela só vislumbrou de longe aquela dor. Bem de longe, quando era uma enfermeira em Torquay e a cidade estava enxameada de belgas que haviam fugido da guerra.

Encontro conexões entre Hercule Poirot e meus pais. Entre Hercule Poirot e eu. Como ele, eu também não paro de me perguntar, escavar, analisar. Quero saber como é possível que a *roiô* tenha perdido o alfabeto. Se tinha um boletim entre os melhores de todos, o boletim de ouro, como é possível que agora tenha dificuldade com cada letra, lendo com dificuldade, com lentidão?

Os estudiosos dizem que a má escolarização, a escolarização precária, é uma forma de analfabetismo. Talvez os conhecimentos passados à minha mãe não estivessem à altura daquilo que devia ser ensinado a uma criança? Talvez, por considerá-los selvagens, os italianos da administração fiduciária não lhes ensinaram o mínimo indispensável? No entanto, outros aprenderam. Depois, chegaram na Itália e tornaram-se médicos, engenheiros.

"Mas, então, por que logo você perdeu o alfabeto, *roiô*?"

É nesse momento que, com dificuldade, ela confessa que foi numa cidade a norte de Mogadício que sugou seu conhecimento. Uma cidade chamada El Bur. "Sua tia era obstetra e fora transferida para lá. Eu tive que segui-la contra a minha vontade."

Uma história de *Djíro*. Uma fuga. Minha mãe, rangendo os dentes, conta-me que tentou fugir de El Bur diversas vezes. Com o pensamento. Com as pernas. "Entediava-me. Não havia nenhuma escola que eu pudesse frequentar. Se você já viveu em Mogadício, El Bur parece um inferno. Parece uma prisão onde a gente perece até se consumir por completo, ossos e cartilagens explodindo no esquecimento. Melancolia. Depressão.

Ela relata-me um luto.

Sentia falta de tudo na cidade. Em especial, das fotonovelas italianas com suas amigas. Ir ao cinema para ver as histórias norte-americanas ambientadas em cidades que, vistas de Mogadício, pareciam ficção científica. Desejava voltar para a vidinha que havia construído em Mogadício. Voltar para as freiras. Voltar para o alfabeto.

"Queria me reencontrar por inteira."

"Quantas tentativas de fuga você fez, *roiô*?"

"Inúmeras, mas só em sonho. Antes de conseguir reencontrar minha liberdade, eu acordava e tudo terminava num vazio."

"E depois?"

"Depois eu o fiz de verdade."

"O quê?"

"Fugi."

"Sério?"

"E fui perseguida. Insultada. Bateram-me com uma haste de madeira. Na cabeça. Partiu-se ao meio jorrando lava e dor. Humilhada."

"Bateram em você, mamãe?"

A *roiô* toca sua cabeça. "Vê a ferida?"

Não há nenhuma ferida. O crânio está íntegro. Mas a *roiô* ainda sente o corte.

"Foi por essa ferida que o alfabeto revoou para longe. Depois, reapareceu de uma forma irreconhecível. Quando voltou para me encontrar, já estava às escuras de si mesmo. E eu já não estava mais interessada na escola. Havia me tornado outra pessoa. Havia perdido toda a curiosidade."

Mas ela não ama muito falar daquele momento. "Chega. Não vou mais dar detalhes sobre esse episódio. Não vou dizer quem é que foi. Quero apagar isso." Faz um gesto com a mão. E depois rindo, pergunta-me: "O que você preparou para o jantar, filha? Quinoa outra vez?"

Depois daquela primeira tentativa de fuga, a *roiô* fez mais uma. Que deu certo. Ela conseguiu fugir pegando carona.

Por algum tempo, cortou relações com a irmã e com os parentes contrariados pela sua fuga de El Bur. Se virou. Morou com uma prima. Manteve-se ocupada. Ganhava dinheiro com seus bordados e depois conseguiu trabalho como telefonista. Profissão que era muito desejada em Mogadício naquela época.

A *roiô* ainda tinha muita fome de vida. Uma fome que nunca a abandonou.

Enquanto ia trabalhar todas as manhãs na central telefônica, via as estudantes alegres com seus livros embaixo do braço, sorridentes e falando de amenidades. Sentia inveja daqueles cadernos. De suas canetas. Do passo alfabetizado que exibiam. A fome de instrução fazia com que ela hesitasse. O desejo de possuir aquele alfabeto a devorava. Mas ela não queria acreditar. Depois de El Bur, depois daquele galho na cabeça, depois do sangue, da depressão, do *Djíro*, ela tinha medo de acreditar no alfabeto. Não queria ser punida de novo em sua própria casa. Uma mulher que escreve, que lê, que faz contas complexas, naquela época, não era vista com bons olhos.

"Preciso insistir, lutar por aquele alfabeto que me foi arrancado por um sistema que não ajudava as mulheres a terem uma instrução. Mas nunca lutei pelo alfabeto. E tenho vergonha disso. Mas depois você chegou." Ela pega minhas mãos. Sou uma antepassada dela. Olho-a a partir de um tempo antigo. Sou também sua filha. Que ela, apesar dos anos passados, apesar de eu agora ter cabelos brancos, ainda enxerga como um pequeno anão de jardim.

E uma lembrança se acende em mim. Eu e ela, num dos nossos cômodos provisórios. "Presente", disse. Um pacote. Dentro, dois livros. Um azul e um alaranjado. No alaranjado, um homem disfarçado e um monstro. *Deuses e heróis da Grécia Antiga*. Livro que eu devoraria. Que me lançaria no mundo de Atenas, Afrodite e Zeus, do humano Perseu e da mais simpáticas de todas, Medusa. Porque sempre me identifiquei mais com os monstros do que com os heróis. E depois o outro livro, o azul. Uma versão juvenil de *Orgulho e preconceito*, de Jane Austen.

"Vi o filme com Laurence Oliver e Greer Garson." Minha mãe aplacava sua fome de alfabeto com grandes quantidades de filmes. E me contagiou com sua mania de Hollywood. Nutriu-me com papinhas de Katharine Hepburn, Cary Grant. Era um belo filme aquele. Ainda que exatamente não muito fiel em relação à idade da protagonista. Greer Garson era mais velha e vivida para interpretar a doce e astuta Elizabeth Bennett. E depois as roupas eram tão macias. Mas a história... Oh, a história. Era impossível de estragar. Minha Jane azeitou perfeitamente o mecanismo, Soraya.

"O livreiro me disse que esse também é um belo livro," explicou-me mamãe. Depois, sussurrou: "Quando terminar, pode ler para mim também? Quero saber se é mais bonito do que o filme. O livreiro diz que você pode aprender muito com essa Jane Austen, minha filha".

De fato, aprendi muito. Aprendi a ouvir a *roiô*. A encontrar naquela leitura em voz alta que fazia de vez em quando para ela, de textos clássicos e de artigos, o alfabeto que uma violência gratuita lhe havia feito perder.

Você se esconde sob o blusão, Soraya. Até a testa está coberta. Antevejo pela tela do celular que seus olhos são grandes, escuros. Está falando com seu pai. Vocês riem. Eu estou de pé, olhando para a *roiô* que os escuta. Meu irmão colocou em viva-voz. Faz isso sempre. É uma das consequências do tumor que ele teve. Ouve pouco de um lado. E não quer colocar seu rosto em contato com as ondas do celular. Não com a parte que foi literalmente bombardeada pela radioterapia.

Adoro ouvi-los rir. E a *roiô* também fica feliz quando os ouve. Naturalmente não entende nada. Vocês falam num inglês rápido, cheio de gírias. Mas ela agarra algumas palavras somalis que se escondem naquele fluxo que cheira à Britânia. Nos seus "*Rá âbo*", "*Maya abô*", "*Uá qu djelarrei abô*".

Eu sussurro a ela para que não fale nada sobre os seus cabelos. Sei bem que você colocou aquele blusão para esconder à sua avó, sua *ayeyo*, suas melenas. "Deixe-a voar com seus cachos", digo-lhe. Sei que a *roiô* não suporta nossos cabelos. "Vocês, Scego, são estranhos demais", diz de repente. "Você raspa a cabeça e deixa os cabelos brancos como uma *ajuza*, Mohamed [refere-se aqui a seu primo] tem os cabelos enrolados, longos demais, parece um guerreiro medieval, e Soraya os tinge toda semana de uma cor improvável. Mas qual é a de vocês? *Ajib!*" Eu aponto, com bondade, o dedo para seu couro cabeludo e lhe digo: "Você não pode entender, *roiô*. Você tem cabelos de branca". Na verdade, para ser bem precisa, a *roiô* tem os cabelos do subcontinente indiano. São cabelos *maalas*, quando era jovem eram bem pretos, brilhantes, sedosos. Nenhum cacho nunca apareceu no couro cabeludo de minha mãe.

"Você não nos entende, nós negras, pretas", respondo-lhe.

Entre nós, usamos a palavra que começa com a letra P.[18] Palavra que, entre nós, viramos de cabeça para baixo e a desarmamos. Rimos. Cuspimos nela. Como James Baldwin, que tinha as mãos na lama para entender o mundo que queria marginalizá-lo. Temos sempre que encarar aquilo que nos faz mal. Não existem *safe spaces*. Isso é algo que eu quero que você aprenda logo, minha sobrinha. Eu sou sua *edo* e você minha amadíssima.

O mundo em que vivemos é denso de luzes, de sombras. Ninguém pode evitar viver fechando-se numa bolha em que nada fere. Leia os livros que ameaçam toda certeza. É uma ordem. Ouça músicas que façam com que você perca o equilíbrio. Olhe para quadros que despertam demônios dentro de ti. Observe o mundo como uma extensão de fogo. Abrace-o. Com todos os seus perigos. Só assim você estará viva.

A *roiô* fica de cara feia. Depois me diz, com um tom sério, inesperado. "Há décadas, já não tenho esses cabelos *malaas* dos quais você sempre fala, filha. Queimaram-se todos na dor."

Você e seu *âbo* ainda estão rindo, Soraya. Por sua vez, entre eu e minha mãe, desceu um silêncio triste e envergonhado.

Eu sei do que ela está falando. Do *Djíro*. Que entre os anos de 1970 e 1980 tragara seus cabelos. Os primeiros cabelos brancos, ela começou a cobrir com henna. Uma henna de marca ruim, saudável só na aparência, mas na verdade cheia de chumbo, letal para um couro cabeludo

---

18 Em italiano, mais próximo a como ocorre nos EUA, não se diz "pessoas negras", mas "pessoas pretas"; assim como adotado pelo *Black Movement*, na Itália fala-se "*neri*", pretos. Aqui, a autora faz uma referência ao tabu de falar de pessoas como pretas, ou, em italiano, "negre".

delicado como o dela. E depois os tufos na pia. Alaranjados, pois a henna havia oxidado. E depois aquele cabelo com falhas como o de uma bruxa da floresta. Nunca lhe perguntei se havia arrancado os cabelos com mordidas. Ou se teve algum problema na tireoide. Ou se foi a menopausa que, como um trator, tornou ralos os pelos da cabeça. Ou se o véu de um material sintético, e não o de boa qualidade com que é feito agora, não de algodão, foi o que lhe provocou tanta condensação na cabeça. Não lhe perguntei como foi que perdeu os cabelos. Só lhe pedi desculpas.

E depois lhe disse: "Mesmo assim, com falhas, seus cabelos parecem explodir cheios de você".

"Se eu soubesse escrever, escreveria sobre a loucura que toma todos vocês quando se trata dos seus cabelos..." A *roiô* ri.

"Não é loucura", digo-lhe. "É geopolítica." Isso foi algo que aprendi lendo uma escritora portuguesa nascida em Luanda: Djaimilia Pereira de Almeida. Nossa cabeça é geopolítica. É o norte que colide com o sul. E sangra.

"Se eu soubesse escrever, escreveria isso", a *roiô* diz. E sorri. Pisando de mansinho.

Isolei-me na cozinha, longe de seu pai e de minha mãe, que estão na sala de estar assistindo a *eda'ad* e ao jornal, no canal somali SNTV. Estou com o celular do seu *âbo* nas minhas mãos, você ainda dançando lá dentro. Com seu blusão, com seu focinho de felina.

"Vai, deixa eu ver esses cabelos, Soraya." Preciso insistir um pouco para convencê-la a baixar o capuz que a protege. Depois, devagarzinho você o abaixa, abaixa com ele também o medo de ser julgada. E não vejo uma extensão de tufos pretos, amarelos e alaranjados. Olho-a como um médico olha para uma ferida.

"Você deveria raspá-los, fazer um *big chop* e depois deixá-los crescer naturalmente. Eles ganhariam em saúde."

Por um tempo, você não me diz nada. Quase tenho medo de tê-la ofendido. Depois, você me encara de novo. Enquanto conversa comigo, tecla algo no computador para alguém. Está num chat. Os olhos estão concentrados, ficam pequenos como os olhos de um gato que viu sua presa. Depois, do nada, olha para mim e diz: "Vou fazer isso, *edo*. Você tem razão. Preciso fazer logo um *big chop*. Raspar tudo e começar de novo".

Quando você olha para mim, parece-me por um momento que estou vendo minha mãe quando pequena. O mesmo rosto decidido que ela tem agora. Apenas mais liso. Com menos experiência. No momento em que você desvia sua atenção do chat, percebo o quanto você e sua *ayeyo* são parecidas sem se parecerem nem um pouco. Não têm a mesma testa, nem as bochechas, nem a boca carnuda ou os mesmos cabelos. Se parecem mais no gestual. Na fome de vida. É na timidez escondida pelo descaramento que as vejo tão parecidas. Vocês são meigas e às vezes um pouco bruxas. E têm uma risada alta. Masculina. Um tom de voz que vai para baixo, para abismos marítimos. E nada.

Vendo você, seu jeito elétrico de estar no mundo, imagino ela, minha *roiô*, quando era muito jovem.

Não tenho fotos dela tão jovem. Exceto uma. Mas é uma foto duvidosa. Não é possível reconhecê-la. "Eu sou essa aqui!" Essa é sua reação ao ver aquela jovem mulher com um *garbasar* leve e as bochechas redondas enquanto mostra uns sapatos de couro para outra mulher, loira, alta, magra, quase um clone da atriz italiana Mariangela Melato.

Uma mulher branca e uma garota negra. Uma mulher da burguesia milanesa e uma garota com um passado recente, de pastora. A foto foi encontrada por Abdul numa página da internet. Foi feita na Feira do Comércio de Milão de 1956, evento no qual a *roiô* participou com a delegação somali. Foi ainda durante os anos da administração fiduciária italiana, e lá eles estavam representando a Somália nos estandes, com seus *hidaha iyo dhaqanka*, seu folclore e suas tradições.

Na época, a *roiô* já trabalhava, era telefonista, e foi selecionada para aquela viagem. Uma viagem rocambolesca.

No Cairo, junto com umas companheiras de viagem, atrasou-se passeando pela cidade e perdeu o navio que deveria trazê-la à Itália. Naquela época, a nação somali, que ainda não era independente, interveio pagando uma passagem, dessa vez de avião, para o pequeno grupo de atrasadas. Daquela viagem, a *roiô* lembra-se somente dos dromedários que estavam carregando num navio que ia em direção ao golfo Pérsico e que choravam. Ela ficou a viagem inteira com um espinho no coração. As lágrimas daqueles dromedários, magros, sem comida, sozinhos, atingiam seu ventre.

Daquela sua primeira vez na Itália, a *roiô* conta sobre as conversas com as amigas, os trens bufantes, os espaguetes. E também que prepararam o chá para o presidente italiano da época, Giovanni Gronchi. "Ele usava óculos com armação preta e tinha olhos que não se fixavam." Não se lembra de Milão. Assim como não se lembra daquela foto. Perguntou-nos mil vezes se a garota da foto é realmente ela. "Vocês têm certeza de que sou eu?" A mesma testa, os olhos não se veem, olham para baixo, em direção aos sapatos. Ombro a ombro com aquela senhora milanesa que parece tanto com Mariangela Melato. Seus gestos poderiam ser os da minha mãe. "Não, *roiô*, não tenho certeza de que seja você." E depois de um momento: "Sim, é você, não resta dúvida".

Quero crer que a mulher daquela foto é ela. Quero me iludir de ter uma foto de minha mãe quando era bastante jovem. Aliás, não estou me iludindo: tenho certeza.

Enquanto falo com você, Soraya, percebo que a verdadeira foto da sua *ayeyo*, minha *roiô*, quando muito jovem, é você. Não é que eu deseje que vocês se pareçam. Você não se parece nada com ela. Mas é que em seus gestos encontro sua mesma alegria de estar no mundo.

E o mesmo assombro.

Interlúdio decolonial

É verão. Um desses novos verões tropicais, tórridos e insuportáveis que Roma adquiriu com as mudanças climáticas enlouquecidas do mundo. Estou com seu irmão Sueyb e seu primo Mohamed, que já são dois garotões de dezenove e vinte e um anos, estamos na escadaria que leva até o Museo delle Cività no bairro EUR, que foi construído por Benito Mussolini para a Exposição Universal de 1942. Exposição que nunca foi realizada devido à Segunda Guerra Mundial: o último conflito que essa nação viveu em sua pele.

Conosco, nessa escadaria, está também o tio Abdul, com seu eterno bom humor e suas piadas. Parecemos hóspedes de uma colônia de férias. De fato, os três estão de férias: um dia em Fregene, outro no Coliseu, o dia seguinte comendo vôngoles e depois, de noite, uma ducha de sorvetes de creme e pistache. No fim, até eu, a romana, me iludo que estou de férias com eles e olho Roma, a minha Roma, como uma turista qualquer. Bem-aventurada sob a luz perfeita dessa cidade. Esquecendo-me, por uma vez, dos seus problemas, que são grandes como as asas das gaivotas que comem, todos os dias, a decomposição da cidade. Brinco como uma garotinha usando uma máscara que não me pertence.

O hall de entrada deste museu me dá medo. Me dá uma leve angústia sua estrutura racional que circunda nossos corpos negros. Uma estrutura de beleza gélida que me surpreende e dobra ao meio. Transpira o fascismo dos arquitetos que a projetaram, mas também o ímpeto que muitos deles tiveram pela modernidade.

Sempre me impressionou a busca pela beleza expressa na arquitetura fascista, toda a maldade atravessada para encontrá-la. E ainda hoje, diante dessas criaturas, sinto como que um desmaio. Porque há tanta harmonia naquelas formas geométricas simples e claras como a lua. E tanta ferocidade. Há autoritarismo e liberdade. Em cada curva e quina esconde-se o diabo, mas também emerge algo de extremamente puro e angelical.

Tudo isso sempre me desestabilizou. E acredito que a inquietaria também, amadíssima.

Não é a primeira vez que atravesso a entrada deste museu, no fundo ainda em construção, ainda para ser costurado, esse espaço feito de alturas, vazios e equívocos. Todas as vezes que atravesso essa entrada, sinto um arrepio.

Seu irmão e seu primo observam como estou absorta, imersa na arquitetura. "Tudo bem com você, *edo*?", perguntam, quase preocupados. Assinto com a cabeça para tranquilizá-los. Como que para dizer: "Sim, garotos, estou bem." Mas não é verdade. *Run maarrá*. Atravessar um passado contraditório, ambíguo, sujo, nunca nos faz sentir bem. E neste museu, numa parte dele, há o nosso passado. Os nossos ancestrais colonizados. A brutalidade à qual tentaram submeter-nos sem jamais conseguir.

Sinto os ancestrais, sinto seus inimigos. Se nos aproximamos às paredes do Museo delle Cività, como em qualquer superfície deste bairro teutônico e cândido que é o EUR, podemos perceber, nitidamente, as botas dos exércitos europeus pisando sobre nossa pele preta. *Uei nagu tutên. Uallárri! Ua nagu tutên.*

Se você entrar no site do museu, verá uma pequena janela surgir de repente, como uma rosa. Está ali para avisar que: "O Museo delle Cività começou um processo de revisão progressiva e radical que colocará em xeque, tentando reescrever, sua história, sua ideologia institucional e seus métodos de pesquisa e pedagogias".

De fato, bastaria colocar um pé para além do limiar para perceber este trabalho incessante e meticuloso. Este trabalho infinito e destemido.

Olho seu irmão, seu tio, seu primo. E explico-lhes que, nas entranhas deste museu tentacular, há muitos percursos distintos. Muitas coleções diferentes. Do folclore às culturas ameríndias da Alta Idade Média. Há pirogas, ícones, rochas e minerais. "Mas nós", digo-o com seriedade, "estamos aqui pelas ex-coleções coloniais. Artefatos que não estão atualmente em exibição".

Não sei se foi seu irmão ou seu primo quem me perguntou: "E o que farão, no futuro, com todas essas coisas? Farão uma exposição?"

Não há uma resposta a essa pergunta. Só um processo a ser cumprido. Um caminho a ser seguido passo após passo. Com suas voltas imprevistas e seus abismos. Mas não sei como explicá-lo. Então, balbucio um pouco um sim e depois um não e um talvez. E me perco.

Na origem, as ex-coleções coloniais do Museo delle Civiltà faziam parte de um museu definido não por acaso como "colonial", um museu de pura propaganda política, aspirado pessoalmente por Benito Mussolini. O fascismo pretendia transformar o povo italiano num povo colonizador, fazer com que os italianos esquecessem o fato de serem mestiços, mediterrâneos, entrecruzados com as ondas, e colocá-los no plano do que então amavam chamar de "império". Construir, portanto, uma brancura que nunca existiu. Centímetro por centímetro. De forma obsessiva.

O museu colonial servia para repetir aos italianos: "Vocês são superiores. São brancos". Levando um povo que por sua natureza é misturado, crioulo, estratificado, ao pedestal dos conquistadores. Invadindo e arrancando a mordidas cúmulos de terra africana aos seus legítimos proprietários. Com covardia e crueldade. A toque de gases venenosos e chacinas.

Temos um encontro com Gaia Delpino e Rosa Anna Di Lella, duas curadoras das coleções do Museo delle Civiltà. Gaia vem ao nosso encontro sob o sol e nos traz as saudações do novo diretor Andrea Viliani, um homem simpático e culto com quem tive longas e profícuas conversas sobre o futuro. Instintivamente, murmuro a fórmula que se usa na Somália quando trazem saudações de outra pessoa: "A paz de Deus esteja com ele". E alguém poderia opor-se a isso porque a fórmula deve ser usada apenas entre muçulmanos, mas eu sempre usei e uso essa expressão com todos os seres viventes. Num abraço ecumênico no planeta que vai além dos confins da existência e do dogma.
Portanto, a paz de Deus esteja com ele. Com amor. E com admiração.
Aquela admiração que sinto por todos os que decidiram transformar as coleções herdadas pelo museu de propaganda colonial no exato oposto: uma plataforma decolonial contemporânea.
Um lugar, uma ideia, uma esperança para interromper a marcha das botas, as invasões forçadas, o sangue, o colonialismo que existiu e que na Itália nunca foi realmente discutido. Para deter o mal criando uma ponte entre as duas margens, Europa e África. Não escondendo o passado, mas mostrando-o, com as lentes da inteligência e do coração. Para converter o que no passado era dor num museu de artefatos, que eram tóxicos, em instrumentos para superá-lo. Para tentar trazer para a luz aquilo que há muito tempo ficou na escuridão. O *Djíro*.

A primeira vez que visitei os artefatos coloniais mantidos no Museo delle Civiltã, especialmente aqueles ligados à Somália, senti uma dor quase física.

Lembro-me nitidamente da pele de um leopardo. Ainda fresca, impressa com os sinais da morte e da vida que havia acabado de fugir dali. Havia sido trabalhada por uma casa de moda do norte da Itália, de Torino, acho, para fazer um casaco de pele para a noite, um luxuoso vício para ser ostentado em coquetéis. Um pouco de champanhe e talvez um beijo. Nada além disso.

Eis a potente missão deste lugar: mostrar a dor, o *Djïro*, os objetos tão impregnados de maldade. Não é só a pele de um leopardo morto, porque por trás também há a viagem daquela pele que trouxe a África para a Itália, para o Piemonte, o trabalho pelo qual passou numa alfaiataria de luxo, entre as mãos atentas a não errar as costuras, o cheiro acre de quem depois a comprou para uma esposa ou amante, a cumplicidade de não se interrogar sobre a história daquilo que alguém estava vestindo, a admiração pelo poder que aquele artefato exalava. Um poder de submissão e humilhação. Um tapa no humano e no não humano. À nossa África e à sua dignidade. E a um leopardo que queria só correr livremente na savana.

O *Djïro* ainda grita em cada artefato. Ao observar os objetos fechados nos depósitos do museu, entendo como o mal que nos foi infligido veio de longe. Como a nossa queda, a nossa entrada numa guerra no final do século xx, está intimamente ligada ao assalto colonial sofrido muito tempo antes pelos corpos, pelos costumes, pelas paisagens e pelos antepassados. Há muito tempo estávamos doentes. Há tempo demais. O colonialismo nos infectou. Fez com que o *Djïro* entrasse em circulação no nosso sangue.

Haverá algum remédio para nós? Conseguiremos sarar, minha sobrinha?

Enquanto subimos as escadas, percebo que não preparei ninguém para esse passeio. Nem seu irmão nem seu primo, muito menos seu tio. Não os avisei sobre o sofrimento. Sobre a raiva que poderia tomar conta deles. Não disse nada a respeito dos depósitos cheios de paramentos sagrados, couros, quadros orientalistas, fotografias, documentos, acessórios, estátuas, tefe e lentilhas. Não tive coragem de dizer a ninguém sobre os três grandes sacos, como os do Papai Noel dos filmes, com feijão-de-corda vindo da Somália. "Roubaram até o nosso feijão", queria ter dito. Mas não disse nada.

Vejo-os subindo as escadas. Inconscientes. Prestes a enfrentarem a história. Enquanto o *Djíro* agarra meu estômago com uma mordida.

Da minha boca não saiu nenhuma palavra, nem mesmo sobre os moldes. Moldes faciais de gesso policromado que o antropólogo Lidio Cipriani, um dos tantos signatários do Manifesto da Raça, um fascista de primeira ordem, realizou para catalogar as populações africanas.

Uma prática violenta que podia levar à morte porque era feita friamente em pessoas vivas, expondo-as ao risco de sufocamento. E o infeliz ou a infeliz falando num suspiro, como George Floyd: "Não consigo respirar".

As vidas dos negros, com as mesmas injustiças, se perseguem e se perpetuam ao longo dos séculos. Pergunto-me quando é que isso vai acabar. O quanto, ainda, teremos que esperar pelo progresso de quem nos odeia, como disse James Baldwin.

Explicaram-me que este é um lugar em transformação contínua, dinâmico. Os primeiros passos serão a base para as próximas novidades, inserções, refletindo uma forma coletiva até com os usuários externos ao museu, em especial no que diz respeito aos objetos sensíveis.

Esta carta também está em perene devir, uma base sobre a qual começar a refletir sobre nós. Como família. Como diáspora. Para nos curarmos. Do *Djïro* que dança dentro de nós. Eu curo você e com você, ao escrever para você, curo a mim mesma. Curo meus olhos. Curo minha cabeça. Curo meu peito. Curo a *roiô*. E a *roiô* cura a mim. E juntas nós curamos você. Que cura o seu pai. Que curo o nosso outro irmão. Que cura a sua esposa. Que cura o seu filho. Numa cadeia perpétua.

O Museo delle Civiltà do EUR, no fundo, segue o mesmo princípio. É um remédio. Do mal praticado aos outros e a si mesmo, porque colonizar o próximo nos transforma num monstro. Disseram-me também que há muitos italianos que trazem para o museu as relíquias de guerra de algum avô, tio, pai que esteve na Etiópia, Somália, Eritreia ou Líbia. Cimitarras de metal, pequenas adagas incrustadas com fórmulas mágicas, fotografias de chacinas ou de bordéis, objetos cotidianos, diários. Objetos devolvidos para encontrar paz, para pedir perdão pelo que seus avós, tios, pais fizeram na África.

Pedem desculpa pelos estupros e pelas torturas. Pelos enforcamentos e pelos despejos. Pedem desculpa por ter negado escolarização aos nossos pais. Uma forma para expiar uma culpa que se tornou coletiva pelas décadas de *omertà*[19] e silêncio que se seguiram aos anos do fascismo. No pós-guerra, decidiu-se não se falar mais daquelas atrocidades. Por isso, uma camada densa e impenetrável recaiu sobre o colonialismo italiano, que teve início muito antes do fascismo. Camada que perdura até hoje.

---

19 "*Omertà*" é uma palavra italiana incorporada em outras línguas, em geral indicando uma forma de solidariedade entre mafiosos pela qual se mantém silêncio sobre um delito ou suas circunstâncias de modo a obstruir a investigação, a busca e a punição do(s) criminoso(s).

Hoje, as experiências começam a emergir numa gagueira sonora. Em alguns momentos gritante. É preciso lembrar. Lembrar-se de tudo. Até o mínimo detalhe mais sórdido. É necessário. É o caminho da cura.

Gaia abriu para nós um depósito cheio de vida. Entramos. Cada um procura um canto para apoiar o próprio corpo volumoso em meio à tanta antiguidade. Com medo de colocar o pé no lugar errado. Causar algum dano. Quebrar alguma coisa. Nos movemos circunspectos. Nossos passos são de fada. Leves. Aéreos.

Atrás de nós, há uma mulher dentro de um quadro que nos observa. Seu olhar é aguçado. Pungente. Penetra até nossos ossos. Nos viramos. E a vemos por inteira. É uma mulher somali. Com seu belo vestido branco, os cabelos presos em dois coques e cobertos por um lenço indiano. Está vestindo um *guntino*, a roupa tradicional somali que se usava antes da guerra, já lhe falei dela, aquela que deixa um ombro descoberto como as amazonas. No pescoço, uma *muriad* de ouro, a joia de uma matrona. Por fim, um pano listrado, um tecido *banaadir*, que a envolve feito uma imperatriz.

É um quadro de Milo Corso Malverna, pintor nascido em Turim cujo trabalho centra-se sobretudo nas populações da Líbia e da Somália, ambas na época colônias italianas. Hoje, um pintor como ele seria considerado um orientalista. E provavelmente o era, com aquelas figuras imersas numa nuvem onírica. Nuvem colonial de expectativas e desejos molestos de um macho branco.

Mas os quadros de Malverna também colhem um dado de realidade. A força jamais submissa dos indivíduos que são objetos do seu olhar. Como aquela mulher que eu, seu irmão, seu primo e seu tio observamos com admiração. Essa mulher parece já pronta, apesar do vestido elegante, para uma nova batalha. Aqueles olhos que encaram o pintor com certo escárnio. Seu olhar não é o de uma mulher submissa. Era o seu país que estava sendo colonizado, não ela.

Na parte superior do quadro, há o título: *Donna haber ghedir*. *Haber ghedir*, como a *roiô*. Aquela mulher do passado e sua *ayeyo* compartilham o mesmo clã. E as mesmas ancestrais. Mohamed tira uma foto. Eu, em vez disso, desvio o olhar e perco-me num *Djïro* que me dá uma piscadela do canto direito da sala.

Ao lado da pintura da mulher *ghedir* de Milo Corso Malverna, há um outro quadro com as mesmas dimensões. Ali também é retratada uma mulher. Porém, desta vez, é como um tapa na cara. Está agachada, nua, indefesa, os cabelos ao vento, cachos rebeldes expostos. Nenhuma joia. Nenhum vestido branco. Nenhuma *muriad* de ouro brilhante. Nenhum lenço indiano. Os olhos parecem os de um antílope assustado, com um leve resíduo de luz que deixa intuir uma personalidade forte aniquilada há muito tempo pelas circunstâncias, pelos invasores.

Olhando-a, lembro-me dos relatos da *roiô* sobre as *kurkurei* do bairro Shangani, mulheres casadas que completavam o magro ganha-pão da família com serviços sexuais remunerados para os estrangeiros enviados pelas Nações Unidas para dar-lhes aulas de democracia.

Vi tantas fotos, quadros, rascunhos de mulheres que durante o colonialismo, e também depois dele, tiveram de mostrar o corpo, de forma mais ou menos forçada, para o invasor branco. Digo sempre que trabalhar nesse setor da história, com o colonial, significa trabalhar com material pornográfico, na maior parte das vezes perturbador. Na minha cabeça, o corpo daquela mulher sobrepõe-se à dor e à humilhação de mil outras mulheres que vislumbrei nos arquivos, nos livros e nas fotos antigas que encontrei durante minhas imersões nas feiras de antiguidade. Pergunto-me se é a mesma mulher retratada por Malverna, orgulhosa e vestida de forma tão refinada. Se o pintor é sempre ele. Não sei. Não tenho coragem de perguntar.

Depois, minha atenção é tomada por um pequeno objeto, um pente que uma garota está passando nos cabelos. É um pente de madeira, um *afro comb* para desembaraçar os cachos. Mas não é um daqueles de plástico que se encontram hoje em dia. É um pente de madeira trabalhado nos mínimos detalhes. Vejo a marchetaria que o artesão esculpiu com cuidado. E pela garganta sobe um grito que eu reprimo. Depois aponto para o quadro. Quero chamar a atenção de todos para aquele detalhe. Aquele pente que abre portas que eu não imaginava que existissem.

Faço uma viagem no tempo. De repente, vejo-me pequena e com a *roiô* de pé, atrás de mim, ela está me penteando. Sou uma garotinha, minha mãe, uma mulher jovem. Estamos na pensão em Balduina na qual vivíamos eu, ela e o *âbo*. Juntos, apertados. A *roiô* afunda o pente de madeira nos meus cabelos afro. Tenta desembaraçar aquela ovelha macia que tenho na cabeça. Divide minha cabeleira em mechas que nunca mais tive na vida adulta, porque sempre cortei tudo, e depois começa a trançar finalmente um cacho com seu vizinho. O resultado é um monte de trancinhas pequenas e finas. Estou com o pente nas mãos. Acaricio suas bordas. E aprecio essa beleza que sem perceber durará por pouco.

Hoje, na Somália, já não existem esses pentes. Os artesãos se dispersaram pelo mundo. E a guerra engoliu os antigos conhecimentos. O que as mãos dos somalis sabiam produzir, desde joias de ouro do Afarirdood até os *gember* de madeira vendidos à beira mar, tudo se evaporou. Agora a Somália está cheia de plástico *made in China*, *made in Europe*. Plástico estrangeiro que sufoca as árvores e polui os rios. Plástico que não deixa viver.

Olho para o pente com uma consternação crescente. O *Djíro* é isso, Soraya. Um pente que não sabemos mais usar, construir, inventar. Uma parte de nós, dos conhecimentos dos nossos ancestrais, que não conseguimos salvar da fúria que nos atropelou.

Este museu tão abarrotado de artefatos coloniais, de objetos roubados, até de feijões subtraídos do Chifre da África, com seus quadros, seus couros, as paramentações sagradas e os infinitos artigos, pode ser, paradoxalmente, uma salvação. Para nós. Para mim. Para acalmar a fúria dolorida dos ancestrais. Até mesmo nos materiais mais sensíveis, difíceis de manusear, ofensivos e doloridos, pode esconder-se uma esperança inesperada. Ao concentrar o olhar num pente de madeira, decorado, feito à mão, o próprio quadro de uma mulher negra, nua, submissa, muda. Há naquele pente um ensinamento a ser transmitido aos artesãos de hoje, que já não fabricam mais objetos daquele tipo porque, com a guerra, perdeu-se também a memória de como as coisas eram feitas.

Olhar aquele pente poderia levar alguém a restaurar a comunicação entre passado e presente, interrompida pela guerra. Até mesmo você poderia ser quem faz isso, querida sobrinha. Você, que tem uma grande veia artística. Poderia recriar o nosso passado. Para trazer de volta a memória para o lugar de onde foi expulsa.

Memória. Você explodiu numa mina terrestre. Foi fuzilada pelos pelotões de execução sumária e improvisados. Violentada no deserto pelos traficantes de dólares gananciosos. Despedaçada por carros-bomba que explodiram na madrugada por conta das máfias e terrorismos. Foi crivada pelos *fuzis* nas batalhas. E agora encontra-se esfolada num campo de refugiados apinhado. Por fim, insultada nas ruas de um Ocidente que não a conhece nem quer conhecê-la. Enquanto isso, vai evaporando. Fora. Distante. Das mentes. Dos corações. Das costas que a sustentavam, audaciosas e inconscientes. Recuperá-la do abismo em que caiu talvez seja a única coisa que podemos realmente fazer se quisermos de fato curar. Se quisermos que o *Djïro*, mais cedo ou mais tarde, nos deixe em paz.

Neste museu, nas suas entranhas escondidas, há a memória que nos tornará completos. Pode parecer uma contradição, mas podemos procurar nossa memória perdida nos arquivos dos colonizadores. Para viver. Agarrando-nos aos relatos da família. Aos relatos da *roiô*, por exemplo. Da mamãe Halima. Da Zahra. Do seu pai Mohamed. E nos entalhes de um pente que só nos pede para renascer.

E essa carta, começada mil vezes, mil vezes rasgada, também é a memória que se faz carne. Para você, Soraya.

Su'aalo
Perguntas

Quando eu era pequena, sonhava em ser um dia bailarina de sapateado. Amava loucamente o barulho rítmico que os sapatos de dança, brilhantes e arrogantes, emitiam ao bater no chão seguindo as melodias modernas. Um equilíbrio de salto, ponta, salto, ponta que colocava em ação os suportes de metal sob a sola e deixavam tudo um pouco mágico. Ao contrário dos meus pais, sempre gostei de assistir aos musicais. Em casa, éramos amantes da Hollywood das antigas, da RKO, MGM e Universal Studios. Não perdíamos um filme transmitido na televisão pela mamãe RAI. Nossos preferidos eram aqueles em preto e branco e Cinemascope. E esses filmes com seu esplendor aliviavam o *Djíro* que dançava dentro de nós. Mas se o *thriller*, o *noir*, o romance e as comédias brilhantes com Katharine Hepburn ou Cary Grant tinham conquistado o coração dos meus pais, afagando seus sofrimentos, o mesmo não era possível dizer sobre os musicais. O *âo* e a *roiô* não conseguiam apreciar aquela fórmula que quebrava os esquemas com a dança, o canto, o corpo que tomava conta da cena de forma prepotente.

No entanto, era exatamente isso o que me agradava. Aquele corpo anárquico que na aparência não seguia nenhum roteiro. A ideia de que fosse possível parar de falar para passar ao canto era algo genial para mim. Uma solução a todos os problemas. Uma subversão necessária da realidade. E todas as vezes que na televisão havia um musical, sentava-me diante da tela agitando com fúria os braços e movia ritmados os dedos dos pés.

Meu preferido será sempre Gene Kelly. Via-o como um proletário e ele mesmo dizia isso a respeito de si. Direto.

Sem frescura. Não estava lá para dar uma aula como Fred Astaire, que com sua aristocracia me dava um pouco de medo. Estava lá para dar alegria e pronto. Gene Kelly fazia com que tudo fosse fácil. E olhando-o parecia, até mesmo para você que não era ninguém e batia as solas dos pés no chão com pouca graça, que poderia voar como ele acima das nuvens de todo o universo. Gene Kelly era um homem completo do mundo do espetáculo. Bailarino, ator, acrobata, diretor. E eu sonhava tornar-me como ele. Queria voar para longe dos meus problemas ao som de música.

Nunca me tornei uma bailarina, nem de sapateado nem de outra coisa. Não me tornei Gene Kelly. Mas de alguma forma tentei. Na Somália. Em Roma, eu nunca dançava dentro de casa. Tinha medo de provocar a reclamação dos vizinhos chatos. Problemas. Atordoamentos. E, portanto, eu me limitava a mover os dedos, as escápulas, e de vez em quando, se realmente quisesse ousar, rodava a planta do pé direito com certa volúpia. Mas nas casas pobres onde eu e meus pais vivíamos não havia espaço para ser Gene Kelly. Não podia pular num poste, divertir-me nas poças d'água, brincar com um guarda-chuva, pular como um furão da calçada para a rua. Enfim, dançar sob a chuva não me era permitido.

I'm singin' in the rain,
just singin' in the rain.[20]

O espaço era exíguo e uma família negra tinha sempre de estar atenta. Bastava um nada para nos apontar como lixo. Insultos. Assédios. Acontecia com frequência, Soraya.

Na Somália, ao contrário, percebi isso durante a primeira viagem que fiz naquele país dos antepassados, não faltava espaço. Eu não imaginava que a *roiô* e o *âbo* tives-

---

20 "Estou cantando na chuva,/ apenas cantando na chuva."

sem uma casa tão grande. Até mesmo com um jardim. Mais do que um jardim, uma floresta. Claro, a casa precisava de uma bela reforma. Era uma fazenda abandonada. Mas ao menos existia, ao contrário da maior parte dos bens da nossa família, que foram todos confiscados ou perderam-se nas brumas da ditadura. Aquela casa sobrevivente foi um sinal para mim, uma garotinha que voltava ao país de origem durante as férias escolares, de que sua vida antes do meu nascimento não havia sido apenas complexa, mas economicamente muito diferente das limitações que nos sufocavam naquele momento.

No começo, minha aproximação com a Somália foi algo entre o cômico e o trágico. Não estava acostumada à natureza exuberante. Aos insetos de várias formas que saíam por todos os cantos. Aos pássaros que os enxotavam. Às fuinhas à espreita que miravam as galinhas com ferocidade, aos gatos que naquela paisagem tornavam-se pequenos leões prontos para a caça, aos babuínos que se emboscavam entre as árvores mostrando a bunda vermelha cor de fogo com irreverência. Toda a natureza que tinha visto nos documentários apresentados por Piero Angela agora estava ao meu redor. E o meu coração estava numa exaltação perene. Tudo era muito bonito, mas também me dava muito medo. Tudo tão diferente daquela zona norte de Roma que eu frequentava quando criança.

E depois meu corpo tinha uma relação diferente com o espaço. Em Roma, meu corpo de criança estava acostumado a se mover entre poucos metros quadrados de sobrevivência. Não podia me dar ao luxo de ser uma garotinha bagunceira. Tinha o dever de fazer com que o espaço que eu habitava fosse profícuo, fazer com que fosse minha base para lançar-me em direção a um mundo melhor. Ao contrário, na Somália, aquele corpo curvado pelos tetos baixos e pelas paredes estreitas das pensões e das casas improvisadas foi repentinamente catapultado ao infinito. E a primeira coisa que eu fiz foi tornar-me Gene Kelly.

Moses supposes his toeses are roses,
but Moses supposes erroneously.

Eu cantava assim naquela época. Errando a pronúncia daquela língua inglesa que teria aprendido só na minha adolescência, mas eu mantinha o ritmo com que Gene Kelly e Donald O' Connor equilibravam os pés e as úvulas no filme *Singin' in the Rain*. Eram atores experientes, profissionais, haviam amadurecido nos espetáculos de fronteira, no teatro de vaudeville, e depois na Broadway. Carregavam o sentido do palco, do tempo e do espaço. Pulavam como gafanhotos em mesas de papel machê, jorrando carisma e felicidade. Pareciam anjos. Nos fundos da casa de Mogadício, entre a mangueira e o limoeiro, com os babuínos que gargalhavam nas árvores e um falcão que, lá do alto, avaliava se eu era uma presa ou só uma garotinha boba, eu tentava imitá-los.

Ninguém havia me ensinado como dançar sapateado. Mas Gene Kelly era um bom professor. Dava ritmo ao meu corpo macio, conferindo-me a mesma liberdade que até aquele momento me faltara. E eu dançava, dançava, dançava. Dava à minha dança todo o espaço em que nunca havia vivido.

Até hoje, quando me movimento, em Roma ou em outros lugares, sinto que a maior herança que Mogadício me deixou foi a consciência de ocupar um espaço no mundo. Um espaço meu, todo meu. No qual posso existir.

E não importa que eu nunca tenha me tornado como Gene Kelly. O que importa é que eu tentei. A questão é sempre a viagem que fazemos para agarrar um sonho, minha querida. Pode ser que o sonho desvaneça entre os dedos, mas no caminho abrem-se estradas inesperadas, outros sonhos. São nossas tentativas de viver e de nos afastarmos do *Djíro*. Cada vez mais.

Na Somália, porém, o espaço me foi retirado pela escola e pelo consulado. Só fiz o sexto ano do fundamental, na metade da década de 1980, quando vivi em Mogadício por um ano e meio com a mamãe Halima e com Zahra. A liberdade infinita que eu experimentava com a turma somali do bairro, trepando nas árvores, correndo até ficar sem ar perseguindo pássaros que davam rasantes ou bolas feitas de papelão, havia ficado de fora do regimento escolar. Veja bem, Soraya, não estou dizendo que era ruim ir à escola. Pelo contrário. Eu gostava muito da minha escola fundamental em Roma, a Cesare Nobili no bairro Balduina. Claro, de vez em quando havia algum problema, e havia sempre algum colega da turma prepotente ou valentão que me lançava xingamentos racistas com a letra P.[21] Mas eu gostava de entrar nas adições e histórias de Italo Calvino que a professora com os cabelos cândidos lia para nós. Sobretudo, eu adorava as redações. Descrevia o mundo. E, especialmente, contava aos colegas e às colegas de turma as histórias da Somália e da diáspora. Descrevia os exorcismos e as festas cheias de joias às quais eu havia assistido. E como Xerazade nas *Mil e uma noites*, eu tecia uma teia narrativa que deixava todos os meus pequenos

---

21 No original é "*lettera N*", como em inglês. Para se aprofundar nessa questão, ver *Memórias da plantação*, de Grada Kilomba (Cobogó, 2019): "*Black* em inglês é um termo que deriva do movimento de consciencialização, para se distanciar radicalmente das terminologias coloniais correntes até os anos 1960 como *the Negro* ou *N-word*. (...) Esse termo é traduzido para a língua portuguesa por *p. (preta/o)*, que é historicamente o mais comum e violento termo de insulto dirigido a uma pessoa. Tragicamente, na língua portuguesa, o termo *p.* é usado arbitrariamente no dia a dia: ora como insulto direto, ora como forma indireta de inferiorização e objetificação" (pp. 16-18).

companheiros fascinados. Eu sabia costurar como minha mãe. Não tecidos, mas sim letras do alfabeto.

Ou seja, eu gostava muito da escola. Mas a escola na qual estudei na Somália, a escola italiana do consulado italiano, era completamente diferente de tudo aquilo que havia vivido antes e iria viver depois. Era uma escola frequentada por filhos de pessoas ligadas à Itália de diversas maneiras. E, ainda que ninguém dissesse isso abertamente, quem quisesse ser reconhecido como membro efetivo daquela comunidade era obrigado a assumir uma certa postura ereta. Em segundo lugar, cabe dizer que eu não tinha muita coisa em comum com meus colegas de turma. Brincavam de ser senhores, ainda que nem todos fossem, mas seus pais faziam, de toda forma, parte de uma elite restrita de residentes estrangeiros em Mogadício com trabalhos muito bem pagos e um câmbio que os favorecia devido à inflação dos xelins somalis. Então, todos tinham empregada doméstica, governanta, motorista e cozinheiro. E isso fazia deles pequenos barões e condessas. Congregavam-se na Casa d'Italia, um clube exclusivo dos italianos residentes, italianos muito diferentes daqueles que eu conhecia na Itália. E viviam uma vida em Mogadício completamente estrangeira, feita de prédios brancos, rituais da alta burguesia, aperitivos e fofocas da comunidade.

De vez em quando, cruzava com alguns deles nas projeções dos filmes organizadas às quintas-feiras pelo Instituto Italiano de Cultura. Minha prima Zahra não perdia nenhum filme. Foi lá que assisti pela primeira vez a um filme dos Irmãos Taviani, também vi lá Massimo Ranieri representando Salvo D'Acquisto, o policial militar *partigiano*.[22] E se os encontrasse naquelas projeções de quin-

---

22 O termo italiano *"partigiano"* equivale ao francês *"partisan"* e se refere aos membros da Resistência Italiana que combateram o fascismo na Itália durante a Segunda Guerra Mundial.

ta-feira, cumprimentava-os com frieza. Como se fossem desconhecidos. Talvez porque, apesar das cinco horas passadas com eles todos os dias, excluindo os feriados, eu os conhecia pouco. Talvez aquela eu, aquela garotinha da época, estava mais interessada em rolar na areia com a turma somali do bairro do que com aqueles italianos que pareciam tão diferentes até mesmo dos coetâneos romanos, gritalhões e amigáveis, aos quais estava acostumada.

Daquela escola lembro apenas dos cabelos pretos e brilhantes da professora de italiano, Luisa Leoni, cuja filha Cristina Ali Farah se tornaria não apenas minha colega na universidade, mas também uma das escritoras mais intensas que conheço em língua italiana. Lembro-me das suas aulas maravilhosas, o chão sempre muito limpo na sala de aula, os presentes que o consulado italiano nos dava durante as festas e a preparação escrupulosa à qual éramos submetidos pelos docentes, graças a qual vivi por muitos anos sem estudar muito a mais. Naquela escola, tudo brilhava. Os laboratórios de ciências, os gessos que usávamos pareciam não gastar nunca, as salas de aula e as carteiras de uma cor verde que nos cegava. Parecia-me bonita como a Villa d'Este.[23] Mas era distante demais de mim, uma garotinha negra, somali, com antepassados colonizados.

Pode parecer estranho, mas a escola que frequentei na Itália nunca me fez sentir estrangeira, ainda que fosse a única negra na sala de aula e às vezes até na escola toda. Eu percebia a tentativa dos outros de ver o mundo como eu o via. Faziam esse esforço. Assim como eu fazia com os passos de sapateado de Gene Kelly. Sempre frequentei escolas da periferia, exceto em Balduina. Naquelas esco-

---

23 A Villa d'Este é um palácio situado em Tivoli, próximo de Roma, na Itália.

las, as classes sociais e as origens se misturavam. Colegas de carteira sicilianas, dos Abruzos, calabresas. Histórias de emigração, marginalidade, pequenas ascensões sociais, dinheiro conquistado com suor e sacrifícios, carros comprados em prestações, viagens sonhadas e nunca realizadas. Porém, havia quem não aguentasse muito a escola, com pais atrapalhados demais para ajudarem nos estudos ou na vida, com mães que se prostituíam para colocar o almoço e o jantar na mesa. Como A, cuja mãe era dependente de drogas e não parava em pé. E que ele, tão loiro, um Apolo na terra, não conseguiu esconder. Em vez de inventar desculpas, abandonou a escola.

Por sua vez, a escola de Mogadício era diferente. Talvez a única exceção fosse a professora Leoni, que eu adorava. Naquele ambiente, eu sentia-me mais estrangeira do que nunca. Era um pouco como estar numa escola colonial. Claro, eu frequentava aquela escola pelas noções, pela literatura e pela matemática, por Garibaldi e pela deriva dos continentes, mas tinha a sensação, uma sensação palpável até hoje quando fecho os olhos e volto a pensar naquela eu garotinha, que o que contava era o prestígio. Mostrar que, ao frequentar a escola italiana de Mogadício, pertencia-se a um nível superior, imperial. Não se ia lá para estudar, mas para manter alta a reputação da nação. Uma sensação que poucas crianças conheciam. Filhos de italianos sempre viajando, de um ponto a outro do planeta, ou somalis que através daquela escola aspiravam escalar um degrau na hierarquia social.

Entre os poucos que realmente conheciam a nação, a verdadeira, havia eu. Tinha vivido lá até pouco tempo atrás e em breve iria voltar. Por isso, de vez em quando, algum entre os mais corajosos me pedia esclarecimentos. "Então?", perguntavam, ansiosos. E eu começava a contar sobre a Itália. Da forma como eu vivera por lá. Mas nunca acreditavam.

No começo da minha experiência escolar em Mogadício, houve também uma visita do primeiro-ministro italiano Bettino Craxi. Uma visita em que eu, sua *edo* garotinha, tive um papel marginal, mas que representa um nó importante na minha vivência.

Deviam ser os primeiros dias de aula e o que me lembro daquele episódio é basicamente a preparação que envolveu todos os alunos e alunas. Iríamos recebê-lo junto com vários dignitários somalis e os cidadãos italianos residentes na Somália, na Casa d'Italia. Enquanto ele entrava, tínhamos de cantar o hino de *Mameli*, ou melhor, o *Canto dos Italianos*. Não só a primeira parte, aquela que todos os jogadores de futebol sabem murmurar antes de um jogo da seleção com as mãos no peito e a incerteza nos lábios, mas todas as seis estrofes. Eu sempre gostei do verso *"Uniamoci, amiamoci, l'unione e l'amore rivelano ai popoli le vie del Signore"*,[24] que associo um pouco à canção dos Beatles "All you need is love" com uma gota de messianismo gospel.

Quanto tempo irão durar nossos exercícios? Haverá um ensaio geral? Estávamos afinados? Todos estavam cantando? Até os adultos? Enfim, daqueles dias de setembro de 1985 só me lembro de três garotos do liceu científico que seguram a bandeira com solenidade e que, para mim, eu que era somente uma pequena Cassandra confusa que ainda estava no curso fundamental, pareciam uns deuses do Olimpo. Tão altos, esguios, belíssimos.

Aqui, porém, minhas lembranças ficam confusas. Por muitos anos, pensei que eram minhas algumas lembranças que na verdade eram do Abdul. Ele também cantou o hino de Mameli para um primeiro-ministro italiano,

---

[24] "Unamo-nos, amemo-nos, a união e o amor revelam aos povos os caminhos do Senhor."

Amintore Fanfan. Abdul é muito metódico com as suas lembranças. Lembra-se de cada respiração. Na época, ainda havia Siad Barre e ele frequentava a escola fundamental italiana. Lembra que ensaiou por duas semanas. Que suspenderam todas as aulas para abrir espaço apenas para o hino nacional italiano. Que aquela melodia penetrara tão profundamente em seu cérebro que via-se a assobiá-la mesmo sem perceber. Lembra-se das bandeiras tricolores. Lembra-se da roupa azul e branca, das cores da Somália. Lembra-se que, para as crianças mais carentes, e portanto não ele, que na época era filho de um político importante, foram doados uniformes. Lembra-se de quando Fanfani chegou e lhe deu um tapinha afetuoso atrás da cabeça. Por anos, Soraya, achei que aquele tapinha tivesse sido dado pelo Bettino Craxi em mim.

Mais tarde, reconstruí na minha mente, com a ajuda de Zahra, como realmente os fatos se deram em 1985. Chegamos na Casa d'Italia atrasados. Por pouco não nos deixam entrar. Zahra me disse para me portar bem e deixou-me sozinha naquele lugar que me dava medo. Dei alguns passos tímidos adiante. Passo por passo, cheguei até meus colegas que estavam enfileirados feito soldados. Naquele momento, chamaram minha atenção. Então fui colocada no meio dos outros, mas num lugar ao acaso, não naquele que havia sido determinado durante os ensaios. Fiquei muito chateada, mas não demonstrei. Depois nos disseram para fazer silêncio. O primeiro-ministro Bettino Craxi, que iria firmar um acordo de quinhentos e cinquenta bilhões de liras com a Somália (naturalmente isso eu só fiquei sabendo na vida adulta), estava prestes a entrar. Eu não o vi inicialmente. Havia uma cauda de guirlandas, mulheres, homens e no final ele, isto sim eu me lembro nitidamente, com um blazer safari bege. Só então irrompeu nosso hino. Mais do que cantar, gritamos, porém com muito ritmo. Eu estava contente, não me lembro de muitas outras coisas. Além do refresco com docinhos e Coca-Cola que, de tão feliz que estava, quase tomei um banho nela. Esqueci o resto daquela tarde.

Por anos, tive certeza de que o Bettino Craxi tinha me dado um tapinha na nuca. Agora acredito ter roubado, inconscientemente, essa lembrança de Abdul.

Enfim, como meu pai, minha mãe, meus irmãos e minhas irmãs, meus primos e minhas primas, eu também, por um ano, frequentei uma escola colonial. Claro, não o era nos fatos. Nem nas intenções. E além disso, deu-me uma ótima preparação da qual não me esqueço. Mas, nas suas hierarquias, nos seus automatismos, nas suas paredes tão limpas graças ao trabalho dos bedéis somalis, havia algo de errado, de profundamente equivocado, que nunca mais encontrei nas escolas que frequentei na Itália nem antes nem depois daquele parêntese.

Para encurtar a conversa, Soraya, eu poderia afirmar que a escola do consulado que frequentei na Somália era um pouco como o Fred Astaire e sua aristocracia. Por sua vez, tudo que havia do lado de fora daquela escola, a turma com quem eu brincava, as mangueiras, os babuínos, mas também os colegas de Roma, suas risadas, aquelas salas de aula que tinham cheiro de *borgata*[25] e esperança, eram Gene Kelly, sua fantasia, o gênio do homem comum, o proletariado.

Vertigem. A cabeça rodopia. E estou de novo nos anos de 1990. De volta a 1991.

---

25 Bairro periférico nos arredores de uma grande cidade: *borgate romane*. Imagens desses bairros aparecem com frequência tanto na obra poética como cinematográfica de Pier Paolo Pasolini.

Um colega de turma, GB, joga-me palavras desconexas e odiosas. Faz isso com todos. Também comigo. Com toda a força de meu corpo, arremesso contra ele a carteira verde de dois lugares da qual acabo de me levantar. Tocou o sinal. Está começando o recreio. Os alunos voam feito gafanhotos para o quiosque de sanduíches de salmão. Os que eu compro para depois vomitar no banheiro da escola. Na cabeça, tenho as vozes de Wilson Phillips, banda pop feminina, bem refinada, da década de 1990. Duas irmãs e uma amiga, filhas de arte. Uma loira, duas ruivas. Falam dos *Djïro* com vozes de borboleta. Parecem sussurrar no meu ouvido sua canção ritmada. "*Why do you lock yourself up in these chains?*", por que você se tranca nessas correntes, perguntam-me atônitas ao me observar. Eu, distraída pela raiva que despejo sobre GB, não respondo. Jogo a carteira na sua lombar, em direção às costelas. Ele, GB, foge do golpe. Escapa como uma cobra cega. Faz chacota de mim. "Você não tem pontaria", ele diz. E vai embora. Largando-me na sala de aula vazia com toda a minha raiva e o meu *Djïro*.

Não há adultos ao meu redor. Ninguém que possa escrever uma advertência no meu diário de escola ou me abraçar.

Seguro um demônio no peito.

No silêncio, as Wilson Phillips não me abandonam. "*No one can change your life except for you*", ninguém pode mudar sua vida além de você mesma, continuam a sussurrar no meu ouvido. Queria acreditar. Mas tenho cá minhas dúvidas.

Saio da sala de aula, deixando a carteira que arremessei contra o GB desarrumada. Preciso comer pelo menos dois sanduíches. Para depois vomitá-los rapidamente antes que termine o recreio. Só assim vou conseguir aquietar a tempestade que carrego dentro de mim.

Eis como funcionava o meu cérebro naquela época, minha amada sobrinha.

Não sabia a quem perguntar, nem mesmo o *âbo* sabia, o porquê de a *roiô* haver escolhido a guerra, a trincheira, em vez de ficar conosco, com sua família.

Aquela pergunta, *Roiô mahaad Ramar tu tegtey?*, "Mamãe, por que você foi para Mogadício?", foi algo que carreguei comigo por décadas. Uma cicatriz purulenta entre todas daquela época que permaneceram no meu estômago.

Perguntei até mesmo a ela, direta e recentemente: "Por que você partiu, *roiô*?"

Talvez tenha sido você, Soraya, quem me deu coragem para enfrentar esse demônio. Com certeza foi você. Desde que lhe escrevo, fazendo essa ponte entre vocês duas, vejo que eu e ela também estamos nos entendendo. Estamos nos revelando como nunca fizemos antes.

Você nos obriga a falar a língua das rainhas. A sua.

"Por que a Somália naquele momento, *roiô*?", perguntei-lhe. "*Ma ii sheegi kartaa sababta*? Por que você se enfiou numa guerra civil que pairava no ar? Uma guerra civil esperada, óbvia, certa?"

É uma pergunta que lhe fiz há alguns meses, exatamente quando comecei a escrever-lhe esta carta. Antes disso, nunca tive coragem de lhe perguntar nada. Nem quando ela voltou da guerra, nem depois.

Naquele dia, a *roiô* estava cortando suas unhas, o sol pairava alto no céu límpido de Roma e os carros estacionados na rua estavam silenciosos como as pedras de Matera.[26] A *roiô* tinha uma tesourinha nas mãos, uma lixa e um alicate de cabo amarelo. Junto a seus pés, dois frascos de Tranex para deter uma eventual hemorragia com tufos de

---

26 Refere-se a *Sassi di Matera*, hoje corresponde ao centro histórico da cidade homônima, no sul da Itália.

algodão cor de rosa. Você precisa saber que sua *edo* sempre se oferece como voluntária para cortar as unhas da sua *roiô*, mas ela sempre recusa de forma obstinada, com certa veemência, como se fosse uma adolescente. Bufando sempre um pouco tipo o Popeye desenhado pelo quadrinista E.C. Segar. Quando você se torna idoso, cortar as unhas é como nadar dentro de uma cascata: uma operação difícil e obstinada. O corpo fica todo dobrado, encolhido, anquilosado. E você se vê esmagando todos seus órgãos internos, mais preciosos do que as joias, sobre os joelhos pontudos. E todas as vezes, como consequência, o braço oscila. E depois oscila o cotovelo. E no final o pulso. Resultado? Os dedos ficam gelatinosos, dançarinos. E assim corre-se o risco de cortar mal as unhas, enfiando o alicate de cabo amarelo na pele e perder muito sangue. *Uallárri!* Enfim, o perigo de se machucar está à espreita. Em especial para a *roiô*. De fato, todas as vezes que a vejo fazer certos movimentos estranhos ao redor dos pés, com seu alicate comprado aqui embaixo de casa de um senhor grisalho que vem de Zhejiang, sinto uma vertigem.

Sua avó toma um anticoagulante forte, qualquer mínimo corte pode transformar-se numa hemorragia, um problema gigante, um perigo extremo. Precisamos estar muito atentas. Ser vigilantes. Prontas a enfrentar aquele *Djíro* físico que poderia nos fazer sucumbir. Por isso, sempre fico tensa quando ela corta suas unhas. A *roiô* age com superioridade, destemida, como se toda aquela agitação que sinto não dissesse respeito a ela. Ri. E me diz: "Você é exagerada". Ou me corta em somali com um *fuleey*, "medrosa". E eu vislumbro nela um raio de hilaridade insolente que atravessa seus olhos. Gosta de tirar uma onda de mim, minha mãe um pouco filha. No fundo, é uma brincalhona. Gosta de dar risada. Brincar. É um pouco como seu pai Moh. Dá muita risada.

Depois para ela, cortar as unhas dos pés não significa só cortar as unhas dos pés, Soraya. É um desafio estilo O.K. Corral.[27] Quer demonstrar a si mesma que seu corpo ainda não a abandonou. Que os músculos, apesar de já terem puxado o freio de mão, ainda estão na luta. E que os movimentos ainda estão ali com ela, elásticos e vigorosos.

Nesses momentos, a *roiô* se parece com aqueles idosos de Veneza diante da ponte da Academia, aquela ponte de madeira que une o Sestiere de San Marco com o Sestiere de Dorsoduro e que percorri por dois anos quando vivi na cidade da lagoa. Uma ponte que parece uma montanha. Altíssima, inacessível, encantada. Lembro-me dos rostos daqueles idosos de Veneza sempre contraídos. Os lábios tensionados, como dos velocistas dos cem metros na linha de partida. O pé já numa guerra com a cidade. E assim, passo por passo, lentamente, com rigor, aqueles venezianos com muitas luas nas costas sobem a ponte que, quando jovens, percorriam saltando os degraus como loucos, de dois em dois. Mas agora, que falta de ar! Na metade do caminho, onde se sentam todos os turistas estrangeiros e nacionaispara fotografar a basílica da Salute que está situada lascivamente diante do Canal Grande, ainda mais evanescente do que quando foi imobilizada por William Turner com o movimento do seu pincel, eles, os velhos da lagoa, são os únicos que não admiram o panorama. Como bons atletas, estalam as pernas, massageiam as panturrilhas. E depois partem novamente. Precisam enfrentar a descida, que, quando se é idoso, é tão difícil quanto a subida. Só quando alcançam o último degrau, depois de um suspiro de fim de vida, sussurram para si mesmos: "Ainda

---

27 O Tiroteio no O.K. Corral foi uma troca de tiros que durou aproximadamente trinta segundos. É lembrado como um dos tiroteios mais famosos da história do Velho Oeste dos EUA.

estou em forma para cruzar a ponte da Academia, os ossos ainda dão conta, ainda tenho muitos anos pela frente".

O desafio de minha mãe, a sua ponte da Academia, são as unhas. "Ainda sou capaz de cuidar delas sozinha", diz. "Afinal de contas, meus músculos ainda estão funcionando".

Foi o que me disse há alguns meses. Com a única diferença de que, naquele momento, no limiar entre a sacada e a sala, eu a levei de volta ao famoso 1991 e lhe perguntei: "Por que a Somália bem naquele momento, *roiô*? Por que foi se enfiar numa guerra civil que pairava no ar?"

Então, ela se virou na minha direção, deixando de lado o alicate amarelo, as unhas, o tempo, seu desafio pessoal, e falou comigo com uma sinceridade devastadora.

E eu ouvi. Muda.

Olho com preguiça para a tela de plasma da televisão que se mostra bonita entre duas estantes da minha ampla biblioteca na sala. É noite funda. O controle remoto pende entre os meus dedos. A intenção é a de procurar uma série numa das tantas plataformas de *streaming* disponíveis. Quem sabe algo que me faça rir. Estou de olho numa que promete, novíssima, chama-se *Drôle*. Fala de um grupo de jovens comediantes franceses que fazem *stand up* nos subúrbios reluzentes de uma França obstinadamente desigual. Estou prestes a apertar o botão para voar até Paris e dar umas boas risadas. *Uarrán uu baahanahay inaan qoslo manta, Uallárri!* E já me imaginava sentada numa mesinha de um *arrondissement* da Ville Lumière com os protagonistas da série, mordendo com felicidade alguma *tartine* de salmão e tomando uma para curtir a vida. Para mim, rigorosamente sem álcool, *made in Islam*.

Mas acabo tropeçando sem querer num país distante e nas chamas de uma guerra que o catapultou. Tropeço na tela de um canal livre e privado que, desde que começou o conflito, transmite muitos programas que trazem reportagens e aprofundamento sobre a questão. Estão entrevistando um grupo de mães, nascidas naquele país, mas residentes na Itália, que trabalham em sua maioria como cuidadoras nas casas burguesas da bota, da Itália. Seus filhos estão na frente de batalha. Alguns são muito jovens, acabaram de completar dezoito anos. "Nos agrediram", dizem para um apresentador italiano que tem os olhos esbugalhados e a cabeça raspada. "Nossos filhos estão lutando até o martírio." Suas palavras convulsas estão encharcadas de medo, coragem e patriotismo. Olho-as com uma mistura de curiosidade e apreensão. São mulheres simples. Cabelos perfeitamente arrumados, cor castanho claro, saias sóbrias, camisas floridas e alguns brincos de bijuteria não tão vistosos nas orelhas, um lenço, um chapéu. Só os olhos estão ardendo. Como se fossem atravessados por lâminas invisíveis de fogo.

O apresentador italiano está desorientado por aquelas mulheres e seu espírito de batalha. Mas, apesar de se sentir perdido, recolhe suas palavras de guerra com extrema diligência. Entre tantos vocábulos usados também surge "vencer".

De fato, uma delas diz: "Nós também vamos partir, vamos voltar para casa. Queremos estar ao lado dos nossos filhos". "Mas é perigoso! Vocês não podem", comenta o apresentador confuso. "Sim, é perigoso, mas nós vamos *vencer*." Há uma certeza em sua voz. Há quase uma loucura naquele "vamos vencer" dito para a câmera sílaba por sílaba.

VA–MOS VEN–CER.

Diante da tela, eu tremo por elas. Mas tremo também por mim mesma. Parece-me um maldito *déjà-vu*. Já vivi aquela conversa. Recentemente. Com minha mãe. Eu e ela sozinhas, na pequena sacada da nossa casa. Na zona leste de Roma. Alguns meses atrás.

Estávamos em meio às suculentas e aos girassóis recém despontados, em meio ao alecrim e ao manjericão. A *roiô* estava cortando as unhas. E eu só lhe havia perguntado: "Por que a Somália bem naquele momento, *roiô*? Por que você se meteu numa guerra civil que pairava no ar?"

Da mesma forma como aquelas mulheres desconhecidas na televisão, a minha *roiô* também usou a palavra "vencer". Com o mesmo tom seguro. Ousado. Às vezes insensato. Entoando o terror sílaba por sílaba.

"Eu tinha certeza", disse, "que os meus, o meu clã, o meu lado político, o meu *qabil*, os ossos dos meus ancestrais, iriam *vencer* a guerra. Facilmente. Tínhamos tantos armamentos estocados nos depósitos abandonados por Siad Barre. Armamentos soviéticos, estadunidenses e italianos. Kalashnikovs de última geração. Eu não tinha dúvidas, filha, quanto à nossa vitória. Por isso, coloquei dois trapos na mala e subi num Boeing da Somali Airlines sem olhar para trás". Sua resposta veio sem hesitações, à qual acrescentou prontamente: "Eu também queria fazer parte da história. Da glória. Da nossa vitória. Da nação. Pegar minha fatia de botim e de futuro".

Glória? Vitória? Nação? Botim? Futuro? Sério, mãe? Você está falando sério? Era difícil incorporar aquelas palavras delirantes.

"Ninguém nunca vence numa guerra, *roiô*!", gritei então. "Só ganham as armas, o sangue, a morte, o pus, os lobbies, os patrões, os outros. Pessoas como nós sempre perdem. *Uallárri!* Foi você quem me ensinou isso, esqueceu?"

Minhas palavras têm um ritmo retórico e redundante, apesar de serem a pura verdade. São palavras justas, muito justas, que direciono à minha mãe. Mas não sei por que, parecem inúteis. Vazias.

Como a vitória é vazia. A guerra, vazia.

Estou prestes a entrar na segunda adolescência, o tempo do meio do qual falava Dante Alighieri. *So' daalka nolosheyda ayaan ku dheh jira.* "*Nel mezzo del cammin...*", no meio do caminho... No tempo em que, a cada vinte e oito ou trinta dias, apresenta-se o sangue menstrual, violento e monstruoso, saindo em jorros de uma eu mais exausta do que o normal. Todas as vezes sujo o chão, as calcinhas, os lençóis, todas as roupas que visto, a privada, a vida. Meu rosto enche-se de constrangimento. *Eeb*. Vergonha.

Bem ontem, enquanto eu lhe escrevia, a essa altura escrevo-lhe todos os dias, um jorro potente de sangue enlouquecido saiu da minha vagina. Era vermelho cinabre. Esparramou-se logo uma poça sob os meus pés. Parecia uma cena de terror do Stephen King. Então, me levantei de uma vez. Corri logo até o banheiro e com certa fúria enfiei logo dois absorventes entre as pernas, depois voltei para a cozinha, é lá onde eu escrevo, e me armei de um pano molhado com desinfetante. E adiante com a faxina, força nos cotovelos. Queria apagar as provas da minha vergonha. Daquele sangue que já não consigo controlar.

Você está no pico da sua idade fértil desconhecida, minha Soraya, e eu estou numa terra do meio. Assim como quando eu tinha doze ou treze anos, meu corpo está sofrendo mudanças ferozes, inesperadas. Não é ainda uma pré-menopausa confirmada, mas falta pouco. Os sintomas estão todos presentes. Inundo o mundo de vermelho, os hormônios estão caindo, um ovário está quase desaparecendo e, de noite, meu peito é agredido por uma ansiedade que aperta meu pobre coração como com uma pinça. Em alguns meses, farei um controle dos meus níveis hormonais e saberemos tudo, disse a ginecologista. Na espera, de noite, comecei a ouvir o podcast de Omisade Burney-Scott, uma mulher afrodescendente de Durham, Carolina do Norte, EUA, que criou um espaço de relatos, de escuta, de amor, sobre o tema do corpo feminino que se aproxima ao final da própria fertilidade. Omisade descreve esse processo como a transformação da lagarta em borboleta. Somos sempre nós, mas acumulamos vida, experiências, visões. E precisamos encarar essa nova fase da vida não como um final, mas como um novo começo. Uma lua nova que brilha sobre um mundo desconhecido, um mundo que espera para ser iluminado. *The dark side bright of the moon*. Omisade tem uma voz leve, frutada, como se fosse tamarindo. Os cabelos crespos que deixou crescer na cor natural. Óculos verdes que admiro nas mil selfies que ela tira, todas visíveis na sua página de Instagram que eu devoro. *Uallárri*, não consigo me desligar. A essa altura estou super atualizada em relação aos seus looks cômodos e psicodélicos. Gostaria de roubar todas as suas coisas, de tanto que eu gosto de como ela se veste. Omisade não esconde a dificuldade dessa segunda adolescência. É muito sincera. Faz uma lista dos sintomas. Todos. Fala das ondas de calor, os famosos *hot flashes*, que ainda não chegaram aqui e temo um pouco, da irritabilidade, da vagina que fica mais seca do que o normal e deve ser lubrificada como um pneu, da dor nos mamilos e da ansiedade que dá luz ao choro. E depois explica, todas as vezes com uma convidada diferente, até mesmo muito jovens como você, que quer dar a conhecer as várias fases atravessadas pelo corpo da mulher durante a vida, que para as afrodescendentes os sintomas da pré-menopausa/menopausa provavelmente duram mais tempo, porque o estresse de ser um corpo negro, que como tal pode ser atacado pelos chamados corpos brancos, que nos negam qualquer cidadania, pode fazer com que os sintomas piorem. Tudo isso pode levar uma mulher à beira da loucura.

 A menopausa não é um *Djíro*, minha sobrinha. É natureza, é beleza. São as rugas da Anna Magnani, uma atriz italiana que eu gostaria tanto que você conhecesse. Em breve vamos assistir juntas a *Bellissima*, de Luchino Visconti, uma das suas melhores interpretações. Aquelas rugas que a Anna Magnani disse a um fotógrafo para não esconder porque haviam levado anos para serem feitas. Ou, pelo menos, essa bela frase é atribuída a ela.

Mas a menopausa, ou melhor, seus sintomas, podem se transformar num *Djíro* se ao seu redor a sociedade morde e agride. E foi isso o que ocorreu com a *roiô*, a sua *ayeyo*. O delírio de ir até um país em guerra e a ideia absurda de que uma guerra pode ser vencida são pensamentos que nascem também de uma pré-menopausa que ninguém abraçou.

Abril ou maio de 1989, talvez a guerra para minha mãe tenha começado naquele dia. Tinha ido procurar trabalho numa igreja na Giustiniana, zona norte de Roma, perto do *Grande Raccordo Anulare* aonde muitos estrangeiros iam para receber o óbolo. Lá, havia um padre católico, conhecido por dar aos migrantes, mais às mulheres do que aos homens, endereços de casas burguesas onde precisavam de um cuidador ou de uma diarista para trabalhos mais pesados. Minha mãe sempre preferiu trabalhar poucas horas para os *gaal*. Trabalhos pesados, costas quebradas, mas de noite queria estar com a sua família. "Não podia aceitar um trabalho fixo quando você era pequena", sempre disse. "E, mesmo depois, eu não queria ficar trancafiada com estranhos o dia inteiro." Porém, os trabalhos da mamãe duravam um sopro de vento. Chamavam-na pouco, pois não era muito boa faxineira. "Eu tentava, mas realmente não era para mim."

As qualidades da minha *roiô*, de fato, sempre foram outras. Quando, talvez com onze anos, deixou de ser nômade e foi viver em Mogadício, sempre fez pequenos trabalhos de bordado, para depois começar a trabalhar como telefonista. Tudo seguido pelo casamento com meu pai e aquela vida de primeira-dama que só vislumbrei através de poucas fotografias que sobraram, sobrevividas à guerra e à sua negligência. Isso significou para a *roiô* não saber fazer direito as camas no estilo ocidental, não saber dobrar as roupas (seu armário sempre foi uma bagunça, Soraya... Se você visse o caos! Toda semana, preciso colocar as mãos por lá, porque ela joga tudo dentro como se o armário fosse um cesto e as roupas uma bola de basquete), e os vidros, deixa-os sempre opacos. Na Somália, cozinhava bem, é o que ela diz. Eu confio na palavra dela, mas sempre tive minhas dúvidas. Fica muito brava quando lhe digo que seu molho e seu *kalankal* são muito bons, mas o resto da comida que ela prepara não dá. Que eu e ela temos uma alimentação saudável, quinoa, robalo, peito de frango, espaguete ao molho de tomate, mas claro, isso não é uma *haute cuisine*, e que o papai era melhor do que nós duas juntas na hora de cozinhar. "Admita, *roiô*, ele sempre foi melhor na cozinha." O *âbo* era um grande chef.

A minha mãe também não passa roupa por nada no mundo. Não leva jeito nem para isso. Mas nós, na família, não passamos roupas, é algo escrito em nossa constituição familiar. Só o papai passava roupas. Aprendera na época dos ingleses, quando os italianos perderam suas colônias e na Somália era a coroa britânica quem ditava a lei. Passava as camisas melhor do que numa lavanderia. *Uallárri!* A *roiô*, por sua vez, deixava sempre nas camisas, nas saias, alguma dobra ou marca de queimado. Mais de uma saia, daquelas que eu adorava na minha adolescência, acabou queimada pelo método da minha mãe. Devo dizer que sou um pouco melhor do que ela com o ferro de passar (o que não é nada difícil), mas de fato é um eletrodoméstico com o qual não me dou bem. E já que agora se diz que é mais ecológico não passar a roupa... Eba! Aí mesmo é que não passo.

Mas naquele dia, em abril ou maio de 1989, a *roiô* realmente precisava trabalhar. Nosso dinheiro estava acabando, as contas e o aluguel batiam à porta ferozmente. Portanto, ela teria aceitado até passar os uniformes de uma tripulação de marinheiros, se o tivessem oferecido.

Lembro-me que a acompanhei até aquele padre que encontrava trabalho para os migrantes. Ônibus 907, terminal Giustiniana. Zona norte de Roma. Perto do *Raccordo Anulare*. Depois, descia-se em frente à parada, num espaço lunar que parecia muito com o laboratório no qual Truffaut acolhe Richard Dreyfuss no filme de Steven Spielberg *Contatos Imediatos do Terceiro Grau*. Um espaço vazio, alheio, distante. E depois encaminhar-se. Juntas. De bom humor. Em direção à uma linha diagonal. Aquela onde um grupo de pessoas escuras como nós, cabisbaixas como nós, moviam-se com passos rápidos, ansiosos, amedrontados. E vislumbrar a silhueta de uma igreja construída de tijolos à vista, estilo gótico moderno com algo de romântico. Uma igreja feia, desajeitada. Fora do cânone. E enfim, entrar e sentar-se. E depois sofrer. E depois esperar que tudo terminasse rápido.

O padre católico estava lá com suas vestimentas sagradas, com a hóstia diante de si, o cálice com o sangue de Jesus e uma barba generosa como o anão das neves. Nós, os escuros, os imigrantes, na plateia, à espera que tudo terminasse. Rostos muçulmanos e muçulmanos por todas as partes. Alguma caboverdiana, católica devota, em lágrimas, nas primeiras fileiras. E depois a missa, lenta, inexorável, que ocorria ao nosso redor. Parábola após parábola, "eis o cordeiro de Deus que tira o pecado do mundo", "troquem um sinal de paz", "em nome do Pai, do Filho e do Espírito Santo".

Lembro-me que alguém me estendeu a mão, de forma aberta e fraterna. Era uma mão escura como a minha. Colhi no ato, apertei com força. Mas não olhei para quem pertencia. Era uma mão suspensa no ar, que tremia pela chantagem recebida. Eu sentia, e aquela mão também o sentia, que não éramos respeitados. O padre não queria, de fato, nos ajudar. Era uma chantagem. Vocês serão meu público e eu lhes darei os números de telefones que vocês precisam. Sabia bem que toda aquela gente de fato não estava sentada lá para ouvir sua homilia, mas porque precisava trabalhar, precisava de dinheiro, de alguma coisa na qual se agarrar, fazer um bico. Sabia bem que toda aquela gente, como nós, estava desesperada para pagar o aluguel. Não éramos fiéis, não éramos nem cristãos, só gente passando necessidade. Que se dobrava àquela palhaçada porque não tinha outra saída. Obrigar alguém a assistir a um ritual religioso é uma coisa cruel. Além disso, o padre não estava talvez enganando a sua própria fé? A sua própria missão? Não deveria ter oferecido a outra face? Por que aquela chantagem? Por um pouco de vaidade narcísica? Em seguida, durante minha vida, assisti a outras missas. Casamentos, funerais. Missas cristãs que respeitei em suas funções e propósitos. Em todos aqueles casos, ninguém me havia forçado a ir. Também assisti porque queria estar próxima às pessoas que estavam sendo abraçadas por aquela cerimônia.

Até hoje, ainda me lembro da comoção na basílica de Santa Maria del Popolo lotada pelo amigo Alessandro Leogrande, jornalista, artista, pensador, filósofo e ser humano realmente raro neste universo. Uma basílica preenchida dele e do seu profundo cristianismo. Naquele dia, era como se o seu corpo, naquela altura em trânsito para mundos paralelos, reverberasse sua essência nas paredes daquela igreja antiga, uma joia que foi ajustada algumas vezes no tempo, teatro do seu funeral. Quem sabe o que teria dito Alessandro daquele padre da Giustiniana, ele que tinha tão perto do seu coração as pessoas em migração, ele que também tinha o cristianismo no seu coração. O que teria dito daquele clérigo que chantageava, em vez de nos ajudar a encontrar um caminho, um trabalho, uma esperança? Muitas vezes, me pergunto o que o Alessandro teria dito sobre questões nacionais, mas também privadas...

Da missa, aquela da Giustiniana, lembro-me dos olhos fechados da *roiô*. Seu silêncio de realeza. A raiva engolida. Sua língua mordida. Os lábios da *roiô* estavam fechados num grito silencioso que me dava quase medo. O rosto, sempre tão gracioso, estava coberto por pequenos enrugamentos na pele. Era como se uma máscara feita de cinzas e vazio tivesse tomado conta dela. Eu apertava suas mãos. Mas ela quase nem respondia ao meu gesto. Sentada no banco da igreja, sentia seu corpo distante do meu. Anos luzes. Perdida num pesadelo do qual ela não me contava nada.

Ao nosso redor, expandiam-se os perfumes da África Oriental. Mulheres da Eritreia com seus *shemma* cândidos, guerreiros amhara com seus olhares de gelo, oromas orgulhosos que mexem os braços como armas contra os fantasmas invisíveis da fome. E sentia nas narinas o cheiro perfeito da *injera* e do *zighinì*, a fragrância do café e da brisa que vinha da sombra duma figueira do faraó que alguém estava sonhando. O mundo estava sentado nos bancos daquela igreja da Giustiniana. E nas primeiras fileiras, em lágrimas, havia também o oceano Atlântico. Mulheres cabo-verdianas choravam ao lembrar-se da crucificação de Jesus. Choravam por aquela ilha de São Nicolau ou Sal onde haviam sido perfeitamente felizes. E rezavam para o bom Jesus para que lhes trouxesse de volta seus homens daqueles navios cargueiros holandeses. Assim que desembarcar, preciso me casar, estou grávida, já estou no quarto mês. Jesus, ajuda-me. Como vou fazer, sozinha?

Depois, todos nós, os escuros, comemos no refeitório da igreja, com os coroinhas e suas famílias. Uma porção de lasanha gelada com uma muçarela que não derretia, no interior, dispersos como satélites, alguns fragmentos de tomate. Eu e mamãe não tocamos a comida. Tínhamos arroz com cebola e *kalankal* nos esperando em casa. Papai tinha feito um dos seus risotos de lamber os dedos, um por um. *Mmm*, que delícia o *kalankal* do papai. Se fecho os olhos, ainda que tenha passado tanto tempo, ainda sinto sua consistência em minha boca.

    Quando entramos para encontrar o padre, ele deu um número para minha mãe. "Ligue amanhã", lhe disse. E no dia seguinte ela executou a ordem recebida. Ligou.

    Apesar de que teria sido melhor não ter ligado.

Tinha dado tudo certo na ligação. "Venha às quinze horas", lhe disseram. "Se é mandada pelo padre, já é uma garantia."

    A mamãe ria. "Vou lhe comprar um blusão novo, filha. E também uma saia. Uma adolescente deve andar bem-vestida, não é?"

    Aquele trabalho, quatro horas, duas vezes por semana, ficava numa localidade distante. Onde a *roiô* nunca havia estado. Na zona sul. Tínhamos estudado o caminho no *TuttoCittà*, Soraya. Na época, não havia Google Maps. Não havia aplicativos para indicar percursos personalizados, quilometragem, quantos ônibus tomar, saindo de qual local, porquê. Havia só esse mapa que chegava todos os anos em casa com as *Pagine Gialle*, as páginas amarelas, um livro enorme, naturalmente amarelo, onde constavam os nomes e números de telefone da cidade e algumas propagandas.

Para chegar ao destino, a *roiô* saiu de casa três horas antes. Não queria correr o risco de encontrar trânsito, ou pior, correr o risco de que o trajeto estudado a traísse. Naquele dia, ela tomou não sei quantos ônibus. E o calor invadia suas entranhas. Naquela altura, sentia muitas ondas de calor. Começavam pelos tornozelos para depois subir inexoravelmente em direção ao peito. Fazendo-a suar feito uma hiena. Não sei o quanto de uma Roma desconhecida passou ao seu lado pela janelinha de tantos ônibus. Quilômetros. Passagens gastas. Tempo perdido.

E depois, ao descer do último ônibus, caminhava pelas estradas de difícil acesso, por minutos que pareciam infinitos. Depois, uma primavera florida antes da hora, mais provavelmente plantada para fazer um pouco de cena. A casa era aquela. Já do exterior via-se que era propriedade de alguém que havia enriquecido rapidamente. Tinha até um portão verde. Era uma casa com os quatro lados livres e alguns andares. Parecia a casa atual do meu primo A em Arlington, no estado da Virgínia. Uma casa típica de cidade estadunidense. Telhado inclinado e horta.

Tocar a campainha. Esperar. Arrumar o blazer, um daqueles fora de moda, de cores fortes e com ombreiras enormes, tipo começo da década de 1980, que a *roiô* usava naquele período junto com as saias sociais. Enquanto isso, não ouvia barulho de passos se aproximando. Aparentemente, ninguém vinha abrir o portão. O que fazer? Tocar novamente? Porém, ela não queria parecer grosseira. Uma *doqon*. Então, esperou. Sussurrando um: "Estou aqui pelo trabalho". Depois, finalmente, alguns passos. Nervosos. Rápidos. Famintos. E um rangido. Enfim a aparição de um cabelo à tigela castanho escuro, um pingente em forma de coração que ressoava no pescoço, brincos vistosos, óculos de vista com armação transparente. E então dizer: "Bom dia". Minha mãe naquele dia apresentou uma voz de mel.

E receber um grito como resposta: "Vá embora!"
"Mas senhora, estou aqui pelo trabalho."
"Vá embora! Ou chamo a polícia!"
"Estou aqui pelo trabalho. Quem me mandou foi o dom..."
"Mas ele enlouqueceu?"
"A senhora não vai abrir?"
"Não quero uma preta. Xô".

A *roiô* ficou paralisada. Não conseguia ir embora. Não conseguia dar um passo. A mulher realmente a estava enxotando? Depois de tantos ônibus... Sério? *Nagtan ma kaftamayse?* Ela está brincando?

"Mas por que diabos não me xingou por telefone quando percebeu o meu sotaque? Por que me fazer perder todo esse tempo? *Na' alad qu dá' dey*! Maldita!"

E depois ter a coragem de dar as costas para aquela mulher e ouvir rosnar um: "Por telefone eu achava que você era da Moldávia. Quero só mulheres brancas. Vocês pretas são um lixo".

Aquela mulher, contou-me a *roiô*, não parava de usar a palavra com a letra P. acrescentada às frases. A palavra com a letra P. que liberta e desencadeia o *Djĭro*, Soraya.

A *roiô* gritou no silêncio, sufocando a si mesma, naquela rua cheia de casas, naquela zona sul de Roma onde foi parar por culpa de um padre e de sua chantagem. Com aquele grito sem voz, com aquela humilhação atemporal, insinua-se em sua mente cheia de saudades o horizonte de Mogadício. Chegando lá, em meio aos seus suspiros, para lhe oferecer conforto.

Mugdixo magal madah' dena, nossa capital Mogadício, como canta Axmed Naaji com sua voz que é doce como uma toranja de Migiurtinia. A mesquita Jama, Arba Ruqun, aquela encruzilhada de ouro que é Afarirdood em Hamar Weyne, os prédios brancos do bairro Shangani, Bondhere com sua fachada de brilhantes, as praias irregulares do Lido e a areia de Jazeera rica de pérolas e lagostas.

"Sodade, sodade. Sodade dessa minha terra," cantaria a caboverdiana Cesária Évora.

Sodade, um tipo de nostalgia. Mais intensa, mais total. Aquela que a *roiô* está sentindo. Naquela dor, naquela palavra com a letra P. que ainda a quebra, insinua-se a imagem da sua cidade, a única que considera sua. Xamar, como chamam-na os somalis com afeto. Mogadício...

Mas a *roiô* agora não está lá, está numa ponte, em Roma, num canto da cidade que ela nunca viu antes. Na zona sul. Numa ponte que une a casa onde acabou de ser insultada à parada final onde ela desceu. O céu parece mais escuro.

Ela está confusa, tem enxaqueca. Uma onda de calor imprevista e maldita sobe pelos seus tornozelos.

Ya Allah... o *Djiro*!

A *roiô* range os dentes. O calor atordoa-a apesar de ser abril ou talvez maio.

Enquanto eu escrevo e você lê, Soraya, estamos quase naquela ponte, trememos por ela, com ela.

Talvez não seja só o calor da menopausa. É a palavra com a letra P. que não para de atordoá-la. Aconteceu-lhe muitas vezes de ser atingida por aquela palavra como uma bala. Aconteceu também contigo, comigo, com seu *âbo*, com meu *âbo*, com meus outros irmãos, com Zahra, a mamãe Halima, a tia Bibi e toda a família.

Chocolatinho. Negrinha. "Faccetta nera."[28] Moreninha. E quando passavam na tevê aquele programa famoso com Renzo Arbore, de que gostávamos tanto, em especial quando Massimo Troisi foi convidado, ele a quem sempre amamos, na rua também cantaram para a *roiô* aquela musiquinha alegre cantada pelas dançarinas brasileiras em paetê: "*Cacao meravigliao*".[29]

Mas aquele "Preta, negra, desapareça" dito por uma desconhecida com um corte de cabelo à tigela era violento demais, metia medo demais. Era como ter recebido um tapa inesperado.

Lá, na ponte, a enxaqueca aumenta. A onda de calor não dá trégua. As pernas quase não a sustentam. Está cansada. E vê seu corpo dobrar-se de forma perigosa para a frente, em direção ao vazio, em direção ao abismo. Um milímetro por vez, cada vez mais torta, cada vez pendendo mais. Uma torre pendendo, prestes a desabar sobre si mesma. Ela está com medo. Mas os tornozelos ainda estão firmes.

"Então encontrei forças", conta a *roiô* quase sem emoção, talvez só com um fiozinho de raiva. "Me segurei na borda da ponte. Me agarrei à coluna, abracei-a. Até que me passou a tontura. A onda de calor. O medo. Então, corri em direção ao ônibus e ali eu decidi. Precisava deixar a Itália. Ir para a Somália. Reconstruir a minha vida."

---

28 É uma canção de marcha composta por Giuseppe Micheli (letra) e Mario Ruccione (música) para o exército da Itália fascista por ocasião da Segunda Guerra Ítalo-Etíope (1935-1936).

29 Música composta por Renzo Arbore e Claudio Mattone para o programa *Indietro Tutta!* Cantada por Paola Cortellesi, era uma espécie de chacota da língua portuguesa falada no Brasil, onde as palavras italianas eram modificadas para terminarem com o ditongo "-ão", como se fosse o que ocorre com todas as palavras em língua portuguesa. A música ficou tão famosa que as pessoas procuravam o tal produto inexistente "cacao meravigliao" nas lojas.

"E a guerra?", perguntei-lhe com as pernas cruzadas em cima do sofá com os olhos bem fixos na moreia protagonista de um documentário que naquele momento aparecia na tela. "Você não sabia que a situação estava se deteriorando?"

"Qual guerra, filha?", respondeu. "Aqui em Roma ou em Mogadício?"

A conversa, naquele dia, acabou por aí.

Indô
Olhos

Ainda não tenho uma casa que seja minha, Soraya. Não tenho um *guri*. O banco nunca me deixaria fazer um financiamento. Para um banco, o alfabeto e suas loucuras não são o suficiente para demonstrar que tenho solvência. Os bancos nunca acreditam nos artistas desvairados como eu. Sou um ser fora das normas, fora das graças do IBAN e do SWIFT. Não posso apresentar ao banco aquilo que se chama "garantias de crédito". Não vêm em mim um investimento, mas uma possível *kasaro*: uma tragédia, uma falência garantida. E não importa que eu trabalhe vinte e quatro horas por dia, suando e correndo pela cidade como uma louca. Não lhes interessa se nunca terei uma aposentadoria, uma tutela qualquer para minha velhice nem tão distante.

Eu já perdi as contas dos trabalhos que fiz nessa vida. Muitos. *Shaqo, shaqo, shaqo*. Trabalhos, trabalhos, trabalhos. Todos diferentes. Alguns a serem esquecidos. Gostaria de ter a quarta capa de um livro com a lista obscena de trabalhos mal pagos que já fiz. Já vendi sapatos, livros, balas, café, cachecóis, bolsas, topes elegantes, chinelos de dedo e fantasias. Já fui guia de turismo para aspirantes a escritor e estudantes ricos. Cuidadora, como em algumas fases da vida também o fez minha mãe. Babá. Animadora de festas infantis. Palhaço em festas-surpresa. Bibliotecária temporária. Trabalhei para algumas ONGS. Fiz política ativamente e fui eliminada como um mineral tóxico. A academia também me eliminou como um mineral tóxico. "Seus conhecimentos e sua pele nunca terão uma cidadania", me foi dito. Dei aula particular. Dei aula de italiano para futuros sopranos e tenores japoneses e coreanos. Organizei um jornal comunitário. Trabalhei como intérprete. Dei cursos em universidades estadunidenses. Também fui assistente de catering. Naturalmente, como muitos artistas, fui revisora de livros. Traduzi, mas não textos literários. Colhi azeitonas. Trabalhei como recepcionista. Organizei viagens. E conferências. Enfim, trabalhei. *Shaqo, shaqo, shaquo*. Sempre de forma precária, naturalmente. Às vezes sem contrato, às vezes com contratos que eram uma forca. Nada que um banco pudesse aceitar como garantia.

Não tenho um trabalho. Mas tenho um ofício, *alhamdulillahi*. Eu sempre digo isso, minha sobrinha. Com orgulho. Aliás, é a minha autêntica vocação. Escrevo. Por todos os cantos. Para mim. Para os outros. Na minha cabeça. No papel. Na tela luminosa do computador. Sou uma escritora de um mercado menor, escrevo numa língua belíssima, o italiano de Dante, Gabriella Kuruvilla e Joyce Lussu, uma língua que você quer aprender, mas uma língua que, mais do que as outras, tem dificuldade em encontrar o caminho do famoso mercado. Em geral, uma escritora de língua italiana não tem a visibilidade que pode ter uma colega na esfera anglófona.

Além disso, sou uma escritora negra na Itália. Somos tantas e tantos que abraçaram o alfabeto latino misturando-o com imprudência à nossa pele preta. No fundo, fizemos uma aposta com o nosso destino e com nossos medos. Porque não é fácil ser quem somos. George Floyd sabe bem isso, Abba também,[30] Giacomo Valent também.[31]

---

30 Abba, Abdoul Guiebre, um rapaz de dezenove anos nascido na Itália, cuja família é originalmente de Burkina Faso, foi espancado até a morte em 2008 por um lojista e seu filho por ter supostamente roubado um pacote de biscoitos.
31 O jovem Giacomo Valent, filho de um diplomata italiano e uma nobre somali, foi assassinado em 1985 aos dezesseis anos de idade por dois colegas de turma.

Alguém está lá agachado, à espreita na sombra, e poderia nos machucar com uma palavra, uma lei, uma pistola, uma faca, um soco, uma tesoura, um pênis. E o *mainstream* quer me fechar numa gaiola de conteúdos: há anos me pedem sempre as mesmas matérias sobre cabelos, melanina, vagina, sobre o *Ius Scholæ*.[32] E confesso que me entedia. Ser transformada numa negra domesticada para os salões burgueses ou falsas antagonistas com sapatos envernizados de ouro. Não contem comigo. E vou em direção de quem me sonha por inteira.

Encontro liberdade nos livros que escrevo. Porque nisso eu tive sorte. Encontrei pessoas que me entenderam. Mas não esqueço que o sistema, não acostumado aos nossos corpos negros, está sempre ali, pronto para nos enganar com a lisonja ou o racismo ou as ameaças. É preciso ter cem olhos. Para sobreviver. Para não se dobrar. Para não se vender. Para não se iludir. Para não sucumbir. Para não desaparecer.

E apesar de o meu ofício ter acontecido um pouco por acaso, aceitei o desafio que a escrita me propunha.

No momento, vivo numa casa de aluguel. *Idjarr ban qu djira*. Até mesmo para alugar, a essa altura, são necessárias garantias bem sólidas. Eu conhecia a proprietária. E ela sabia que, sim, sou uma trabalhadora precária, porém sólida. Agora moro junto com a *roiô*, isso você já sabe, num punhado aceitável de metros quadrados na zona leste de Roma. Num apartamento com duas sacadinhas. Um apar-

---

[32] *Jus Scholae*, ou direito à escola (usando a fórmula latina de Jus soli, para cidadania de nascimento), é uma proposta de lei que prevê aos filhos de imigrantes que nasceram ou foram criados na Itália o direito à cidadania italiana, e que atualizaria a atual Lei 91 de 1992 sobre como a cidadania italiana pode ser obtida.

tamento sobre o qual, de brincadeira, dizemos "minha primeira casa burguesa".

    Antes dessa moradia, da qual começo a gostar demais e se tivesse a possibilidade de conseguir um financiamento, eu compraria de imediato, sempre vivi em sótãos ou buracos estranhos e solitários com tábuas de madeira arranhando meu crânio. Moradia em que eu era obrigada à desordem devido à escassez de espaço. Moradias que eu tinha vergonha de mostrar aos amigos. E evitava mostrar aos homens pelos quais estava interessada. Que ruim era quando eu notava na expressão sombria deles piedade pela minha condição instável. Eu via como seus olhares alarmados se detinham na cozinha caindo aos pedaços ou no banheiro que mal conseguia conter um corpo. É possível que você viva tão mal assim? Sim, é possível. Em Roma, os aluguéis são altos, os boletos são uma corda para se enforcar, a taxa de condomínio dos prédios é muitas vezes um roubo. Sim, é possível. Vivo mal. Mas mesmo com mofo nas paredes, ainda que sejam poucos metros quadrados e os móveis sejam sucateados, eu sempre conseguia transformar o ambiente num lugar confortável com um pouco de tecidos coloridos, alguns quadros, alguma bizarrice. Até mesmo os livros, que era sempre um exagero para aqueles espaços tão pequenos, davam a cada apartamento em que morei um toque pessoal. Claro, criavam um caos. Mas era um belo caos. Um caos que me dava um peso certo. E um horizonte. E agora, depois de tantas vicissitudes e algumas porradas, eu e meus livros ainda estamos juntos numa casa, onde são um belo objeto de decoração, além de alimento que nutre a minha alma. Agora, os livros ganharam um espaço, podem se acomodar entre as prateleiras como pessoas de férias sob o sol da Sardenha. Conquistaram uma vida.

Além disso, tenho um sofá. *Alhamdulillahi*. Você se dá conta disso, Soraya? É a primeira coisa que comprei quando assinei o contrato de aluguel. Nesses anos, eu sempre tive só uma poltrona. Bonita, confortável, revestida de azul e que cabia num corredor. Corredores que, em todas as casas, apesar de ainda ser difícil chamar de casa aqueles buracos onde vivi, eu transformava num escritório, numa sala, numa cozinha, numa espécie de moradia, num meu *guri qu melgar*. Eu havia comprado aquela poltrona de um simpático senhor grisalho na Casilina Vecchia. Quando assinei o contrato de aluguel dessa minha primeira casa burguesa, fui até ele para encontrar o sofá dos meus sonhos. Pedi para o Abdul, seu tio, me levar, num dos dias em que estava em Roma e me ajudou com a mudança. Pedi para que se ele sentasse, com sua constituição robusta, em diversos sofás. Rindo, eu lhe dizia: "É nesse sofá-cama que você irá dormir quando vier nos visitar". E o provocava com a palavra *alolei*, "gorducho" em somali, e ele fechava o cenho, ficava um pouco bravo. "Mas eu até perdi uns quilos, você é realmente injusta", ele bufava. "Você está praticando *body shaming*, maldita seja." Porém, quando encontramos o sofá dos sonhos, ficamos maravilhados. Ele esqueceu que um minuto atrás eu o havia chamado de *alolei* e eu parei imediatamente de provocá-lo. Meus olhos estavam embargados. Eu tremia. Um sofá, finalmente. *Masha Allah!*

Mandei revesti-lo de azul, como a poltrona, e agora juntos, como gêmeos, dominam a sala ao lado da sacadinha maior. Mas não consigo me sentar no sofá, Soraya. Deixei-o completamente para sua avó, de vez em quando ela até deita nele por inteiro. E depois percebi que me acostumei ao desconforto. A ficar empoleirada nas cadeiras de madeira feito um canarinho. Tenho medo de me acostumar ao conforto macio do sofá, com seu encosto de penas, e correr o risco de perder tudo. Não é um pensamento lógico, eu sei. Mas isso já aconteceu com a nossa família. Perdemos tudo. Várias vezes. Não sou uma refugiada. Não sou uma *qohoti*. Mas filha de refugiados, sim. E dentro do peito, corre essa ansiedade. Para mim, ainda é como se tudo na vida fosse sempre malditamente provisório. A *roiô* percebeu esse meu desconforto. Todas as vezes que, à noite, quando estou em casa, ela me vê empoleirada assistindo a um programa no canal La7 esperando Lucio Caracciolo, um analista político que me agrada muito, e que, assim que o vejo, corro para frente da tela como uma fã, ela diz: "Desça desse poleiro. Comece a desfrutar da vida".

Eu sorrio. Mas não saio da minha cadeira. Aquela cadeira de madeira é o meu cobertor azul do Linus. Protege-me das minhas futuras desilusões. Síndrome do refugiado (que porém não sou). Além disso, do meu poleiro, como a *roiô* o chama, eu vejo o sofá. E tenho nos olhos a bem-aventurança não tanto de ter dado certo nesta vida, porque tenho consciência de estar sempre por um fio, na beira de um precipício do qual posso cair a qualquer momento, mas de ao menos ter sobrevivido.

E do meu poleiro continuo a lhe escrever, minha tão amada sobrinha. Esta carta que está fugindo completamente do meu controle.

Nesta casa alugada, estou treinando para me tornar cega. Nas outras casas eu nunca o fiz. Não tinha coragem de enfrentar um dos meus maiores medos. Mas aqui, não sei por quê, deve ser as plantas que crescem na sacadinha, o cacto que custou quatro euros e acabou de florescer mostrando uma maravilha fúcsia, aqui me sinto mais forte. *Uallárri*.

Quando a *roiô* está do lado de fora fazendo seus passeios matutinos sob o sol das quatro estações de Vivaldi, eu me projeto no escuro. Sua avó acredita que estou grudada ao computador trabalhando. Sempre tenho artigos ou ensaios para escrever. Projetos para entregar. *Shaqo, shaqo, shaqo*. Sem fim. Trabalhos que se sobrepõem. Precários. Com dentes afiados. Mas na verdade, não estou diante do computador. Estou num outro lugar que grita dentro de mim. Coloco-me uma venda nos olhos. E caminho pela casa. Girovagando. Tateando. Um passo atrás do outro como numa mazurca. Ou numa daquelas quadrilhas que li nos livros da amada Jane Austen ou em alguma imitação do período da Regência britânica.

A cegueira é uma possibilidade concreta para mim.
Um destino.
Uma angústia.
Um tremor.
O *Djíro* que se encarna.
Meu nervo ótico serrilhado que urra desconcerto diante deste mundo cheio de cores.

A última vez que fui ao oftalmologista, perguntei-lhe como é que nos tornamos cegos. Vou perder a visão de uma vez só? Vou ser atingida repentinamente por uma escuridão feroz? Vou ver uma luz vermelha como me ocorre quando fecho os olhos sob o sol escaldante de julho? Ou irei ficar cega lentamente, perdendo uma cor depois da outra, desvanecendo o olhar como uma tela destruída pela água? Como isso vai acontecer? Quando vai acontecer?

Meu oftalmo é um senhor redondo, baixo, com óculos, muito doce, escrupuloso. Na sua vida, faz muito voluntariado. Escreve guias. Ama passear. Conversa como um elfo. Em alguns momentos, é como o Gandalf. Toda palavra que ele utiliza carrega sabedoria e ironia. Nunca usa a palavra "quando". Ele diz "se", como naquela música de amor do Djavan.

"Vivemos entre parênteses", ele me diz. "É nesse entre parênteses que a senhora, minha paciente, precisa lutar. Temos que fazer com que não perca a visão. A nossa é uma corrida contra o tempo. E contra os líquidos que pressionam seu nervo ótico."

Então, reformulo a pergunta. Tento ser mais profissional. E lhe pergunto: "Se eu me tornar cega, o que aconteceria com os meus olhos? Eles se desligariam de uma vez? Ou a luz desapareceria pouco a pouco? Um brilho depois do outro? Suspirando? Dando-me o tempo para dizer adeus ao mundo?"

"Baixou." Sua voz é alegre. Jubilosa. Minha pressão ocular está em dez. Está satisfeito. Muito. O novo colírio está funcionando. Depois, ele me informa que, em algum lugar na Alemanha (ou será na França?), estão testando um colírio novo, molecular, de última geração. "Será uma grande mudança para a senhora", ele me diz. "Será algo importante."

Ele me ordena tomar citicolina todos os dias.

Limpo a garganta. "Hmm, hmm..." Constrangimento. *Eeh!*

"A citicolina... era bem disso que queria conversar com o senhor. Custa demais. Cinquenta e dois euros o pacote. Trinta e dois envelopes. Cinquenta e dois euros por mês *gone forever*. Vou à bancarrota com a citicolina, doutor. Não posso me dar ao luxo de tomá-la todos os dias."

Ele me olha. "Mas você precisa dela", me diz secamente. "Não pode ficar sem ela."

Prescreveu-me quase de imediato um suplemento alimentar que contém citicolina, ou seja, um precursor natural que atua na formação e reparação das membranas das células nervosas. É uma grande ajuda para se ter uma boa visão. Antes, eu fazia um uso cíclico, com distância entre eles. Porém, de acordo com as últimas descobertas científicas, é muito benéfico para o nervo ótico. Portanto, tomar esse suplemento todos os dias, para mim, é quase um imperativo categórico. "Mas custa cinquenta e dois euros o pacote, doutor." Suspiro. "Eu sei que me faz bem. Mas cinquenta e dois euros por mês..."

"A senhora precisa...", ele repete. "Mas vou procurar outro produto com alto teor de citicolina. E que custe menos. Ou talvez possamos encontrar uma forma de comprá-lo online."

Sorrio. O meu oftalmo me ouve.

"Não vamos fazer a campimetria?", pergunto.

"Da próxima vez", ele responde. E sinto-me aliviada. Odeio a campimetria, Soraya. É um exame diagnóstico aparentemente fácil. Colocam você diante de uma tela. Um olho vendado. O outro trabalha como um caçador de borboletas e precisa agarrar as luzes que dançam ao seu redor, mas sem nunca se desviar do centro pré-estabelecido. Para não prejudicar o exame. É um exame que serve para entender o quão ampla é a sua visão. E o quanto a doença dilacerou a possibilidade de o olho dançar sobre a arquitetura do mundo. Não é um exame fácil de ser feito. O doutor me dá um botão. E me diz para apertá-lo todas as vezes em que vejo uma luz. Como se fosse um *video game*. Como se eu tivesse voltado aos anos de 1990 com o Super Mario Bros e seus pacotes a serem golpeados numa corrida para frente, desenfreada, sem fim. Eu, naturalmente, tenho o batimento cardíaco acelerado, a ansiedade crescente. E muitas vezes, tenho medo de não ver as luzes. Às vezes, espero mais do que deveria. Às vezes, aperto o botão com histeria. Embora faça esse exame há anos, eu sempre erro. Preciso sempre repetir. Preciso me acalmar.

Quando o fazia no hospital San Camillo, no bairro Gianicolense, as senhoras gentis do setor pensavam que eu conseguiria me virar. Estavam do meu lado. Sem interferir comigo, com as luzes. Com o botão. Quanto mais eu seguia adiante, mais entrava numa barafunda. Lacrimejava. Perdia a concentração. No lugar das luzes que deveria agarrar, vejo borboletas, lagartos, a Floresta Amazônica. Entretanto, desde que faço o exame com o meu oftalmologista, que agora está aposentado e, portanto, atende em seu consultório e não mais no hospital, ele me deixa fazer algumas pausas, como um carro de Fórmula 1 fazendo um pit stop. Ele me deixa trocar os pneus. Assim, me concentro novamente nas luzes. Não me distraio. Não viajo na minha fantasia. Não voo em direção a sabe-se lá o que para sonhar alguma coisa. Não vejo rios, córregos, cascatas nem montanhas. Vejo as luzes do exame diagnóstico. E assim não dá errado. Não dá mesmo errado. "Viu? Está melhorando sua forma de encarar o exame", me diz o médico. E depois, com aquele seu jeito gentil, me conta de seus passeios. E me distrai do meu medo.

Tive sorte de tê-lo encontrado em meu caminho. No começo, não foi assim. Eu estava sozinha. *Keliguei baan arrá.*

No começo, quando eu ainda não sabia da doença, passei por pessoas que gritavam comigo. Que me disseram: "A senhora não pode ser curada". Ou: "A senhora é negra e não sabemos como decodificar os seus olhos". Até que, por acaso, acabei no meu oftalmo. E ao menos sei que, aconteça o que acontecer, alguém se preocupa comigo. E essa certeza me acalma.

Mas eu não paro de treinar.

A casa está vazia. Venda nos olhos. Tateando pelo corredor. Bato nas paredes.

Depois, me ocorre um pensamento. Se diz "deficiente visual", não se diz "cego". "Deficiente visual" é politicamente correto. Não ofende. "Pare de usar a palavra errada", repreendo a mim mesma.

Porém, é a palavra errada que está encravada na minha cabeça, de fato. Isso me aterroriza. E na maior parte das vezes me sinto uma filha da puta. Em relação às pessoas que não enxergam. Ao ter medo daquela condição, não é que estou admitindo que lhes falta algo?

Alguém me disse uma vez que não falta nada a ninguém, ainda que nos falte tudo. Quem não enxerga com os olhos, enxerga com o coração. Quem não escuta com os ouvidos, escuta com o cérebro. Somos feitos de sentidos que se integram. Se entrelaçam. E sempre nos permitem interagir com o mundo que temos ao nosso redor.

Então, que diabo estou fazendo com essa venda? Com isso, arranco-a. Sinto-me uma boba. Esfrego meus olhos como quando era criança. E olho para um ponto para além de qualquer horizonte. Onde os olhos não veem. Mas aonde o espírito pode ir.

Tenho uma doença que não tem cura. Tenho uma doença que é definida como "assassina silenciosa da vista", porque a corrói milímetro por milímetro. Inexoravelmente. Sem que a gente perceba.

Descobri minha doença no oftalmologista. O *Djiro*. Depois que ele examinou o fundo dos meus olhos. A pupila é dilatada usando colírios. E o olho fica escancarado para a porta da sua alma. O médico lhe revela sua doença. Porque você não tem sintomas, se não for um glaucoma fulminante. Só quando já é tarde demais para qualquer ação reparadora.

Ainda não há cura, no momento. Mas é possível desacelerar. Com os colírios, como eu venho fazendo. Uso três colírios por dia. Para estabilizar a pressão a cada momento do dia. E um quarto de comprimido de um diurético. E depois tomo citicolina, que custa muito, mas que, com sua força vitamínica, ajuda todos os elementos que compõem o globo ocular. Membrana, mácula, retinas e o meu querido nervo ótico. No restante do tempo, em especial se faz calor, inundo os olhos de lágrimas artificiais para evitar a secura excessiva.

Parei de tomar café.

Não faço invertidas na yoga.

Tento não beber água tudo de uma vez. Vou tomando pequenos goles em moderação. Sem me afogar nos líquidos.

Na piscina, uso sempre os óculos protetivos.

E tento comer muitas cenouras e, de vez em quando, me dou uma forcinha tomando suco de mirtilos.

Minha doença é muito difusa.

Mas muitas pessoas não sabem que estão doentes.

Muitas pessoas perdem a vista sem a possibilidade de intervir.

Eu descobri graças a uma dor de cabeça. Em Roma, andando de *scooter*, num dia de muito frio. Minha cabeça parecia explodir dentro do crânio. Um nó na altura do olho. Uma dor de cabeça em salvas que não me deixava nenhuma saída. Fui correndo ao pronto-socorro. De tanta náusea que sentia. De tão sufocada que eu me sentia. No hospital, aguardei com paciência até chegar minha vez. E os médicos, após me examinarem, disseram que era preciso fazer alguns exames. Saí de lá do mesmo jeito em que entrei. Com dor de cabeça. Náusea. Um mal-estar dançando dentro de mim.

Então, no dia seguinte, meu médico de família me passou mais uns exames para fazer.

"Você vai ver que não é nada."

Passei alguns meses fazendo consultas, enquanto a enxaqueca se transformava aos poucos numa vertigem que me atingia nos momentos mais impensáveis do dia.

O mundo corria ao meu redor num catavento de fogo. Sentia ao meu redor como um sabá de bruxas. Preocupando-me com os sintomas cuja causa eu não conseguia entender.

Naquele período de vertigens e delírios, me fizeram e disseram de tudo. A medicina é extraordinária e todos os dias melhora nossa vida, porém, a sua potência está ligada ao diagnóstico correto, à paciência, à seriedade, à capacidade de uma escuta verdadeira. Os milagres da medicina são desencadeados pelas palavras, pela vontade de compreender de verdade.

Mas em vez disso, por meses a fio, eu me deparei com pessoas que seguiam as pistas erradas. Me disseram que eu sofria de esclerose múltipla, que eu precisava de terapia para a dor, que sofria de enxaqueca desde que nasci, que talvez tivesse que tomar psicofármacos. Eu fazia ressonâncias, tomografias, raios x, mas depois restava pouca coisa daquelas teses alarmistas. Sobretudo, havia eu, que colocava tudo atravessado, dizendo: "Por que preciso fazer terapia para a dor se não tenho dor nos ossos? Por que me dizem que tenho enxaqueca desde pequena, se na minha infância até ficar resfriada era raro?" E assim, a cada diagnóstico errado, eu perdia a confiança. Sentia-me mal e ninguém me dava um motivo.

Depois, cheguei nos oftalmos. Eles, sim descobriram alguma coisa. Lembro-me em especial de dois deles, no mesmo ambulatório. Um moço bonito, com os cabelos bem pretos e lisos, compridos até os ombros, histérico e trêmulo. Que começou a gritar. Que eu tinha uma doença grave. Que tinha que colocar isso na minha cabeça. Ele estava em plena exaustão nervosa. Eu estava perplexa, mas esperava que ele desabafasse. Então, outra médica interveio. Levou-me para outra sala. Lá chegando, ela pediu desculpas pelo seu colega. "Mas aquilo que ele lhe disse, senhora... Aliás, a senhora é tão jovem... Aquilo que ele disse é verdade. A senhora tem uma doença grave. Mas não pode ser tratada aqui. Nós não podemos tratá-la." Depois, ela também me disse outra coisa. "As vertigens não têm nada que ver com a doença. A senhora pegou muito frio. Andar de *scooter* em Roma dá nisso. Faça um pouco de acupuntura." Eu fiz. E no final, sarei das vertigens. Sarei das enxaquecas contínuas.

Mas o resto ficou. Meus olhos doentes. Minha visão precária.

Passados os meus trinta e cinco anos e após aquele diagnóstico (desta vez correto) de glaucoma de pressão normal, enxergar para mim tornou-se um ato de resistência. Agora tenho quarenta e oito anos e ainda resisto, Soraya.

Olho todas as coisas como se fosse a última vez. O rosto de uma pessoa amada, um quadro num museu, uma série de televisão, um jogo de futebol. Um grupo de crianças que joga críquete pela primeira vez na Villa Gordiani.

Olho para o mundo com a consciência de que poderia perder a capacidade de vê-lo com os olhos. Olho para as coisas aspirando-as. Sugando-as como um vampiro com minhas pupilas escuras da África. Desfruto de cada espetáculo teatral, em especial os dos meus amigos Elvira Frosini, Daniele Timpano e Roberto Scarpetti. Cada encontro com os leitores. Cada palavra que escrevo neste, a essa altura antigo, Mac que não quero ainda aposentar.

Quando vou perder a visão?

O "quando" me atordoa. Não consigo dizer "se" em vez de "quando". Sinto como se a sentença já tivesse sido dada. E eu aguardo numa espécie de sala de espera.

Quando... Dimmi quando tu verrai.
Dimmi quando, quando, quando.

L'anno, il giorno...[33]

Porém, o meu "quando" não está ligado ao amor, como nessa música. Mas também não está ligado à morte. Está ligado à suspensão da luz.

"*Se...*" insiste o oftalmo. "Não diga 'quando'. Diga 'se'. A senhora não tem uma bola de cristal, Scego. A senhora é chamada somente a resistir. Consegue entender a diferença?"

Na minha vida, os olhos sempre foram um ponto de interrogação. Minha fragilidade mais evidente. Foram eles que pagaram por todo o *Djíro* que atropelou a nossa família, o nosso povo, a nossa geografia. Como plano de fundo, uma guerra de intensidade não solicitada. Feita de perdas. Separações. Vômito. Pus. Incerteza. Kalashnikovs soviéticos que os garotinhos somalis vestindo *husgunti* esfarrapados carregavam consigo a tiracolo como fios de pérolas preciosas.

O *Djíro* quis gritar dentro dos nossos corpos remendados que no passado foram sadios. Mas agora de sadio em nós não há sequer uma veia. Depois de uma ditadura de vinte anos e uma guerra civil de trinta, estamos exauridos. Todos os nossos órgãos internos estão expostos. Dilacerados.

A prima Z conhece bem essa história. Morta e ressuscitada como Jesus dos cristãos. Atingida enquanto fugia das bombas. Braços em cruz. Sangue. Correr. Operar. Vê-la minguar. Conseguir retirar-lhe as balas. Todas, exceto uma. Aquela ficará nela. Para lembrá-la da guerra. Da sua primeira morte. Em Mogadício.

Falei com ela ontem por telefone. Está cuidando de sua mãe que está moribunda. A voz poderosa. Teutônica.

---

[33] "Quando quando quando" é uma canção muito conhecida escrita por Alberto Testa e composta por Tony Renis, gravada e lançada por Renis em 1962, apresentada no festival de Sanremo. A letra diz "quando... me diga quando virá, / me diga quando, quando, quando / o ano, o dia".

Mora nos EUA. Talvez tenha sido lá, mas não tenho certeza, ou noutro lugar intermediário, que a bala decidiu devolvê-la ao seu destino. Aquela bala de guerra viajou dentro do seu corpo. Arranhando-a. Chicoteando-a. E então, um dia, há alguns anos, uma tosse. A bala prateada na pia de casa. Um pouco de sangue. A corrida para o hospital. Os exames. "É um milagre, senhora. A senhora está salva."

Pergunto-me sempre se a bala deixou algum detrito dentro dela. Se algum pó ficou depositado no seu intestino, no coração, no meio do seu esôfago. Pergunto-me se a prima Z libertou-se de fato daquilo tudo que, por tanto tempo, a fez sofrer. Uma bala que viaja no seu corpo não é uma coisa prazerosa. Poderia ter migrado em direção ao coração, matando-a. Porém, em vez disso, decidiu deixá-la viver. Saindo pela garganta, descamando sua língua. Mas e o pó? Há algo que tenha ficado, mesmo com a normalidade aparente da situação atual? Nunca lhe perguntei sobre isso. Não temos intimidade. Mas como eu gostaria de lhe perguntar...

Porque o *Djíro*, eu imagino-o como um pó que viaja por dentro do nosso corpo e nos deixa atordoados. E deixa os nossos órgãos internos ainda mais atordoados do que nós, eles parecem ser engolidos por uma força sombria que os devora. O *Djíro* deixou consequências corporais em todos nós, claro que com graus diferentes de intensidade.

A cabeça do meu *âbo* começou a explodir. Ele se submeteu a meses de radioterapia em Pisa. Uma massa carcinogênica tentou atacar a base do cerebelo partindo do nariz do seu pai, como uma erva daninha. Mas conseguiram intervir a tempo. Graças a Deus. Cirurgia. Quimioterapia. Radioterapia. A tireoide da mamãe Halima entrou em colapso. Ela vive fazendo terapia hormonal e tem uns cistos que quase a sufocam, porém não pode operá-los. A *roiô* é cardiopata. Os sustos da guerra deixaram seu coração como um órgão a ser monitorado e inundado de remédios. O primo O, aquele mesmo que em janeiro de 1991 se viu desviando de balas no meio do cocô de desconhecidos com os *barambaro* que subiam obscenos por suas coxas, começou a ficar inchado como um odre por culpa de uma hérnia.

Eu poderia continuar fazendo uma lista infinita. Cada parente nosso tem o *Djīro*. Todo homem ou mulher somali. Eu já acenei isso no começo desta carta, Soraya. Com o *Djīro*, é fácil entrar em colapso. É fácil entregar-se à doença do corpo, porque a da alma nunca nos deu trégua.

Mas eu decidi que vale a pena não se render. O oftalmo tem razão. O *Djīro* não pode tomar conta dos meus olhos.

Quando deixei Mogadício, quando lhe disse adeus, não a vi. Quero dizer com os olhos. Não a vi. Passou através de mim. Como um fantasma. Opaca.

Era um dia de julho, na metade da década de 1980. Eu estava no aeroporto, carregava uma mala azul. Teria sido uma despedida para sempre, mas eu não sabia. Tinha onze anos e meio, calças cor-de-rosa e uma trança comprida preta que chegava até embaixo do meu traseiro. No bolso, uma passagem aérea, comprada pelos meus pais com mil sacrifícios, que me levaria de Mogadício até Roma, aeroporto Leonardo da Vinci, com um Boeing da Alitalia daqueles enormes feito o deserto.

Minha prima Zahra acompanhou-me até o aeroporto, para mim, até hoje, ela é mais do que uma irmã. Vestia um *bulgi* verde, com fios dourados de estrelas que emolduravam o decote.

As lágrimas sulcavam meu rosto e me feriam como estilhaços de vidro. Eu não queria voltar para Roma. Ainda que gostasse muito da escola na Itália, não queria voltar para aqueles colegas de turma que jogavam em mim, sem restrições, a palavra com a letra P. Que cantavam *Faccetta nera*, uma música da época do Mussolini, todas as vezes que eu tentava entrar na sala de aula.

"Quero ficar aqui", eu dizia chorando para Zahra. "Por que vocês não me deixam ficar?"

Eu havia vivido em Mogadício por um ano e meio, ainda que o pacto com meus pais fosse de permanecer lá para sempre, até que a morte não nos separasse. Era esse o pacto. "Você vai e depois a encontramos por lá." O pacto era aquele "grande retorno" que o *âbo* e a *roiô* vinham acalentando desde o primeiro dia do seu exílio romano, ou seja, desde 1970, como dissidentes políticos na luta contra o regime de Siad Barre.

Por que aquele pacto foi violado? Porque o *âbo* e a *roiô* o haviam violado? Sentia-me traída. Levemente enraivecida com meus pais.

Naquele ano e meio em Mogadício, eu fui feliz. Fora uma viagem diferente em relação às que eu havia feito anteriormente na capital somali. Não era uma viagem de veraneio. Não era um entrar e sair. Eu havia chegado naquela cidade de luz para ficar. Para fazer parte da sua arquitetura. Para me apaixonar por ela. Para amá-la quase como amo Roma, que sempre foi o meu amor maior.

Naquele ano e meio fiz algumas amizades. Acostumei-me às imensas estrelas no firmamento mogadisciano. Meu paladar entrelaçou-se com os sabores do cardamomo, da canela, do cravo, dos principais ingredientes do *shai* somali. Todas as vezes que a ponta do meu pé afundava na areia e no alcatrão das ruas de Mogadício, eu me sentia uma criatura de gengibre.

Era quase uma mulher. Potente e soberana.

Sentia que nada nem ninguém seria capaz de me deter em Mogadício. Mogadício dava-me aquela couraça que Roma, minha amada, demorava a me prodigar.

Somali ban ahay. Sou somali, como diz a canção.

Agora não sei, não sou só somali, mas também italiana. *Taliani baan ahay.* Sou sobretudo romana. Agora eu sei disso. Sou inteira e dividida. Como diz, com outras palavras, a minha amiga Ali Farah em seu romance. Romance que chegará até você, Soraya, porque o enviei.

No entanto, naquele décimo primeiro ano de vida (e meio), a Somália, e em especial Xamar, como os somalis sempre chamaram Mogadício, havia me dado a coragem de ser uma eu que nem acreditava que existisse. Claro, por baixo eu ainda era uma ocidental desastrada com medo de tudo: dos insetos, de ralar os joelhos, das ondas impetuosas do oceano Índico, mas, apesar da minha falta de jeito, lá em Mogadício, eu havia me tornado mais corajosa. Não posso dizer que era intrépida, mas tinha começado a ousar. Meu corpo não era mais aquele corpo rígido, pávido, que carreguei comigo durante os primeiros cinco anos da escola fundamental. Os músculos estavam mais livres para se moverem no espaço infinito entre mim e mim mesma. E nenhuma palavra com a letra P. teria me impedido de escalar a montanha da vida. Eu chegaria no topo. Não iria parar nas etapas intermediárias.

Mas deixar Mogadício, enfim, para isso Mogadício não me havia preparado.

Foi uma agonia.

Lembro-me de quando a mamãe Halima e Zahra anunciaram-me a decisão dos meus pais. Para mim, foi um apocalipse. O coração parou de bater por um milésimo de segundo. Senti uma dor parecida com a morte. Claro, queria rever o *âbo* e a *hooy*. Tinha sentido muito a falta deles naquela longa separação. Queria rever Roma, a amada. Mas por que eles não vinham até Mogadício? Por que é que eu tinha que ir até Roma?

Naquela época, a garotinha que eu era não sabia de todas as coisas que a adulta que eu sou agora, sabe.

Meus pais estavam preocupados com a minha saúde. A parte inferior do meu corpo estava tomada por umas chagas misteriosas, uma doença que ninguém nunca conseguiu diagnosticar e que, assim como chegou, desapareceu. Mas sobretudo, não havia mais nenhuma garantia de segurança para ninguém na Somália. Começavam, naquela época, no final da década de 1980, as primeiras turbulências que iriam conduzir à guerra civil devastadora que destruiu o país entre o final da década de 1980 e a década de 1990.

As calças rosas que eu vestia naquele dia estavam encharcadas de minhas lágrimas. E o colete ocre também. Elas pingavam por todos os lados: pelo queixo, orelhas, cabelos, dedos. A carne chorava por inteiro.

Eu estava triste. Não queria voltar para Roma. Amava Roma, era o meu ventre. Mas Mogadício... Mogadício era minha segunda pele.

Apertei a alça da mala com raiva. "*Ha oin*. Não chore", disse-me Zahra. "Consegue ver aquela fileira de balaústres onde há muita gente? Vou ficar lá com toda aquela gente. Quando você passar pela segurança, basta levantar os olhos na minha direção e dizer tchau com a mãozinha. Eu vou estar lá." E depois, seu abraço forte. Zahra tinha cheiro de patchuli e roupa limpa. Seu lenço verde-água marcou minhas bochechas. Então, com os olhos alegres, ela disse: "Vamos nos ver novamente". Se eu tivesse sido mais atenta, teria notado um rasgo naquela alegria falsa que minha prima demonstrava para que eu não caísse num abismo.

Naquele dia, eu também usava óculos com uma bela armação robusta, marrom-avermelhada que me fazia lembrar da terra árida da savana. Eram óculos que eu tinha há poucos meses, desde que o doutor F, um daqueles famosos oftalmos de Mogadício, dera o alerta sobre minha dioptria. "Senhora", ele disse à minha *habaryer*, minha tia materna, minha única mamãe Halima, "sua sobrinha tem uma miopia severa. Piora a cada dia. Precisa de óculos novos. Com a medida correta. É urgente". A palavra "urgente" deixou minha tia muito agitada.

Nos últimos anos da ditadura de Siad Barre, não era fácil conseguir óculos novos sem deixar meio salário no balcão de atendimento do ótico, que normalmente estava no exterior, em Nairóbi. A inflação estava matando os xelins somalis. E as cédulas valiam menos do que o papel higiênico. Comprar óculos novos para mim significava imensos sacrifícios para a mamãe Halima: comer menos, evitar gastos supérfluos, atrasar o pagamento de boletos, fazer alguma dívida... Em resumo, apertar o cinto.

Mas por fim, os óculos chegaram.

Mamãe Halima fez uma vaquinha entre os parentes para comprá-los de um excelente ótico amigo de um amigo do meu primo que vivia no Quênia e tinha preços acessíveis. Ainda que, na verdade, nunca tenha me contado isso. São minhas suposições de adulta.

Mas, voltando a mim enquanto criança, não tive a coragem de dizer à mamãe Halima que algo tinha dado errado naquela compra. Tínhamos seguido as regras. Eu tinha tirado meu grau no oftalmo. Depois mandamos para o ótico no Quênia uma carta detalhada escrita em inglês pela Zahra. E o amigo do primo também havia ido várias vezes à loja em Nairóbi para ter certeza de que o trabalho estava sendo feito com todo o cuidado. Nada havia sido deixado ao acaso.

Mas ao usá-los, porém, continuava a não enxergar nada. Pelo contrário, via pior do que antes. Uma pátina ainda mais opaca recobria minha pupila. *Kasaro!* Que desastre! Mas eis que eu não tinha coragem de dizer para mamãe Halima que havia desperdiçado seu dinheiro. E que provavelmente alguém a havia enganado. O oftalmo?

O ótico? Engoli aquele segredo. E lhe sorri. "Ficaram bem em você", me disse. "São lindos", respondi.

Assim, por alguns meses, segui forçando a minha vista, talvez estragando-a. Mogadício tornou-se uma mancha de cor indistinta. Estava sempre fora de foco. Sempre para além do meu horizonte. E então, o azul de Seguunda Lido começou a se confundir com o amarelo denso da Garesa, o chumbo cobre da estátua de Howa Taqo, a patriota, misturou-se ao marrom intenso dos bangalôs de Afgooye, onde as pessoas iam comer o arroz *skukaris* com carneiro. O vermelho dos *shaas made in India,* com o qual as mulheres de Mogadício enrolavam suas cabeças, contaminou o verde dos mamões que reluziam nas bancas carregadas do bairro Xamar Weyne. Para não falar do branco cândido dos prédios do bairro Shangani, que abraçavam inconscientes os sorrisos, ainda não estragados pela guerra, dos garotos que engraxavam sapatos às margens das ruas de Bondhere.

Minha vida naqueles meses de Somália foi uma única grande mancha. Quase um ato de fé. Eu olhava aquela cidade que amava e seu esqueleto leve de pluma de pássaro escapava-me sempre.

Lembro-me de uma viagem de jipe até o norte com Zahra e sua amiga. Era um final de semana. Não havia aula. Eu tinha os cabelos enrolados soltos e mexidos pelo vento siroco que anunciava a chegada da estação do *gu*. Ao redor, tudo amarelo. Apenas a savana. Estávamos indo em direção a uma praia nos arredores da cidade. Olhava a vida enxameando. E quando o jipe se aproximou perigosamente de um grupo de plácidos *dik-dik* saltitantes, vi apenas a silhueta hexagonal das suas orelhas em riste. E depois vi um horizonte maculado. Feito de pontos. De vírgulas. De tremores. Os *dik-diks* pareciam miragens devoradas pelo sol do começo da tarde.

A mesma coisa aconteceu com Zahra. Naquele dia no aeroporto, eu não a vi. Passei rapidamente pela segurança. Passaporte. Bagagens. Abriam a mala para ver se eu estava contrabandeando algum corno de rinoceronte, alguma pata de elefante, algum dente de leão. Controlavam até entre as calcinhas sujas, quem sabe tinha escondido por lá algumas pulseiras de marfim ou algum conjunto de ouro de vinte e quatro quilates, comprado naquela encruzilhada de caminhos que constituía Afar Irdood. As mãos dos funcionários aduaneiros vasculharam com avidez dentro das nossas sujeiras. E todos, locais e estrangeiros, grandes e pequenos, passavam pelos mesmos controles. Até eu. Os funcionários aduaneiros faziam esses controles não tanto por um dever profissional, amor pela pátria ou sentimentos semelhantes de pessoas honestas, mas porque esperavam conseguir algum *lalush*, um tipo de suborno, para fazer vista grossa caso encontrassem alguém transportando algum material delicado. Eu era uma garotinha com poucas roupas na mala. Me virei com facilidade.

Porém, depois de ter passado pela segurança, comecei a olhar para o alto, procurando Zahra. Sabia que não ia conseguir reconhecê-la. As pessoas ficavam penduradas como bananas no cacho no parapeito do andar de cima do aeroporto. Um cotovelo colado no outro. E todos e todas se agitavam como ondas bravas num oceano tempestuoso. As pessoas naquele parapeito estavam animadas e, de forma sincrônica, moviam o dedinho até o limite extremo das palmas das mãos. Eu havia memorizado o vestido de Zahra. Um *bulgi* verde com fios dourados. Assim, eu veria uma mancha verde com pontos amarelos. E daria tchau para uma mancha como essa.

Com meus olhos fracos e os óculos inúteis da armação robusta, comecei a mover meu olhar como num fliperama. Em todas as direções possíveis. Mas era difícil encontrar uma extensão verde com pontos amarelos naquele arco-íris que parecia uma sopa feita com restos de comida. Verde era a cor de muitas pessoas e o amarelo também aparecia muito.

Ah, Zahra, se você ao menos estivesse vestida de preto, de vermelho. Eu a teria encontrado, até mesmo com meus olhos cegos, ali no meio da multidão que olhava como Julieta daquela sacada instável num aeroporto equatorial.

Eu suava. O cansaço de procurar a minha prima estava acabando comigo. Estava triste por não conseguir cumprir aquilo que tínhamos combinado. Então, levantei o braço e comecei a dizer tchau pra multidão. Meu pensamento era: "Se a Zahra estiver lá, irá ver que estou me despedindo. Assim, as últimas palavras que nos dissemos não se tornarão uma mentira. Serão não só uma verdade, mas poesia".

"*Ciao* Zahra", eu disse.

Sem me dar conta de que, através dela, eu estava me despedindo de toda Mogadício também.

Me despedindo para sempre.

Kasaro
Tragédia

Maio de amoras e amaranto. Ocorreu há muitas luas, mas para mim é sempre como se fosse agora.

Eu estava sentada ao lado do meu pai, morto.

Minha mãe de pé ao meu lado. Agita as coxas. Gostaria de fugir. Distante. Correr. Em direção ao infinito. Não olha nos olhos do seu doce marido. Não consegue conter na pupila a inteireza daquela vida que se tornou cadáver.

A *roiô* está tremendo. Gostaria de chorar, mas não consegue.

Eu lhe digo: "O *âbo* hoje está muito bonito".

A morte, tomando-lhe a alma, deu-lhe de presente uma última luz de juventude. E estou pasma. Sua avó sussurra um sim. Depois foge.

Fico sentada olhando meu pai se decompor na luz.

O *âbo* morreu. *Uallárri.*

Eu e a *roiô* ao lado dele enquanto ele transita em direção a mundos desconhecidos. Num caminho por uma linha do infinito. Uma viagem da qual nós, viventes, não sabemos nada. Uma viagem que só Alá conhece.

Conosco ficou seu corpo. Sua cabeça enfaixada imediatamente pelos meus irmãos, presentes no momento em que ele faleceu. Fecharam seus olhos. Com a mão decidida e doce. Uma pele lisa, a do *âbo*. Uma expressão serena. Não sofre. Ou pelo menos, já não sofre mais.

Os últimos quatro anos da vida dele foram difíceis. Para ele. Para nós. Tinha perdido o uso das pernas, da palavra, tinha perdido seu sorriso impetuoso que o caracterizava. A artrose roubara-lhe os movimentos dos dedos, e não conseguia mais sair da cama. As escaras, que todos tentávamos aliviar de alguma maneira, graças às indicações sábias da minha cunhada N, que era cuidadora, não davam trégua. Passava os dias com os seus fantasmas. Via seu irmão Abukar, sua irmã Bibi. Via o pai Omar e sua mãe Auralla, que invocava em especial de noite.

 Naqueles últimos quatro anos de vida, a *roiô* gritava nos ouvidos dele. Depois, sentava-se ao lado dele, espalhando creme nas mãos e nos braços. E massageava completamente. Dedo por dedo. Cuidando daquelas mãos que, em anos distantes, quando ambos eram jovens, haviam apertado as suas com ardor. E enquanto massageava e o via perder-se num mundo distante de nós, rezava para Alá para que aliviasse todo o sofrimento do seu doce marido. Mas quando chegou, enfim, o momento e os sofrimentos terminaram, quando o corpo do meu pai já repousava plácido à espera de desaparecer em decomposição, minha mãe não conseguiu manter em vista sua ausência. Olhava aquele corpo quase de olhos fechados. Tímida e titubeante. Tinha medo. Não da morte física do seu marido, mas da vida nova que a esperava sem ele.

 Por muito tempo, foram uma coisa só. No amor como nas brigas, no exílio como nas alegrias, na pobreza como na riqueza mais desenfreada. Havia sido sua esposa, mãe dos seus filhos e sua primeira-dama. Por ele, ela aprendeu, como Julia Roberts no filme *Uma Linda Mulher*, a como usar os talheres nos almoços de gala. Aprendeu a sorrir para os desconhecidos, a apertar as mãos com firmeza. O acompanhara em muitas viagens, por exemplo a Paris, onde o *âbo* viajou em missão oficial. Daquela viagem parisiense, restou uma foto dos dois sob a torre Eiffel. Ele, num terno cinza, à vontade, sorrindo, o olhar franco encarando a câmera, corpo flexível. Ela, por sua vez, mais tímida, com uma saia-balão insólita na altura do joelho e que hoje, para os cânones somalis, seria considerada inapropriada. Uma saia de renda. Um véu leve na cabeça. O rosto tensionado. Minha mãe, na época, não entendia a Europa. Era como se tivesse aceitado tomar um remédio por ele. Era a mulher de um político, com certeza não submissa, mas tinha abraçado por amor um papel extremamente distante da sua primeira infância com os dromedários. Amava a força gentil dele, que havia sido a prerrogativa também do seu pai, Jama. A *roiô*, desde o começo da relação deles, havia decidido tornar-se o alicerce da vida dele. Acreditava nele. E continuou acreditando mesmo depois, quando tudo começou a dar errado e chegaram em Roma paupérrimos, os filhos distantes que não sabiam como iriam resgatar. E com uma filha nova em folha que não sabiam como nutrir.

Até hoje, a *roiô* reivindica o fato de ter acreditado no *âbo* na saúde e na doença. "Depois que Siad Barre tomou o poder, muitas mulheres devotas, por assim dizer, mulheres de ministros e de deputados da República, deixaram os maridos na desgraça para se tornarem amantes dos novos poderosos. Eu nunca teria feito isso, minha filha. Entre seu pai e eu havia... Enfim, você sabe o que havia. É desnecessário explicá-lo, não é?"

A *roiô* não sabe falar sobre o amor, Soraya. Dá voltas com as palavras. Ou usa palavras pomposas. Fala de admiração, respeito, pontos de vista em comum. Nunca ouvi ela dizer "Me apaixonei pelo seu pai porque...", "Eu o amei tanto por...", "amor" é uma palavra que ela nunca se sentiu à vontade em dizer. Para sua avó, o amor é uma coisa secreta. Que não deve ser corrompida pelas palavras. Com os outros. Até comigo. Um território no qual não se deixa ninguém entrar, exceto a pessoa amada. Só o *âbo*, portanto, sabia o quanto a *roiô* o amava. Nós podemos somente intuir.

Diante do *âbo*, do seu corpo imóvel, rígido com a morte, a *roiô* teve um movimento de hesitação. Havia nela, como em nós, o alívio de não o ver mais sofrer. A morte consegue devolver dignidade. E assim foi com o meu pai. Por outro lado, para a *roiô*, havia também a consciência de não estar mais inteira.

Enquanto o observava naquela cama de hospital, ela via no fundo também a si mesma. Uma parte dela havia desaparecido com seu doce marido. E não voltaria mais. Olhando-o, era como se visse a si mesma morta.

Para sobreviver à dificuldade do momento, começou a levantar as mãos sobre seu rosto, quase como um escudo. Para cobrir os olhos e impedir à vista que cedesse à dor. A *roiô* ficou por pouco tempo naquele cômodo. O tempo de uma carícia. De uma prece. De um último contato visual com aquele corpo amado. Atravessada por um leve tremor, como se tivesse voltado a ser uma criança.

Do lado de fora do quarto do hospital onde meu pai havia falecido, já estavam familiares e membros da comunidade. E a *roiô* fez a única coisa que o *âbo* esperaria dela naquele momento. "Volte a ser minha primeira-dama. Entretenha os convidados." Minha cunhada N, acho que foi ela, lhe deu um xale branco para cobrir o hijabe alaranjado com que estava vestida no hospital. O branco é a cor do luto. Minha mãe enrolou-se naquele xale e fez o que tinha de fazer. Uma primeira-dama de luto. O *âbo* teria sentido orgulho, como Kennedy de Jacqueline.

Eu nunca deixei aquele quarto. Não conseguia me afastar nem deixar fechar as cortinas entre mim e o corpo do meu pai. As pessoas continuavam entrando. Um olhar rápido. Uma prece também rápida. Frases circunstanciais. Meu sobrinho Mohamed foi minha companhia por um bom tempo. Mohamed, seu primo, na época já jogava basquete muito bem e ainda não tinha o cabelão que o caracteriza agora. Ah, Soraya, você precisa vê-lo quando está jogando. Voa. Dizem que pode aspirar a uma carreira profissional no basquete. Mas ele sente-se dividido entre o esporte e os estudos de engenharia civil. É um pequeno gênio da matemática. Quem sabe qual será a estrada que Alá preparou para ele. E quem sabe o que ele sonha para si mesmo.

Naquele dia, Mohamed foi meu alicerce. Olhava o *âbo*. Estava triste. Mas nele também se infiltrava aquele alívio que todos sentíamos. É tão triste assistir por tanto tempo ao sofrimento de quem se ama. Ver seu corpo desaparecer aos poucos.

"Esse cheiro é ele?", perguntou-me seu primo.

"São os órgãos internos", respondi com um franzimento científico da testa.

Diante do corpo do *âbo*, tentávamos racionalizar a perda com observações empíricas. Porém, enquanto houvesse aquele corpo, a sua morte ainda não seria real. Ao menos não para mim.

Só quando o levaram, tudo ficou claro de repente. "Podem acompanhá-lo por algum tempo, se quiserem", nos disseram os enfermeiros. Ele estava coberto. Já estava invisível aos nossos olhos. Seguíamos a maca. Eu, Mohamed e também o primo Ercole e a doce e teimosa Aziza. Os outros ficaram paralisados diante do quarto em que o *âbo* havia falecido. Sentia o cheiro de desinfetante com que lavavam o chão, sentia o escorregar aguçado das nossas solas sobre os ladrilhos cândidos, o ruído do catafalco onde estava imerso o corpo do meu pai. Seguíamos em silêncio, como autômatos, atrás dos passos rápidos, ágeis, dos dois enfermeiros que empurravam a maca. E, para não ficar para trás, seguimos com passos amplos. Depois, de repente, uma porta de vidro. Quase a entrada de um outro mundo.

"Daqui em diante vocês já não podem seguir conosco." Eram enfermeiros que falavam assim conosco? Ou eram anjos da morte?

"Podem lhe dizer adeus agora", declararam secos aqueles emissários de sabe-se lá qual universo. Para eles, a morte, até a do meu pai, era algo rotineiro.

Aquela palavra, "adeus", nos acordou de repente do torpor. Estávamos tomados pela caminhada, não pelo pensamento. Achávamos que poderíamos continuar sempre ao lado dele, dos enfermeiros, da maca, do catafalco. Éramos ninados pela presença da sua carne amiga. Achávamos que nada iria interromper o encanto entre nós e o corpo em trânsito do meu pai. Ao invés disso, materializou-se aquela palavra um pouco assassina: "adeus".

Naturalmente, a roda segue gritando com sua dor. Eu olhava para os outros a chorar. Chorando.

Daquele momento, vou lembrar para sempre o primo Ercole, seus óculos embaçados de lágrimas, o bigode pingando. Ele conheceu o *âbo* na Somália dos anos de ouro. Viu-o em ação como político e estabeleceu com ele uma relação de afeto, de admiração. Enquanto eu chorava pelo meu pai, percebi, e foi um pensamento tão fugaz quanto repentino, que eu nunca havia visto um homem adulto somali chorar. Nunca. Era a primeira vez.

Ercole chorava pelo *âbo*. Porém, num certo sentido, chorava também pela Somália que o meu pai representava. Uma Somália orgulhosa que a guerra nos havia roubado. Para nós, a Somália ainda era aquela de 1991. Destruída e privada de sua dignidade. De um conflito que era difícil de entender mesmo com o passar dos anos.

Chorávamos pelo *âbo* e por aquele *Djíro* que mais uma vez nos devorava.

Para a *roiô*, foi fácil vestir o hábito de primeira-dama. Era como beber um copo de água fresca. Sua avó, Soraya, nasceu para a etiqueta. E você também, basta olhar para suas mãos, você tem a mesma elegância dela.

Desde que o *âbo* adoeceu, ela estava se preparando para lhe prodigar o derradeiro presente. O funeral que sempre sonhara. O funeral do *âbo*, todos estávamos cientes disso, não era só uma questão familiar. Mas sim um evento quase mundano. Um adeus a um político que, se não tivesse sido interrompido, teria realizado grandes coisas. Ou talvez, quem sabe, teria errado. Como todos. Porém, o *âbo* não conseguiu terminar seu percurso político. Algo o devorou antes. O *Djíro* chegou covarde batendo à sua porta com um golpe militar. Ameaçando-o. Forçando-o a fugir. A vestir o exílio.

Quando a Angela Merkel deixou de ser chanceler da Alemanha, abandonando a política ativa para abraçar a aposentadoria, pensei em meu pai. Ele também teria merecido receber os mesmos tributos. As mesmas celebrações. Os mesmos apertos de mão. No entanto, não foi assim para o meu *âbo*.

A vida política o havia traído, mas agora que seu corpo terreno se encaminhava para o repouso eterno, nós como família tínhamos a possibilidade de reparar as injustiças do destino. Com um funeral. A *roiô* havia entendido isso antes de todos. E com rapidez, deixou para trás aquela garotinha assustada que não conseguia sustentar o olhar do seu doce marido tornado apenas carne. Com rapidez, ela se despiu do medo para vestir-se com aquele luto cândido, branco como a neve, que naqueles dias que nos separavam do enterro tornara-se sua couraça.

Não apenas primeira-dama, não apenas viúva, mas a guardiã de uma memória maior.

No funeral, homens e mulheres foram divididos em ambientes diferentes, no estilo islâmico. Assim que entrou no espaço destinado às mulheres, já cheio de tapetes, serviços de mesa e cadeiras para os convidados que chegariam de todos os cantos do mundo, a mamãe só nos perguntou: "Aquela é a minha poltrona, verdade?" Fizemos que sim com a cabeça. E a poltrona se transformou num trono. E ela, numa rainha que eu, pessoalmente, nunca havia conhecido. Eu, Soraya, conhecia a mamãe. Sua avó. Já tinha visto a emigrada, a exilada, a refugiada, a cuidadora. Mas a rainha, a *first lady* do coração do meu pai, essa eu estava vendo pela primeira vez. E fiquei estupefata de ser apresentada àquela desconhecida.

Meu irmão, seu pai, no começo a repreendeu por essa mundanidade. O Ocidente nos havia acostumado a viver a dor como silêncio. Mas a *roiô* sabia que não estava enterrando só um corpo, um marido amado, um pai dedicado. Estava enterrando um pedaço da história da Somália que o *Djíro* havia dilacerado. Para ela, a mundanidade foi só uma forma de agradecer. Agradecer ao *âbo* pela vida que passaram juntos e à Somália por haver sonhado em ser diferente naquele parêntese da década de 1960. Quando a África se iludiu com a ideia de que havia se libertado da Europa.

"Poderia ter sido diferente, tudo diferente", ela me disse naqueles dias, com amargura.

"Mas o funeral foi perfeito, filha. Foi como deveria ter sido. Seu pai ficaria orgulhoso de nós."

Eu segurava uma bandeja entre as mãos, quase no colo. Nela, havia duas xícaras de café. Estava na cozinha, entre os móveis e a comida. O lugar que havia escolhido para mim, para enfrentar aquele luto que acabava de começar. Não era mundana, muito menos uma primeira-dama, como minha mãe. Eu era desajeitada, desengonçada. Apesar da minha timidez, sabia que eu devia ser a engrenagem bem lubrificada para que aquele funeral desse certo. Sabia que teria de sorrir para os hóspedes que viriam a nos dar os pêsames, e no fundo também para espiar a nossa dor. Eu tinha de sorrir, enfrentar suas línguas bífidas que certamente fariam perguntas indiscretas sobre o meu útero. "Mas por que você ainda não tem um marido?" "Não será como aquelas *gaal* que trocam de homem todas as noites?" "Não deu ao seu pai netos, o que você está esperando para dar ao menos um à sua mãe?" "Mas você não tem medo de morrer sozinha, sem ninguém que cuide de você na velhice?"

Eu gostaria de responder: "Sou uma tia, sou feliz. Sou uma mulher, sou livre, escrevo. Sou eu mesma e me basto". Mas não respondia dessa forma. Queria estar à altura daquele funeral. Não queria me perder em discussões inúteis. Eu sorria às perguntas indiscretas. Usava fórmulas islâmicas para deter as fofocas. Sempre funciona. Diante das fórmulas islâmicas, até a pessoa mais fanática se cala.

Eu servia o café em xícaras delicadas e floridas. Despejava o café preto fervendo, feito no estilo somali, em panelas borbulhantes cheias de gengibre. Oferecia docinhos. E me deixava abraçar por mulheres desconhecidas cobertas de patchuli que vinham me dar os pêsames. Algumas sinceras, tristes, outras que haviam passado só para espiar. Na minha boca, as fórmulas da passagem e do luto. *Samir iô imen*. Fé e paciência. A cada nova convidada que chegava em casa, eu oferecia uma cadeira e um docinho. Depois, com rapidez, corria até a cozinha e preparava mais café. Como uma barista da Piazza Dante em Nápoles, havia me tornado um raio. Inundava os convidados com o líquido escuro como o rosto de Marte.

E lá, no meio delas, minha mãe falava do papai. Construía sua lenda. É um momento estranho aquele em que a pessoa que nos deixou se vê entre dois universos, ainda na superfície, mas ainda não debaixo da terra. Fora do mundo, mas ainda no presente. É nesse momento que os vivos precisam ajudá-la a tornar-se outra coisa. Um antepassado. Mas não somente isso. Uma estrela que possa ser olhada nas noites escuras do exílio. E a *roiô* estava fazendo isso entre aquelas mulheres que eu mal conhecia: estava construindo um pedestal de ferro para meu pai do qual ninguém poderia fazer com que ele descesse. Falava do ministro. Do embaixador. Do homem que levou pela primeira vez uma delegação somali às Olimpíadas. Contava sobre a época em que o *âbo* prendia os bandidos quando foi *prefetto*.[34] E de quando foi governador. Naturalmente, ela falava do prefeito. Eles se conheceram naquela época. Ela era uma jovem telefonista e ele um homem lindíssimo, o primeiro cidadão de uma cidade que cheirava a especiarias. Depois, enrolada em sua roupa branca, de vez em quando, sua avó me buscava com o olhar. E naquele contato de olhos, eu filha, ela mãe, pensávamos no refugiado. No exílio que tínhamos atravessado juntos. O mundo queria saber do ministro, mas no nosso coração havia espaço só para o exilado com quem havíamos vivido todas as aventuras do mundo. E também os medos. Abraçando-nos com força sob as chibatadas do vento norte, da *tramontana*, de Roma.

Lembro-me da sua ligação, amadíssima Soraya. Estávamos no carro. Tínhamos acabado de sair do hospital. Tio Abdul dirigia, eu tentava aprender a respirar novamente.

---

[34] Embora soe parecido com "prefeito" em português, trata-se de um falso cognato, pois prefeito em italiano se diz *sindaco*. Já *prefetto* refere-se ao cargo de um representante do governo central nas províncias e cidades metropolitanas, responsável por um órgão chamado "escritório do governo territorial da prefeitura". É um servidor público estatal cuja função é representar o Ministério do Interior nos governos locais.

Alguém tinha atendido a ligação. Nura ou talvez Mohamed, seu primo. Você já sabia. Seu pai já havia avisado da morte do seu avô. Você tinha ligado para falar com sua *ayeyo*. Mas a voz saia ofegante, crepitante na ligação. E você chorava. Alguém me passou rapidamente o telefone como se fosse uma dinamite. Fervia com sua presença. Peguei-o com os dedos, me lembro. Apoiei-o com a distância de alguns milímetros da orelha. Tentei consolá-la com palavras circunstanciais. Naquele dia, não tive força para dizer mais do que isso. Estava exausta. Derrubada. Você continuava chorando e não conseguia sequer me ouvir.

Agora, eu gostaria de lhe dizer mais, minha sobrinha. Não a hagiografia. Não as fotos do *âbo* que circulam pela internet. Aquelas onde ele, com a testa ampla que todos nós herdamos, tem uma postura de um político eminente em um terno risca de giz. Não, quero lhe dizer outras coisas. Mostrar o *âbo* mais íntimo. Mais nosso. Mas não sei por onde começar.

Observo a *roiô*. Ela está deitada no sofá, assistindo ao jornal na RAI 3, com Maria Cuffaro, uma das melhores âncoras. Pai siciliano, mãe suíça-indiana. É sábado. Madrugada. Maria Cuffaro dá a volta ao redor do mundo conosco: Vietnã, Nigéria, Brasil e Noruega. E nós nos deixamos levar.

Gostaria de mencionar à *roiô* a possibilidade de contar-lhe algo sobre meu *âbo*, seu marido. A você que o conheceu, Soraya. A você que foi embalada pelas suas canções de dormir. A você que infelizmente não conseguiu ter uma conversa com ele em sua vida adulta, porque o tempo é tirano e nós somos a diáspora, distantes, separados por fronteiras que às vezes são intransponíveis. É certo que você saiba disso. Mas o quê? Não tenho ideia. Talvez simplesmente o quão intensamente o amamos.

A *roiô* está com sono. Maria Cuffaro está se despedindo do público. Li em algum lugar que ela está deixando Roma para dirigir a sucursal da emissora na África, em Nairóbi, na cidade onde você cresceu. Eu, num cantinho, no meu poleiro, continuo a lhe escrever.

Relembro o ano de 1991.

Estou com os fones de ouvido bem colocados na cabeça, como uma coroa, ouço Paul Simon, o mais africano dos cantores brancos estadunidenses. É uma fita pirata, uma relíquia abandonada pelos meus irmãos antes que tomassem o rumo em direção ao futuro. *Graceland* é um dos álbuns mais bonitos da discografia mundial. Um dos álbuns que eu mais gosto. A música que estou ouvindo está exatamente na metade. É um divisor de águas.

Tenho dezesseis anos e canto. Ou melhor, estou fingindo que canto. Naquela época, eu não sabia bem inglês, Soraya. E assim, para cada música estadunidense que tocava no rádio, eu inventava as letras. Todas minhas. Outras histórias. Íntimas. Autênticas. Pessoais. Carregadas de *Djíro*. Em algumas, havia o M e sua pele. M, aquele colega de escola que de fato nunca olhou para mim.

Mas voltando a Paul Simon, cada vez que ouço a fita pirata parece sussurrar a melodia no meu ouvido. E é então que eu me deixo levar pelo mais africano dos cantores brancos estadunidenses por pelo menos três minutos, o tempo de duração da música. Leve-me embora, Paul, dentro de um dos seus grandes bolsos, leve-me como aquela garota rica da qual você fala na canção. Aquela com um rastro de diamantes que saem das solas dos seus sapatos. A letra segue e eu fecho os olhos. No sonho, adormeço em andares desconhecidos nas periferias de Manhattan. Perdida entre as *bodegas* e as luzes cintilantes da Upper Broadway. Depois, a música interrompe. Como tudo. Como a vida. Paul Simon desaparece junto com Manhattan e com ele também se vai o coro de Ladysmith Black Mambazo que o acompanhava. Todas as notas escorregam entre os dedos como azeite. E eu volto à realidade. À minha. Daquele momento.

Levanto-me. Vou até o *âbo*. Ele está deitado no sofá. Os pés em cima da mesinha. *Husgunti* enrolado sobre os tornozelos. Os restos de um lanchinho ao lado dele. Está assistindo a *L'ispettore Derrick* na televisão, uma série alemã que na época fez imenso sucesso na Itália. O detetive e seu fiel companheiro Harry Klein tinham acabado de subir no carro quando entrei na sala e me aproximei do sofá. "*Âbo*," digo-lhe hesitante, interrompendo a série. "*Âbo*", repito, já com medo do que estou prestes a dizer. Ele olha para mim. Fica à espera. Os olhos entre o azul e um meteoro encaram minha figura desajeitada. E depois a coragem de tomar fôlego. Quase gritando. "Por que a *roiô* viajou? Você sabe?", pergunto-lhe. "*Âbo*, por que ela nos deixou?"

Ele suspira. Acaricia minha cabeça encaracolada. Não diz nada. Mantém a mão nos meus cabelos para me consolar. Todas as noites, a mesma pergunta. Todas as noites, nenhuma resposta possível.

Eu fiz essa pergunta ao meu pai durante meses, Soraya. Uma pergunta que se misturava com as nuvens de nicotina que voavam no ar carregado de uma casa da periferia da zona norte de Roma. O *âbo* ainda fumava Rothmans, sua marca preferida, emendando um cigarro no outro, retirados de maços elegantes brancos com linhas azuis. Aspirava. Forte. Olhava-me.

Da boca, nunca saíam sentenças. Nunca uma palavra contra minha mãe. "Hoje à noite", dizia, procurando um pouco de alegria naquele peito sofrido, "tem um filme com Glenn Ford, que tal assistirmos juntos?"

E então eu não perguntava de novo. E respondia: "Sim, *âbo*. Gosto do Glenn Ford. Um rosto americano engraçado. Um rosto de herói relutante. Vamos assistir ao Glenn Ford. Vai se apaixonar e sofrer. E nos levará para algum lugar. Vamos nos divertir muito com ele". E, com um gesto da mão, eu deixava escorregar aquela pergunta que me atordoava, sobre a minha mãe e sobre o porquê de ela ter ido se enfiar no meio de uma guerra civil.

Eu tinha dezesseis anos. Estava cada vez mais desesperada. Invadida pelo *Djíro* da cabeça aos pés. Em alguns momentos, tinha raiva da *roiô*. Dela que, entre a guerra e nós, escolheu a guerra.

Sempre assisti a muitos filmes com meu pai, sobretudo naqueles dois anos em que a *roiô* desapareceu. O *âbo*, pelo menos à noite, procurava uma trégua daquela guerra que havia engolido metade da família e todos os sonhos que tinha em relação a uma terra natal pela qual trabalhara arduamente como político. E o cinema era nossa língua em comum.

Seu avô adorava os filmes de faroeste e eu, *commedia all'italiana*. Ele, Glenn Ford, eu, Nino Manfredi. Ele James Stewart, eu, Marcello Mastroianni. Ele, Alfred Hitchcock, eu, Mario Monicelli. Ambos gostávamos de Gene Kelly e do seu sapateado elétrico. Gene Kelly, suspeito de ter ideias socialistas demais para os EUA daquela época. Gene Kelly, que poderia ter feito mais filmes se não tivesse sido boicotado.

Enquanto assistíamos aos filmes juntos, o *âbo* contava-me sobre a sua vida. Sua vida antes do *Djíro*. Antes do assassinato de seu irmão Osman, antes do exílio forçado. Falava comigo sempre no intervalo comercial entre a primeira e a segunda parte do filme. Naquela época era assim, Soraya. Na metade, só na metade, havia um intervalo e um recheio de publicidades. E entre a primeira e a segunda parte, o *âbo* contava-me sobre Barawa. Somos *tunni*, *da' farad*. Somos de um antigo clã do mar e do campo. Os nossos antepassados eram pessoas dedicadas à agricultura e ao comércio. Alguns, infelizmente, também ao comércio de seres humanos. Pessoas que falavam uma língua franca derivada do suaíli, mas simplificada e recheada de todos os idiomas que dançavam ao redor do Oceano Índico. Do lado paterno, somos da cultura suaíli, que não nos foi completamente transmitida. E entre a primeira e a segunda parte do filme, de todos os que eu e o *âbo* vimos juntos naqueles dois anos em que a *roiô* desapareceu, ele me contava sobre as praias de areia de Barawa e dos seus prédios brancos de lua. Nunca estive, mas é como se tivesse nascido lá.

Seguia os olhos do meu pai que percorriam novamente cada beco, cada limiar, cada protuberância de terra em busca de uma antiga paz, a essa altura perdida. Eu o ouvia em silêncio. Ele assobiava aquele seu somali recheado de *chimmi*, tão diferente dos sons teutônicos da língua da *roiô*, feita de pastagens e invasões. O somali da *roiô* é duro, desembrulha universos. No *âbo*, ao contrário, havia aquela oscilação ondular das rachaduras do mar. Como se voasse sobre uma onda com as mãos, sem qualquer apoio. Naquele somali, contava-me as maravilhas daquela cidade que se afundava em uma bacia marítima para emergir como uma *gabareymayo*, uma sereia, com os braços torneados e uma longa cauda de escamas.

Só quando terminavam os filmes, vários de Glenn Ford, Nino Manfredi, James Stewart e Gene Kelly, nos abandonávamos aos nossos destinos, e eu via o *âbo* balançar. Estava preocupado. Atordoado por aquela guerra civil estourada no coração dos seus afetos. Na Somália, além da *roiô*, também estava a sua primeira mulher, o seu irmão, parte dos seus filhos e seus amigos e companheiros com quem havia trabalhado na política. Havia também seus sonhos da mocidade antes e depois de jovem funcionário público. Na Somália, estava o túmulo do seu pai, da sua mãe, do seu irmão Osman, assassinado. E conforme a guerra avançava pouco a pouco, o *âbo* tinha a sensação de que tudo estava perdido.

Por isso ele balançava. Sentia-se impotente. Completamente entregue ao *Djiro* que batia nas suas têmporas como uma britadeira. Eu olhava para ele. Via seus olhos marcados por um azul iridescente manchar-se de vermelho pelas lágrimas que não conseguia expressar. O *âbo* chorava por dentro. Inundando todos seus órgãos internos.

Entre a primeira e a segunda parte, o *âbo* contava-me também sobre o *Novecento*.[35] Sobre o seu *Novecento*. Para contornar minha pergunta sobre a *roiô* e sobre a razão de ela ter partido para a Somália bem quando todos estavam tentando fugir de lá.

O *Novecento* do *âbo* era um *Novecento* que eu não encontrava nos livros da escola. Um *Novecento* no qual ele era filho de um dos intérpretes dos patrões da Somália, os italianos. Um *Novecento* em que ele via seu pai traduzir as palavras de morte de quem comandava o país. Um *Novecento* que havia quebrado seus sonhos e seus estudos, já que o fascismo de Benito Mussolini impedia os filhos dos súditos coloniais de irem à escola além do quarto ano do ensino fundamental.

Meu pai nasceu num sistema colonial, Soraya, um sistema em que a divisão entre indivíduos é nítida e precisa. Brancos aqui, negros ali. Brancos superiores, negros in-

---

35 "*Novecento*", 1900, é como o século xx é comumente chamado em italiano. Manter o termo no original salienta a precisão e a profundidade do conceito dentro da área de estudos da língua, literatura e cultura italianas.

feriores. Brancos civilizadores, negros a serem civilizados. Brancos patrões, negros súditos. E isso significa haver sugado o *Djíro* já no leite materno.

"Eu, filha", ele dizia-me sempre, "queria ter estudado as estrelas. Ter me tornado o primeiro astrônomo da Somália".

Então, se o filme não era bom, deixávamos a segunda parte de lado. E o *âbo* me levava para o lado de fora com o telescópio que comprou para mim em Jedá, na Arábia Saudita, e dizia: "Agora vamos ver as constelações. Vamos ver Vênus. E você irá me mostrar a Ursa Maior, como eu lhe ensinei".

Ele esperava transmitir a mim o testemunho das suas constelações, mas eu fui raptada por outras estrelas. Estrelas de papel, estrelas alfabéticas.

Porém, gostava de sair para o jardim com meu pai, no frio ou no calor, e olhar o cosmos. E esperava que um dia a Terra também fosse inundada pela mesma paz que eu vislumbrava naqueles astros não explodidos, pendurados no céu noturno, feito lanternas.

Durante a ausência da *roiô*, seu avô cozinhou os pratos mais gostosos. Se fecho os olhos, ainda sinto o sabor das iguarias do *âbo*. Sinto a consistência do seu risoto. O azeite que usava para não deixar que os grãos passassem do ponto de cozimento. O *kalankal* com cebolas douradas. E depois, para terminar o jantar, uma xícara de chá com cardamomo, canela, cravo e gengibre. Eu e ele éramos uma profusão de especiarias.

No começo, eu tentava nunca vomitar aquelas comidas. Mas só no começo, quando ainda tinha bons propósitos, quando achava que a *roiô* voltaria logo. Depois, a inevitabilidade dos eventos, a guerra que não dava sinal algum de terminar, transformaram-me num perjúrio. E depois do jantar, quando o *âbo* estava distraído vendo um filme com Charles Bronson ou com o Yul Brynner da vez, que reclamava toda sua atenção, eu ia ao banheiro, nas pontas do pé. E começava o ritual. A essa altura, mais do que um ritual, já era um hábito. Eu sabia como me esvaziar rapidamente e sem fazer barulho. Depois, sentia dentro do peito a satisfação íntima e tóxica de ter tudo sob controle. Quando você vive dentro do universo do *Djĩro*, tudo parece lógico, em especial a falta de lógica de vomitar a comida que acabou de ingerir. Mas eu estava perdida. Não sabia bem como continuar vivendo. E vomitar me dava uma gravidade específica ou, ao menos, eu tinha a ilusão de que me daria aquilo que eu esperava.

Eu era burra? Talvez sim. Quando estamos dentro de um *Djĩro* que não sabemos reconhecer, fazemos coisas burras o tempo todo. Antes de mais nada, eu estava cansada. Sim, *tahaban*, cansada da guerra e de não saber. Queria a paz. E queria que a *roiô* voltasse.

É noite. Você está falando com seu *âbo* pelo telefone, Soraya. Você mudou de novo a cor do seu cabelo. Hoje está ruiva como o fogo. Seu *âbo* pergunta como foi com a última casa que você acaba de esvaziar. Enquanto conversa com você, uma tinta preta escura cobre a cabeça dele. Seu pai é muito vaidoso. "Eu tenho o rosto jovem demais para ter cabelos brancos", justifica. Está mastigando uma bolacha de trigo mourisco e aveia que comprou numa loja vegana perto de casa e espera que você responda. Então, você começa a contar. De vez em quando, sua risada explode e a completa. Eu e a *roiô*, que estamos a poucos metros do Mohamed, pulamos de alegria quando a ouvimos.

Há algum tempo, você retira móveis antigos das casas, junto com alguns amigos-sócios. Para se manter estudando, faz mil trabalhos. Esse é o mais criativo. Esvaziar porões, depósitos, garagens e procurar móveis a serem restaurados. Sua pesca é sempre frutífera. Uma cadeira antiga, um berço do começo do século xx, todo quebrado, uma mesinha para servir chá feita de madeira de carvalho. Seu objetivo é a madeira em bruto e as molduras. Leva tudo para casa e lá começa, antes com a cola, depois com as tintas, dando uma nova vida aos artefatos. Gosta de pintar. Tem um traço picassiano, ainda que nas cores pareça mais com Seurat.

Todas as vezes que conversamos pelo Messenger, o quadro que está atrás de você é diferente. Hoje, vejo uma mulher que se parece com as silhuetas de Matisse, nua, abundante, cuja única peça de roupa é só um fio de pérolas. É uma mulher imersa no azul. Talvez esteja nadando. Ou afundando. É uma mulher que viveu, isso é certo. Não parece uma mulher do nosso tempo, quem sabe de onde é que saiu isso. Além dos móveis restaurados, você também vende os quadros que pinta. Para complementar a renda. Mesmo amando muito a fisioterapia, na qual você está se especializando, com o passar do tempo, você percebe que essa sua arte que nasceu como um hobby a engole. Lhe dá alegria.

Eu estou sempre aqui, espiando dos bastidores a ligação entre você e seu *âbo*. Nas palavras que trocam, noto uma ternura. Tanta alegria de viver e rir. Essa é uma característica da nossa família. A despeito do *Djîro* que nos habita, estamos sempre prontos para dar risada. A todo volume.

Na conversa, vocês trocam palavras, opiniões, ideias e soluções. Falam muito. O ar está saturado com todas as suas consoantes e vogais. Falam sem pontuação. Perseguindo os sonhos. Repreensões. Loucuras. Mais do que uma vez, ouvi você perguntar-lhe, quase como se fosse uma jovem inquisidora: "Quem é aquela mulher que você curtiu no Facebook?" Você o controla. Fazendo o papel da sua mãe Naima, que não gosta de tecnologia. E Moh, que teve um passado de garanhão, começa a se justificar, balbuciando: "Filha, não é nada de importante". E então você faz mais perguntas, para entender se ele está dizendo a verdade ou se vai acabar se traindo. Mas no fundo, você também sabe que seu *âbo* abandonou há muito tempo as paqueras alegres, desde que se casou com sua mãe, sua postura de playboy se derreteu como a neve ao sol.

O que mais me toca é a cumplicidade profunda que vocês têm, jocosa, sempre no fio de uma relação que não é só entre pai e filha, mas sim de uma familiaridade entre amigos que às vezes não temem nada. Me comove, é isso.

Você é a primogênita dele. Ele aprendeu contigo como tratar os demais filhos. Criando-a. E todas as vezes que errava alguma coisa, dando papinha, trocando fralda, colocando alguma roupa, quase sempre lhe pedia: "Soraya, me ajude. *Soraya gahan ii sī*". E essa sua paternidade *in progress* foi possível porque você lhe estendeu a mão. Raramente pensa-se na importância de uma criança no crescimento dos pais. Um papel pouco estudado, porém fundamental. Acredita-se sempre que um pai ou uma mãe sejam invencíveis, que já saibam tudo desde o começo. Mas não é assim. Sem a filha ou o filho, um pai e uma mãe simplesmente não existem.

E isso, no fundo, também vale para nós tias. Sem vocês, sobrinhas, não existimos.

Eu e meu *âbo* não conversávamos muito. Não o tempo inteiro. E não com tamanha intensidade como você faz com o seu. Havia cinquenta anos de diferença entre nós. Duas gerações. Éramos ambos acanhados. Reflexivos. Cada palavra era um parto.

Para as comunicações oficiais, por exemplo, os anúncios de viagens para o exterior, negócios que se consolidaram daí a pouco, visitas de parentes, ou desavenças entre integrantes da família (com frequência briga-se entre nós, irmãos), o *âbo* usava a *mis*, ou seja, a mesa da sala. Nos sentávamos ao redor daquela mesa como numa reunião da onu ou numa negociação de paz. Primeiro, falava seu avô, não só porque era o pai, mas porque tinha clareza sobre o quadro da situação a ser tratada. Seu discurso parecia, de fato, com uma espécie de arenga no tribunal ou, de fato, um discurso político na sede de um parlamento ou congresso internacional. Só em seguida era dada a palavra aos delegados. Ou seja, a nós. Uma rodada de mesa. Se havia só eu, então só eu. E depois, se não fosse necessária outra rodada, a resolução.

Mas não ocorria com frequência sentar-se ao redor da *mis* como numa grande delegação política. Como lhe expliquei, eu e *âbo* falávamos muito mais durante aquele parêntese entre a primeira e a segunda parte dos filmes. Ou depois do jantar, quando ele sentia desejo de compartilhar o século xx comigo. Mas naqueles momentos, eu tornava-me muitas coisas para ele. Biógrafa. Psicóloga. Assistente de um político eminente.

Na verdade, todos nós fazíamos esse papel. Quando ele contava, tomávamos notações na cabeça. Sem esquecer nem uma vírgula. Com os meninos, ele também falava muito durante as viagens, durante os deslocamentos pela Itália, de Roma a Nápoles, de Ascoli Piceno a Ravenna, de Milão a Gênova, nas várias fases da sua e da vida deles. Não é por acaso que entre nós, filhos, seja Abdul, seu tio Abdul, o que essencialmente conhecia o *âbo* melhor do que o *âbo* conhecia a si mesmo. Porque o levou de cima para baixo. Eu, por minha vez, nunca dirigi de verdade um carro. Só tirei a carteira. O *âbo* ficara um pouco desiludido de eu ter a carteira de motorista e ser tão ruim no volante. Depois, anos mais tarde, entendemos que era porque eu não enxergo direito, que, tendo perdido parte do meu campo de visão devido à minha doença, não posso realmente dirigir, porque colocaria em risco a mim mesma e ao próximo. Resta, porém, o pesar por não ter conseguido acompanhar meu pai, seu avô, de carro, pois era nessa circunstância que se abandonava às lembranças mais intensas.

E, de coisas a serem contadas, o *âbo* tinha muitas. Afinal de contas, foi o único entre nós que conseguiu olhar para o *Djîro* direto nos olhos sem nunca se deixar atropelar, apesar dos desafios contínuos que lhe foram lançados.

Há uma música que relaciono sempre ao *âbo* e à sua forma de andar. Uma canção da peruana Chabuca Granda, que porém, na primeira vez, eu ouvi cantada numa versão cover do "meu" Caetano Veloso, num disco dedicado aos antigos boleros em língua espanhola, que sua mãe, dona Canô, ouvia no rádio, lá no Brasil, quando ele era uma criança e vivia em Santo Amaro, no estado da Bahia. Digo "meu", Soraya, porque para mim Caetano Veloso é quase uma crença. E sua voz de baiano que mistura em si África, América e Europa é a única sempre capaz de colocar abaixo os muros que eu tentei colocar entre mim e este mundo maltrapilho em que vivemos.

A canção da qual falo chama-se "Fina estampa" e é dedicada ao pai de Chabuca Granda, Eduardo Antonio Granda San Bartolomé. Um engenheiro de minas, um homem, como descreve a filha, com um porte aristocrático, um *caballero* que iluminava galáxias desconhecidas com seu passo de seda e seus saltos de veludo.

Essa música me faz chorar a cântaros, todas as vezes, *uallárri billárri tallárri*, Soraya. Porque naqueles versos, que parecem se entrelaçar como fios de lã crua num tear, vejo novamente todos os gestos do meu *âbo*, em especial sua forma orgulhosa de caminhar. Para ele também, como para o pai de Chabuca, a calçada arrumava-se e sorria quando a sola do seu sapato acariciava de leve o cimento. "*Y la cuculì se ríe y ventana se agita/ cuando por esa vereda tu fina estampa pasea.*"

Recentemente, ocorreu-me conversar sobre a forma peculiar da caminhada do seu avô com uma velha conhecida. A ocasião foi a apresentação de um livro que organizei com minha amiga Chiara Piaggio, na sede da Civiltà Cattolica, na Via di Porta Pinciana, ambas hóspedes do padre Antonio Spadaro. Lá, encontrei Giulio Querini. Quando era jovem, o senhor Querini, ou melhor, o professor Querini, já que lecionou, por décadas, economia ambiental na Universidade La Sapienza de Roma, foi colaborador do meu pai quando ele era embaixador da Comunidade Econômica Europeia em Bruxelas. Não falou de imediato comigo. Aproximou-se, circunspecto, para depois me entregar um envelope numa lentidão quase xamânica. Dentro do envelope, havia uma foto em preto e branco dele com uns vinte e quatro anos junto ao *âbo*, em algum salão nobre em Bruxelas. "Estou feliz", disse-me, "de ter finalmente conhecido a filha de Ali Omar Scego. Há muito tempo eu a procurava. Admirava muito seu pai. Tudo aquilo que me tornei, devo aos ensinamentos dele". E depois, tentando sufocar uns pequenos soluços, contou-me rapidamente quantos mundos ele tinha atravessado com meu pai. "Eu vi a África graças a ele. De Yaoundé, nos Camarões, até Antananarivo, no Madagascar." Naqueles anos da juventude, o futuro professor universitário vivera no rastro do *âbo*. "Seu pai acreditou em mim quando ninguém o fizera."

Infelizmente, não consigo citar palavra por palavra o que aquele homem me disse sobre o *âbo*. A conversa foi rápida, agitada e emocionada. Além disso, o evento estava prestes a começar. Os microfones, a poltrona, a pequena mesa para apoiar as anotações, a água mineral natural, as folhas de papel dispersas, o livro amarelo organizado junto à minha amiga: tudo estava pronto para que eu me acomodasse e começasse a falar. Porém, naqueles poucos minutos, foi quase como se o professor e eu tivéssemos concordado, como se ambos tivéssemos um roteiro acordado em mãos, falamos em uníssono sobre a caminhada do *ábo*. Da sua figura elegante, de cavalheiro, *caballero* diria Chabuca Granda. Do queixo levemente levantado, da testa ampla e aberta para o universo e dos seus passos longos contra o sol.

Aquela sua forma de caminhar, sem medo, sem se preocupar com as tempestades, com ondas de preocupação, isso sempre foi o que eu mais invejei nele. Eu sou desajeitada, minha Soraya. Caio com frequência, às vezes torço um tornozelo enquanto caminho e meu equilíbrio derrete como um sorvete industrial retirado do congelador. Tropeço em tudo, ainda que seja invisível. Sou instável, oblíqua, inclinada como aquela torre em Pisa que muitos turistas fotografam sem olhar. Meu jeito de caminhar sempre foi um motivo de grande angústia pra mim. Ao longo dos anos, fui ganhando alguns hematomas, microfraturas, diversas torções. E há algum tempo vagueio, com uma certa graça que me provoca orgulho, com um menisco e uma rótula machucados, carentes, todos os anos, de uma infiltração de ácido hialurônico, porque alguns anos atrás caí no estilo Pato Donald de um bonde em movimento a um punhado de paradas de casa.

O *Djíro* manifestou-se assim em mim. Fazendo com que eu perca todo tipo de estabilidade. A *roiô* diz que não é o *Djíro*. "Tesouro, você anda distraída demais, está sempre com a cabeça nas nuvens." "Mas não é isso mamãe... É o *Djíro*. É o *Djíro* sim, eu lhe digo que sim."

Seja como for, além de me angustiar pela forma com a qual eu caminho, muitas vezes também me angustiei pela forma de caminhar do meu pai. O *âbo* sempre foi um perfeito cavalheiro, mas temerário, às vezes precipitado. Como teve uma formação militar, sempre seguiu as regras. Tanto como motorista quanto como pedestre. Acho que nunca o vi atravessar a rua com o semáforo vermelho. E tinha uma fé nas faixas de pedestre que nunca vi igual em outro ser humano. "Eles precisam parar, há a faixa", dizia. E uma vez que chegava no limiar daquela zebra estradal, aproximava-se com segurança sem nem olhar à direita ou à esquerda. A rua é minha e lido com ela como quiser. Era esse o seu pensamento. A regra. E assim, o via sempre seguir adiante intrépido, olhando para frente em plena segurança, sem se preocupar de ter, ao seu redor, uma capital caótica cheia de loucura e buzinas. "Mas e se não pararem?", perguntava desesperada. "Estamos em Roma, *âbo*. Em Roma dirigem mal. Muito mal!" E preocupada eu apertava seu antebraço. Ele sacudia meu susto. "*Fullei*", dizia-me com bondade. Medrosa. E tinha razão. Eu sempre tive medo de atravessar a rua. Mesmo na faixa. Não confio em Roma quando está por trás do volante, nunca confiei. Mas para o *âbo* não era uma questão de confiança. Era uma questão de não se dobrar às circunstâncias. Nunca. Por motivo algum. Não queria que sua vida fosse ditada pela loucura dos outros, pelas suas buzinas. E quando acontecia isso, apertava os dentes e seguia adiante.

Lembro-me de quando, já com noventa e tantos anos, teve que parar devido à doença. Já não andava mais, as pernas o haviam abandonado. Mas em vez de se colocar para baixo, como ocorre com muitas pessoas, em vez de se render, *âbo* resistia com tudo o que tinha à disposição. A respiração, a fé, a raiva. Nós. Nos dava ordens de forma gentil, sorria, ainda que algumas vezes arrancasse o oxigênio, reclamava, chamava nossa atenção. "Vai, me deixem sair. Preciso estar ao ar livre. Preciso esticar as pernas. Vamos até um shopping, um museu, onde vocês quiserem." E então saíamos com ele. Até que a doença piorou. Lembro-me da tenacidade que colocava em cada gesto das mãos, dos dedos, até das unhas. Para meu pai, viver sempre foi um ato de vontade. Uma vida subtraída ao *Djïro*, um dia após o outro, com coragem. Caminhando com a cabeça erguida no fio da loucura do mundo. Como um cavalheiro. Como um *caballero*.

"*A gentlemen will walk, never run*", como teria dito Sting.

O *Djïro*, pelo menos a dose mais letal, chegou para o *âbo* em 1968, quando seu irmão Osman foi assassinado.

Roiô diz que antes desta data, antes do *kasaro*, nossa família era feliz. Depois começamos a definhar lentamente. Inexoravelmente. *Kasaro,* é como sua avó chama aquele homicídio. Palavra somali que pode ser traduzida como "tragédia", mas tem uma nuance mais forte, definitiva.

Daquele jovem tio, daquele assassinato que caiu sobre nós no mesmo ano em que foi assassinado Martin Luther King, tenho muitas versões que me foram relatadas ao longo dos anos. E em especial uma fotografia em preto e branco que, quando era pequena, eu olhava com uma avidez feroz. Naquela foto, o tio Osman tinha uma cara grande, muito grande. Olhos intensos, um nariz proporcional e cabelos pretos de um tom fantasmagórico. Como se tivesse sido imortalizado com a sensação de que, mais cedo ou mais tarde, aquela foto teria servido para comemorá-lo. *Âbo* e *roiô* sempre colocaram aquele retrato do tio Osman com uma outra fotografia dos meus avós paternos no canto mais luminoso de todas as casas provisórias que tivemos. "Para que nunca sintam frio." E todas às vezes, olhando para ele, meus pais recitavam para aquele irmão, que já havia se tornado um antepassado, vinte ou trinta suras *Al-Ikhlâs*.

Em nome de Alá, o compassivo, o misericordioso.
Diga: "Ele, Alá, é único,
Alá é o Absoluto.
Não gerou, não foi gerado.
E ninguém é igual a Ele".

Após recitarem a sura, ambos murmuravam "*Ilarri Jannata Fardos rá qu furo* ", ou seja, uma prece, um auspício, um desejo, misturando somali e árabe para cultivar a esperança de que o tio estivesse naquele paraíso celestial no qual todos os muçulmanos que seguem os cinco pilares do Islã esperam adentrar um dia. Depois, ao redor daquela foto, caía um silêncio. As únicas palavras permitidas eram aquela fórmula islâmica do luto.

Era doloroso falar do tio Osman. Seu nome era dito com os dentes apertados, sufocando a dor que saía em jorros pelas gengivas inchadas.

Âbo sempre me contou pouco daquele tio que nunca conheci. Muito pouco. Era a *roiô* quem falava mais. Nos anos, recolhi de diversos parentes algumas frases, imagens, sensações, cores de um dia, de um assassinato em via pública que rachou a história da minha família.

O tio Osman foi assassinado por um equívoco. Quem deveria ser a vítima nem estava mais naquele prédio do qual saiu o irmão do meu pai, com seu terno escuro e as bochechas cor de âmbar que ainda tinham o cheiro do leite materno. O assassino estava cheio de rancor. Trabalho perdido? Inveja do clã? Uma raiva generalizada? Suas verdadeiras motivações, nunca iremos descobrir. Mas não encontrando o objeto daquela sua obsessão doentia, derramou sua raiva sobre o tio Osman. "Aquele engravatado está bem-vestido demais", talvez tenha dito a si mesmo, "vou parti-lo". Um pouco como o Raskólnikov de Dostoiévski, para quem era intolerável voltar para casa sem ter matado.

E foi assim que aquele punhal destinado a outra pessoa atingiu sem piedade o jovem irmão do *âbo*. Dilacerando a carne criança e os olhos que olhavam para o futuro. As pessoas que assistiram à cena começaram a bater no peito. "Como pude não entender... Não ver... Não intervir..." Pena e soluços enchiam o céu. Depois uma corrida até o hospital na esperança de poder salvá-lo. Uma corrida frenética com o carro do tio Osman. Não sei exatamente qual era o carro, mas nos relatos que fui ouvindo naquele tempo não especificaram. Mas todas as vezes que visualizei essa cena, a do tio transportado correndo para o hospital com seu próprio carro, penso sempre na Renault 4 vermelha onde foi encontrado Aldo Moro. O tio Osman estava na política como o *âbo*. Todos dizem que se não tivesse morrido, Siad Barre teria tido uma vida mais difícil. Era brilhante. Tinha estudado duramente. Era formado. Nos olhos, tinha todos os projetos com que teria envolvido o futuro da nação. Mas foi quebrado. Como Enrico Mattei, Malcom X, Peppino Impastato. Só sei uma coisa daquele carro: que estava tão cheio do sangue dele que havia preenchido até o capô.

A prima K, sua filha, hoje mãe sete vezes e até avó mais do que uma vez, na época era pouco mais do que uma recém-nascida, jura que chegou a ver o sangue do seu pai nos assentos do carro. Ninguém acredita. "Você era pequena demais", dizem. Mas ela jura. Coloca a mão no Alcorão e diz: "*Uallárrî*". E eu acredito. Porque quando fala do seu pai, lembra-se daquela garotinha ferida daquela época a quem arrancaram a rosa mais preciosa do jardim. Desde então, a prima K viveu mutilada. Sem os membros. E com o *Djîro* no coração.

No hospital onde levaram o tio Osman também estava de serviço a mamãe Halima, minha tia materna, que na época era enfermeira. Chegara uma ligação anunciando que Scego havia sido esfaqueado. Mamãe Halima começou a tremer. "Terá morrido o marido da minha irmã?" Tinha certeza de que se tratava do *âbo*. Naquele momento, ele era o político mais à vista na família. Era o ano de 1968, um ano antes do golpe de estado de Barre já se respirava um ar ruim. Um homicídio daquele tipo era uma eventualidade a ser levada em conta. Se você faz política, leva em conta a possibilidade de morrer assassinado. Isso meu *âbo* sempre disse. Em especial, quando se fazem escolhas contracorrente que se colocam de forma atravessada em relação ao poder dominante. Mas ao contrário, quem chegou no hospital foi o tio Osman, ainda vivo, mas à beira da morte. Mamãe Halima, naquela altura, entrou numa profunda depressão. "Oh não, tão jovem, tão brilhante..." E depois, acima de tudo, começavam a emergir as circunstâncias desse crime hediondo, um ataque aleatório cuja vítima poderia ter sido uma pessoa qualquer.

Mamãe Halima tremia. E até hoje quando fala do tio Osman mostra-me suas mãos. Continuam a pingar o sangue dele. "Eu o toquei", diz. "Acariciei sua testa", repete como se estivesse perdida naquela memória que a dilacera.

O resto fica confuso na memória familiar. Cenas esparsas. Raiva. Sede de vingança. O assassino que foi carregado à prisão. Multidões. Barulho. Os filhos da vítima aos prantos.

E depois a viúva, que tremia à beira da rua. Alguém da família, não sei bem quem, entregou-lhe um punhal e lhe disse: "Acerte-o agora. Não irá para a prisão se for uma vingança. Ninguém vai ver nada. Só você poderá fazer justiça. Só você. Acerte-o no coração. Na jugular. Faça isso agora que aquele maldito está passando diante dos seus olhos". Ela, porém, não conseguia se mover. E mais do que tudo, não pegava nas suas mãos aquele punhal que enfiaram entre seus dedos. Não se movia. Não se vingava. Mas rezava. Rezava. Repetindo fórmulas e rituais. Disseram-lhe que era uma *dokan*, uma boba, uma fraca. "Se não o matar agora, irá perder sua chance e viverá para sempre arrependida." Mas vingar-se não serviria para nada. Nenhuma vingança poderia devolver o amado que lhe fora arrancado. E talvez nem tivesse a força para isso, já que estava devastada pelas lágrimas vertidas. Ficara parada à beira da rua. Imóvel. Tensa. Olhava para aquele homem algemado atravessar a rua. Desejava justiça, mas infelizmente nunca chegaria. Porque o assassino do tio Osman se safou, protegido pelo seu *qabil*.

"Talvez tivéssemos de nos vingar de verdade," sussurra *roiô*. E suas bochechas cedem quando esse pensamento a atravessa, dilacerando-a. "Talvez sua viúva deveria..." Depois se interrompe. Olha para mim. E não termina a frase. Falar de vingança lhe arranca a humanidade. E isso a assusta. Toca seus pulsos. Aperta-os convulsivamente. "Amava seu tio Osman. Todos nós o amávamos. Não conseguimos tolerar que... Sabe, depois de todos esses anos deveríamos ter superado... Mas não é possível superar... Não se supera nunca."

Então, eu começo a pensar na cara grande do meu tio, um rosto jovem e bonito, de um homem que não merecia sangrar até a morte, mas que pelo menos ficou livre de vinganças feitas em seu nome. De um *Djíro* que segue para além da morte. Digo isso para a *roiô*. Ela diz que sim com a cabeça. Concorda.

Estou de novo pensando no funeral do *âbo*, Soraya. Estou servindo o café. Recebo pêsames de pessoas desconhecidas. Meu corpo é frio. Ausente. Mostro os dentes, sirvo café, ofereço doces. Volto para a cozinha, lavo as xícaras. Preparo mais café. Troco algumas palavras com minha cunhada que está fritando o *bur* a ser servido com o chá e as *malawa* a serem recheadas com o mel. Toco minhas têmporas, faço uma massagem. Todo aquele trabalho me distrai da dor. Mas até mesmo nos gestos mecânicos de preparar ou servir, volta aquilo que preciso afastar de mim. O pensamento de que não vou mais ver meu pai. Que para tê-lo novamente por perto, de agora em diante, será só fechando os olhos e recordando. Sinto um desmaio. Como um torpor violento que cai sobre mim e transforma meus joelhos em gelo derretido. Estou como uma gelatina. As pernas ficam bambas.

É a prima S quem me segura. Diz que preciso de um pouco de ar. Fora, na rua, entre o alcatrão e as árvores, fala de um projeto seu. Quer ensinar aos habitantes de Barawa a plantar árvores, a cuidar delas. "Sabe, com a guerra, até as árvores sofreram." Arregalo os olhos, espantada. Nunca teria pensado nas árvores como vítimas de guerra. "São atingidas pelas balas, são cortadas, torturadas. Árvores seculares, plantas importantes para o equilíbrio ambiental das nossas terras. Para não morrer de sede." Eu olho para ela. "Prossiga", lhe digo. Ela continua, fala das várias árvores, diz o nome delas em latim. Em seu pensamento surge até o incenso. "Convenci uma associação sueca (a prima S vive em Malmö, cheirou o mesmo ar do jogador Zlatan Ibrahimović) a me ajudar com as sementes. Eu cuido do resto". O resto são as famílias. "Cada família será treinada a cuidar da própria árvore. E você vai ver, onde agora há um deserto, irá florescer um verde esperança."

Não pergunto quais seriam os tempos de um projeto assim e quais os tropeços burocráticos. Não sei se conseguirá realizar o que está me contando. Mas me basta, depois de todas as xícaras lavadas, as mãos apertadas, os docinhos oferecidos, que ela tenha sonhado. Vislumbro uma luz. Finalmente. Depois de dias. Uma árvore que cresce na terra que viu meu pai criança. E é naquele momento, entre o alcatrão e as moitas, que abraço minha prima. Uma lágrima exausta escorre sobre minhas bochechas. Ela me aperta. No silêncio, ouvimos um murmúrio gentil das folhas das árvores ao nosso redor. Que resistem ao vento.

Soraya kassa. Soraya, escute.
Si ni uamtú ua mini. Eu e você somos bravanesas, de Barawa. A prima S também. E seu *âbo*. E o tio Abdul...
Em alguma lasca remota dentro de nós, jaz uma língua que nunca usamos: o *chimini*. Nossa terceira língua materna. A língua franca da África oriental. A língua das antepassadas com cabelos longos e de um oceano gatuno. Na praia branca e ensolarada de Barawa ou Baraawe, como se diz em somali, as crianças foram felizes, pelo menos por um dia e brincaram na bem-aventurança do vento oeste nos cabelos. E como elas, meu pai também foi feliz. Livre, pelo menos um pouco, do *Djíro* e das suas consequências nefastas.

Entre o primeiro e o segundo tempo do filme que víamos juntos na tela da nossa sala romana, e não importa se tínhamos acabado de assistir a um ataque com armas brancas às trupes napoleônicas contra os prussianos ou a uma dança romântica com o Gene Kelly numa noite quente parisiense, sempre chegava à cidade de Barawa a nos abraçar com força. *Âbo* esquecia que estava em Roma, esquecia-se até mesmo de Mogadício e das suas torres, e no conto voltava a ser aquele garotinho feliz que atravessava correndo pela areia empoeirada a sua cidade natal. E se não corria estava jogando futebol com bolas improvisadas feitas de pele de cabra que haviam sido abatidas, ou estava ocupado numa ótima competição de salto em altura com os colegas de incursões, competições "que eu sempre ganhava", como dizia com um certo orgulho que não conseguia disfarçar. Uma vida ao ar livre. Com a maresia que se misturava aos cachos largos. E com a barriga sempre cheia de *mufo*, um tipo de pão azedo que se come quente com um belo *maraq*, um molho cheio de delícias: verduras, carnes, temperos, vida. E estava sempre lambendo seus bigodes. Um êxtase perpétuo. *Masha Allah!*

Mas depois até em Barawa chegou o *Djíro*. Chegou do céu.

Era a década de 1940. A guerra estava destruindo a Europa, e o segundo conflito das potências coloniais tinha invadido muito da geografia africana. E nem Barawa escapou. Era de manhã. E o estrondo dos aviões britânicos da Royal Air Force à procura de fascistas italianos rompeu o equilíbrio azul de um céu acostumado somente com o voo das cegonhas. A Itália, já estava claro, estava perdendo aquela guerra mundial. E a Alemanha, com quem estava unida, estava prestes a sofrer a vergonha de Stalingrado, onde, apesar das previsões negativas, os russos não estavam apenas resistindo, mas até mesmo invertendo o resultado. O colapso do Eixo era agora iminente. E em todas as frentes, dos Alpes ao Saara, a pressão das tropas aliadas britânicas e americanas estava se tornando intolerável para os italianos e alemães.

Os aviões da Royal Air Force que passavam no céu de Barawa iam bombardear uma frente nas proximidades. E estavam voltando para sua base no Quênia para abastecer e descansar. Barawa era uma etapa intermediária daquela rota que os levaria para casa. Não um objetivo. Uma simples estação de passagem.

Naquela pequena cidade equatorial ninguém havia, antes daquele momento, visto um avião em voo. No extremo norte da Somália, ao contrário, conheciam bem aquelas bestas cuspidoras de fogo. O norte da Somália tinha recebido a honra de ser a primeira vítima de um bombardeamento sistemático por parte da Royal

Air Force em 1920, o que nos livros é conhecido como a Guerra Anglo-Somali. Mas desde então passaram-se vinte anos e as pessoas haviam se esquecido de terem sido bombardeadas.

Em Barawa, sabia-se apenas que havia uma guerra na Europa, uma guerra de *gaal* contra outros *gaal*, brancos e cristãos que se batiam sabe-se lá por qual motivo. "Talvez mudem de patrão", diziam alguns. "Aliás, como seria bom viver sem patrões por uma vez", sonhavam os mais jovens com um certo júbilo no coração. Mas daquela guerra distante, europeia, e no fundo misteriosa e alheia, sabia-se muito pouco. Como de resto, sabia-se muito pouco também das outras guerras dos *gaal* que precederam essa.

Âbo teve na sua família um soldado da colônia, ele também como o *Djíro* que lhe sussurrava dentro do pâncreas. Era um tio dele. Chamava-se Kavalier Baba. Alto, mais de dois metros, maciço, com um maxilar quadrado. Havia sido um *ascaro*,[36] soldado bucha de canhão, e tinha combatido como mercenário no exército italiano durante a invasão da Etiópia. E como os tios da minha mãe, também Kavalier Baba tinha matado, ferido, massacrado por procuração. Assassinar as pessoas era um trabalho mal remunerado, na época aqueles trocados, dentro de um sistema rigidamente colonial em que quem era colonizado não tinha muitos caminhos para percorrer e fazer uma carreira, eram apetitosos.

No final da guerra, Kavalier Baba foi mandado para a Itália. "É um prêmio", disseram-lhe mentindo. Acabou num vilarejo indígena chamado exatamente assim, recons-

---

[36] *Ascaro* é a grafia italiana da palavra *askari*, um soldado local que servia nos exércitos das potências coloniais europeias na África.

truído nos ambientes de alguma feira além-mar em Nápoles ou Palermo com outros desamparados onde, todas as vezes que o público se aproximava à mostra, pagava para vê-los trancafiados num tipo de jaula, precisavam mimar um sorriso ou dançar. Kavalier Baba estava furioso com esse tipo de trato. Humilhado. Pelo mesmo tricolor que agora cuspia sobre ele, ele havia matado, tinha se manchado de pecados contra pessoas indefesas e não era certo que Alá o teria perdoado. E em vez de receber um agradecimento da Itália pela qual tinha combatido, recebera o desdém. E uma jaula de zoológico.

A lenda familiar diz que Kavalier Baba destruiu o vilarejo indígena por inteiro daquele pavilhão, em Nápoles ou em Palermo, onde as pessoas pagavam para ver o selvagem de dois metros de altura, ou seja, ele. A Itália o havia transformado numa forma de canibal e pretendia que ele vestisse uma sainha de palha que ele se recusava a usar. "Me vesti com o uniforme", respondia a toda tentativa, "não sou um palhaço". E cassetadas abaixo. Contra as caixas de madeira, as panelas de cobre sobre falsos arbustos, os tetos de feno, os cartazes onde havia escrito "indígena". E contra quem quisesse controlá-lo detendo-o com manobras duvidosas, perigosas, assassinas. Ali, no pavimento pedregoso do falso vilarejo indígena. Ali, com os joelhos no pescoço. E assim, os italianos que o tinham escalado sem que ele soubesse, mandaram-no de volta às pressas para a Somália, atado como uma linguiça numa gaiola, desta vez feita de cordões.

Kavalier Baba também estava em Barawa no dia dos aviões da Royal Air Force. A essa altura, já não queria combater com aqueles "covardes que se fazem chamar patrões". E todos os dias entregava esmolas no ritual da mesquita, rezava cinco vezes ao dia em direção à Meca e tinha a intenção de limpar todos os pecados com os quais tinha sujado sua alma na Etiópia fazendo uma peregrinação à Cidade Sagrada. Todos os dias pedia perdão àqueles mortos desconhecidos aos quais havia retirado a vida cortando-lhes a carótida. "Lamento imenso. *Ralli, ralli, ralli! Ia ga rali ahada.* Desculpem de verdade. Perdão."

Sim, Soraya. Pedia perdão.

Quando os aviões passaram sobre sua cabeça, ele foi o único da cidade que não tremeu. Estava quase feliz. Sentia que os antigos patrões, os que o tinham obrigado a tornar-se um assassino, seriam aniquilados. E sorriu. Claro, eram também invasores os que pilotavam aqueles aviões. Mas naquele momento, os inimigos dos seus inimigos eram seus amigos. Não é assim que se diz?

O resto de Barawa, ao contrário, só estava assustada. Havia alguns até curiosos. Entre eles minha avó Auralla, que queria ver o monstro de perto e foi então com outras mulheres para o terraço mais alto da cidade. Ainda com as roupas para estender.

Vovó Auralla, a mãe do meu *abo*, tinha a pele mais preta que eu já tinha visto. Sua foto, que como lhe disse junto à do vovô Omar e do tio Osman carregávamos em todas nossas mudanças de um lugar provisório a outro, sempre me foi cara. Sinto que aquela sua negritude nos une. Eu também sou a mais preta da família. E naquela negritude, há o nosso orgulho e nossa luta. Amo minha pele preta. E amo a dela.

Pareço vê-la naquele terraço em Barawa, com os monstros alados sobre sua cabeça. Aquelas mulheres que se agachavam cobrindo as orelhas. E ela em pé, curiosa, com os punhos fechados, pronta para a batalha.

Muitas das suas amigas, naquele dia, cagaram nas calças. Sujaram com fezes suas roupas brancas. Minha avó as ajudou na hora do maior susto. Acariciando suas bochechas amedrontadas. "Acabou, irmãs. O monstro não irá nos devorar."

E era verdade. A Royal Air Force não tinha como intenção bombardear Barawa. Talvez nem a tivesse notado. Como lhe disse, era só um local de passagem. Um ponto quase inevitável no mapa.

Quando estava bravo, o *âbo* nos falava no inglês britânico de sua majestade. *God save the Queen! God save the King!* Colocava o italiano de lado, o somali e até mesmo o seu *chimini*, língua da alma, *afka roiô*, com que muitas vezes ouvi ele conversar animadamente em ligações intercontinentais, com amigos de infância desenraizados como ele para algum canto de uma geografia remota. O inglês na sua boca era uma língua austera, com passo militar, excludente. Tinha sempre a sensação de que era a língua que usava quando estava bravo, com a qual, porém, nunca levantava a voz, mas enrolava-se sobre si mesma como uma torre de Babel. Imersa num delírio feito de regras a serem seguidas e muitas ordens a serem dadas.

Eu não amava ouvi-lo falar em inglês. E nem a *roiô* tolerava muito. Basta ouvi-lo pronunciar o artigo "*the*" para pressentir um ar de vendaval. Por muitos anos, eu odiei aquela língua imperial feita de *who, what, where, when*. Língua que me fazia sentir sempre deslocada, fora do lugar, fora do eixo. E que transformava meu *âbo*, sempre tão doce e gentil, num homem tomado por demônios incognoscíveis e horripilantes. O inglês mudava sua essência corporal. Quando o falava, assumia uma postura menos ereta, quase corcunda. As escápulas e o peito se projetavam adiante como puxados por uma corda invisível, e os joelhos sustentavam um corpo que uma palavra após a outra parecia mais pesado, maciço e desconfortável do que um momento antes. A boca enrugada, o nariz enrolado, os olhos escavados. O inglês provocava-lhe um terremoto por dentro. E todas as vezes eu tinha a impressão de que usurpasse a inocência da sua boca de ouro. Obrigando-o brutalmente ao exílio das outras línguas que falava, buscando uma nova morada num outro lugar desconhecido.

Mas por sorte durava só um instante. Um sopro. *Âbo* nunca conseguia manter um coração muito bravo conosco, nem com ninguém. E como as chuvas dilacerantes da estação das monções, a raiva do *âbo* cessava e as outras línguas retomavam, finalmente, o caminho de uma possível volta para casa. Onde seriam acolhidas como soberanas e mestras do jeito que mereciam. Naquela altura, ao inglês e todo seu império já não restava mais o que fazer além de ir embora com o rabo entre as pernas. Assim como chegara, estava condenado a desaparecer rapidamente.

Eis o motivo pelo qual, por muitos anos, *aniga iyo af ingriska*, eu e aquela língua estivemos em desacordo. Na escola, lembro que nunca colocava muita vontade em estudar a língua britânica de sua majestade. Era sem vontade. E então, quase deliberadamente confundia os tempos verbais. Criava um obstrucionismo com qualquer meio que tivesse à disposição. E com certo sadismo, provocava uma discórdia entre o *present progressive* e *present perfect*. Eu estava, de fato, num desafio aberto com a gramática. Numa luta perpétua com a sintaxe. Na língua inglesa, eu não tirava mais do que a nota mínima para passar de ano. Nunca me esforcei de fato. Claro, a escola italiana, em especial nos tempos da minha adolescência, tinha sua responsabilidade para abrir o caminho do não conhecimento da língua de Stevenson e Marlowe. A escola que frequentei nunca foi boa no ensino de línguas, o inglês principalmente. Portanto, com frequência, tínhamos professoras que sabiam menos inglês do que nós, que pelo menos alguma música americana ou britânica, um Phil Collins, um Sting, uma Paula Abdul, sabíamos de cor.

E depois havia esse drama de estudar inglês como uma língua morta, ou pior, performativa. Dos meus anos de adolescência, nunca irei esquecer do decoreba de Chaucer e Shakespeare. Naquela época em que a *roiô* havia desaparecido, lembro-me que uma vez, como tarefa, nos deram para estudar o proêmio de Romeu e Julieta de Shakespeare *by heart*, de cor. E agora, mesmo trinta anos depois, continuo a lembrar-me daqueles versos: *"Two households, both alike in dignity,/ In fair Verona, where we lay our scene,/ From ancient grudge break to new mutiny,/ Where civil blood makes civil hands unclean..."*[37] Mas talvez tenha acontecido, mesmo para aqueles que tinham ótimos boletins, que se conhecesse Shakespeare de cor, mas depois não se soubesse pedir uma Coca-Cola no bar.

De todo modo, independentemente dos paradoxos de ensino dessa língua na escola italiana na época da minha adolescência, eu estava numa guerra aberta, e por conta própria, com o inglês. Por muitos anos eu o cuspi, literalmente, da minha boca, enxaguando-a com o espanhol e o português (o primeiro eu aprendi na faculdade, e o segundo, pelo amor infinito que sinto por Caetano Veloso, Jorge Amado, Luiz Inácio Lula da Silva e seu Brasil), que são línguas que sempre senti como irmãs, amigas, cúmplices. Em espanhol e em português sentia-me, e sinto-me ainda, inteira. Em inglês, por muitos anos, senti-me incompleta.

Depois, um dia, decidi sondar aquele meu mal-estar. Encarar a língua inglesa. E talvez quem sabe, por que não,

---

37   "Duas casas, iguais em seu valor,/ Em Verona, que a nossa cena ostenta,/ Brigam de novo, com velho rancor,/ Pondo guerra civil em mão sangrenta." Trad. Barbara Heliodora. Rio de Janeiro: Nova Fronteira, 2011.

fazer as pazes. *Give peace a chance*! E foi então que encontrei o jovem *âbo* de 1945, em Barawa, na beira de uma estrada cheia de areia, com uma multidão que gritava composta num júbilo que nem eles sabiam direito de onde viria.

A guerra tinha acabado, aquela que começara (ainda que nenhum histórico considere seu começo oficial) com a invasão da Etiópia em 1935 por parte de Benito Mussolini, seguida por outras invasões, desta vez alemãs, pelas mãos de Adolf Hitler, que sempre imitou em tudo o fascismo italiano. E assim, um passo atrás do outro, a ferocidade havia rasgado o ventre da Europa. Áustria, Bélgica, Polônia, França. "*The continent of Europe is so wide, mein Herr!/ Not only up and down, but side to side, mein Herr.*"[38] E depois armas. Tanques de guerra. Mísseis. Bombas. Londres bombardeada. Rússia sitiada. Pearl Harbor atacada. Os Estados Unidos haviam entrado em guerra. Acabava de ser aberta a frente do Pacífico. Os chineses tinham começado a morrer feito moscas. Londres não se dobrava, mesmo porque tinham muitas colônias às quais, em seguida, nunca agradeceu pelo esforço bélico. E depois a reviravolta da frente, de repente, dilacerante, espantosa. Os alemães já não pareciam assim tão invencíveis. E o Eixo tinha começado a ceder. Uma batalha atrás da outra, no final já não era só uma miragem. Resistência, tática, estratégia, sorte e tudo acelerava em direção a uma paz que cinco anos antes parecia impossível de alcançar.

E como muitos outros no globo terrestre, meu pai também, com suas calças cáqui, via passando ao seu lado tropas próximas à vitória final. Barawa, como também Mogadício, nunca esteve no centro das batalhas ferozes. A guerra estava em outro lugar. Nos campos ensolara-

---

38   "O continente europeu é tão vasto, meu senhor! / Não apenas para cima e para baixo, mas de um lado para o outro, meu senhor."

dos para além da fronteira. Mas os efeitos colaterais que toda guerra carrega consigo, e aquela mais do que todas, porque tinha envolvido o mundo inteiro, não era possível de se ignorar. Faltava tudo. Faltava comida. Faltavam tecidos. E faltava o futuro.

Naquela guerra, a Somália havia passado de mão em mão, de um patrão a outro. Fora italiana por muitos anos e agora estava num limbo, terra de ninguém, mas, mesmo assim, os somalis não podiam dispor livremente da própria terra. Estava de fato sob a tutela dos britânicos, que se comportavam, também eles, como patrões um pouco valentões.

Um pouco antes da vitória dos aliados, meu pai encontrou um livro. Ainda não estava naquela beira de estrada a perscrutar o horizonte. O livro encontrado pelo *âbo* sobre uma pilha de papeis era uma gramática inglesa. Daquelas simples. Artigos, pronomes, verbos, frases úteis. E ele como autodidata, diligente, começou a percorrer os becos daquela língua pressentindo que no futuro imediato lhe serviria muito. *Âbo* conseguia pressentir no ar, uma capacidade que para quem vive um sistema colonial é necessária quase tanto quanto respirar.

O tempo dos italianos tinha acabado. Isso o *âbo*, e não só ele, já tinha entendido. Começava o tempo dos ingleses e era necessário estar equipados para não ficar para trás, parados na linha de partida. *Âbo*, que era um sujeito pragmático, havia intuído desde o começo a necessidade de se apropriar dos meios de produção. Não era marxista, estava mais para um social-democrata com tendências liberais (portanto, politicamente diferente de mim, que sempre fui socialista), mas aquela reflexão do bom e velho Karl é algo que ele pegou para si. Tinha entendido que se quisesse sobreviver, por exemplo, se quisesse encontrar um trabalho, precisava da língua dos novos patrões. Já era um jovem. E tinha um grande desejo de estar no centro da própria vida. E o livro de gramática inglesa lhe parecia a chave para o reino do qual queria tornar-se soberano.

Era muito metódico nos seus estudos. Repetia os conceitos de cor, fazia esquemas, completava exercícios e depois lia em voz alta, quem sabe diante de um espelho. O bonito é que bem naqueles momentos de leitura, como não havia nunca ouvido falar em inglês, o *abo* perseguia uma pronúncia da qual não tinha a mais pálida ideia. Naquela época, articulava as palavras inglesas como se fossem italianas. Lavou o Shakespeare nas águas do rio Arno,[39] dando de forma inconsciente, à sua boca, o mesmo sotaque dos ítalo-americanos de East Harlem.

E depois houve o batizado linguístico, que ocorreu no próprio dia do término da Segunda Guerra Mundial. Uma coluna de soldados britânicos atravessou Barawa de um lado a outro. Marchavam olhando para frente diante de si. Entre eles havia um soldado. Estava esfarrapado. Ria demais. Seu corpo era um mosaico de cicatrizes. Talvez tivesse bebido num momento de distração do seu oficial. Quem sabe. O fato é que se virou para a multidão com uma expressão um pouco alta. E começou a cumprimentar. "*Hi folks! Hello!*" Ninguém lhe respondeu. Depois chegou diante do meu pai e das suas calças cor cáqui. "*Hello*", gritava o soldado. E meu pai, que já tinha estudado o capítulo sobre saudações em seu precioso livro de gramática, disse: "*How do you do?*" Hoje acho que diríamos "*How are you?*", mas o fato é que o soldado, que parecia mais neozelandês ou australiano do que inglês,

---

39 A autora brinca com o fato de que em italiano existe a expressão "*sciacquare i panni in Arno*", literalmente, "lavar as roupas no rio Arno", no sentido de fazer com que a própria língua italiana dialetal passasse pelo crivo do vulgar-florentino que tornou-se então a língua italiana.

respondeu-lhe: "*Well, well*", engolindo vogais e consoantes. E *âbo* teve uma iluminação. A pronúncia da língua inglesa é mais fechada do que a do italiano.

Enquanto ele se perdia nessas reflexões linguísticas, o soldado que vinha da Oceania lhe deu um monte de moedas douradas, luminosas e cheias de sangue. Não todo o sangue estava seco, ainda gotejava de algumas moedas. O soldado ria. E dizia: "*Italians, Italians*", indicando o sangue. Não parava de rir. E de marchar torto. Aquele era o sangue de soldados italianos mortos em alguma proximidade. A guerra estava por um fio. E aqueles soldados italianos tinham morrido quase na linha de chegada da paz.

Âbo olhou para as moedas com um certo desgosto, minha Soraya. Aquele sangue vinha de homens decapitados e esquartejados, talvez tão jovens quanto ele. Homens que não voltariam mais para casa. O soldado ria. *Âbo* pegou as moedas e se afastou. Correu para casa e as lavou. Uma a uma. Naquele período de extrema escassez econômica, não podia não aceitar aquele dom caído do céu, ainda que estivesse sujo de sangue. E assim o *Djĩro*, já presente no seu corpo como um parasita, escondeu-se nas pontas dos dedos do meu pai. Seu *awowe*.

Foi num café de Mogadício que o *âbo* foi recrutado pelos britânicos. Vestido com uma camisa branca e como sempre suas calças cáqui, estava sentado numa mesa com outros amigos, rindo e brincando na inquietude do vazio do meio da tarde quando, após a prece do *asr*, o voo dos *tuke* anunciava a chegada do pôr do sol. Foi então que os britânicos o encontraram, forçaram-lhe um uniforme, um regulamento e no fundo umas correntes. Lá, em Shangani, naquele bairro dos prédios brancos de pedra-pomes, naquele beira-mar que às vezes parecia uma Nápoles abraçada pelo Vesúvio.

Como todos os jovens da cidade, os *dhaliɲyaro*, o meu *âbo* estava à espera de um futuro, um futuro qualquer, em algum lugar. Sim, à espera. Naquele café com decorações antigas italianas dos anos 20, o único em que podia pagar alguma coisa no coração institucional e burocrático da cidade velha. Como todos os *dhaliɲyaro*, meu *âbo* também se entediava. As tardes em Mogadício eram inexoravelmente iguais, sempre sob um patrão e pairando sobre um precipício no qual era fácil cair. Para não sucumbir, o *âbo* e os outros ocupavam o tempo preenchendo o ar de suspiros, esperanças, brincadeiras, grandes risadas. Seu avô já tinha alguns filhos, meus irmãos mais velhos. Tinham sido concebidos com a tia Z quando era muito jovem. E, portanto, já tinha muitas responsabilidades nos ombros. Mas nele, com quase vinte e um anos (se não erro minhas contas), prevalecia o espírito jocoso, de garoto. Uma leveza que lhe conferia porosidade à uma alma gentil. *Âbo* já era um bom pai. E um bom marido. Mas naquele café no bairro Shangani era simplesmente um jovem que queria estar com os amigos num momento de alegria.

E foi naquele momento de leveza inocente que ele desembainhou sua arma secreta: a língua dos novos patrões do país, os britânicos. A língua que ele havia estudado como autodidata.

Eis o *âbo*, eu quase conseguia vê-lo, enquanto jogava para todos aqueles passantes, amigos inclusos, as palavras daquele inglês recém-aprendido. Palavras aprendidas naquele pequeno livro de gramática e sintaxe do qual nunca se separa, nem mesmo quando vai dormir.

E então, a língua das irmãs Brontë e de Virginia Woolf saiu da sua boca em jorros saltitantes, como água daquelas fontes imperiais que, fabulava-se, prosperavam na distante e tão cobiçada Europa. Os britânicos estavam à procura de jovens brilhantes para enquadrar nas suas fileiras, e quando tropeçaram no meu pai, não o deixaram escapar.

Os melhores homens dos regimentos do norte da Somália, a atual Somalilândia, uma colônia britânica, foram liberados para recrutamento. Eram encarregados de encontrar novos rebentos do sul da Somália, uma ex-colônia italiana, uma ex-colônia de um dos países que perderam a guerra, que logo entrariam em serviço no exército de Sua Majestade.

Foi na mesa desse café italiano no bairro Shangani que o *âbo* foi notado. Perceberam que ele falava a língua dos novos patrões. E falava bem. Esbanjava o vocabulário com certa confiança, quase com atrevimento, e com aquela pronúncia mais firme que havia cultivado em frente ao espelho de casa, tentando e tentando novamente cada fonema até a náusea. Uma pronúncia que tinha uma dívida também com aquele soldado esfarrapado da Oceania, açougueiro de italianos e sujo com o sangue deles, encontrado numa Barawa na beira da estrada arenosa.

Foi um homem com um rosto redondo quem o notou. Era do norte. Negro mais do que a noite e mais orgulhoso do que o dia. Disse-lhe: "Onde é que você aprendeu *aaf ingriska*? De onde é que você está tirando esse inglês?" "*By myself*", respondeu o *âbo*. Sozinho, como autodidata, diante do espelho, com um livro de gramática que encontrou numa pilha de papel. Seu avô tinha facilidade com as línguas, gostava de se comunicar com desconhecidos. O alfabeto florescia nele como mudo dançava no peito dos antepassados que não conheciam a cultura escrita.

"Você também sabe escrever?"

"Claro, aprendi na escola dos fascistas italianos. Aquele pouco que nos permitiram estudar."

Então o homem lhe estendeu uma folha e disse: "*Kor*. Escreva".

E meu pai escreveu.

Você precisa saber, Soraya, que meu *âbo*, seu *awowe*, tinha uma das caligrafias mais bonitas que eu já vi. Isso também era algo que eu invejava muito, além da sua forma de caminhar como um cavalheiro.

Como lhe disse, minha caligrafia se manifesta como borrões que às vezes são difíceis até mesmo para mim interpretar. E depois devo dizer que minha grafia péssima passou por um claro declínio devido ao uso contínuo, maciço e invasivo do computador. As palavras saem dos meus dedos como notas de um pianista de jazz. Eu digito furiosa sobre o teclado preto do meu Mac. Quando escrevo, não olho para o alfabeto, mas para a tela diante de mim. Quase em hipnose. Sei de cor onde estão as letras, as vírgulas. Na verdade, como uma mulher nativa do século xx, como sou, também uso muito as folhas de papel. Em casa sempre tenho montes de cadernos quadriculados, blocos de notas, cadernos grandes pautados, páginas em branco, lápis de cor, canetas esferográficas, canetas de feltro com as quais jogo a alma sobre o papel. Minha escrita às vezes é oblíqua. Às vezes, parece uma onda quebrada por um vento impetuoso. É como uma criança que nunca nasceu. Como uma promessa que nunca se manteve. Mas essa sua aparência "feia", porque sim, minha caligrafia é feia, muito feia, impossível de olhar, certamente inconcebível, faz com que seja sempre íntima e imensa como as estrelas. Nessas folhas, escrevo para mim mesma. Só para mim. Faço esquemas. Às vezes, equações com números, parênteses, multiplicações, subtrações.

Eu enrolo algumas das letras, esfolio outras, como quando se depena uma galinha recém-abatida. Mas nestes meus cursivos que nem sempre chegam no final, porque nem sempre consigo ligar uma letra com a outra como fazia de forma diligente quando era pequena e estudava na escola fundamental Cesare Nobili do bairro Balduina, esconde-se uma parte da urdidura do meu ser. Todo livro que escrevo, toda reflexão rápida, até mesmo esta carta que estou compondo para você, minha Soraya, esta carta desta *edo* quase cinquentona para uma sobrinha animada com cabelos psicodélicos na metade dos seus vinte anos, nasce daquela caligrafia feia e impossível de olhar.

Mas lembro-me da professora Silvana Tramontozzi, minha professora do fundamental, que se chateava com minha caligrafia feia. "Você é tão inteligente, mas esses borrões... Santo Deus." Mas depois o Steve Jobs resolveu, digo ele para dizer todos eles, me dar esse teclado que hoje eu toco como um piano, dando às letras um eco sinfônico de grande orquestra. Talvez tivesse sido boa em teclar na máquina de escrever de antigamente, com o rolo que fazia circular os sonhos, onde colocávamos as folhas quase com temor. Quando era pequena e ouvia o *âbo* batendo nas teclas da sua Olivetti e fabricando palavras, era para mim uma autêntica festa. Se o teclado do computador é jazz, a máquina de escrever é com certeza soul. E ao contrário, escrever à mão será sempre a base musical, a escala Dó e Sol, Ré e Mi e eu sinto uma bem-aventurança nesse gesto simples que é clássico e rock ao mesmo tempo.

Eis porque quando aquele homem com o rosto redondo, que vinha de alguma parte da atual Somalilândia, talvez Hargeisa ou Berbera, disse-lhe: "*Kor*. Escreva", não foi preciso repetir duas vezes para o *aaba*. Agarrou a folha em branco com certo frenesi, começou a escrever com aquela caligrafia perfeita, redonda nos pontos certos e extremamente clara, como lhe havia ensinado o professor da escola colonial fascista no breve período em que ele a frequentou. Caligrafia que eu, sua filha, nunca tive.

Já estava claro para todos seus amigos, também para o homem do rosto redondo, e até mesmo para os transeuntes desconhecidos, que o trabalho era dele. Que naquele momento entraria no Império britânico.

Alguns dias mais tarde, depois do recrutamento ocorrido num café do bairro Shangani, o *âbo* foi levado para um escritório. Havia homens de uniforme que vinham da Nigéria, da Índia, da Irlanda e da Uganda. Um uniforme que, muitos anos depois, seu avô me mostrou, Soraya, na época de uma das nossas últimas viagens juntos para o exterior: estava pendurado dentro de uma vitrine transparente num museu do norte da Europa. Indicou-o com um ar sério. Para que não andasse muito, o museu lhe havia dado uma cadeira de rodas e, assim, eu carregava alegremente um *âbo* já idoso pelas vitrines que preservavam a memória de guerras distantes, de conflitos já descoloridos. Lembro-me que me indicou aquele uniforme cor marrom-claro rançoso, cheio de botões na parte alta, enquanto a parte inferior eram calções curtos com a perna mais apertada, aderente. "Os britânicos nos faziam vestir assim", disse. Na voz, uma nota de amargura que nunca havia ouvido. Um tom chateado, impregnado de *Djĭro* e mal-estar. "Os ingleses queriam infantilizar-nos. Tratavam-nos feito crianças... Crianças um pouco burras."

Por muito tempo, aquele período britânico da vida do meu pai ficou em silêncio entre nós. Começou a falar dele quase como se fosse um efeito colateral da turbulência em que a guerra civil somali de 1991 nos havia lançado, com sua carga de dor e apreensão, só naqueles intervalos entre a primeira e a segunda parte dos filmes que costumávamos assistir juntos. Naquela ausência da *roiô* que sangrava dentro de nós. Foi então que entendi que meu *âbo*, como todo seu país, tinha vivido uma estratificação de colonialismos, cada um com sua ferocidade vomitada sobre os corpos negros africanos, que os europeus invasores consideravam corpos subalternos, a serem marginalizados, a serem explorados. Ou para usar como parte da própria engrenagem para fazer funcionar a máquina da colônia, assim como havia ocorrido com seu avô.

Após a Segunda Guerra Mundial, tudo na Somália era provisório. Assim como em muitos outros países africanos, também lá, em especial numa grande cidade de pedra e areia, como Mogadício, crescia no coração das pessoas o desejo de serem donos do próprio destino, finalmente livres em sua própria casa. Mas depois de tanto ir e vir, e depois da coragem que havia levado a introduzir a syl, a Liga da Juventude Somali, partido ao qual meu pai teria aderido e que pedia a independência imediata, sem indulgências, chegou o meio-termo lamentável. Depois dos britânicos, voltariam os italianos por dez anos, de 1950 a 1960, com o escopo de levar a ex-colônia para a democracia. Mas a democracia deve nascer das almas e dos percursos pessoais e coletivos de uma nação. Não pode ser imposta de cima para baixo. Pelos brancos.

Foi naquele tempo de confusão e de erros cometidos sobre a pele dos somalis que o *âbo* se viu antes na dependência britânica e depois, pós 1950, de novo sob os italianos, como quando era criança, por um brevíssimo período frequentara a escola fascista.

Sobre aquele período com os oficiais ingleses, o *âbo* contava-me do fedor da palha dos seus cachimbos, do olhar ferroso e distante, das raras valorizações, de como no fundo era fácil fazê-los felizes trabalhando duro. Às suas brilhantes competências linguísticas, seu avô acrescentou também as de datilógrafo. De fato, todo final de tarde, ou à noitinha, quando todos saíam do escritório, que era sempre no bairro Shangani, nos mesmos locais usados anteriormente pelos italianos, sentava-se diante da máquina de escrever com a brisa do mar e acariciava suas narinas. E lá deixava correr os dedos livremente sobre aquelas teclas mágicas e alfabéticas. Tinha tentado uma vez. E também no dia seguinte. E de novo no terceiro dia. Até que, ao chegar no décimo dia, descobriu que já era um datilógrafo experiente. E assim havia se acostumado àquelas incursões noturnas batendo à máquina freneticamente.

Um dia um oficial britânico da Cornualha, deste detalhe eu me lembro bem, um com os cabelos loiros desgrenhados nas laterais e com bigodes abundantes estilo prussiano, percebeu aqueles movimentos do *âbo* em torno da máquina de escrever. E antes que ele pudesse se desculpar ou justificar, aquele oficial loiro já tinha lhe dado um novo ofício, mudando-o de divisão.

Daquele momento em diante, meu pai ocupou-se em preencher os boletins de ocorrência da polícia por parte dos britânicos. Administrar uma terra significava também resolver as desavenças nascidas nas lutas por testamentos ou roubos mais ou menos importantes, até casos de assassinatos. Tudo o que ocorria e era relatado, meu *âbo*, seu *awowe*, estava sempre pronto para prensar com o peso dos seus dados, de forma nítida e objetiva, os fatos que na sequência o oficial maior teria de resolver.

Foi num daqueles dias com os ingleses que o *âbo*, e não foi o único na Somália, amadureceu a ideia de poder ser, um dia, um homem livre num país livre. "Acontecerá", repetia a si mesmo. Fechava os punhos para tempos melhores.

"*A change is gonna come*", como cantaria Sam Cooke anos mais tarde.

Mas antes de chegar naquele período, *âbo* teve de engolir muitos sapos. E foi humilhado. Um oficial um pouco grosseiro, um herdeiro entediado, encasquetou com ele. Fez o que hoje em dia seria definido como assédio moral. Dava-lhe montes de trabalhos inúteis, jogava o tempo todo em sua cara piadas e ofensas, às quais seu avô preferia não reagir para não se meter em encrencas. Às vezes, chamava sua atenção diante de todos sem motivo algum. O *âbo*, então, fechava o maxilar e se enfiava nos papéis que tinha de bater à máquina. Porém, não conseguia suportar que aquele oficial grosseiro, o herdeiro, tivesse tão pouco respeito não só em relação a ele, mas por todos os somalis que transitavam por aquele escritório. Era quase o pão de cada dia ouvi-lo cuspir a palavra com a letra P., e se não era essa, tinha outras bem tóxicas no bolso: "selvagens", "bárbaros", "macacos". Em especial a última, "macaco", criava na alma do *âbo* um forte mal-estar. Não porque não amasse aquele animal que populava a savana adjacente, mas porque não suportava a linha fronteiriça que o oficial grosseiro, aquele herdeiro de sabe-se lá qual família do Reino Unido, traçava entre eles, "os civilizados", e os somalis, "os incivilizados". Não gostava da desumanização feroz que se escondia por trás daquela palavra. E, portanto, não suportava quando o oficial jogava essa palavra, sem restrições, nas pessoas que estavam lá só para resolver um problema burocrático. Mas quando a vítima daquela zombaria se tornou ele em primeira pessoa, quando recebeu aquela palavra como um tapa em pleno rosto, seus bons propósitos de manter a calma foram por água abaixo.

Eram três naquele escritório onde alguém tinha pendurado o retrato do rei Jorge, o pai da futura Elisabete ii, que acabou no trono após a abdicação do irmão fanfarrão Eduardo. Havia mesas, máquinas de escrever, um cesto do lixo cheio de papéis, e do lado de fora da janela havia Mogadício com sua beleza quieta. *Âbo* estava com os dedos contraídos de tanto escrever. Sentia como se estivessem aderidos uns aos outros. Nesses casos, tinha aprendido como fazer exercícios com as mãos, abrindo e fechando-as ritmicamente, esticando bem cada dedo. Poucos minutos. Todo o exercício durava só um minuto. E naquelas ocasiões *âbo* também descansava os olhos daquele papel e das letras já datilografadas. Não se levantava nunca. Bastava olhar pela janela, em direção ao tranquilo esplendor de Mogadício, cidade que no final do século xv, o português Vasco da Gama, conquistador, explorador e colonialista, tinha tentado destruir. E que, ao contrário, permanecia ainda intacta, estatuária, ajudando meu pai naquela micropausa necessária para continuar o próprio trabalho de forma diligente.

O oficial grosseiro, o herdeiro imperial, entrou no escritório exatamente quando o *âbo* estava com a cabeça em direção da janela. E choveram repreensões, insultos inenarráveis. E "macaco". O *âbo* levantou-se e colocou-se na frente dele. Era mais alto do que ele por um palmo, o sobrepujava com sua figura longilínea. O herdeiro era mais atarracado, menos proporcional. E todas as vezes que abria a boca parecia ainda mais torto. O fato é que, naquele dia, foi além da conta, mostrando-se completamente fora de si até mesmo aos olhos dos outros oficiais. Suas palavras eram dardos em chamas que, como flechas do primeiro martírio de São Sebastião, cravaram-se na carne do *âbo*.

Foi então que seu avô fechou os punhos e endereçou-os ao maxilar daquele oficial grosseiro, filho de alguma antiga família. *Âbo* não amava a violência, Soraya. Raramente havia se metido, mesmo em Barawa, em brigas entre gangues. Sempre fora um diplomata nato. Preferia as palavras à força bruta. Mas naquele dia, depois das humilhações e do *bullying* ao qual fora submetido por aquele oficial, cedeu.

Retiraram-lhe seus graus, acabou em confinamento solitário, ele pagou por esse gesto. Mas depois de algumas semanas foi recebido de volta no mesmo escritório. Quando entrou, notou que o herdeiro havia desaparecido. Mas não ousou perguntar. Dias depois, soube que tinha sido enviado de volta para sua terra natal. "Consideramos um lugar mais adequado para ele."

Era uma vitória? O *âbo* não sabia.

Pouco depois, pediu para ser transferido e foi para o norte. Precisava respirar longe de Mogadício. Afastar-se daquele *Djíro* que os britânicos, com sua prosopopeia colonial, tinham passado sobre seu corpo como um creme infernal.

Depois tem a lenda, Soraya. Mas você já sabe, é inútil contá-la.

Seu *awowe* que aperta mãos, frequenta almoços oficiais de gala, participa de tratativas internacionais e aparece como um furão nas fotografias institucionais. Vestido de fraque ou com um blazer safari café. Blazer e gravata ou smoking de luxo.

O pai que não conheço. E que me sorri nessas fotografias em preto e branco. As poucas que se salvaram na guerra.

Há muitos anos, as instituições alemãs deram um presente à nação somali, que após anos de guerra tentava reconstruir uma nova identidade, uma mínima essência de Estado. Um parêntese que não era mais uma guerra em campo aberto, mas também não era paz. E não o seria por muito tempo. O presente consistia num vídeo da primeira visita à Alemanha Oriental por parte de uma delegação somali. Na metade dos anos 60.

Com aquele gesto, a Alemanha, que conhecia bem a palavra "destruição" pelo fato de tê-la vivido quando tudo já tinha acabado, quando talvez pudesse ter sido poupada dos bombardeamentos indiscriminados, doava um pouco de passado para uma Somália toda contemporânea que vivia quase sem memória, sem nenhum arquivo para ser consultado ou sobre o qual chorar desenfreadamente sua desgraça.

Hoje, esse vídeo pode ser visto no YouTube, Soraya. Vou lhe mandar o link. Dou o play e vejo uma sequência de trajetos percorridos de carro, estradas vazias, o alcatrão fresco, poucos alemães nas beiradas das ruas, ocupados e trabalhadores, aviões à espera para aterrissar ou decolar, céus plúmbeos de magnesita, casacos de inverno resistentes, poucos sorrisos, dificuldades do dia a dia dispersas como pétalas de camomila entre os edifícios cinzas da reconstrução pós-bélica. Claro, em relação ao Oriente, as pessoas da Alemanha Ocidental eram mais ricas, mas as feridas da guerra ainda estavam presentes naquela região opulenta. Os alemães daquelas filmagens pareciam obstinados, decididos, mas também muito cansados. A filmagem tem algo de frio, rarefeito. Tudo muito formal. Muito geométrico. Claro. Sem problemas. Na aparência.

E depois de repente o muro. Sim, aquele muro. Em Berlim. Onde toda formalidade foi devorada pela história. A delegação somali foi acompanhada com frieza e solenidade para admirar aquela divisão entre irmãos, entre irmãs. Entre a Alemanha Ocidental e a Alemanha Oriental. Entre as duas Berlim. Famílias quebradas por um arame farpado.

No vídeo, surge uma mulher somali com um tailleur claro, cabelos alisados estilo Jacqueline Kennedy. Há também um punhado de homens. Entre eles, o *âbo*. São ministros, subsecretários, deputados, ex-embaixadores. Acho que meu pai, naquele momento, era um parlamentar com diversos anos de serviço para o Estado nas costas. Todos olhavam para o muro atônitos. Sob o tailleur de grife, a mulher é visivelmente atravessada por um arrepio. Todos se perguntam como foi possível dividir um irmão do outro. Uma irmã da outra irmã. Uma mãe do próprio trabalho de parto. Separar o amor com arame farpado, tijolos e soldados de vingança. *Sidê qu suurta gêishai?* Como foi possível?

A delegação somali tinha lido sobre aquele muro feroz nas revistas. Todos sabiam das pessoas mortas sobre as treliças enquanto tentavam escapar do oriente sombrio. Sabiam do sangue, das entranhas dispersas, da matéria cerebral que ainda permanecia pendurada, cândida. Tinham lido sobre isso. Havia sido relatado. Mas não conseguiam, mesmo assim, conceber toda aquela crueldade. Erguer muros. Dividir pessoas. Seria impossível entre nós.

Diante daquele muro incômodo, toda a delegação mantém um olhar solene, em especial a mulher com o tailleur e o corte estilo Jacqueline Kennedy. São pessoas de fé. E respeitosas. Somalis que rezam para Alá cinco vezes por dia. E diante deles há os mortos a serem honrados. Até eu sinto o fedor acre dos cadáveres de quem tentou pular, que da terra espalha-se tóxico até a superfície. Contamina as narinas, enevoando a visão. Não resta mais nada à delegação que não se deixar atravessar por aquele muro. Com maravilhamento. E violência. No fundo, também com escárnio. "Nunca irá acontecer isso conosco", é o que muitos pensavam, provavelmente.

O *âbo* tem um olhar inquieto. Quase irreconhecível. Ele e um outro senhor na retaguarda parecem preocupados. Como Cassandra nas encostas de uma Troia ainda intacta, antes do ódio dos Aqueus, talvez estejam ambos passando por um tipo de amostra do futuro. Um futuro de fogo e kalashnikov. De liberdades negadas e chantagens. Se ocorreu com os alemães, pode acontecer com qualquer um. Até conosco.

Naquele vídeo, o *âbo* tem medo.

Ou talvez seja eu quem tenha medo, sou eu aquela Cassandra punida por Apolo como vingança pelo seu ressentimento de macho recusado. Você saberá ver, mas não será ouvida. Essa sua maldição.

E eu? Por quem fui punida e amaldiçoada? Por quê? E o *âbo*?

Na filmagem, o *âbo* olha ao seu redor perdido, mas tudo dura só uma fração de segundos. Rápido demais para tatuar na minha memória seu olhar atônito. Então paro o vídeo. Isolo o fotograma. Meu pai está nos encarando. Nos observa, nós que vivemos nesse futuro. Sabe que depois de ter engolido Berlim, aquele muro virá também a nos perseguir. A nos separar.

Como Cassandra, o *âbo* queria ter avisado os habitantes do futuro, nós, e também a delegação política com a qual compartilhava aquela viagem. Mas quem teria acreditado? Quem acreditaria em Cassandra?

Então seu avô se vira. Abandona aquele pensamento direcionado ao que será. E seus olhos desesperados encaram o muro. Encaram aquela quietude sobre a qual irá se abater uma tempestade que arrebatará todos.

Sô nokoxo
Retorno

É à tardezinha. Eu e *roiô* estamos assistindo à televisão. Estamos sintonizadas na SNTV, um dos canais somalis via satélite mais assistidos pela diáspora. Sua avó adora ouvir os grupos patrióticos de soldadas, envolvidas em uniformes de um verde imaculado, com vozes cheias cantam canções *wadani*. As soldadas marcham. Encaram a bandeira e sua estrela. Mantêm as mãos juntas na altura do peito. Chapéus militares sobre os hijabes escuros. *Roiô* acompanha o coro. É sua canção preferida. Conhece-a de cor. Fala do sacrifício que se faz pela própria terra e pelos próprios caros. *Mashallah*!

Eu quebro a feitiçaria grasnando: "São todas brancas, como sempre". Tenho uma voz indignada. "Todas soldadas brancas, exceto algumas." A *roiô* cala-me. "*Shh*", diz. Falei sobre a canção. Invadindo-a. Contudo, não consigo conter-me e continuo destemida com minha invectiva: "Por que as mulheres somalis continuam a embranquecer suas peles com produtos que agridem a melanina? Que diabos sentem ao serem brancas? Não entendo." *Roiô* cala-me novamente. "*Shh*." Gostaria de ouvir a canção. Mas eu falo. Falo. Falo. E estrago sua melodia. Violento o ritmo.

Estou de péssimo humor desde cedo, estou menstruada. A menstruação quando se é "velha" é insuportável, Soraya. Sabe que logo irá abandoná-la, então quer tornar-se inesquecível. Maldita. A ginecologista confirmou que meu ovário direito diminuiu. Que preciso manter um diário menstrual ou instalar um aplicativo. Mas eu prefiro escrever à mão. Os aplicativos que sabem tudo sobre nossas funções biológicas sempre me provocaram o maior terror. A ginecologista diz que preciso anotar no meu diário menstrual todas as variações de humor, qualquer episódio especial, as doenças sazonais, os eventos estressantes, os medos, as sensações que ocorrem do nada. "Anote tudo." Então agora também me pergunto se preciso anotar esse meu surto de raiva contra mulheres que eu nem conheço.

É nesse momento que a *roiô* se vira para mim.

"Acho que é pela guerra", diz, tranquila.

"A guerra o quê, mamãe?", pergunto quase gritando.

"Embranquecer a pele, usar aqueles cremes que agridem a melanina... Acho que o fazem porque não conseguem se reconhecer no espelho."

Há anos, em toda a África, tem sido usada a prática do embranquecimento da pele. Muitas mulheres acreditaram na mentira "se quiser aparecer bonita, deverá vomitar sua melanina". E assim fizeram. Apagaram a melanina. Os cremes agridem o tecido da pele, fazendo com que a epiderme fique mais exposta aos raios ultravioletas. Nos casos extremos, pode formar-se até um tumor. Depois há o aspecto psicológico. O que o produto vende como beleza, brilho, luminosidade, é só a tentativa de apagar a si mesmas como mulheres negras da África.

Todas as noites uma mulher, que seja no Senegal ou na Somália, passa sobre seu rosto este creme, no pescoço, nas mãos. E depois vai dormir com aquela máscara de morte no rosto. São necessários muitos dias e muitas horas para obter resultados. Lá pelo quinto dia, a pele torna-se cor de pêssego e começa a lembrar a pele das mulheres árabes dos países do Golfo com quem tanto querem parecer. São ricas, bonitas, são claras. Não estão na África. E são muitíssimas as mulheres do continente, em especial as somalis, que não querem mais ser África.

Todas as vezes que vejo a televisão somali, ou vou para alguma festa somali e sou a única pessoa negra no cômodo, a única que não usa cremes branqueadores porque orgulhosa da minha melanina como a minha família e os meus pais sempre me ensinaram, sou acometida por uma espécie de crise. Gostaria de gritar. Chorar. Gritar de novo. E dar socos no vento. E gritar sempre mais alto. Fazer tremer as montanhas. E depois apoiar as minhas mãos sobre seus ombros e perguntar: "Mas por que fazem isso, irmãs? Por que assassinar sua pele preta que faz com que sejam únicas no mundo? Estão fazendo isso para seus homens? Por vaidade? Ou como disse *roiô*, por que não conseguem se reconhecer no espelho? Foi a guerra que fez isso com vocês? Levou-as a odiar a si mesmas?"

Das profundezas do meu corpo, me derruba uma cólica feroz no baixo ventre. O sangue menstrual irrompe como numa cascata. Levanto-me. Corro até o banheiro. Preciso trocar imediatamente meu absorvente. Largo a sala na correria. Com o pesar de não saber como ajudar aquelas mulheres a se reencontrarem.

Volto. Mesma poltrona. Minha mãe me preparou uma xícara de chá com canela e cravo. É atenciosa. Sempre foi.

"Beba, você irá se sentir melhor."

A televisão está desligada.

Seu *âbo* está deitado no tapete da prece. Gosta de manter as costas em contato com o chão. Está ouvindo uma garota de Gana no TikTok recitando o alcorão. Tem uma voz de um rouxinol. O tom é doce, ritmado, dá a ilusão de estar ouvindo um anjo no paraíso. Aquela garota está participando de um tipo de concurso de quem sabe entoar melhor o texto sagrado. Está muito emocionada. "Tem que ganhar", diz seu pai. Eu concordo com a cabeça. Mas ainda estou me sentindo muito mal e suas palavras chegam como um murmúrio indistinto e abafado.

A voz daquela garota ganesa, cujo rosto eu não vejo, me acalma. Bebo lentamente o chá. Estou distraída pela menstruação. Pela dor intensa que me provoca.

Depois toca o telefone do seu pai. Ele olha o nome na tela. "É de trabalho", avisa. Vejo que se levanta rapidamente e vai até outro cômodo. Quase nem percebo, cada vez mais distraída, que *roiô* está sentada ao meu lado e faz uma passagem nos meus ombros. O toque de uma mãe é sempre o toque de uma mãe, mesmo quando já não se é mais uma criança. Há algo naquela palma da mão que nos regenera. "*Marradsanid rôio*. Obrigada, mamãe", consigo sussurrar com uma voz débil. É difícil ver nossas posições trocadas. Normalmente sou eu a massagista, sou quem cuida.

Roiô usa um pouco de óleo de arnica no meu pescoço e reforça os músculos tensionados com os dedos. Depois me solta, quase como um animal em cativeiro, finalmente liberado na floresta.

Procura o controle remoto e coloca o canal de notícias. Fala uma mulher encaracolada. Não sei sobre o quê. Estou desatenta. Desta vez, porém, o que me distrai é uma pergunta que ronda minha cabeça. Há meses.

"Como é que você e o *âbo* se conheceram? Queria contar à Soraya."

"Não entendi direito o que disse." A *roiô* está reticente. Evasiva. E a carta que estou lhe escrevendo é algo que a deixa preocupada. No final, porém, cede e diz: "Na rua".

"Sério? Você e ele na rua, com o trânsito zunindo ao redor dos dois?"

"Sim, tinha um pouco de trânsito. E seu pai estava com alguns conhecidos."

"E depois?"

"Nos apresentamos. Um aperto de mão. Um gesto com a cabeça. Um sorriso."

"E depois?"

"Ele era muito bonito, lembro que pensei isso de imediato. 'Que homem bonito', pensei."

"E depois?"

"Nos reencontramos. Conversávamos muito. Havia admiração. Era gostoso conversar com ele, sobre a pátria, os sonhos."

"E depois?"

"E depois são questões nossas, que filha futriqueira."

Queria lhe contar mais, Soraya, sobre quando a *roiô* e o *âbo*, sua avó e seu avô, se encontraram, se apaixonaram, se casaram. Gostaria de reproduzir para você a batida dos seus corações, a união das suas almas. Mas como muitas outras coisas que aconteceram na nossa família, não sei nada daquele momento sem o qual você e eu nunca teríamos existido.

Não tenho nenhuma foto do casamento deles. Não sei nem se alguém tirou alguma foto no casamento deles. A *roiô* sempre me disse que foi uma cerimônia muito simples. Poucas pessoas. E que o *âbo* estava no ápice da sua elegância. E ela um pequeno lírio desajeitado ao lado dele. A *roiô* desajeitada, eu não consigo nem imaginar.

Vi algumas fotos dela na juventude. Poucas. Aquela do passaporte é a que me marcou mais do que todas. Um vestido de um branco iridescente, cabelos presos, olhar lânguido de diva de Bollywood. Lábios grandes. Prontos para os beijos e palavras de amor.

Naquele olhar não havia só o bem-estar de uma mulher da cidade, mas o esforço que havia feito para estar lá onde estava naquele momento, com os cabelos presos e com o vestido branco lunar. Tinha sido uma cuidadora de dromedários. Tinha atravessado grandes dores. Ao juntar-se com o *âbo*, tinha uma intuição de que teria de escalar montanhas. Não imaginava que seriam tão altas, de tão difícil acesso. Mas estava pronta.

　Talvez seja essa a única coisa que devemos saber sobre o *âbo* e a *roiô*, seu avô e sua avó. Que estavam prontos para estarem juntos. Prontos como o sol toda manhã quando nos acorda.

　E você? Você está pronta para voar dentro da sua vida, meu amor? *Diar ma tahy?*

Ontem pelo telefone você me chamou "*mama*", Soraya. Duas vezes. Sussurrando bem baixinho. Com aquela voz de metal tão graciosa. Ninguém nunca tinha me chamado de *mama* antes de você. *Mama* com só um M e um sibilo de gratidão entre os dentes.

　Não estava pronta para aquela palavra tão breve e intensa, sabe? Senti-la assim, na pele, foi uma viagem maravilhosa. Você me pegou despreparada. Eu que nunca pari, ontem à noite fui parida outra vez. Outra vez lançada na minha existência. Por você, minha sobrinha. Por você que costura os pedaços desunidos de mim.

　Depois você me contou dos seus projetos. Disse-me que tem muitas ideias, muitos caminhos a seguir. Mas às vezes você tem medo. Outras vezes está eletrizada. Toda dedicada a encontrar sua verdadeira vocação. Um lugar neste mundo tão confuso e louco. Depois você me confessou, e lá sua voz tornou-se séria, seu sonho secreto. "*Edo*, acho que vou abrir um estúdio de design aqui no Quebec." "*Do it*", gritei em inglês aplaudindo, entusiasmada e ao mesmo tempo angustiada. "*Samee. Samee*", lhe respondi depois em somali. E no final "*Fallo*", faça-o, disse naquele italiano que você ainda não decidiu se vai aprender ou não.

　Gostaria de tê-lo dito também em *chimini*, mas não conheço as palavras. É a língua do meu arrependimento.

Quando tinha uns vinte anos, eu disse para a *roiô* e o *âbo* que queria sobreviver escrevendo, tive medo de desapontá-los. Aliás, acho que os desapontei. Eles sonhavam comigo na política, em algum escritório de advocacia ou numa sala de cirurgia remendando órgãos lesionados. Mas eu me via apoiada sobre folhas de papel pergaminho como Shakespeare. Corcunda. Suja de tinta. Perdida em universos paralelos, inalcançáveis. Feliz à mesa com os meus fantasmas.

Era difícil explicar que escrever representava mais do que um trabalho para uma pessoa como eu que, por culpa de uma guerra civil, havia quase enlouquecido. Só o alfabeto podia dispersar o *Djíro* e sua artilharia pesada. Mandá-lo para fora do coração. Era muito complicado. E então eu dizia somente: "Gosto de escrever".

Pais africanos, que sejam somalis, ganenses, ruandeses, sul-africanos ou etíopes, raramente irão encorajar um filho ou uma filha à arte. Porque muitas vezes é sinônimo de desconhecido. Pais africanos querem um escritório, uma mesa, um computador de última geração, um carro, uma casa, uma família normal, netos, um casamento suntuoso para depois se gabar com os amigos. Um caminho nítido, sem subidas nem descidas íngremes demais. Um caminho sem grandes sacudidas para os próprios filhos. Segurança, é isso o que desejam os pais africanos.

"A arte é tão evanescente, minha filha. Tão incerta", diziam meus pais, murmurando. Depois não falamos mais a respeito disso. E no meio tempo eu comecei a escrever de verdade. E publicar. E eles a agarrarem minhas palavras que corriam enlouquecidas sobre o papel ainda úmido do jornal. Ou mesmo só sentindo felicidade pelo meu entusiasmo. O *âbo* colocava os óculos e imergia nos meus textos. A *roiô* perseguia os alfabetos e me dizia: "Suas palavras têm cheiro de roupa limpa". E então eu continuava a escrever. E eles, de alguma forma, me acompanhavam. Fiéis. Com medo no coração.

Agora, ao contrário, sou eu quem teme por você, Soraya. Como meus pais temiam por mim há muito tempo. Por culpa do ofício que escolhi para mim. Trabalhar de forma independente tem seus riscos... Um estúdio, você disse? Abrir um estúdio? Quanto custaria isso, meu amor? E depois, em que parte da cidade? Com qual capital você começaria esse negócio?

Mas eu não lhe digo nada. Quase sinto vergonha das objeções que minha racionalidade quer contrapor aos seus sonhos. E assim decidi segui-la. Confiar em você. Como os meus pais confiaram em mim. Na minha escrita. Na loucura. Na arte suprema que nos habita.

Mas a carta que estou lhe escrevendo leva-me, outra vez, para aquela adolescência que em alguns momentos parecia não passar nunca, sempre oscilando entre a raiva e o medo.

Era 1992 quando a *roiô* voltou. Estava calor.

Era 1992. E a rádio anunciava que em breve Michael Jackson viria a Roma para um show. Em breve, Michael e eu teríamos respirado o mesmo ar. Eu não via a hora de contar essa notícia para o *âbo*. Eu adorava Michael Jackson, amava seu *moonwalk*.

Era 1992. E a essa altura, a ausência atroz da *roiô* estava como sedada dentro de mim. Já não falava mais a respeito disso. Fingia que estava de férias. Em algum lugar. Numa montanha. "Se não disser a palavra 'guerra', então a guerra não existe", era o que pensava. Inventava bobagens infantis para sobreviver ao presente. Naquela época tudo era uma distração. Até mesmo as traduções do latim. As equações de matemática. Dante Alighieri. E o *past tense*. Tudo me levava para fora de mim. Até o vômito.

Que havia começado a ser uma rotina entediante da qual eu tentava me despir. Porque vomitar não acalmava mais a minha dor, mas pelo contrário, me entediava com sua ditadura de gestos automáticos, mecânicos, inúteis.

Era 1992. Eu fingia estar interessada na escola. M estava sempre lá, como no ano anterior, não olhava para mim. Mas eu já não me importava mais. M não me interessava mais. A essa altura, eu já não achava ele tão bonito. Até sua melanina me parecia desbotada. A guerra havia levado consigo todo o amor que eu tinha dentro. Por ele. Por qualquer coisa. As amigas me provocavam. "Então, Igi, você pode nos dizer de quem você gosta? Conte-nos!" E eu inventava histórias de amor e olhares lânguidos. Lágrimas e dores. Era fácil inventar. Eu já estava equipada para a ficção. E depois quando me perguntavam o nome daquela maravilha pela qual eu estava apaixonada, eu pescava no meio dos garotos da escola, todos iguais. Com a mochila Invicta, as calças jeans rasgadas e os hormônios no lugar das pupilas. "Então você gosta do G?" "Mas sério que do L?" "E do P também?" "Sério, Igi?" E me empurravam para conversar com garotos que não estavam interessados por mim e que também não me interessavam. Aos quais eu só perguntava a hora para que ficassem felizes. E depois inventava: "Disse que sou muito simpática." "Talvez vamos sair para tomar um sorvete nos próximos dias." Eu alimentava um quadro falso sobre mim, uma narrativa cheia de lacunas. Elas queriam me ver como a amiga "normal" delas, uma garota que gostava de garotos brancos com a mochila Invicta e um *scooter* modelo Si, bem quebrado, estacionado ao lado da escola. E eu, ao contrário, só pensava em minha mãe. Sem contar que sempre preferi os garotos negros aos brancos. Mas naquela época eu só via os negros na televisão, em alguma série estadunidense. Ou em sonho.

As lágrimas, aquelas de verdade, chegavam de noite, quando eu tentava visualizar que fim teria levado a *roiô*. Depois de uma única ligação que ela havia feito de uma Somália em guerra, nunca mais recebemos notícias. Até mesmo os "a vi faz um mês, está viva" dos conhecidos tornavam-se cada vez mais raros. Há meses ninguém a havia visto. Ninguém sabia nos dizer: "Está viva, está bem, emagreceu, mas é sempre ela, a mais durona". Era como se tivesse desaparecido no nada. Num país cada vez mais no caos.

Depois houve aquele dia. *Âbo* e eu no almoço, sentados diante de um prato de macarrão. Eu com meus cabelos cada vez mais oleosos e o aspecto desleixado, embora meu pai comprasse tudo que era necessário e me incentivasse a cuidar de mim. Ele, impecável. Elegante até mesmo de pijama. Eu morria de vontade de contar-lhe sobre Michael Jackson.

Âbo sabia fazia mais ou menos uma semana que a *roiô* estava para voltar para a Itália. Para nós. Para o mundo em que se você sente a falta de alguém, pode lhe telefonar. Emergida novamente de uma guerra civil. Viva. Mas queria ter certeza antes de me passar falsas esperanças.

Saía fumaça do macarrão em meu prato. E o manjericão expandia-se por todo o lado.

Eu disse, com o garfo suspenso no ar: "Você sabe que o Michael Jackson voltará para Roma, *âbo*?"

Ele respondeu: "Ah, que coincidência. Sua mãe também".

Fiquei com os fios de espaguete parados na garganta. Comecei a tossir. Meu pai me deu um pouco d'água. E depois explicou. "Aterrissou em Nairóbi essa manhã."

Grande parte da tragédia somali passou por Nairóbi. Um oásis, depois do calvário, para poder recompor o próprio rosto. O próprio inferno.

Minha mãe havia conseguido pegar um meio de transporte. Nunca me disse qual. Fiquei sabendo, anos depois, Soraya, que naqueles anos os somalis atravessavam a fronteira a pé. Alguns conseguiam ser transportados por algum avião improvisado, ex-soviético, usado para o contrabando do *qat*.

Não sei como a *roiô* conseguiu chegar em Nairóbi. Nunca me contou.

Percebi que estava feia quando a *roiô* me olhou. Estávamos no aeroporto. Em Roma. E seus olhos de indagação perscrutavam-me da cabeça aos pés. Ela havia acabado de chegar. Voo de linha partido de Nairóbi direto como um raio para Roma capital e para a misericórdia.

Minha mãe reluzia vestida em seu *bulgi* cor de deserto. Um vestido novo que eu nunca tinha visto antes. Um vestido que cheirava a guerra. Daquela vida sem mim, sem *âbo*. Sua magreza transpirava aflição. Sofrimentos que eu jamais havia conhecido. Rugas profundas escavavam seu rosto seco e ainda jovem. Era tão bonita. Apesar dos dois anos passados dentro de um dos conflitos mais ferozes do planeta, apesar das cicatrizes visíveis em seu corpo, continuava a ser uma joia.

Eu, ao contrário, era o oposto dela, Soraya. Vestia calças jeans que estavam apertadas e um daqueles moletons nos quais era possível desaparecer, dependendo da situação.

Uma reclamação baixinha. Era minha barriga que rangia. Não era fome. Eram minhas munições, as metralhadoras que queriam ser expulsas. De manhã, antes de ir ao aeroporto, eu tinha vomitado de novo. Caixas inteiras de AK-47. Embora minha mãe estivesse lá diante de mim, eu continuava a viver no tempo da guerra.

Conseguiria sarar? Conseguiria deixar de ir ao banheiro para buscar a paz que a política me negava?

Agora que estou *nel mezzo del cammin*[40] da minha vida, sei responder a essas duas perguntas, amadíssima sobrinha. Agora tento sarar todos os dias um pouco. Como bem, coloco a comida à mesa com afeto, mesmo quando estou sozinha. Curei minhas feridas. Ou pelo menos tentei, colocando toda a minha boa vontade. Sinto o gosto da comida. Sinto prazer. Vi o sol brilhar mais uma vez. Por muitos anos fui atendida por uma profissional especializada em distúrbios alimentares em Pietralata, pegava duas linhas do metrô. A *roiô* me apoiou. E em especial são anos em que não confundo mais um prato de sopa de legumes temperada com um azeite perfumado com munições ferrosas dos AK-47. Minha mente consegue, finalmente, distinguir.

Às vezes, como é natural, ainda tenho pensamentos ruins. Todos nós que atravessamos o *Djíro* temos. Mas depois eu escrevo. Ou leio. Ou ambas as coisas. E vivo.

E penso em você, minha Soraya.

Eu havia me preparado tanto para aquele momento com ela. Aquele nosso primeiro encontro depois de dois anos de vazio. Eu e a minha *roiô*. Ela viva. Eu ainda não completamente.

Tinha um plano. Queria sufocá-la de beijos. Abraçá-la como fazem os atores famosos de Hollywood. Bem apertado. Mas não sabia abraçar ninguém. *Uallárri*! Ainda não.

Queria ter a mesma naturalidade de Sammy Barbot e Stefania Rotolo quando cantavam o tema de encerramento *Piccolo Slam*, espetáculo noturno dos anos 1977-1978

---

40 A autora refere-se aqui aos famosos versos de Dante Alighieri, no primeiro canto da Divina Comédia: "*Nel mezzo del cammin di nostra vita/ mi ritrovai per una selva oscura/ ché la diritta via era smarrita*". Na tradução de Augusto de Campos: "No meio do caminho desta vida/ me vi perdido numa selva escura,/ solitário, sem sol e sem saída".

que passava no canal um quando eu tinha três anos e que conhecia mais pelos relatos da minha mãe do que por minhas lembranças pessoais. Nos anos 1970, de fato, a *roiô* estava encantada com esse garoto da Martinica que parecia com um dos seus filhos distantes e com aquela garota com um corte de cabelo curtinho, parecendo uma marmota. Um pouco doce e um pouco sensual. Aquela Stefania Rotolo que seria levada embora por um tumor no útero alguns anos mais tarde. "Se não tivesse morrido tão cedo, teria se tornado a estrela mais luminosa da televisão italiana", dizia com frequência sua avó. Ela gostava de vê-los abraçados no tempo de um sorriso e de um tema de encerramento em preto e branco. Ela gostava, em especial, quando se mexiam juntos cantando sua juventude. "*Mani... Le tue mani... Eccomi*", mãos... suas mãos... aqui estou. E logo aparecia uma imagem das mãos próximas, entrelaçadas, perfumadas. Naqueles anos em que se sentiu sozinha num país estrangeiro, aqueles garotos da televisão, o encaracolado e a loira, tornaram-se seus amigos. E em nosso encontro eu queria ser como eles. Fluida nos movimentos. Por isso tinha treinado por dias com uma almofada. Para entender como se faz para abraçar uma mãe reencontrada.

Depois tinha procurado dar um sentido aos meus cabelos, que desde o seu desaparecimento estavam cada vez mais oleosos, sujos de gel, exaustos de dois anos de guerra e vômito.

Quando ela me viu, tinha acabado de sair da grande boca do aeroporto que arrotava passageiros, percebi que tinha muita acne no rosto, um aspecto desleixado. Meu pai me seguia, nutria-me, comprava-me roupas, cadernos, livros para a escola, desodorantes. Mas havia aquele limite no qual, para ele, entrava-se num território desconhecido. Não sabia muito bem como me ensinar a tornar-me mulher.

Sentia vergonha daquela minha feiura que saía sabe-se lá de onde. Inesperada. Eu que antes do começo da guerra era uma tulipa.

Quando vi a *roiô* emergir entre as malas e os turistas, a primeira coisa que fiz foi cobrir meu rosto. Não queria que ela visse o quanto havia me tornado feia na sua ausência. Quando seu olhar caiu sobre mim, senti-me feia. Dobrada pelo *Djiro*.

Mas na verdade, para ela, eu era a princesa mais linda do reino. Uma esmeralda. Como Barbra Streisand com Robert Redford na cena final de *Nosso amor de ontem*, a *roiô* também aproximou os dedos do meu rosto. E colocou de lado uma mecha encaracolada. Depois sorriu. "Você está grande e alta, minha filha."

Sério que eu estava mais alta?

Depois houve outras palavras.

"Por que não me abraça?", ela perguntou com aquela sua voz masculina e rouca que a caracteriza até hoje.

Havia esquecido de abraçá-la. Bem eu, que havia me exercitado tanto com um travesseiro para que aquele momento fosse memorável. E depois me esqueci.

Não disse nada. Fiquei ali. De pé. Ao lado dela. Rígida. Embalsamada. Paralisada pela felicidade. Pelo medo de quebrá-la.

Você é de verdade, *roiô*? Você está mesmo aqui conosco? De novo? É de carne? Está bem? Existe?

Em vez de inundá-la com palavras, beijos, abraços, afeto, como teria feito qualquer outra pessoa, fiquei imóvel. A felicidade me havia emudecido. Naquele meu silêncio, só uma leve falta de ar continuava a ser hostil e apertar minhas costelas. Era o susto que estava me invadindo. O medo de que aquela felicidade tão perfeita fosse um sonho e pudesse desaparecer a qualquer momento. Desaparecer para longe. Tornar-se inacessível. Como uma trincheira.

Tinha medo de perdê-la de novo.
Tinha medo de perder-me de novo.

Depois chegou uma luz linda para envolver nossos corpos. Uma luz intensa. *Iftín quruh badan*. E repentina.

Que cavalgava as nuvens do céu como as amazonas seus corcéis leais.

Dentro daquela nuvem de luz, eu voltava a ser uma filha feliz. Não havia mais AK-47 para vomitar. Não havia mais nervosismos. Não havia mais carteiras da escola atiradas em cima dos colegas que eram um estorvo. Não mais rugas no rosto do *âbo*. Não mais visões. Não mais divinações. Não mais choros que ninguém escuta.

Dentro daquela nuvem, eu tomava coragem.

Vá adiante, garota. Do que você tem medo? Não vê? É sua mãe. *Waa hooyadaa*.

E assim, me fiz corajosa. De verdade. E como na música de Stefania Rotolo e Sammy Barbot, naquele tema de encerramento do *Piccolo Slam*, me joguei de cabeça no amor. Como uma corsária.

"*Mani... Le tue mani... Eccomi*."

Eu cantava assim.

E assim também Chadigia, minha *roiô*, e eu entrelaçamos nossos dedos, num instante costuramos uns nos outros, como se toda a paciência que ela havia sempre dedicado naquele gesto antigo, costurar, pudesse concentrar-se num único gesto de amor. Naquele gesto não havia o sofrimento de Mogadício, a nossa cidade perdida, não havia a guerra: éramos só nós, nosso grande espírito, e os nossos corpos capazes de resistir.

"Aqui estou, mamãe. Aqui estou", sussurrei. Sua filha está aqui. Meus olhos estavam embaçados, embaçados de alegria.

Rusús
Memória

Estou dentro de uma nuvem. Uma nuvem de vidro e silicone que me convida a voar. Há uma luz linda ao meu redor. *Iftín quruh badan.* E é como se eu nadasse dentro de um cristal. Que me abraça e me protege. Meus olhos estão cansados. A vista um pouco embaçada. Mas resisto na luz. Para não perdê-la.

A nuvem é aquela sonhada e depois realizada pelo arquiteto Massimiliano Fuksas, que todos os anos hospeda a feira dos pequenos e médios editores italianos no EUR, na minha Roma, a eterna entre as cidades eternas, não muito longe do museu que contém esses vestígios coloniais tão desconfortáveis de lembrar.

Quase parece tocar essa nuvem, sua beleza aérea longe do aço e do alcatrão que também a cercam por todos os lados. Estou no ponto mais alto do centro de congressos, na sala dedicada aos eventos mais importantes da feira. A altura me provoca vertigens. Sinto-me distante de tudo, num paraíso impalpável que parece perigosamente com um limbo. O auditório é grande, o público já ocupou os melhores lugares, há fila de espera. Eu e minha amiga de Salerno, Daria Limatola, uma das melhores cozinheiras do mundo, além de alma do festival de literatura de Salerno, conseguimos duas cadeiras próximas ao palco.

Estamos aqui por José Saramago, pela sua alma que quase parece abraçar-nos, leitoras e leitores daquele pós--vida em que se encontra há mais de dez anos. Apresentando, está um amigo em comum, Paolo Di Paolo. Tem os cabelos compridos, a paternidade recente o deixou mais bonito e a experiência de tantos encontros literários lhe deu um olhar vigilante como um diretor de orquestra pronto a dar início a uma sinfonia poderosa. Lá está também Giorgio De Marchis, que além de ser professor de literatura portuguesa na Universidade Roma Tre, para mim, exerce o papel fundamental de traficante: traficante daqueles que só entregam coisa boa, romances em língua portuguesa que fazem viajar com a fantasia por todo o Atlântico Sul, do Brasil a Cabo Verde, a literatura que desejo e que amo. Ao lado de Paolo e Giorgio, a viúva do grande escritor português, Maria del Pilar del Río Sánchez Saramago, com sua classe, sua simpatia e aquele espanhol pacato e doce que seu marido devia achar lindíssimo.

A ocasião do encontro é o centenário do nascimento do escritor lusófono e um volume, organizado por Giorgio De Marchis, que recolhe os seus discursos realizados em várias ocasiões em nosso país da bota.

Giorgio, Paolo, Pilar del Río começaram a falar de Saramago como se ele, com seu cachimbo, estivesse sentado entre eles. Entre nós. Vivo.

Não sei quando, em que ponto da conversa, começo a chorar. Sei que meu rosto fica marcado com as lágrimas. E os meus olhos completamente embaçados. *Uallárri*.

Onde nasceu meu choro? Seriam as lembranças da casa de Lanzarote que me comoveram? Daquela casa-museu onde, no passado, José e Pilar foram felizes e onde hoje, para aqueles que vêm visitar, há uma ordem peremptória para acariciar os livros para que não se sintam sozinhos?

Foi lá que chorei, Soraya?

Gorman oiê?

Ali também. Mas não só.

Na verdade, eu sei qual é o ponto em que chorei. Fiquei sem ar quando a Pilar contou do descolamento da retina de José.

Não sei se vou conseguir, mas quero tentar contar-lhe essa história, minha amadíssima sobrinha.

Então: há um homem e uma mulher. *Uarrá djira nin iô naag.* Pilar del Río e José Saramago. Em Roma. Há uma greve geral. A cidade está parada. Imóvel.

Pilar conta a história com um espanhol atento, cada palavra é pronunciada, o som é como dilatado. Não quer que o público perca nem uma vírgula daquilo que está dizendo.

Daria e eu, mas também Paolo e Giorgio no palco, e o resto das pessoas ao nosso redor, levantamos bem os ouvidos, como os gatos quando falam deles.

Na verdade, Pilar, falando de José, do seu homem quando estava vivo, de uma greve geral, de uma Roma confusa, perdida, uma selva, no fundo fala de nós. Sabemos que estamos envolvidos nisso.

Sim, somos nós os gatos.

Uarrán narraí mukulalará.

Um homem e uma mulher, portanto. *Nin iô nag.* Um dia muito especial. Uma cidade estrangeira, porém amada.

De manhã, acho que era de manhã, explode o olho do homem. Literalmente.

Está em curso um descolamento da retina.

Correr para o hospital. Procurar uma solução. Um código vermelho. Um médico. Uma consulta. Uma cirurgia urgente. Mas depois...

Depois essas palavras: "Não podemos ajudá-la".

Quando Pilar chega nesse ponto do relato, sinto-me morrer.

"Aqui não podemos ajudá-la." Foi a mesma frase, ainda que com entonações e nuances distintas, que me foi dita quando me foi diagnosticado o glaucoma há mais de dez anos.

Respiro. Devagar. Sem fazer barulho. Coloco-me novamente a ouvir. Não quero perder a continuação. As reações.

Há uma greve geral em Roma. Então nada de cirurgia para José Saramago, nem voos. Não pode voltar para a Espanha. O olho está sempre lá, sofrendo. Talvez José Saramago, mas isso a Pilar del Río não disse, esteja bravo, talvez cansado, talvez desesperado, talvez resignado. Não sabemos, ela não o diz. Podemos supor. E o seu vacilar, mesmo que por um instante, é quase a confirmação. O relato continua num ritmo lento, cadenciado, como as baladas dos trovadores.

E eis que um homem, um escritor, *nin korouá*, coloca-se diante do indizível.

Um olho que está se esvaziando de vida, de vista.

Aconteceu também recentemente com outro escritor, de perder um olho. Aconteceu com Salman Rushdie, após um vil atentado em Chautauqua, perto de Jamestown, no estado de Nova York. Alguém, com uma mão armada de ódio, tirou-lhe a possibilidade de ver com ambos os olhos. Cegueira parcial, que sufoca.

Penso com frequência em Salman Rushdie e no seu olho violentado. Gostaria que de fato no mundo existisse uma Santa Luzia de Siracusa, protetora dos olhos, da vista. Que nos olha de tantos quadros com aquelas flores na forma de olhos para doar ao mundo. Para doar a Salman.

Santa Luzia, cujo nome deriva do latim "*lux*", luz.

Enquanto Pilar fala, gostaria que também nesta história de greve geral e cirurgias negadas ela fizesse sua aparição para José Saramago, uma santa como Luzia com um buquê de olhos a serem doados. Com pupilas no lugar de rosas vermelhas.

Mas a santa não corre para salvar José, que fica só com uma pergunta: o que fazer na iminência da cegueira?

O quê?

Saramago decide assim, instintivamente, abraçar a beleza. A beleza situada no topo de uma famosa escadaria.

O escritor põe-se a caminhar. Vai com sua companheira para Trinità dei Monti e, do alto, olha para Roma que se estende como um lenço de renda diante dos seus olhos doentes. É isso que faz José Saramago na iminência da escuridão da qual ele não sabe se irá conseguir se esquivar. Vai até Roma e se deixa abraçar.

Na iminência da escuridão, na falta de um leito no hospital, de raio x, colírios, cirurgias, bandagens, boas palavras, José Saramago decide olhar Roma pela última vez. Uma cidade que carrega em seus ombros a história, a beleza, a loucura. Subir à Trinità dei Monti para ver Roma significa, para José Saramago, gravar em sua mente o que de bom a humanidade fez nesta Terra. Quer despedir-se da vista arquivando, no profundo de si, a essência daquilo que nos faz humanos.

Sua última imagem é Roma. Entre o bem e o mal.

Pilar del Río não mudou o tom de voz ao contar a história. Não precisa dramatizar. Sua palavra é limpa, seca, luminosa. E ao contar do seu José, que ainda não sabemos se irá ou não perder a vista, porque ela não especifica, conta também de nós.

Não existe um fim na história de José Saramago e sua retina. A história se rarefaz. Não há nenhuma moral nessa anedota de Pilar del Río.

Mas continuamos ansiosos, queremos saber.

Daria diz que, segundo ela, na sequência, Saramago sarou.

"Você tem certeza? É isso mesmo?", dou-lhe quase um puxão.

Depois, na minha cabeça, começa a abrir-se o caminho para uma pergunta.

O que eu teria feito no lugar de José Saramago?
O que eu teria olhado?
Qual teria sido minha última imagem?
E aí não consigo deter o tremor.

Digo *teria feito* e não *farei*. Não quero pensar, ainda que tenha essa doença, na cegueira como uma perspectiva certa. Só sei que é possível, aliás, provável, mas decidi lutar. Com todas minhas forças.

De vez em quando, nos dias ruins, sussurro uma sura do Sagrado Alcorão para o meu nervo óptico. Digo-lhe que não deve abandonar-se. Que há sempre uma saída. A pesquisa científica progride. E temos que acreditar não só na ciência, mas também em nós mesmos e em nossa capacidade de olhar com todos os outros órgãos, de estar sempre na luz.

A pergunta, porém, não para de me atordoar.
O que eu teria feito?
Subiria à Trinità dei Monti para procurar Roma, como o escritor português?
Teria ido a outro lugar? Diante do mar, das ondas? Na estação Termini para curtir os transeuntes? Ou diante do Coliseu, para lembrar-me que minha cidade foi maior do que ela mesma?
O que teria feito?
E você, Soraya? O que teria feito?

Depois entendo.
Pilar ainda está falando quando, com um gesto brusco, abro minha bolsa verde. Extraio um livro. Aquele mesmo organizado por Giorgio De Marchis. Sigo o conselho de Pilar del Río e acaricio o volume, para que não se sinta sozinho. Depois começo a ler.

As letras do alfabeto, vejo-as, seguem umas às outras como potros em seu primeiro dia de liberdade.

Há frenesi. Há encanto.

Leio as palavras. Quase sussurrando-as, tanto que me parecem vivas.

Agora entendo. *Ralkás ayan ka fahmay*.

Basta-me abrir uma página, carregada de alfabeto, para encontrar de novo o sentido de tudo. A beleza compartilhada. A memória salva. As histórias entregues a um suporte frágil, que pode rasgar, manchar, arder, ao mesmo tempo genial e tenaz, mais do que a loucura humana.

Âbo, roiô, sei que os nossos antepassados não conheceram a língua escrita e não penso que quem tem os recursos e a instrução para escrever seja melhor do que os outros: mas os agradeço por ter me dado esse presente, instrumento invisível e potente, porque através dele, canto o nosso povo. O povo somali grande e orgulhoso, sua história no coração de um continente que transborda recursos e maravilhas. Sua diáspora, sua resistência que sorri com dentes branquíssimos, assim como o papel sente o júbilo de ser impresso com a tinta.

O alfabeto, meu júbilo, minha última imagem.

Autobiografia em movimento
(Agradecimentos)

Não é a primeira vez que escrevo sobre minha família. Aliás, acredito que minha escrita tenha nascido da urgência de entender essa história familiar poliédrica e diaspórica atravessada por uma ditadura, uma guerra infinita e múltiplas migrações.

Os atravessamentos, os encontros, as geografias e, naturalmente, o léxico familiar sempre me colocaram desafios. Despertaram muitas interrogações em mim. Com o tempo, percebi que seguir vestígios biográficos, pessoais e familiares, é para mim a melhor forma de viajar nos territórios desconhecidos da história e de uma intimidade que pede para ser expressa com toda a sua potência; os meus mentores são James Baldwin e bell hooks.

Mas a matéria biográfica é cheia de armadilhas e amnésias. Percebi que algumas coisas que havia escrito em 2010 em *Minha casa é onde estou* eram muito opacas na minha mente: havia pronunciado, mas não havia entendido profundamente. Por exemplo, a forma como ocorreu a mutilação genital da minha mãe. Tinha certeza de que havia ocorrido na mata, pelas mãos de uma *mammana* nômade, uma parteira que também fazia abortos. Mas ao contrário, descobri que ocorreu num período posterior, durante sua vida na cidade, em Mogadício. Por muito tempo, atribuí à minha mãe os contornos de um episódio que havia ocorrido com minha tia. Essas traições inconscientes da memória ou da consciência mudam a essência da escrita biográfica ou autobiográfica? Fazem com que seja uma mentira, um fingimento? Subtraem-lhe o valor? São perguntas que me fiz no começo, no curso e no final da escrita de *Cassandra em Mogadício*. E entendi que, na verdade, essa minha exploração biográfica levou-me a ver a história, aquela pequena e a com H maiúsculo, a partir de perspectivas diferentes, colocando no jogo da memória também os mal-entendidos, as lacunas e aqueles territórios que são difíceis de serem explorados, por medo ou pudor.

Enquanto começava a escrever este livro, encontrei (num trabalho de equipe com meu irmão Abdul) a fotografia que depois escolhemos colocar na capa. Traz minha *roiô* jovem, durante uma viagem à Itália, enquanto ensina uma senhora de Milão, talvez uma trabalhadora das antigas feiras de amostras, a arte de confeccionar babuchas. Aquele gesto manual feminino, a passagem da agulha num tecido para juntar as partes e criar uma nova beleza, aquela forma de prestar atenção ao *recto* que precisa ser impecável enquanto sobre o *verso* os fios se emaranham ou apertam em pequenos e sólidos nós, parece-me que encapsula de um jeito maravilhoso o significado da escrita, em especial da minha escrita.

Por meio desses fios, todas as épocas históricas se unem nessa carta caleidoscópica. Há o colonialismo, o trauma da ditadura e da guerra civil. Há as muitas feridas causadas à Somália por tantos colonizadores diferentes.

Espero ter conseguido costurar meu pedaço de história nestas páginas, juntando os rasgos e dando um nome ao tormento que qualquer um que tenha vivido uma guerra experimenta, aquilo que com frequência é chamado de trauma pós-bélico (ainda que na situação somali não seja possível falar realmente de "pós", porque infelizmente, ainda estamos dentro): eu preferi chamá-lo *Djíro*, usando a palavra somali para "doença". E para dar voz ao *Djíro*, tentei utilizar o método de pesquisa memorial que Alessandro Portelli, grande conhecedor da literatura afro-americana e historiador oral, divulgou através dos seus trabalhos sobre Terni, o Kentucky e o massacre das Fossas Ardeatinas.

Uma das primeiras pessoas com quem compartilhei esse meu projeto foi Antonio Fanelli, professor da Universidade de Roma La Sapienza, também historiador oral, que me incentivou a continuar a entrevistar minha mãe. No começo, trabalhava num artigo sobre o tema da minha incapacidade de perguntar à minha mãe sobre a guerra. Sobre meu fracasso. Mas Antonio me incentivava a continuar, a não me render, a superar aquela ansiedade que me tocava todas as vezes que começava esse discurso com minha mãe ou com a minha família. Lentamente, ouvindo Antonio Fanelli e relendo *L'ordine è già stato eseguito*, de Alessandro Portelli, encontrei a coragem de quebrar o sentimento de paralisia que sentia e entrar nos territórios escorregadios, mas apaixonantes da história contada pelos seus protagonistas, da história repassada oralmente.

Quanto mais eu seguia adiante com as entrevistas e na escrita subsequente, mais entendia que a matéria biográfica, que já tinha enfrentado anteriormente, não era nunca como eu havia imaginado. Via-me diante de novas sensações. De novas tomadas de consciência. Era sempre a nossa história, mas tinha outras nuances.

Assim, entendi que a autobiografia é fascinante pela sua forma de se construir em constante movimento. O passado nunca está parado, segue as nossas mudanças. Existem os eventos, mas nem todos os eventos são claros para nós no mesmo momento e da mesma forma. Tudo está ligado a quanto estamos dispostos a escavar e aceitar aquilo que o passado nos revela. E depois há a palavra do outro, que abre e fecha vislumbres.

A escrita deste livro foi, para mim, uma viagem no tempo semelhante à de Marty McFly em *De volta para o futuro*. E foi também uma viagem no trauma. Neste livro, há a guerra, claro. Há o colonialismo. E há, em especial, o rebaixamento que nos levou à migração de um país a outro. A construção de uma Somália fora da Somália. E naturalmente, há Roma e tudo o que abraça.

Mas tudo isso só me foi possível graças a um instrumento insubstituível: o italiano, a língua que nasce com Dante Alighieri e chega a Djarah Kan, a língua que me acolheu, cresceu, que deu voz aos meus desesperos e minhas alegrias. Que é um instrumento fundamental para a cura.

É isso, ainda que menos nomeada do que *Djíro*, a palavra-chave deste livro é *cura*: esta é a carta de uma tia para sua sobrinha sobre curar e curar-se neste mundo cheio de equimoses e doenças. Um diálogo intergeracional necessário, em especial para uma mulher que, como eu, está atravessando a parte madura da lua, ou seja, o final da sua idade fértil.

Hoje em dia, são cada vez mais frequentes as perguntas sobre a escolha de ser ou não ser mãe. Confesso que esse debate não me interessa muito. O importante é saber ser ponte para quem está se debruçando sobre a juventude. Independentemente de nosso papel (como mães, pais, tias, tios, professores...), acredito que é fundamental cultivar a comunicação entre as gerações, para garantir que as pessoas mais maduras transmitam sua experiência aos mais jovens. Evitar que aumentem as ranhuras entre as gerações e favorecer a passagem do conhecimento. O contínuo relato de uma doença e de uma cura.

Eu tenho origem somali, então venho de uma cultura em que, no fundo, você é sempre um potencial pai ou mãe. E na qual o papel da tia é quase institucionalizado. Muitas famílias diaspóricas, entre elas a minha, encontraram nas tias um verdadeiro pilar de sustentação. E como *edo* de Soraya, como sua tia paterna, me senti no dever de passar algo à sua geração. Escolhi Soraya, mas o livro é dedicado a todas as minhas sobrinhas e a todos os meus sobrinhos. E em geral, a todas as pessoas jovens.

Agradeço à Giulia Ichino e toda a Editora Bompiani por ter dado um suporte real. Por ter me incentivado a acreditar nessa escavação dolorosíssima, mas também tão fecunda.

Agradeço também à minha agência: Piergiogio Nicolazzini e sua grande equipe. Depois agradeço à Saskia Ziolkowski, Francesca Melandri, Federica D'Alessio, Roberta Ricci, Leila El Houssi, Silvia Rogai, Rino Bianchi, Daniele Timpano, Elvira Frosini, Arianna Farinelli, Roberto Scarpetti, Simone Paulino, Carla Toffolo, Shaul Bassi, Paolo Di Paolo, Jelena Janeczek, Laura Silvia Battaglia, Adil Mauro, Waris Ali Omar Osman, Angelo Boccato, Maurizio Taloni, padre Antonio Spadaro, Daria Limatola, Alessandro Portelli, Antonio Fanelli e todas as pessoas que levam adiante na Itália a história oral.

Agradeço à minha família que nem preciso citar porque está dentro de cada página deste livro.

E naturalmente, agradeço à Cassandra, filha de Hécuba e Príamo. Que tinha razão. Sobre todas as coisas. Essas páginas são também para ela: porque a história pode nos arrancar a casa, mas não a voz; pode cegar nossos olhos, mas nunca, nunca a nossa memória.

Dados Internacionais de Catalogação na Publicação (CIP)
de acordo com ISBD

S289c
Scego, Igiaba
  Cassandra em Mogadício: Igiaba Scego,
  Tradução: Francesca Cricelli
  São Paulo: Editora Nós, 2024.
  376 pp.

Título original: *Cassandra a Mogadiscio*
ISBN 978-65-85832-49-6

1. Literatura italiana. 2. Romance.
I. Cricelli, Francesca. II. Título.

2024-2051 / CDD 853 / CDU 821.131.3-3

Elaborado por Odilio Hilario Moreira Junior, CRB-8/9949

Índices para catálogo sistemático:
1. Literatura italiana: Romance 853
2. Literatura italiana: Romance 821.131.3-3

© Editora Nós, 2024
© Igiaba Scego, 2023

Publicado originalmente na Itália em 2023 como *Cassandra a Mogadiscio* pela editora Bompiani. Esta edição foi publicada em acordo com o autora por meio da Agência Literária Piergiorgio Nicolazzini (PNLA) mediante acordo com Villas Boas & Moss Agência e Consultoria Literária

Direção editorial SIMONE PAULINO
Editor SCHNEIDER CARPEGGIANI
Editora-assistente MARIANA CORREIA SANTOS
Assistente editorial GABRIEL PAULINO
Projeto gráfico BLOCO GRÁFICO
Assistentes de design LÍVIA TAKEMURA, STEPHANIE Y. SHU
Preparação BRUNA PARONI
Revisão GABRIEL PAULINO, MARIANA CORREIA SANTOS, SCHNEIDER CARPEGGIANI
Produção gráfica MARINA AMBRASAS
Assistente de vendas LIGIA CARLA DE OLIVEIRA
Assistente de marketing MARINA AMÂNCIO DE SOUSA
Assistente administrativa CAMILA MIRANDA PEREIRA

Imagem de capa FILIPE ACA
ilustração sobre fotografia concedida por cortesia do Arquivo Histórico da Fundação Fiera Milano

Texto atualizado segundo o novo Acordo Ortográfico da Língua Portuguesa

Todos os direitos desta edição reservados à Editora Nós
Rua Purpurina, 198, cj. 21
Vila Madalena, São Paulo, SP | CEP 05435-030
www.editoranos.com.br

Fonte STANLEY
Papel PÓLEN BOLD 70 g/m²
Impressão MARGRAF